The Golden Season
by Connie Brockway

すみれ色の想いを秘めて

コニー・ブロックウェイ
数佐尚美［訳］

ライムブックス

すみれ色の想いを秘めて

主要登場人物

リディア・イーストレイク……………………………………裕福な名門貴族で社交界の花
エドワード（ネッド）・ロックトン……………………………元海軍大佐
ロバート・ターウィリガー……………………………………銀行家
エミリー・コッド………………………………………………リディアの遠縁で住み込みのお目付役兼話し相手
エレノア…………………………………………………………リディアの親友でグレンヴィル公爵の未亡人
サラ・マーチランド……………………………………………リディアの親友
マーカス・ロックトン…………………………………………ネッドの兄でジョステン伯爵
ナディン・ロックトン…………………………………………ジョステン伯爵夫人でネッドの義姉
ハロルド（ハリー）・ロックトン………………………………ネッドの甥でジョステン伯爵の跡継ぎ
フィリップ（ピップ）・ヒックストン・タブズ…………………ネッドの甥でハリーのいとこ
ベアトリス・ヒックストン・タブズ……………………………ネッドの姉で伯爵の未亡人
チャイルド・スミス……………………………………………貴族の青年
ジョージ・ボートン……………………………………………ネッドの友人

1

一八一六年　三月

「この書類にひととおり目を通していただけますか、レディ・リディア」

ロンドン・ロイヤル銀行の上級共同経営者ロバート・ターウィリガーは、机の向かい側に座った、きわだって美しい女性に言った。差し出された書類をしかたなく受け取って読み始めた彼女を、ターウィリガーはこのときとばかりに観察した。

普通なら売れ残りとみなされてもおかしくない二四歳という年齢になっても、レディ・リディア・イーストレイクは、上流社会で絶大な人気と影響力を誇っている。ターウィリガーのような流行にうとい人間でも——成人した三人の娘が啓蒙を試みたが無駄だった——リディア・イーストレイクの華やかな魅力を認めないわけにはいかない。淡褐色の絹のひだ飾りを縁取りに使ったエメラルド色の袖なしマントをはおった、優雅な曲線美。つややかな濃茶色に輝く巻き毛が、羽根や花や葉の飾りつきの春用ボンネットからのぞいている。小さくとがったあご、すっきりと筋の通った鼻、弧を描くこげ茶色の眉、高い頬骨にいたるまで、見事なまでにつり合いのとれた顔立ちだ。

何より、目がすばらしい。目尻が異国風に上がり、長く濃いまつ毛が影を落とす瞳は鮮やかで深みのある青で、ほとんど紫色に近い。どれほど意志の強い男でも、この目には魅了されて我を失ってしまうという評判だった。

わたしではとうてい太刀打ちできそうにない、とターウィリガーは思う。レディ・リディア・イーストレイクのような女性を意のままにあやつれるのは並外れて強い男だけだろう。贅沢好きで、一筋縄ではいかないわがままな性格なのだが、それでいて人を引きつけずにはおかない可愛らしさと、いるだけで周囲の雰囲気が明るくなる陽気さがあるという、実に困った娘だった。さらに悪いことに、完全に自立した生活を営んでいる。

三年前に成人して以来、リディアは誰の令嬢でもなく、姪でも、妻でも、未亡人でも、被後見人でもない立場にあり、それゆえいかなる男性の監督下にもなかった。

リディアの個人資産を預かる銀行家の職務を世襲したターウィリガーは彼女の両親を直接には知らなかったが、噂だけは聞いていた。二人の関係がしばらく世間を騒がせていたからだ。

ロナルド・イーストレイクは兄の死後、莫大な遺産を相続した。先祖代々からの広大な地所だけでなく、兄の商取引への意欲的な投資で築いた富もあった。商取引とは貿易で、イーストレイク家は海運業で栄えていた。そして兄の妻のジュリアは未亡人になった時点で、自由に結婚できる身だった。

二人はかなり以前から愛し合っていたらしく、喪が明けるとすぐ、ロナルドは駆け落ちしてフランスへ行こうとジュリアを説得した。英国の聖職者は〝親族同士の婚姻〟を禁じる聖書の古い掟を理由に、兄の未亡人と弟の結婚を認めなかったからだ。

幸い、フランス人の聖職者はそこまでしきたりにとらわれなかった。

挙式のあと、相続した遺産の額の大きさに加えて、親族同士であることを根拠に婚姻を無効にする訴訟が起きるおそれがあったため、二人は二度と英国へ戻らない決心をした。結ばれて一年もしないうちに娘が生まれたことで、その決意はさらに固まった。

どこで誰に聞いても、イーストレイク夫妻は〝亡命生活〟を満喫しているという噂で、世界中を飛び回る華やかな暮らしぶり、向こう見ずで自由気ままな言動は各国の社交界で評判だった。あらゆるところへ連れ回された娘のリディアにとってヨーロッパは遊び場であり、大英帝国の勢力が及ぶ国々は裏庭となった。

確かに夫妻は広く名を知られ、行く先々で人気を集め、財力があり、愛し合っていたかもしれない。しかしそのどれも、子どもの将来への備えを怠ったことの言い訳にはならない、とターウィリガーは思う。人はいつまでも若く活力にあふれたままではいられない。そのことに思いおよばなかったのか、夫妻はいざ自分たちの身に何か起きた場合、子どもの世話をどうするか決めておかなかった。その〝何か〟は、二人が乗った馬車の事故という形で現実となった。

こうしてリディアは一四歳のときに両親を失い、限嗣《げんし》相続制に縛られない英国最大の地所を相続した。つまり、次の世代に譲りわたす必要がなく、一人で自由に使える遺産を手に入れたわけだ。親類がいないリディアは英国王室の保護下に入り、摂政皇太子ジョージ四世が老国王のいとこ、サー・グリムリーを後見人に指名した。リディアの生活費の管理をまかされはしたものの、この後見人は一緒に住んで面倒を見ることはしなかった。それまでヨーロッパ各国の宮殿で皆にちやほやされ可愛がられる存在だったリディアは、サセックスにあるサー・グリムリーの屋敷で雇われの世話人に囲まれて一人で暮らすはめになった。

窮状を救ったのはリディアの名付け親で亡き母親の幼なじみ、グレンヴィル公爵の未亡人エレノアだ。一六歳になって美しさの片鱗を見せはじめたリディアを引き取り、宮廷でのお目見えを支援した。それ以来二人は固い絆で結ばれ、今日に至っている。リディアは成年に達して遺産を相続するとすぐに、エレノアが課したわずかな束縛から解放されて独立し、(両親と同じく)自分自身の気まぐれや思いつきに従って行動するようになった。それでも、世間のしきたりを守るため、コッド夫人というお目付け役を住まわせていた。

ターウィリガーは、今もリディアのかたわらに座るコッド夫人にちらりと目をやった。赤茶色の縮れ毛の小柄な女性で、あごを突き出したり引いたりするくせが妙にライチョウに似ている。

エミリー・コッドはリディアが二一歳の誕生日を迎えるとすぐに、お目付け役兼話し相手《コンパニオン》として雇った年上の女性だ。未亡人になったまたいとこ、というふれこみだったが、噂によるとリディアは、お目付け役にふさわしい規則にやかましい人物をあえて選ばずに、コッド夫人をこの役につけたという。

確かに、はつらつとして自立心に富んだ娘の監視役にエミリー・コッドが適任かどうかは疑わしい。親しみやすい雰囲気で厳しさに欠けるこの婦人は、背筋を伸ばして座ったままぐっすり眠れるという特技（社交界にデビューしたての女性にとってはありがたい能力）の持ち主だった。そのうえ、リディアに付き添って訪問した家からいろいろなものを〝集めてくる〟困った癖があった。上流社会では公然の秘密となったこの性癖のせいで、精神病院に入院していたという噂がささやかれるようになったのだろう。

「この数字、けっきょくどういう意味ですの？」リディアは膝の上の書類から急に目を上げて訊いた。

「それは、その……」

ターウィリガーの視線がどこに向けられているか気づいたリディアは手袋をはめた手を優雅に振った。

「どんなことでも、エミリーの前で話してくださってかまいませんわ。この人はわたしの秘密なら、ターウィリガーさんよりずっとよく知っているんですから」

「そうですか。それでは」ターウィリガーは深呼吸をした。「レディ・リディア、あなたは破産状態にあります」

リディアは一瞬驚いたようだが、すぐに魅力的な声をあげて笑い出した。

「まあ、ご冗談を。そんなユーモアの感覚をお持ちとは、今の今まで知りませんでしたわ。

正直言って、期待できないなと思っていたんですもの」

ターウィリガーは困惑してリディアを見つめ、しどろもどろになりながら言った。

「まさか、冗談だなんて、そんなつもりは……真面目な話ですぞ、破産は事実ですから」

リディアは動じることもなく手を伸ばし、エミリー・コッドの膝の上から文鎮を取り上げた。なんと、ターウィリガーの気づかぬうちに移動していたのだ。コッド夫人は申し訳なさそうな笑みを浮かべている。

「それが、昼食会を中止にしてまでこの事務所に来てほしいとおっしゃった理由？　もう少し待ってくださってもよかったのに」

破産という言葉の意味が本当にわかっているのだろうかと、ターウィリガーは横目でリディアを見た。数字に弱いのは確かだが、頭が悪いわけではない。本気で取り組めば自分の財政状態をちゃんと把握できるはずだ。つまりその気がないということか。だが、そもそも使いきれないほどの資産があったのだから当然だろう。

ターウィリガーはリディアに初めて会った三年前を思い出していた。見目うるわしい令嬢が二一歳で天涯孤独の身となり、莫大な遺産を相続した――銀行家の視点から見れば好ましくない条件の組み合わせだ。もちろん、自分の資産管理に落ち度がなかったとは言わない。だが昨今の不況で、銀行家や株式仲買人の大半は等しく失敗続きだった。自分だけが責められるいわれはないと思う。ここ三年、景気の低迷と物価の上昇が続いている。株は大暴落、地価も下がっているのに、食料品の値段は上がるばかり。そのうえリディアときたら贅沢好きで、あきれるほどの浪費家なのだ。

「言い方を換えたほうがわかりやすいですかな。財産がなくなった、つまり、貧しいということです」

「貧しい、ですって?」リディアはくり返した。まるでその言葉がどこか異国風で、耳に心地よいものであるかのようだ。「貧しいとは、どういう意味でしょう?」

「金欠状態です。手持ちの金よりも借金のほうが多い、とでも言いましょうか」ターウィリガーは机の上の分厚い書類を軽く叩いた。

はたと思いあたったように、世に聞こえたすみれ色の瞳が輝いた。

「ああ、わかりました。あの馬車のことでしたのね」

はっとするほど美しい笑みが再びこぼれ、その魅力に負けまいと(意志の力ではどうにもならないとわかってはいたが)、ターウィリガーは身構えた。自分の果たすべき責任は明らかだ。事務所を出ていかれる前に、事態の深刻さをリディアに思い知らせてやらなくてはならない。何も知らせずに長いあいだほうっておいたから、こんなにのんきに構えていられるのではないか。

「どうしても欲しかったんです」リディアは可愛らしく口をとがらせた。「だって、馬車の車輪が黄色で、まさにキズイセンの色なんですもの」

「レディ・リディア、馬車だけの問題ではないのですよ。あなたの財産はすっかり底をついてしまったのですから」

リディアは眉をひそめた。すねてみせても効き目がなく、ターウィリガーが前言を撤回してくれないのに気づいて当惑しているらしい。

「底をついたというと、どの程度の話かしら？」

「新しいヨットと馬車のほかに、ここ三カ月で買ったのは絵画が六点、音楽家に贈るとかいうピアノが一台――」

「彼は才能あふれる作曲家だし、ピアノが必要だったんですもの」

「作曲家にせよ芸術家にせよ家具職人にせよ、誰かに何かが必要だというだけで、いつも買ってやっているじゃありませんか」ターウィリガーはいらだちを隠せずに言った。

浪費癖がリディアの身の破滅を招かないかと心配する者がいるのもうなずける。恐ろしいほど金づかいが荒く、ひどく衝動的でわがままなのだ。だがそれでいて、かぎりなく寛大で、物の価値がよくわかり、人生の楽しみ方を心得ている。一緒にいるだけでわくわくして、充実したひとときが過ごせる、そんな女性だった。

ターウィリガーはたたみかけるように続けた。「この三年間で、あなたはデヴォンの地所合計八〇〇エーカーの造園をしました。軍人共済組合、未亡人や孤児の支援団体に多額の寄付をし、それから」書類とは別に取り分けてあった一枚の紙を見る。「アトランティス王立協会が主宰する北アフリカ探検の資金をお一人で全額引き受けましたね」最後の件は違うと言ってくれますように、と願いながらターウィリガーは目を上げた。ところがリディアは否定もしない。

「失われた大陸アトランティスがあった場所をつきとめる手がかりがあるといって、協会の人たちがしっかりした証拠を見せてくれたんです」とすまして言う。「どうぞ、続けてくださいな」

「三軒の屋敷で雇っている使用人、馬、ドレス、帽子、宝石、毎週のサロン、パーティ、舞踏会――」

「結構よ、全部挙げていただかなくても」リディアはごく自然にさえぎった。「ターウィリガーさん、違うんです。知りたいのは資産を何に使ったかではなくて、どの程度使ったかですわ」

ターウィリガーはいらだちをますますあらわにした。

「すっかり使い果たした、と申し上げているでしょう」

リディアは銀行家をまじまじと見つめ、ためらいのないその表情を確認してから言った。

「それなら、ダービーシャーの農場を売ることにしましょう」

「あれはもう売りましたよ」

リディアは眉をひそめた。

「売った、ですって？　いつ？」

「三カ月前です。手紙でお尋ねしたじゃありませんか、アトランティス探検の費用をどうなさるおつもりかと。必要なら地所を売却してほしいというお返事をいただいたので、おっしゃるとおりにしました。配達人に契約書を届けさせて、あなたの署名をいただいたはずです」

「ああ、そうね、思い出しました。でも、売却で得たお金がいくらか残っているでしょう？」

ターウィリガーは首を振った。

「家を一軒売ればいいわ」

「屋敷は全部売りに出していますが、買い手がついていないし、今後も希望者が出てくるかどうか疑わしいですね。今日び、土地つきでない家を手に入れようという人はほとんどいませんから」

「では、炭鉱にしましょう」リディアはきっぱりと言った。「どうせ、あんなものは持っていても――」

「あそこはもう、石炭が出なくなっています」

「わかりました」理不尽な要求に屈したかのような声の調子だ。「株を一部手放すわ」

ターウィリガーは居心地悪そうにもぞもぞと体を動かした。

「戦後、株価が暴落しましたからね。慎重な運用を心がけていたつもりですが、ご期待にそえませんでした。お持ちの株はほとんど紙くず同然になってしまいまして」

ようやく、リディアの自信が揺らいだ。笑顔に動揺が見える。

「インド貿易船団の株を売るように、ハニカットに伝えてくださいな」ハニカットとは、イーストレイク帝国の富の大部分を生み出してきた海運会社の経営をまかせてある男性の名前だった。

ターウィリガーはただ目を見張ってリディアを見つめるばかりだ。

「どうかしら？」

「どう、と言われても……」ターウィリガーはまごつき、口ごもった。「船団など、ありませんよ」

リディアは顔をしかめた。「あるに決まっているでしょう。最新の報告では、インドで積荷を満載して帰国の準備にかかっているということだったわ」

「二週間前に五隻とも、アフリカ東海岸沖で海賊に乗っ取られました」

「なんですって？」

「この件については手紙でお知らせしました。二度もですよ。状況をご説明しようと、人をやって面会をお願いしたのに、あなたは――」

「乗組員が！」リディアはさえぎった。顔が青ざめている。

「海運会社には、要求された身代金を支払うのに必要な手元資金がかろうじてありましたから」心配をやわらげようとターウィリガーが急いでつけ加えると、安堵のため息がリディアの口からもれた。「人命は失われませんでした。しかし、船と積荷はすべてなくなってしまった。わたしの手紙を読んでいただきたかったですな」ターウィリガーはいらだちをにじませて言い終えた。

「本当ね」リディアはつぶやいた。「読んでいたら、あの馬車を買ったりしなかったのに」

気落ちしているリディアを観察しながらターウィリガーは、これでいい、最善を尽くしたのだから、と自らに言いきかせた。自分がしてやれるのは助言ぐらいだ（それも幾度となく無視されたが）。最近は賢明な助言ができていなかったことを認めるにやぶさかではないが、資産家や銀行家、投資家は自分も含めてことごとく、国の財政危機を予測できなかったのだ。リディアの苦境はほとんど自ら招いたものではないか。それならなぜ、こんなに気がとがめるのか？　自分が船団を率いたり、大金を使ったり、株式市場を混乱に陥れたりしたわけでもないのに。

リディアを心から敬愛するターウィリガーは最悪の気分だった。あかあかと燃えさかる炎のように輝くこの女性は人を魅了し、気持ちを高揚させる。確かに破滅的なところはあるにしても、その生き生きとした炎が消えるのは見たくない。

「わかりました」ついにリディアは小声で言った。「今、私にできることは？」

曖昧な答えは誤解を招くだけだ。「財産としては、不動産も無形固定資産もなくなりました。借金は個人資産を処分すれば返せるでしょうし、返済後に残った資金をうまく運用すれば、ほどほどの暮らしができるかもしれません」

「ほどほど？　それなら希望がありそうですね」リディアの顔が明るくなった。「生活費にすると、具体的にはどのぐらいかしら？」

「年に二五〇ポンド程度でしょうかね。それだけあれば、小さなタウンハウスに住んで、小間使い一人、料理人一人を雇うぐらいはできます。執事も置けるかもしれない」

「そんな……」リディアはつぶやき、へなへなと椅子に沈みこんだ。「それじゃ、どん底じゃないの」

本気で言っているんだな、とターウィリガーは思った。上流階級の最富裕層の生活しか知らないリディアにしてみれば、それまでの贅沢ができないというだけでどん底だと感じてもしかたないだろう。両親の死後引き取られたサー・グリムリーの家でも何不自由なく、至れり尽くせりの環境で、小さな王女さまのように豪奢な暮らしぶりだったのだから。

「エミリーも一緒にいられますよね？」

「残念ながら、無理ですね。もといたところに戻っていただくことになるでしょうな」ターウィリガーはエミリー・コッドに向かって申し訳なさそうに微笑んだ。

エミリーは目をしばたたいてこちらを見た。膝に置いた手がぴくぴく震えている。

「いやですわ、ターウィリガーさん。まるで、エミリーをどこかで拾ってきたみたいな言い方じゃありませんか。わたし、彼女をどこかへやるつもりはありません」

リディアの口調には断固たるものがあり、明るい笑顔で知られる社交界きっての美女とは思えないほど強い、鉄のような意志が感じられた。かたわらにいるエミリー・コッドの体から力が抜けた。手の震えもおさまっている。

「でしたら、執事は雇えません」

この宣告について一瞬考えこんでからリディアは言った。

「そんな生活、できませんわ」

その点ではターウィリガーも同じ考えだった。それでも一応言っておくことにする。

「執事なしでやっている人も多いですがね」

「だめ」リディアは首を振った。「貧乏暮らしをするわけにはいきません。たくさんの人に当てにされているんですもの。職人、商人、ワインの卸売商、貿易商、その他もろもろ」

少し大げさすぎやしないか。「お客さんならあなただけでなく、ほかにいくらでもいるでしょうに」

怒りというより不快感をあらわにして、リディアは眉をひそめた。

「わたしの地位がどういうものか、よくおわかりになっていないようですね。単なる上流社会の一員ではなくて、言ってみればわたしは――」適当な言葉を探す。「ひとつの産業なんです」

からかわれているのだろうか。そういえばリディアはもともと、少し変わったユーモア感覚の持ち主だ。

「ターウィリガーさん」リディアはいらだちをにじませて言った。「わたしがある店で食事をしただけで、その店の評判が上がるんですよ。晩餐会用にある種のワインを輸入すると、卸売商には一週間もたたないうちに向こう五年分の注文が入ります。そのワインを醸造したブドウ園は一〇年間、商売に困らないと言われています。わたしがある香水をつけると、その商品だけでなく、香水商の人気もかならず高まるんです。わたしが着るドレス用の絹地を生産する工場も、午後のサロンでの演奏のために雇う音楽家も、ソナタの作曲を頼む作曲家も、同じことですわ。食器台に置いておくチーズを提供する酪農家も、帽子職人も、馬の繁殖業者も、戸棚作りや絨毯織の職人も、皆……」理解しているかどうか確かめようと、ターウィリガーの顔色をうかがうリディアの声がしだいに小さくなる。

なるほど。あらためて考えてみると驚きだ。うわべこそ軽薄そうに見えるものの、この娘は自分の住む世界のしくみについてよくわかっている。そう気づいたとたん、ターウィリガーは居心地の悪い思いに襲われた。リディア自身が産業としての役割を果たしているのは確かだ。上流社会には流行の作り手がたくさんいる。しかしボー・ブランメルをのぞけば、レディ・リディア・イーストレイクほどの求心力を持つ人物はいない。行く先々で人を集めてしまうのだ。行きつけの店の外には人々が列をなし、ハイドパークのロットン・ロウには毎日、午後になると、馬車に乗って通りすぎるその姿をひと目見ようと人だかりができた。

きれいだから、機知に富んでいるからというだけではない。きれいで機知に富んだ女性なら貴族にはごまんといる。華麗なる暮らしぶりだけが注目されているわけでもない。これらすべての要素をそなえた上に、自立しているからだ。その状態がいかにも幸せそうで、何もかもがうまくいっているように見える。階級の上下を問わず人々を魅了してやまないのも道理だ。リディアという女性は、人魚のごとく稀有で魅力あふれる存在だった。

「どう思われます、ターウィリガーさん？」

「今思いつく助言としては、資産家のご主人を見つけることぐらいですな」

「結婚しろっておっしゃるの？」コヴェント・ガーデンで花売り娘でもしろと言われたかのような反応だ。

ターウィリガーはうなずいた。「何年も前にそうすべきだったんですがね。あなたと同等の地位と財産を持つ、経済観念のしっかりした男性と結婚しておけばよかったのです。温和で実直、慎重で、申し分のない家柄の。そんな方なら、あなたの資産を何倍にも増やしながら、十分すぎるほどのお小づかいを渡してくださったでしょうに」

「お小づかいですって。もともと自分のお金なのに、人から分けてもらうなんて」リディアは上品に身震いしてみせたが、「でも、確かに結婚も考えなくてはいけないでしょうね」とつけ加えた。

「まさか、そこまでの事態にはなっていないでしょう?」エミリーが弱々しい声をあげた。

「残念だけど、エミリー」リディアはうなずき、「事実は事実として認めて、向き合わなくてはね。この状態ではわたし、結婚しなくてはならないのは明らかだわ」と、陰鬱な口調で締めくくった。

言うは易し、行うは難し、だな。ターウィリガーは暗澹たる気持ちになった。

「今度はなんです?」ターウィリガーの渋面に気づいたリディアは詰め寄った。「地面が裂けて、わたしのタウンハウスをのみこんだとか?」

「率直に申し上げてもいいですかな?」出過ぎた助言をしようとしているのは重々承知していた。だが三人の娘を嫁がせた経験があるターウィリガーは、結婚の仲介についてはいささか知識があると自負していた。自分はリディアのように身分の高い貴族ではない。それでも独身者の関心事や要望は、最上流の富裕層であっても、けっきょくその下の層と基本的にはさほど変わらないのではないかと想像していた。しかしそれより何より、どうしても助言してやりたいという思いがあった。リディアの今の苦境も、責任の一端は自分にあると感じていたからだ。

「ええ、どうぞ」

「レディ・リディア、あなたは何年ものあいだ、大富豪で名家出身の、結婚相手としてふさわしい男性からの求婚を断りつづけてこられました。そういう独身男性の立場になって考えてみてください。二度目の求婚をしたあげくにまた屈辱を味わうなどという危険をおかす人はまずいませんよ」

「まだ結婚を申し込んできていない方が何人かはいらっしゃいますわ」リディアの口調はそっけなかった。

「確かに」ターウィリガーはゆっくりと言った。「しかしそういう男性も、前に断られた方々の家柄や経歴を見て、自分はそれより条件が悪いのだから、色よい返事をもらうのはとうてい無理だとあきらめるのではないでしょうか。あなたが誰にも手の届かない高嶺の花なのは周知の事実ですからね」

「求婚してくれる男性が一人もいないとおっしゃるんですか?」そんなはずはない、と驚いたようすだ。

ターウィリガーは咳払いをし、率直な物言いと気づかいのあいだの落としどころを探した。

「あなたのおめがねにかなう男性は、あなた同様、自尊心の強い人でしょうからね。あなたがお金に困っていることを知ったら、それで急に結婚に熱心になったのかと、興ざめするかもしれません」

「でも、結婚するからには皆、今の状況よりいい環境を望みますよね、お金や社会的地位の面で。わたしの場合、莫大な持参金こそないけれど、古くからの由緒ある血筋ですから」

「まったくもってそのとおりです。しかし、最近のふるまいを見るかぎり、あなたは上流社会特有のしがらみに縛られないという印象を与えていますね。自分の楽しみだけを追求して、他人の評価に関心がない方だという評判ですよ」

「実際、そうですもの。というか、今まではそうでしたから」リディアは言い直した。

「確かに、今まではそうでしたね。だがこれからは、あなたがにわかに結婚に積極的になった理由について、何かやむにやまれぬ事情があるのだろうなどと意地悪な憶測をする者が出てくるでしょう。以前の求婚者や競争相手も含めてね」次に口にしようとしている言葉について、もう少し柔らかい言い方がないものかとターウィリガーは迷ったが、けっきょく銀行家らしく言い放った。「そういう輩は、花嫁候補としてのあなたの価値をおとしめようとするかもしれない」

なんと狭量な、と嫌悪感を抱きつつも、リディアは興味をそそられたらしい。

「どんなことをするんですの？」

「今まで多くの男性を袖にしてきたくせに、とあざけるわけです。今になってあせって花婿探しとは、よほどせっぱつまっているんだろう、とほのめかしたりして」

「実際、せっぱつまっていますもの」

「恐ろしいほど正直なお言葉ですな。しかし男というものは、妻となる女性が友人のあざけりの的になったり、売れ残りの女性をしかたなくつかまされたなどと思われたりするのはたまらないはずです」

あからさまな言葉を受け止めてリディアは言った。

「そうでしょうね、わかりますわ」

「誤解なさらないでくださいよ、レディ・リディア」ターウィリガーは急いでつけ加えた。「もちろん、結婚の意思表示をなされば、求婚者がたくさん現れるでしょう。それは疑いようがありません。だが、その求婚者たちは、あなたが世間の常識に従って何年も前に結婚する気になっていれば、相手にせずにすんだようなたぐいの男性かもしれません」

「具体的に言うと、今のわたしに求婚するのは、どんなたぐいの男性だと？」

「そうですね」ターウィリガーは慎重に言葉を選びながら言った。「イーストレイク家の家柄と地位が手に入ればそれでよしとする男性か、一刻も早く跡継ぎをもうける必要に迫られている男性でしょうね」

「わかりました。言い換えれば、女性がなりふりかまわず花婿探しをしようがしまいが気にしない成り上がり者か、わたしと同じぐらい追いつめられた、年のいった人ということですわね」

「ええまあ、そんなところです」ターウィリガーはしぶしぶ認めた。

「そんな人たちじゃだめだわ」

「ええ、だめですわ」大きくうなずいて同意を示しながら、エミリー・コッドが口をはさんだ。

「どういう意味ですかな？」ターウィリガーは尋ねた。

「肥料の山から生えてきたキノコも同然の人と一緒になるなんて、お断りですわ。年取った方の跡継ぎを産むためだけの結婚もまっぴら」

「状況はそこまで悪くはないと思いますがね。相続する財産はそこそこだが健康で、あなたが交際の意思を示せば喜んで応じる青年はちゃんといますよ」

「そこそこの財産って、どの程度と考えればいいんでしょう？」

ここで嘘をつくわけにはいくまい。レディ・リディアが育った富裕貴族の世界では、結婚とは傾きかけた王国のてこ入れのためか、さらなる繁栄のための契約なのだ。それ以外の理由での結びつきはまれだった。「かなり少ないでしょうな」

「困るわ。結婚するなら、最低でも今と同じ程度の生活を続けられることが条件ですから」

ターウィリガーはなんと答えてよいやらわからなかった。今の言い方だと、まるで選択肢があるかのように聞こえるではないか。

「わたしの借金について知っている人は？」

ターウィリガーは片手を上げた。「上流社会の人間なら誰しもある程度の借金を抱えているだろうと、みんな思っていますよ。あなたの場合、ひと晩のうちに賭博で大負けしたわけでも、一箇所に多額の借金があるわけでもない。とはいえ、いろいろな分野に幅広く、深く関わって、相当な資金を投じてきましたし」

「その一瞬一瞬を楽しんできましたものね」リディアはあらためて笑顔を見せた。「船団の件を知っている人はどのぐらいいるのかしら？」

「まだ、一人もいません。この件が明るみに出たら、当行も含めて関係者は皆、金銭的な損失をこうむります。もちろんわたしは口外しませんが、そのうちどこかから噂が飛び交いはじめるでしょう」

「乗組員はいつごろ戻ってきますか？」

「まず、帰国させるために船を回送してやる必要がありますね。喜望峰を回る長い航路になりますから、三、四カ月はかかると見てよさそうです」

リディアは一瞬、考えこんでから口を開いた。「ターウィリガーさん、わたしには、今年の社交シーズンいっぱいの猶予が必要なんです。借金でにっちもさっちもいかなくなっている、というような噂に邪魔されない期間がね」

「なぜです？」

リディアは立ち上がった。「なぜって、将来の夫には、こちらの窮状を知られる前に、わたしこそ生涯の伴侶にふさわしいと確信してもらう必要があるからですわ。そうすれば破産の知らせを聞いても少しがっかりするぐらいで、心変わりなどしないはずです」

ターウィリガーは混乱してリディアを見つめた。「将来の夫というのはどなたです？」

「あらいやだ、ターウィリガーさん」リディアはそう言うと、エミリー・コッドに席を立つよう身ぶりでうながした。「その人に出会うまでは、わかりませんわ」

2

ちょうどそのころ。ロンドンの北東一九六キロ、ノーリッジ海岸沿いの小村クロマー近くにある〈ジョステン館〉でも、同じような話し合いが行われていた。

最近、二八歳の若さで英国海軍を退役したネッド・ロックトン大佐は、先祖代々からの屋敷の書斎で家族と向き合っていた。ジョステン伯爵である兄のマーカス・ロックトン。伯爵夫人のナディン。伯爵の妹で未亡人のベアトリス・ヒックストン・タブズ。加えて、最新流行の服に身を包み、すねたような顔をした一八歳の若者二人もいた。ジョステン伯爵とナディンの跡取り息子ハリー。そしてベアトリスの息子フィリップで、一族のあいだではピップという愛称で呼ばれ、可愛がられてきた。とはいえ、今となっては誰も二人を可愛いとは思えなくなっている。ベアトリスの娘で二〇歳のメアリと、ジョステンの一五歳になる双子の男の子は、今回の問題に関わりがないため、この家族会議に出ないことにしたらしい。すでにハリーとピップを合わせたより分別のある子どもたちだった。

ベアトリスは、赤毛で背の高い息子を気づかわしげに見つめ、金髪で優雅な雰囲気のハリーにも心配そうな目を向けた。二人とも美しい顔立ちで、見かけは天使のような子たちなのだ。若気の至りとはいえ、そもそもどうしてこんな事態を招いてしまったのだろう。

それは、ロックトン家の男性が血気盛んで誇り高く、自信過剰に陥りやすいからだ。

ベアトリスは弟のネッド・ロックトンに視線を移した。兄のジョステンを含めた自分たちの世代と二〇歳ほど年が離れたこの弟は一族の変わりだねで、ロックトン家特有の血の気の多さやうぬぼれといった気質を受け継いでいない。ありがたいことだ。ネッドが一族の典型的な気質の持ち主だったら、ベアトリスたちの計画を受け入れるはずはないからだ。

「ほかに道はないんだ。おまえは遺産相続人になっている女性を見つけて、一日も早く結婚しなくちゃならん」ジョステンは精一杯の威厳をこめた声でネッドに言った。確かに堂々としていた。

ただし、当の本人のネッド・ロックトン大佐はと言えば、少しも恐れ入っているようには見えない。ベアトリスの考えでは、ネッドが（残念ながら）ボー・ブランメルやアルヴァンリー卿のような、冷静で何事にも動じない性格の持ち主でないからではない。ただ、心ここにあらずだというだけなのだ。端整なその顔は迷惑しているようにも、侮辱を感じているようにも見えない。会話の内容そのものよりも、自分が皮をむいているリンゴのほうに気をとられているといった表情だ。

「聞いてるのか、ネッド？」ジョステン伯爵が訊いた。血色がよく、弟に負けず劣らず目鼻立ちのととのった顔が、生まれながらの家長らしく、いかめしい表情になっている。

ネッドの形のよい唇に笑みが浮かび、日焼けして引き締まった頬に一瞬だけえくぼが刻まれた。すてきなえくぼだわ、とベアトリスは賞賛というより安堵とともに思った。どうか、このえくぼが何人もの女性の胸をときめかせてくれますように。本来なら上流階級でももっとも結婚相手にふさわしい独身貴族として社交界を闊歩していたはずのネッドは、一四年前に家を出て海軍に入隊したため、その機会を失った。名付け親であるネルソン提督のすすめで、上級将校の肩書だけを買うのでなく艦隊で実戦に加わるほうを選んだのだ。そのことを思うとベアトリスはいまだに不愉快になる。

熱い愛国精神を発揮したいというなら、陸軍のように真っ赤な上着を着てサッシュを肩からかけ、格好よく主張すればいいではないか。海軍士官は、陸《おか》に上がってもそんな軍服を着ることはできない。ネルソン提督はその点、とんでもない間違いをおかした、とベアトリスは思う。ネッドの軍服姿はどんなにさっそうとしていたことだろう。

ベアトリスはネッドをじっくり観察した。姉だというのに、弟をあまりよく知らないのだ。退役して帰宅してからまだ一週間だし、それ以前は、次の任務に赴くあいまに家に帰ってきたときに顔を合わせるだけで、数えるほどしか会っていない。それに正直言って、以前はネッドの外見をじっくり観察したことがなかった。ロックトン家の男性は皆、眉目秀麗で、それが当たり前と思っていたからだ。今になって気づいたが、北アフリカ沿岸の灼熱の太陽にさらされたネッドの巻き毛は明るい金色に輝き、肌は赤くならずに褐色に日焼けしている。上品とは言えないかもしれないが、ゆだったような色よりはいい。このはっとするほどの容貌がありがたいことに、顔には戦いの傷跡は残っていなかった。

なければ、今ロックトン家が直面している問題を解決することはできない。男らしいあごには縦に割れ目が入っている。濃いまつ毛に縁取られた澄んだ青灰色《ブルーグレー》の目は、手にしたリンゴに向けられている。鼻はローマ風、眉毛はすっきりとして、体形は美青年アドニスを思わせる。

オリンポスの神のごとく美しい外見に、オリンポスの神のごとく強引な性格も兼ねそなえていればよかったのかもしれない。たとえば兄のマーカスのように。若い女性は強引な男が好きだからだ。物腰が柔らかく人当たりのよいネッドがどうやって荒くれ男ぞろいの船の船長をつとめることができたのかは疑問だが、それでもクロマー周辺に住む婦人たちが彼に注目しはじめているのにベアトリスは気づいていた。ロンドンの女性も同様の関心を示してくれればいいのだが。いや、示してくれなくては困る。

「それしか道がないのよ、目的を果たすには」ベアトリスはつぶやいた。

ネッドは顔を上げた。「目的って？　姉さん」

「一家の財産を再建することだ！」ジョステンががなりたてた。「今まで我々がなんの話をしていたと思っているんだ？　破産の危機にあると、はっきり言わなかったか？　おまえが金持ちの花嫁を見つける必要があるのは自明のことだと思うがね」

「何も聞き分けの悪いことを言うつもりはないんです。でも……前回帰ってきたときには、わが家の財政状態は問題ないように見えたから。何かあったんですか？」

「まあネッド、何かあったかですって？」ナディンがレースのハンカチを振りながら叫んだ。

マーカスと結婚したころと変わらず美しい顔にかかる金髪の巻き毛が揺れる。「投資した株は暴落するし、穀物法のおかげで農場は利益を上げられなくなってしまったし、子どもたちにはどうしても必要なものがあるし……」

「どんなものです？」ネッドが話の腰を折り、甥たちを興味深そうに見やって訊いた。ハリーとピップは椅子にだらしなく座った姿勢をさらに崩した。よけいな口をきくなと厳しく言いわたされているらしい。二人ともかなりおしゃべりだから黙っているのはつらいはずなのに、おじのもの問いたげな視線を受けても特に我慢しているふうもなく、口を閉ざしたままでいる。どこか変だ。

「それはまあ、わかるでしょ」ナディンは目をそらして答えた。「若い子が必要なものよ」

ふっくらと柔らかそうな頬に血が上っている。

ネッドは優しい目で義姉を見ながら「たとえば？」とうながした。

「そんなこと、どうでもいいじゃないか」ジョステンがいらいらして言った。「要は、我々の生活が苦しいということなんだ。どうしてそうなったかを知ったからといって、事態が変わるわけじゃないだろう？」

「だけど、失った財産の埋め合わせに遺産相続人の女性と結婚してくれと頼まれたのはわたしですからね。知りたいと思っても不思議はないんじゃないかな」

ネッドの口ぶりにはいささかも責めるような調子は感じられず、姿勢もゆったりとくつろいでいた。それでもナディンの顔は真っ青になり、目には涙があふれた。

「ネッド、ひどいわ。なんて意地が悪いの」

「いや、そんなつもりじゃなかったんです。すみません。ただ、昔はしこたまあった財産が、今はすっからかん。いったいどこへ消えたんだろうと、不思議でたまらなくて」

深刻な状況にもかかわらず、ベアトリスはくすくす笑いを抑えきれなかった。この人、自分が滑稽なことを言っているのに気づかないのね。ネッドはおどけたことを言って人を笑わせるたちではない。少なくとも以前はそうではなかった。容姿のよさと強引さで知られるロックトン家の男性は、軽口を叩くのは得意ではないのだ。ジョステンにとがめるようににらまれて、笑っている場合ではないとあらためて気づいたベアトリスは真顔になった。

「思いやりがなさすぎるわ、ネッド。戦争のせいでどうかしちゃったのね。昔は本当に優しい子だったのに」ナディンは鼻をすすった。「海軍士官として、責任と献身を学んだはずでしょう。自分の家族が苦しんでいるのよ。ベアトリスのところのピップだって、かわいそうに紳士クラブの会員権をあきらめざるをえないかもしれないのよ」ナディンはかすかに身を震わせた。

「それにメアリは、商家に嫁ぐはめになるかも」

「あら、いくらなんでもそこまでひどくはないでしょう」ベアトリスが声をあげた。娘の将来についてそんな暗い見通しを語られては、黙っていられない。

だがその言葉をナディンは無視して続けた。「この状況を救えるのはネッド、あなたしかいないのに、断ろうっていうのね？　ああ！」両手で顔をおおい、すすり泣きはじめる。

「わたしが断った？　断ったおぼえはありませんよ」何やらいっしんに考えこんでいるようすでネッドは眉をひそめた。

「じゃあ、言うとおりにしてくれるのね？」ナディンが訊いた。顔をおおった指のあいだからようすをうかがっている。もう涙は乾いているじゃない、とベアトリスは気づいた。「財産家の女性を見つけて結婚してくれるのね？」

「でも、わたしがそうしなければならなくなった原因は何か、という疑問にはまだ答えてもらっていませんよ。いや、結婚しないと言っているわけじゃなくて」ネッドは急いでつけ加えた。ナディンの突き出した下唇が震え出したからだ。「好奇心から、どうしても聞きたいんです」

そう言ってネッドは、答えを期待しつつ待った。まずナディンに目を向け、次にベアトリスを、最後にジョステンを見つめる。真摯なそのまなざしに、長く耐えられる者はいなかった。

「賭博だ！」ついにジョステンが吐き出すように言った。「どうしても知りたいというんだから教えてやる。賭博ですったんだ」

「そうですか」ネッドはうなずいた。「お気の毒に、マーカス兄さん――」

「わたしじゃない」ジョステンはむきになって否定した。「わたしの場合、たいした額じゃない。大負けしたのはベアトリスの長男のピップで、それから――」

「それから、お兄さまのところのハリーでしょ」ベアトリスは息子をかばおうとやっきになって言った。

「なんてことだ」ネッドがつぶやいた。「賭博が人と組んでやるものとは知らなかった」

「ばかなことを言うんじゃない」ジョステンが言った。顔が真っ赤になっているのは激しい怒りと、認めるぐらいなら死んだほうがましだと本人は思うだろうが、恥ずかしさのせいだった。「二人で組んで賭けていたわけじゃない。たいていは一人だったそうだ。ひと晩で全財産をすってしまったとか、二週間毎日続けて借金を重ねたとか、貸し手からの猶予がなかったというわけじゃない。借金返済の督促を受ける事態になるのに、一年はゆうにかかった」

「なるほど。次の世代を担う若者がそれほど自制心があるとは、実にありがたいですね」ふたたび甥たちに目を向けながらネッドが言った。

赤毛の髪に負けないほど顔を赤くしたピップは爪をいじり、ハリーは意地になって流行の服飾雑誌『ラ・ベル・アサンブレ』のページをめくっている。

「それだけじゃない」とジョステン。「うちが金欠状態だということが世間に知られる前に、おまえがどこかの金持ちの令嬢と近づきになって求婚するぐらいの時間の余裕はある。ハリーによると、まだ賭けの借金の総額は誰も把握していないそうだ。でなければ今ごろはとっくに、その……」

「どこからも追い出されているはずだ、と」ネッドが補った。

「そんなこと、させてたまるものか！」ジョステンは怒鳴った。

「でも、あちこちでこしらえた借金で、だんだん苦しくなってきたんでしょう？」

「そうなのよ」ナディンが言った。「今年はメアリの四度目の社交シーズンだから、どなたかに見そめられるためには、新しいドレスがどうしても必要なの」

ナディンの口調にはとがめるような響きはいっさいなかったが、それでもベアトリスは娘のことで顔を赤らめた。家族は全員、メアリが隣人であるボートン卿からの結婚の申し込みを受けるべきだったという見解で一致している。求婚されたのはあとにも先にもそれ一回きりだ。ところが頑固なメアリは、ボートン卿の行き遅れの姉と一緒に住むという条件がいやで、せっかくの申し込みを断った。義理の姉と一五年間仲良く暮らしてきたベアトリスにしてみれば、どうにも不可解な話だった。

しかしメアリがボートン卿と結婚したところで、ロックトン家の窮状を救うことはできなかったにちがいない。ボートン卿の資産は妻と生まれてくる子どもたちを養うに十分だが、加えて〈ジョステン館〉を維持し、その住人の面倒を見るとなると無理だからだ。ただ、メアリが嫁げば、ロックトン家としては心配ごとがひとつ減ることにはなっただろうが。

「それに、世に出て名を成そうとする若者は、それなりの格好をしないとね」ナディンはしたり顔でつけ加えた。「ジョステン伯爵家ともあろうものがけちけちしていると思われたり、ハリーとフィリップが田舎者と見られたりしたらいやでしょう」

「まあ、そうですね」ネッドは控えめに同意した。

「それに、賭博師にひどい目にあっているのは、ハリーとうちのピップだけじゃないわ」べアトリスが口をはさむ。「巷では、ボー・ブランメルでさえ国外に逃げ出すはめになりそうだという噂よ」

「ボー・ブランメルのことなんて、どうでもいいだろう」ジョステンが言った。「我々にとって大切なのはロックトンの家名を守ることだ」

「もちろん」ネッドは言い、甥に視線を向けた。「でも、我々の苦境の原因を作った張本人といえばハリーとピップなんだから、二人のうちどちらかが結婚の修羅場に身を投じるべきなんじゃありませんか？」

室内がしんと静まりかえった。ナディンは青ざめ、ジョステンは真っ赤になった。ハリーは青い目を大きく見開き、ピップは急に息苦しくなったかのように首に巻いたクラヴァットをつかんだ。ネッドだけがいつものように、完全に平静を保っている。

「そんな！」やっとのことであえぎ声を出したのはピップだった。

「いやだ！」一秒後、ハリーがかん高い声をあげた。

「二人とも、若すぎるわ」ナディンがつぶやいた。

「まだ子どもなのよ！」ベアトリスも応援に回った。

「まともな精神状態の家族だったら、娘のそばにこの子たちを近づけるわけがない！」ジョステンが言った。

その言葉に興味を引かれたらしく、ネッドは問いかけるように眉を上げた。

「実は、二人ともイートン校を放校になったんだ。そのことは周知の事実でね。悪ふざけばかりして、いつも遊び歩いているろくでなしという評判をとって、社交界ではのけ者になっている。大金を積んでも〈オールマックス社交場〉に入る許可証はもらえなかった。わたしだって、この子たちの年ごろには同じような悪さをしたものだが」

実のところ、当時のジョステンのほうがかなりましだったことをベアトリスは知っていたが、黙っていた。

「だが、この子たちもそのうち立ち直って立派に結婚できる、とわたしは信じている。時間はかかるがね。だが、それを待っている余裕は我々にはないんだよ。しかも、わが家の財政問題は二人のせいばかりじゃない」ジョステンはぶっきらぼうな口調で続けた。「今年は穀物のできが悪かった。それに、金を何にどれだけ使ったかなんて、いちいち憶えていられるもんじゃない！」

マーカス兄さんも気の毒に。もともと経済観念のある人ではないのだ。借金取立人がひどい悪筆で書いて寄こした手紙のことを考えるだけで頭が痛くなってしまうから、ほったらかしにしてあるのだろう。

賢明にもネッドは、甥たちが立派に結婚できるという見通しに対しては異議を唱えず、ただうなずいただけだった。

ネッドがうなずいたのを同意と決めつけたジョステンは、急いで続けた。「あと二、三週間したら社交シーズンが始まる。ネッド、おまえは早めにロンドンへ出かけて、新しい上着と靴をあつらえなさい。それからズボンも――まあ、〈オールマックス〉へはズボン姿で行けないのはわかっていることだし、ハリーによるとそれが流行なんだそうだ。それから馬も要るな。威勢のいいやつがいい。おまえ、その脚で乗れるか？　元気いっぱいの荒馬でも乗りこなせるぐらいには回復しているだろうね？　若い娘は男の乗馬姿が好きだからな。そうだね、ナディン？」

「ええ、そうね」

「ハイドパークのロットン・ロウを一周か二周なら、落馬せずに回ることぐらいできそうですけどね」ネッドが答えた。

「ばかめ！　馬にまたがっていられるかどうかの問題じゃない」ジョステンは部屋の中を行ったり来たりしながら言った。

ベアトリスは不安な気持ちで兄を見守っていた。ジョステンは悩みごとがあると現実逃避し、こんなふうに横暴な怒りを見せて人を驚かす。だが今回は少しやりすぎではないか。だがネッドは逆らおうともしない。

「馬上でどんなふうに見えるかの問題なんだ」とジョステンは教えさとすように言う。「大切なのは見かけだ。社交界というのは外見がすべてだからな」

「そうだ、そうだ」ハリーが賛意を示してつぶやいた。

「ハリー、黙ってろ」ジョステンがぴしゃりと言った。手を後ろで組み、かかとを支えにして体を前後に揺らしている。「とにかくネッド、ロンドンへ行くんだ。例のタウンハウスに、この子たちと一緒に滞在すればいい」

「いやだ！」ハリー、ピップ、ネッドの三人が同時に叫んだ。

「わたしはだめだ」ネッドはあらためて言った。「一人暮らしに慣れすぎているから」

「じゃあいい。家を借りなさい。ナディンとベアトリスも、メアリのお供でロンドンへ行くときに寄るだろうから。といっても、メアリは社交シーズンのほとんどをブライトンで過ごしたいと言っているようだが。いずれわたしも顔を見せに行かなくちゃならんだろうな」あまり気乗りしない口調でジョステンが言った。

かつてはたぐいまれな社交家だったにもかかわらず、ジョステン伯爵はひどく出不精になっていた。妻のナディンはそれに不満を抱くでもなく、田舎暮らしに満足しているようだし、ベアトリスも同じだ。ただし皆、〈ジョステン館〉の暖房設備がもう少しましになるよう願っていた。

「それから、わたしの行きつけの紳士クラブに入会しなさい。著名人や流行に敏感な人が好むありとあらゆる場所に姿を見せるんだ。多感な適齢期の娘たちと出会える集まりにはかならず招待されるようにして、そのうちの一人の心を射止めればいい」

「巨額の遺産を相続する女性が見つかったと仮定しましょう。でも、わが家が一文無し同然だということを知ったら、彼女は結婚に同意してくれますかね？　わたしと一緒になって、どんな役得があるんです？」とネッド。

ジョステンが言った。「たぶん、我々のような身分の高い貴族に嫁入りするのが夢のようだと喜ぶ金持ちの娘はたくさんいるだろう。さて、自分が何を求められているか、わかったかな？　相手を見つけて誘惑し、結婚し、ベッドをともにし、ここへ連れ戻ってくること。それだけだ」

「彼女のお金も一緒にね」ネッドが言った。

「当たり前でしょ、ほかにどこへ持っていこうっていうの？」ベアトリスは訊いた。「あなた、どこか変よ。わたしたちのこと、大切に思ってないの？」

「いや、大切ですよ」ネッドはつぶやくように言った。驚いた表情だ。「誰よりも大切に思ってます」

その言葉尻をとらえてジョステンは言った。「もちろん、そうだろう。家族への愛あればこそ、おまえはロンドンへ行って、服を何着か新調して、戦争の勇ましい英雄らしくふるまうんだ。いいか、ネッド。おまえなら、年ごろの娘はよりどりみどりだぞ」

3

リディアはワインをひと口飲んだ。目に見えるほど手が震えている。幸いにもその震えは、赤く輝く液体には伝わっていなかった。

「つまり、わたしに与えられた選択肢はふたつだけ。求婚してくれる中で一番お金持ちの男性と結婚するか、あるいはこれからも自由の身でいたければ、つましい——今までよりはるかにつましい暮らしに甘んじる。そのどちらかしかないということね」

ほら、淡々とした態度で言ってのけたわ。だが内面はとても淡々とはいかなかった。胃は締めつけられ、呼吸は高所で空気を求めてあえぐかのように浅くなっている。後見人サー・グリムリーのサセックスの屋敷からエレノアに引き取られ、生まれた街ロンドンの贅沢な生活に戻ってきて初めて、リディアは不安と怖さを感じていた。自分の住む世界を支えてきた、それこそ無限に思えた富が、実は有限だった（というより、尽きてしまった）ことがわかったからだ。

リディアは、ターウィリガーの事務所を逃げるように出て（その姿を目撃した人は〝ぶらぶらと歩いて出て〟と形容したかもしれないが）、まっすぐに自宅のタウンハウスへ帰った。

その晩は友人を招いて、最新の噂話に花を咲かせ、意見を言い合いながら夕食をともにする予定だった。まさか自分自身が話の種を提供しようとは、思いもよらなかった。

自分のおかれた状況をひととおり説明したリディアは、友人の反応を待ちつつ美しい装飾をほどこした応接間の中を見まわした。お気に入りの部屋だった。重々しすぎず優雅で、異国情緒漂う雰囲気だ。リディア自ら選んだ、茶葉色を基調とした錦織《ブロケード》のカーテン、黄色味を帯びた淡いブルーの壁紙、床に敷かれた見事なペルシア絨毯。炉棚《マントルピース》の上には風景を織りこんだタペストリーがかかっているが、これは二年前にエレノアと出かけた王立美術院の展覧会で買ったものだ。サイドテーブルを飾る陶器製の人形は、リディアが社交界にデビューした年の冬、二人で一緒にヴェネツィアへ旅したときに露天市で見つけた。リディアはこれがカラッチの作品であることをひと目で見抜いた。

サセックスの屋敷はサー・グリムリーが若いころに旅先で買い求めた美術工芸品であふれていたため、そこにいた一四歳から一五歳までの二年間、リディアはそれらの所蔵品を眺めて過ごし、審美眼を磨いた。当時は言わば〝さすらいの時期〟であり、ほかにやることがなかったのだ。あんなに元気で、愛情を注いでくれた両親が逝ってしまった。それまで生きてきた世界が崩壊し、言いつくせない悲しみに胸を引き裂かれるような思いを味わっていた。

両親とともに外国を訪れ、見知らぬ土地から土地へ旅していたころは、世界が美しく輝いていた。何もかもが華やかで、洗練されて見えた。人々と交わす会話、ともに過ごす時間――当たり前と思っていたことすべてが、両親の死によって終わりを告げた。サセックスでの生活は、美術工芸品の様式について学ぶよい機会だったかもしれない。だがそういった品は人間の代わり、家族の代わりにはならない。

リディアの視線は、夕食に招いた三人の友へと移っていった。名付け親でグレンヴィル公爵夫人のエレノア。古くからの友人で、三人の中でもひときわ若いサラ・マーチランド夫人。そして、笑顔の優しいエミリー・コッド夫人だ。サラの家族はその昔、リディアの両親がフランスに構えた住まいの近くに地所を持っていて、二人は子どものころたまに一緒に遊んでいた。再会したのは、二人が英国国王に拝謁を賜ったときのことだ。

これまで多くの人々と知り合ったリディアだが、この三人はもっとも信頼のおける友人で、秘密はすべて打ち明けている（といっても今までは、秘密と呼べるようなものはほとんどなかったが）。

「どう、あなたたちならどちらを選ぶ？　自由の身をとるか、富をとるか？」リディアは訊いた。ターウィリガーのもたらした知らせに衝撃を受けたことは三人に知らせまいと心に決めていた。どんな事態にも落ち着いて対処できると誰からも称賛されるリディアだが、実はそれ以外の反応のしかたを知らないだけだった。生まれたときからそう教えられて育ったからだ。富と地位を失っても、この評判だけは保てるだろう。

「ばかなことを言わないでよ、リディア。もちろん、結婚して富を得るほうを選ぶにきまっているでしょう」エレノアが言った。深くくぼんで眠たげに見える目をいらだたしげに光らせている。かつて伝説的と言われたその美しさは時とともに衰え、黒髪は白髪交じりになってはいるが、気品のある装いと自信みなぎる物腰のおかげで、いともやすやすと人の注目を集めていた。「自由の身も、それを楽しむだけのお金がなかったら無意味でしょ？　行きたいところへも行けず、誰とも知り合えなかったら」

「でも、わたしの場合はあなたたちがいますもの」リディアは穏やかに言い返した。

「もちろん」エレノアはクリスタルのゴブレットを置いて言った。「でも、社交界のやっかい者では困るわよね、誰かに招かれてもお金の余裕がなくて返礼ができないというのは」

やっかい者――その侮辱的な呼び名がこだまのように室内に響いた。冷酷ではあるが、率直な評価だった。エレノアのそういうところはありがたかった。八年前に引き取られるのを承知したのも、この人の正直さに惹かれたからだ。二人の関係は先生と生徒に似た立場から対等なものへと発展してはいたが、それでもリディアはエレノアの助言を頼りにしていた。

一方エレノアも同様に、二人の友情を大切にしていた。公爵夫人だけに知人が多く、おべっか使いの取り巻きには事欠かない。だが真の友人はほとんどいなかった。エレノアはリディアのためを思って、サラとエミリーを親しいつき合いの輪に引き入れた。このことは上流階級の人々のあいだで話題になっていた。人間が丸くなったとはいえ情に流されない公爵夫人と、丸々と太って若々しく、軽はずみなところのあるサラ・マーチランドの組み合わせというだけでも妙なのに、頭がおかしいという噂の未亡人エミリー・コッドと公爵夫人にどんな共通点があるのだろうと、皆が不思議がっているにちがいない。

それはリディア自身も不思議に思っていた。

「おっしゃるとおり」リディアは答えた。「でもその〝やっかい者〟が、夫に養われて生活している人とどれだけ違うかは疑問だわ」

「あら、違うわよ」テーブルの上の皿に盛られた砂糖菓子をより分けながらサラが言った。ふっくらした体形に乳白色の肌、淡い金髪と水色の瞳が魅力的なサラは、気立てはいいが浮ついたところがあるという印象を人に与えているらしい。そういう世間の評価をリディアは認めたくなかったものの、根拠がないわけではなかった。「夫は妻の面倒を見る義務があるけれど、友人にはその義務がないでしょ」

「夫が面倒を見てくれるのは、妻がそう仕向けているからよ」お気に入りの安楽椅子に深く腰かけたエミリーが言った。自分を値踏みしようとする人の目を気にせず、信頼のおける友人とともに過ごして緊張がほぐれているときは、人の持ち物を〝ちょっと拝借する〟例の癖も出ないのだった。

「本当にそうだわ」エレノアがうなずいた。「サラのご主人は、奥さんのふるまいを見てみぬふりをしてくれているんですものね。そこまでうまくいっている夫婦って、めったにないわ」皮肉で言っているのではなかった。エレノアの夫、グレンヴィル公爵は一〇年前に他界したが、噂によるとエレノアは公爵の墓に室内用便器の中身をぶちまけたという。もちろん用心深い彼女のこと、ひそかにやったのだろうが。

「ジェラルドはけっこう気前よくお小づかいをくれるの。わたしを遠ざけておきたいからでしょうね……」サラは一瞬ためらったが、言い切った。「農場から」

もともと言おうとしたのは絶対に〝農場〟ではない、とリディアは確信した。

「リディア、助言させていただくと」サラが続ける。「結婚するなら、お金持ちで包容力のある男性が一番よ。都合のいいときにどこかよそにいてくれる人ね」

ジェラルド・マーチランドも世の男性の例にもれず、サラのふっくらして可愛らしい姿と無邪気な水色の瞳を、おとなしくてのんびりした性格の表れと誤解していた。ところが実際のサラは男まさりで、幼いころからとんでもないいたずらをして楽しんでは、周囲をあわてさせていた。美食を好むのは、人生のほかの面でも貪欲であることの裏返しにすぎなかった。サラに多くの〝崇拝者〟がいるのはつとに有名だった。自由奔放な妻とは対照的に堅物のジェラルドは幸いにも社交嫌いで、ロンドンから遠く離れたところに住んでいた。サラに言わせるとそれが双方にとって好都合なのだそうだ。いつも正直に見えるサラだが、わたしたち三人に隠していることもあるのだろう、とリディアは思っていた。それはそうよね。批判されるとわかっているからだわ。

最近、リディアはサラの結婚について、本人が言うほどうまくいっているのかどうか、疑問に思いはじめていた。崇拝者たちとの〝交友関係〟を続ける中で、サラは年を追うごとに落ち着きを失い、不注意になり、ジェラルドに対する嫌悪感を口にするようになっていたからだ。

「そうね、あなたの言うとおりだわ」リディアは言った。

「結婚のこと、それともどんな相手にすべきかってこと？」サラは足を体の下に入れて座りなおし、悦に入ったようすで訊いた。

「両方よ」とリディアが答えると、「当然、そうよね」とエレノアが言った。

「エミリー、あなたはどう思う？」リディアは訊いた。

エミリーはどこか恨めしそうなおなじみの表情で、自分の小さなバッグの中をのぞいている。ターウィリガーの事務所から何か失敬してこなかったかどうか、あとで確かめなくては、とリディアは心の中で自分に言いきかせた。エミリーは精神的に負担がかかると、つい盗み癖が出てしまう――盗《と》るとしても些少な金額の物ばかりだったが。あとになってひどく後悔し、盗んだかどうかさえ憶えていないことがよくあった。だが、人の物をこっそり盗っている現場を見られて泥棒と呼ばれたら、エミリーは恥ずかしさのあまり死んでしまうだろう。そうさせてはいけないという心づかいから、リディアはエミリーが何かを拝借したのを目撃するたび、持ち主に丁寧な手紙を書き、気のきいた贈り物を添えて、〝まぎれこんでしまった〟品物を返すことにしていた。

これに腹を立てる持ち主はいなかった。レディ・リディア・イーストレイクならではの利得だった。身分というのは特権を伴うものだが、名の知られた人間にはさらに多くの特権が与えられているのだ。

エミリーは引きひもを引いてバッグの口を閉じ、顔を上げた。

「ごめんなさい、ぼうっとしていて」

「夫探しをすべきかどうか、リディアがあなたの意見を聞きたいって」新しいお菓子の中心のべたべたした部分を念入りに調べながらサラがうながした。
「わたしには関係ないわ。夫は必要ありませんもの」エミリーが言った。
「あら、悪かったわ。無理強いするつもりはなかったんだけど」いつものエミリーらしから
ぬ強い口調に少し驚いてサラが言った。
「きっとエミリーは自分のご主人のことを言っていたのよ」とエレノア。
「そうよ」エミリーが認めた。「夫はもういないの。とっくに死んだわ」
エミリーを精神病院に入れたのはその夫だった。リディアが雇った事務弁護士たちが、両
親が相続する地所の法的権利を主張する者がほかにいるかどうか探している最中に偶然、母
方の遠い親戚であるエミリーのことを知った。知らせを受けたリディアは、〝正気を失って
いる〟という女性に会いに、ただちにくだんの病院へ向かった。
そこにいたのは意外にも優しげな顔をした小柄な女性で、恥ずかしそうに挨拶してきた。
病院の監督者によると、エミリーは衝動的な盗癖が直らないという理由で収容されていたが、
そのあと夫のコッドが行方不明になった。コッドは自ら起こした投資詐欺事件の被害者から
逃げようと乗りこんだ船で、泥酔したあげく船から落ちて死んだという。詐欺の被害者たち
はコッドの遺した財産を一銭も残さず持っていってしまった。それ以来、病院は、キリスト
教的精神から(無償で働く従業員として使えるというもくろみもあっただろうが)エミリー
をとめおいていた。
盗み癖があろうがなんだろうが、リディアはエミリーを家に連れ帰ることに決めた。最初

からそのつもりだったわけではない。リディアは強い感情にかられて行動を起こし、その判断をあとから頭で考えて正当化する傾向がある。夫に捨てられたエミリーが経験した急激な環境の変化、それゆえの混乱ぶり、孤独な暮らしを目の当たりにして、わが身と引き比べて身につまされた。両親の死後、エレノアに引き取られるまでの短いあいだの困惑と絶望を思い出したのだ。

わが家を失う経験がどんなものか、リディアにはわかっていた。人生はやり直しがきくということも、自分がいるべきでない場所から救済された人がどう感じるかも知っていた。サー・グリムリーの屋敷からエレノアに連れ出されて以来、リディアは自分の愛する物や人々の存在を当たり前と思わず、人生を精一杯楽しむことを信条としてきた。それが仕事であり、趣味でもあった。

夫の死後、生活費を負担する者とてないエミリーの引き取りに必要な書類にリディアが署名したとき、誰も反対しなかった。この決断はけっきょくよい結果を生んだ。エミリーを自由の身にしてやれたばかりでなく、リディアも扱いやすいお目付け役を確保できたからで、この関係は双方にとって都合がよかった。リディアはエミリーの困った癖を容認し、エミリーはリディアの自立した生活に干渉しなかった。

「ええ、そうなの」エミリーは満足げにくり返した。「夫は死にましたからね」

「エミリー」サラが悪知恵を思いついたような表情で言った。「あなたの今の状況、考えてみると、リディアの窮状を救う策が見つかりそうよ。この意味わかる、リディア?」

リディアにはもちろんわかっていた。だが、何事にも真面目に、謙虚に取り組もうという決意を何度も崩してきたいたずら心がむくむくと頭をもたげてくる。このいたずら心のせいでふざけていると人に思われてしまうのだが。

「そうね、こういう計画はどうかしら。わたしは適当な人と結婚して、イタリアへ一緒に航海に出ましょうと彼を説得する。海に出たあと、船の甲板から彼を突き落とす」

サラは一瞬、リディアをまじまじと見つめたあと、冗談だと気づいた。

「そういう意味じゃなくて。健康に不安のある男性と結婚したらどうって、言ってるのよ」

「年取った人？」

サラは片方の肩をすくめた。「健康に不安があれば、何歳でもかまわないわ」

「ばかばかしいことを言わないでちょうだい、サラ」エレノアが言った。「いくらお金持ちでも、病気持ちの人とリディアが結婚するわけないでしょう。老人もありえないわ」

「そうかしら？」リディアはつぶやいた。やっかいな病気をかかえた人との結婚に自分が同意するとは思えないが、年取った人はどうだろう？　よぼよぼの老人は？

「だめよ」エレノアはきっぱりと言った。「リディアの場合、守るべき評判というものがあるわ。八年間、自立を夢見る若い娘から理想の女性としてあこがれられてきたんですもの」

「あら、いやだわ」リディアは言った。「誰かの理想の人になることを目指しているわけじゃないのに。わたしが決めた結婚が誰かを幻滅させるとしたら、それはその人の問題よ。誰かのロマンチックな夢を満たすために将来の計画を立てるなんて、お断りだわ」

すべてが本音というわけではなかった。本当は注目を浴びるのが好きだった。自分は舞台の真ん中に立ってこそ輝ける。そこが一番快適でいられる場所なのだ。子どものころから人を喜ばせ、楽しませるすべを身につけていた。機知に富んだ言動、愛嬌のある態度、可愛らしい容姿、陽気な性格。それらに人々は反応してくれたし、両親もそんな娘が自慢で見せびらかしたがったからだ。人を魅了する——それこそリディアの得意とするところだった。

期待に応えたご褒美として、幼いリディアは根無し草で贅沢好きの両親とともに旅を続け、各国の王子や王女にお目通りを許されたり、すぐれた才能を持った男女に紹介されたりしてきた。ひと言で言えば、おとぎ話に出てくるような豊かさと興奮に満ちた生活だった。

自分はそんな人生を歩むべく育てられた。レディ・リディア・イーストレイクでいることがわたしの仕事であり、それはリヴァプール伯爵の仕事が英国の首相であるのと同じなのだ。第一、今のこの生活と身分を取り上げられたら、わたしはどうなるの？ その答えを知るのが、ただただ怖かった。

「とにかく、模範的な紳士と結婚すればいいのよ」エレノアが論じている。「あなたと同じぐらい裕福で、地位のある人。家柄がよくて身分が高くて資産家で、妻の自立を喜んで認めてくれる人ね」

「言うは易し、行うは難しよ」リディアはそっけない口調で言った。

まさにこの言葉どおりだからこそ、自分は今まで求婚を断りつづけてきたのだ。もし自分が、母親の最初の結婚のように判断を誤ったらどうする？ あるいはサラと同じく、相手を愛せないと結婚後に明らかになったらどうする？ またはエレノアのように、夫を軽蔑することになったら？ エミリーの夫のような男性と結婚してしまったら？ そんな不安が消えないのだ。

それでも、実のところリディアは結婚したかった。その気持ちは否定できない。両親がお互いに抱いていたような友情と愛情にもとづいた関係を築きたかった。昔しばしばかいま見た、父が母を見守るときの温かいまなざしが忘れられない。自分もあんな偽りのない、心からの思いがあふれる目で見つめられたかった。しかしリディアは、今まで結婚を申し込んできた男性がそんな愛情を注いでくれるという確信は持てなかったし、自分も相手を心から愛せるとは思えなかった。そうこうしているうちに、自立した生活の中で夫を選ぶべき必要性に迫られることなく充実した日々を送り、何年かが過ぎた。

だが、今となっては事情が変わった。ようやく自分が以前から求めていたこと（つまり夫探し）に本気でとりかかる必要が出てきたわけで、リディアはある意味、ほっとしていた。

「で、どうするつもり？」サラが訊いた。

リディアは眉を片方だけひそめた。「わたしが貧乏になったことは、伏せておくつもり」

「それがいいわね」エレノアが即座に言った。「あなたの窮状が世間に知られる前に、結婚の約束を固めておかなければならないから」

「嘘をついて結婚を決めろということ？」サラが訊いた。特に衝撃を受けているようすでもない。

「とんでもない」リディアは反論した。「自分のふところが寂しいことを相手に知らせずに結婚したりはしないわ。男性が結婚の申し込みをしてくれたあとに、実はお金に困っていると打ち明けるの。同時に、求婚を取り下げてもかまわないと申し出るのよ」先を見通してものを考えるのが苦手なサラに、辛抱強く説明する。「彼が申し込みを撤回する場合には、わたしの秘密をかならず守っていただく。そして、何も知らない次の花婿候補に道を譲ってもらうの。これは道義上の問題なのよ、わかる？　でも、もしそれでも求婚は取り下げないというなら、彼はわたしの財政状態を承知のうえで結婚するわけだから、恨みを抱く理由はないはずよ」

「本当に、破産したことを知っても結婚してくれる人がいると思う？」サラが疑わしそうに訊いた。

「そう願ってるわ。お金はなくても、名声はあるし。わたしと結婚しようという男性なら、地位や評判を気にすると思うの。あちこちの紳士クラブの賭け金帳には、レディ・リディアの名前が燦然と輝いているわ。いつ、誰と結婚するかについて何度も賭けが行われたことは一目瞭然ですもの」リディアは実際より自信たっぷりに聞こえるようつとめた。「わたしが持っているものの中で一番価値が高いのは、社交界での名声と影響力よ。それがどれだけ通用するかはわからないけれど、賢く立ち回れば、相手の男性がわたしと一緒になることでお金以外の恩恵を受けられると信じて、破産について知らされる前に結婚を決意してくれるかもしれないわ」考えこむように間をおく。「そう、食卓を飾ったり、幌なしの馬車に乗ってきれいな姿を見せたり、有能な女主人役をつとめたりはできるから、社会的な野心を抱く男性にとってはいい財産になるかもしれないわね」

サラは納得してうなずいた。

誰も、求婚者がわたしと愛し合うようになるだろうとは言ってくれない――かすかな心の痛みとともにリディアは気づいた。上流社会における結婚は、愛には縁がないのだ。

「じゃあ、レディ・リディア・イーストレイクがこの冬、心変わりしたと、わたしたちが触れまわらなくてはならないわね」エレノアが小声で言った。リディアがサラに考えを説明しているあいだに、今後どうすべきかをじっくり考えていたにちがいない。

「一人でいるのが寂しくなったらしい、と触れまわってもらってもいいわよ」リディアはほのめかした。

「ふん、ばかばかしい」とエミリー。

「エミリーの言うとおりよ」エレノアが認めた。「寂しいだなんて、理由としてふさわしくないわ。母になることへのあこがれを感じた、という言い方にしましょう。家庭を築きたくなった、と」

「そうね」サラが妙な声でつぶやいた。「子どもが欲しいという理由なら、みんな理解してくれるわ」

「エレノア、ためになることばかりだわ」とリディアは言った。「あなたの助言がなかったら、わたし今ごろ、恐ろしさのあまり体がすくんでしまって、どこかに隠れてぶるぶる震えていたでしょうよ、新しいドレスも買いに行けずにね。でも買い物をするほうがずっと楽しいわ。いつも最新流行の服を着ているという評判も保たなくてはならないし」

「でも……お金はどうするつもりなの？」サラは訊いたあと、顔を赤らめた。「つまり、もう貧乏になってしまったわけでしょう。もちろん、必要ならわたしが貸してあげても――」

「結構よ！」とリディアは声をあげ、赤面した。そして今度は静かに言った。「いいえ、大丈夫。ほかの人がよくやっている手を使うわ。信用を担保に、つけで物を買えばいいでしょ。それが通用しない場合は、手持ちの品でなくなっても誰も気づかない物を売ることにするわ。たとえば絵や骨董品、宝石をね」

「そうやって努力しても、誰も結婚を申し込んでくれなかったらどうするの？」エミリーが穏やかな声で訊いた。

「そうね、その場合は」リディアは言った。夏の終わり以降については考えたくなかった。「少なくとも、最後の輝ける社交シーズンを楽しめた、と思うことにするわ」

リディアがサラを見送りに出ていくのを待ってから、エレノアはエミリー・コッドを手招きしてそばに呼んだ。「リディアがいい花婿を見つけられるよう、わたしたちもできることはすべてやらなければいけないわね。あの娘《こ》は感情をすぐ表に出しやすいたちだし、判断を急ぎすぎるところがあるから」

「確かに。でも、正しい選択をするときが多いわ」

「人生の一大事なんだから、直感に頼ってもらっては困るのよ」

そのとおりだ、とエミリーは思った。「わたし、何をすればいい?」

「花婿候補の品定めを手伝ってもらいたいの。あなたなら、ほかの人が知りえない情報を耳にする機会があるだろうから」

エミリーはうなずいた。多くの人が気づかないことだが、お目付け役が目を閉じているからといって、眠っているとはかぎらない。じっと耳をすましていると、付き添いの前だからといって不用意に口をすべらせた言葉までが聞こえてくる。エミリーは、愛するリディアのためならできるかぎりのことをするつもりだった。

でも、つらかった。自分の不幸な結婚生活が、夫によってブリスリントンの精神病院に入れられた悲惨な経験が、ありありとよみがえる。

エミリーの胃がしくしくと痛み、手が震え出した。思い出したくない。思い出してはいけない。リディアを、コッドやエレノアの夫の公爵や、サラの夫のようでない男性と結婚させることだけを考える。それが重要なのだ。リディアの伴侶となるべき男性は、四人の親友がこの三年間同様、仲良く幸せに暮らすことを許してくれる人でなくてはならない。エなんて利己的な動機なの。エミリーは我ながら気がひけた。だが利己的という点では、エレノアとサラも同じだった。エレノアにとってはリディアだけが生きがいだし、サラにしても、どんな行動に走ろうと自分を認めてくれる唯一の存在として、リディアが必要なのだ。エミリーにはわかっていた。抑えのきかないわたしの盗癖をとがめだてせず、ほかのところに価値を見出してくれる人はリディア以外にはいない。

そうよ。エレノアにわざわざ指摘されるまでもない。これは一大事だ。リディアの夫選びがこの四人の行く末にとっていかに重要か、エミリーはエレノアよりはるかに深く理解していた。

4

一八一六年　四月

リディアが訪れたとき、宝石商の主人ルバレーは運悪く不在で、息子の嫁のベルトに店をまかせて昼食を取りに自宅へ戻っていた。ここ二、三週間で、ターウィリガーはリディアの個人資産の大半をひそかに売却していた。だがリディアは、アメジストの装身具一式だけはあきらめきれず、ルバレーに一時預けて、いつの日か請け出すつもりでいた。

かつてフランス宮廷御用達の宝石商をつとめ、英国に移住したルバレーは骨董品も扱っており、裏ではときおり上流階級向けの質屋の役割も果たしていた。チープサイドというなじみのない地区にあるこのフランス人経営の店にリディアがわざわざ足を運んだ目的は後者だ。気取りのない下町という立地は、急に現金が入り用になった貴族の紳士や、裕福かどうかにかかわらず掘り出し物を探す人々（程度の差こそあれ、男性は皆その傾向がある）にはおあつらえ向きだった。

リディアはこの店を訪れる計画を何日も前から立てていた。馬車をどこに停めるか、あとにつきしたがう従僕を何人にするか、周囲の雰囲気に合わせるには何を着ればいいかまで、詳細にわたる計画を練ってあった。ただしルバレーが昼食を取りにいったん家へ戻る習慣であることは計算外だった。なんと、腹立たしい。

この界隈で時を過ごせば過ごすほど、誰かに正体を見破られる危険性が高くなる。質屋に出入りしていたという噂だけは立てられたくない。きっとリディアの財産について憶測が飛び交うきっかけになる。それに、淑女なら絶対に質屋を訪れたりはしない。なんといっても、リディアが淑女であることだけは間違いのない事実だった。

それも今日までの話ね、とひとりごちる。

「出直したほうがよさそうね」リディアはつぶやいた。

ルバレーの息子の妻ベルトは首を左右に振り、「いいえ、マダム。そんなご面倒をおかけするわけにはいきませんわ」と言うと、ゆったりした、汚れが縞になってついている上っ張りを脱ぎ、椅子の背にかけた。「わたしがひとっ走り行って、すぐに店主を連れてきます」

「いいえ、そこまでしなくても結構よ」

「大した手間じゃありませんし、自宅は数区画しか離れていないところですから。留守のあいだにお客さまがいらしたのに呼びに行かなかったら、わたし、ムッシュー・ルバレーにこっぴどく叱られます」

「わたしが来たことを言わなければいいでしょう」リディアは言った。「アメジストと真珠をあしらった装身具を鑑定してもらおうと思って持ってきただけ。そのう……友人の物なんです」

教育が行きとどいているのだろう、ベルトはリディアの嘘を疑うそぶりはみじんも見せなかった。「そうですか。では、ここでお待ちになって、店内を見ていてください。かならず、数分で戻ってきますから」

リディアが止めようとする間もなくベルトは急いで戸口に向かい、肩越しに言った。

「赤ん坊なら、さっきお客さまがいらっしゃる前に寝ついたばかりで、しばらくは目が覚めませんからね」

「赤ん坊？」リディアはおうむ返しに訊き返したが、ベルトはもう出ていってしまっていた。

店内を回ってみると、ボンベ・チェスト（曲線的な輪郭のたんす）の一番下の引き出しの中で、赤ん坊が本当に眠っていた。何カ月になるのか、男の子か女の子か、リディアには見当もつかなかったし、確かめてみようとも思わなかった。すやすやと心地よさそうに眠る赤ん坊の口元には、泡状になったよだれが光を反射して虹色に輝いている。クモの巣のように繊細なまつ毛が、柔らかそうな（少しべたべたした感じの）ピンク色の頬にかかっている。上にかけた毛布が呼吸に合わせて上下していた。

リディアは近づいてひざまずき、小さな赤ん坊を観察した。誰かの妻になるのであれば、数人とは言わないまでも、一人は赤ん坊を産まなければならない。考えただけでそら恐ろしくなる。大人に囲まれて育ったリディアは、子どもについて何も知らなかった。

母になれば、子どもを好きになれるかしら。心底可愛いと思えれば、子育ても楽しくなるにちがいない。両親は、あふれんばかりの愛情をそそいでわたしを育ててくれた。わたしもきっと、両親と同じようにわが子を愛せるだろう——愛らしくて、お行儀がよくて、頭がよければ。でも、もしそうじゃなかったら？　それでも愛せるかしら？　わたし自身、粘土でできた人形みたいに醜くてハリネズミみたいにお行儀が悪かったら、両親に愛されただろうか？

そのとき、引き出しから鼻につんとくる甘ずっぱい匂いが立ち上ってきて、リディアの空想は途切れた。勢いよく体を起こして後ずさりしたため、背後のはしごにぶつかってしまった。あわてて振り向いてはしごを手で支えると、顔を上げたときに壁際の棚が目にとまった。見事なロイヤルブルーの品物が一番上の棚で輝いている。なんだろう。調べてみたい気持ちが頭をもたげた。

一瞬のためらいがあった。直情的なことで知られるリディアだが、向こうみずな行動に出るときは、上流社会で許される範囲を堅く守っていた。牧場の柵を馬に乗って飛び越える？　もちろん。一国の王子をからかう？　しょっちゅうだわ。でも、質屋ではしごを上って埃だらけの棚を調べるのは？　まだ試したことがない。

だからといって……。いいじゃない、やってみれば？　誰もわたしがここにいるとは知らないのだから、害があろうはずがない。飽くことなき好奇心がふたたび衝動的な性格とあいまって、理性の声を踏みつぶした。

リディアはあたりを見まわし、ベルト・ルバレーが置いていった上っ張りを見つけた。何も考えずにそれをかぶり、袖をまくると、はしご段を上りはじめた。思っていたよりずっと安定が悪く、ぐらぐらしている。軽率だったかしら、という考えが頭をよぎったが、脚はいっこうに動きをやめず、一番上まで上りきった。ぼろぼろの紙箱の陰に置かれた見事な東洋風の鉢が誘うようにのぞいていた。

思いがけないすばらしい発見に、リディアは目を大きく見開いた。これは！　中国製であるのは間違いない。清朝の康熙《こうき》帝時代のものかしら？　もっとよく見てみなければ……。

鉢の邪魔になっている箱の端をつかみ、とりあえず引っぱってみる。表面が朽ちかけていた箱の一部が壊れ、リディアはびくりとした。手を引っこめたひょうしに何かにぶつかる。それは銀製のろうそく立てで、棚の端に向かって転がってくる。はっと息をのんで身をかがめたが、遅かった。棚からすべり落ちたろうそく立てはリディアがかぶっていた帽子のつばに当たった。その勢いで帽子が吹っ飛び、優雅にととのえられた髪が半分崩れてしまった。ろうそく立てが床に落ちてがしゃんと音を立てた。

リディアは息を止め、どうか赤ん坊が起きませんようにと祈った。目を覚ました気配はない。

よかった。ほっとして顔にかかった髪の毛を払う。手が汚れているのに気づいたが遅かった。額に真っ黒なすすがついたあとだった。「もう、いや」

まだ頭上の棚にのったままの鉢を見上げる。鉢は魅力的な輝きを放っていた。自分の目が正しいかどうか確かめてみなければ。リディアは精一杯背伸びをし、壊れた紙箱をそろそろと横にずらした。だが箱は何かに引っかかって動かなくなった。腕を回しても裏にある鉢には届きそうにない。崩れかけた箱をこれ以上動かして、完全に壊してしまうわけにはいかない。ということは、はしごの位置を変えればいいのでは――。

店の正面扉の上につけられた鈴が軽やかに鳴った。誰かが入ってきたのだ。まもなく深みのある男性の声が響いた。「すみません」

肩越しに振り返って見下ろすと、戸口に立っているのは長身で肩幅の広い紳士だった。手には帽子を持ち、髪は日に照らされて金色に輝いている。

ありていに言えば、リディアがこれまで見た中で一番すてきな男性だった。彫りの深い、力強い顔立ちで、筋の通った高い鼻、大きめの口。がっちりとしたあごはきれいにひげが剃られている。そして……あごにかすかな割れ目が入っている。リディアはあごに割れ目のある男性に弱い。りりしい顔立ちをしていた父親もまさにそうだった。

くだんの紳士は快活そうで、それでいて控えめな印象だった。背すじをぴんと伸ばして立っているが、意識してその姿勢を保っているというのではなく、訓練の結果、自然にそうなっているといった感じだった。

「すみません、お願いできますか？」彼が言った。

そのときリディアは気づいた――わたしはすてきな男性客に圧倒された店の売り子のようにぽかんと口を開けているだけではない。実際、売り子と勘違いされているのだ。当然だわ。まとめ髪は半分ほどけたまま。流行のドレスはよれよれで埃だらけの上っ張りの下に隠れているし、顔にはすす汚れがついている。

リディアははっと我に返った。こんな姿を男性に見せてはいけない。しかもこんな場所で。まず、もっとも重要なのは、レディ・リディア・イーストレイクはこれほど薄汚い格好をしているところを人に見られたことがない、という事実だ。汚れた格好をした経験がないわけではない。見知らぬ人にこんな姿をさらしたことがないのだ。加えて、淑女たるもの、質屋との大衆的な商取引に手を染めたりしないという常識がある。比類なき美女とうたわれたほどの社交界の花形であるうえ、淑女であることはリディアにとって最後の砦《とりで》のようなものだ。それだけに、手放したくないという思いが強かった。

売り子と勘違いされた以上は、そのふりをするしかない。リディアは愛想のいい、いかにも親切そうな笑顔を作り、はしごを下りはじめた。「はーい、かしこまりました、お客さん。品物を片づけてたもんで、失礼しちゃって」チープサイド特有のなまりを真似たリディアは、我ながらそのできに満足していた（ただし、本物のベルト・ルバレーにはそんななまりはない）。一番下の段から床に下り、手についた埃を上っ張りでぬぐった。「はい、何をお見せしましょうか？」

男性は近づいてきた。床に下り立ってみると、彼の目が春の流氷のように淡いブルーグレーで、濃いまつ毛に縁取られているのがわかる。そして、ただでさえととのって美しい顔をますます魅力的に見せる微笑み。

誰なのかしら？　社交界を闊歩している人間なら全員顔見知りだが、この人は見かけたことがない。友人たちも絶対に知らないだろう。もし以前に会ったことがあれば、彼のきわだった美男子ぶりが話題に上っていたはずだ。だが彼の立ち居ふるまいはどう見ても紳士のそれで、上着の見事な仕立ては間違いなくウエストンの手になるものだ。

「おたくではステッキのいいのを揃えておられると人に教えられましてね。見せていただきたいのですが」

「ステッキですか？」リディアは訊き返した。この店でステッキを売っているかどうかなどわからない。ただし、セント・ジェームズ通りの〈リットナー・アンド・コブ〉で扱っていることは知っていた。

「そうです。もしあれば銀製か、象牙のものを」

「そうですか」リディアは誰かに盗み聞きされるのを恐れるかのようにあたりを見まわすと、紳士のそばにすり寄っていった。なにげなく始めた売り子の芝居が楽しくなって、彼をじっと見つめる。「あのですね、お客さん。本当は言っちゃいけないことかもしれないんだけど、教えてあげますよ。お客さん、なんか感じのいい人だし、ロンドンへ来て間もないみたいだから」

一瞬、彼のブルーグレーの瞳を驚きがかすめたが、その笑顔は明るく穏やかなままだった。

「はい、感じのいい人のつもりです」紳士は誓うように言った。穏やかだった表情に、面白がっているふしがわずかにうかがえる。「それに、ロンドンへ来て間もないのも確かです。どうしてわかったんです？」

なぜって、あなたのような男性なら、ロンドンに現れたときに誰かがわたしに教えてくれていたはずだからよ。リディアは生意気そうな笑みを浮かべた。「なぜって、上着がまっさらのぴかぴかだからですって。仕立て直したあとがないですもん。靴もズボンも真新しいし、手に持ったお帽子ときたひにゃ、ロンドンの濃霧でまだ汚れてないし」

「へえ、鋭いですねえ。実に興味深い」

リディアは首をかしげた。興味を持ってくれているのね。こちらこそ、こんな紳士なら興味しんしんだわ。背が高く、引き締まった体つきで、男らしさを引き立てる服に身を包んでいるこの男性は、ロンドン在住の紳士として通用しそうだった。ただし、外見はロンドン風の紳士のようではない。肌はこんがりと日焼けして、目には誠実さがうかがえるし、すらりとして姿勢がいいし……格好よすぎる。

「何が興味深いんです？」リディアは訊いた。じろじろ見すぎているのを意識しながらも、それを自分に許していた。なぜなら自分は、店員のベルトを演じているのだから。ベルトなら、こんなぱりっとしたいい男にお目にかかったことがないだろうから。確かにわたしもお目にかかったことがないが、レディ・リディア・イーストレイクなら、絶対に人をじろじろ見たりはしない。

「あなたの話し方、どうして下町なまりが出たり消えたりするのかなと思って」彼はそう言ってから理由を説明した。「〝手に持ったお帽子ときたひにゃ〟って言っていたでしょう」

しまった！　リディアの頬がかっと熱くなった。だが彼の口ぶりからは、からかっているのかどうかはわからない。

「あたし、なまりを直そうとしてるんです」リディアは一六三センチ足らずの体で精一杯伸び上がって言った。「淑女のお客さんに話すときは、淑女みたいなしゃべり方をしたほうがいいって、おじさんに言われたから」

「なるほど！」彼はうなずいた。「それでわかりました。ところでさっき言おうとしてたことはなんだったんですか？　わたしが感じがよくて、ロンドンへ来て間もないから、教えてくれることって？」

「あのう、実はですね、うちにゃ――いえ、うちには」リディアはわざわざ言い直した。「我ながらうまいものだわ。「セント・ジェームズ通りの〈リットナー・アンド・コブ〉ほどのステッキの品揃えはないもんですから」

よし。これでルバレーとベルトが戻ってくる前にこの人を追い払えるわ……。とはいうもののリディアは、彼を追い払いたくなくなっていた。それに彼のほうも、急いで出ていきたがっているようすはない。

「そうなんですか？　すみませんね、あなたの雇い主の方にとってはその分の売上を損することになるのに、別の店のことを教えてくださって」

「あたし、雇われてるわけじゃないんです」何も考えずに口をついて出た言葉だが、すぐに言い直す。「店主はあたしのおじで、ほかにもいろいろな品、たとえば骨董品やら宝石やらをたくさん扱ってます。ステッキ一本程度の売上が減ったからって、どうこう言うわけないですよ、お客さん」リディアは膝を曲げてぺこりとお辞儀をした。

「どうもありがとう、ご親切に。だが帰る前に、いい情報を教えてくださったお礼として、おじさんのお店の品物を何か買わせてください。おすすめの品を見せてくれますか？」

おすすめの品？　何を見せればいいのか、リディアにはかいもく見当がつかなかった。この紳士に装身具をすすめてもしょうがないだろう。ただし、もし誰か女性に……。「とってもきれいなアメジストと真珠のアクセサリーがあるんですよ。もしよかったら、ごらんになってみますか……奥さま用に？」

「いや、あいにく妻はいないんです」唇の片端だけが引きつった。こちらが何を探ろうとしているか、十分わかっているらしい。

リディアの顔が赤らんだ。最初に見たとき気づいた彼の控えめな態度は、姿勢のよさと同じで、意識して会得したのではなく、習慣で身についたものではないかという考えに襲われたのだ。もしかしたらこの端整な顔の下には、柔和な表情に表れていない何かが隠されているのかもしれない。

「ですから、宝石は要りません。自分用の物にします。そう、何か、あなたの好みの品がい い」

「あたしの好み、ですか？」

「そうです」彼は背中に回した手を軽く組んだ。「あなたの好みです」

なんてこと。この人、わたしの気を引こうとしているのかしら？　リディアは、男性が女店員に色目を使う、まさにその対象に自分がなっているという驚愕と、自分が男性からそんな反応を引き出せたことに対する興奮のはざまにいた。どう対処していいのやらわからない。もし彼が言い寄ってきたら？　お互いにとって恐ろしい結果を招いてしまう。だって、わたしの正体を明かさざるをえなくなるもの。

不安が顔に出たのだろう、彼のまなざしがやわらいだ。**春の流氷ではなく、たそがれどきの霧の色ね。**「お嬢さん」彼は優しく呼びかけた。「意見を聞きたいと思って言ったのであって、金に糸目をつけずにあなたに贈り物をしようというのではありませんよ」

リディアは真っ赤になった。自分がばかみたいに思えてしかたがなかった。わたしったら、何を考えてるんだろう。もちろん色目なんか使うわけがない。彼のように立派な紳士が、上流社会の人々に物を売ることで生計を立てている店員なんかに言い寄るはずがないじゃないの。

「もちろん、そうでしょう」リディアは言った。「あたし、何をお見せしようかと迷ってたんです」いよいよ何か具体的に考えなくてはならない。どうしてこんなばかげた事態に巻きこまれなくちゃならないの？　そのときはしごに目がとまり、いい考えが浮かんだ。「一番上の棚に、すばらしい東洋の鉢があるんですよ。あれなんか、どうかしら」

「よさそうですね」

「わかりました。取ってきますね」リディアが一番下の段に足をかけると、頭上に彼の手が伸びてきてはしごの支柱をつかんだ。あわてて振り向いたリディアはあやうく彼にぶつかりそうになった。長身なので、目を合わせようとすると首をそらして見上げなくてはならない。距離が近いため、ブルーグレーの虹彩《こうさい》を取り巻く銅《あかがね》色の環まで見える。

「このはしご、安定が悪いようだから」彼は説明した。

リディアは後ずさりしたあげく、はしごにぶつかった。まるで社交界にデビューしたばかりの一五歳の少女のように口ごもり、顔を赤らめる。いやだ、うぶな子どもじゃあるまいし。友人たちがこの姿を見たら、お腹が痛くなるまで笑い転げるだろう。

「お気づかいいただいてすみません。でもあたし、大丈夫です」リディアはそう言うと、はしごを支えている彼の腕を越えてどんどん上っていった。まずいことに、急ぎすぎた。足をすべらせ、バランスを崩してしまった。はっと息をのむより早く力強い手が伸びてきて、ウエストのところで支えられた。彼はリディアを広く硬い胸に引き寄せて巧みに抱え上げ、転がり落ちるのを防いだ。ほんの一瞬、リディアは抱きかかえられたまま彼の目をのぞきこむ形となった。その目の奥で何かがちらついた。息をのんだのは誰、わたし？　そうだわ。次の瞬間、彼はリディアの体を床に下ろし、手を離した。表情にはかすかな心配の色が見えるだけで、それ以上の感情は読みとれない。

「取ってさしあげましょうか」落ち着いた静かな声で彼は言った。

わたしの胸の鼓動もあのぐらい静かになってくれればいいのに。だがリディアの心臓は高鳴るばかりだった。

承諾の返事を待たずに、彼はリディアの前を通ってはしごを上りはじめた。何段も上らなくても棚に届く高さまで到達し、長い腕を伸ばして鉢をしっかりつかむと、棚から持ち上げた。

この人、何者かしら？

はしごから下りた彼は、手にした鉢をリディアに渡して訊いた。

「これがさっき言っていた鉢ですか？」

「そうです」鉢を手にしたとたん、リディアは引きこまれた。こういう品が何よりも好きなのだ。

美術工芸品を鑑賞するようになったきっかけは、がらんとした広大なサー・グリムリーの荘園邸で、召使以外に誰も話し相手がおらず、ほかに何もすることがなかったからだ。しかしのちになって、心から楽しんで取り組めるようになった。リディアのこの趣味を知る者は少ない。美女には玄人はだしの知識など必要とされないからだ。

修練を積んだリディアの目は、鉢の高く盛り上がった縁から、白地に青の絹織地模様、そして底に空いた小さな穴へと移っていった。自宅にもこれに似た磁器が何点も置いてある。

「中国の物だわ」リディアはつぶやいた。「たぶん、康熙年間に作られた品でしょうね。模様にイスラム文化の影響が見られるのと、図形のあいだの空白が少ないという特徴があるから」

「目利きなんですね」

「ただの愛好家ですよ」リディアは穏やかに否定した。完璧な保存状態で、見事な品だった。

「本当にすてきだわ」

「ええ、じつに美しい」考え深げな声。

顔を上げたリディアを、彼がじっと見つめていた。

「中国の磁器にお詳しいの？」

「いや、詳しくはありませんよ」彼は謙遜した。「でも、すぐれた品は見ればわかります。これだったら、手に入れたいですね」

「それほど古いものじゃありませんよ。たぶん一〇〇年も経っていないんじゃないかしら。それでも、稀少な品ではありますね」リディアは彼を少しからかってみたくなっていた。

「もしかしたら、ご予算外かも」

「ほぼ間違いなく、手が届かないでしょうね」唇をゆがめた、皮肉っぽい微笑み。

「お気に召したんだったら、最初から値段を訊けばいいのに」

「今さら訊けませんよ、残念だが」

リディアは声をあげて笑った。「お客さん、正直すぎますって。弱みを見せることになりますよ。お客さんの正直さにつけこもうとするたちの悪い人もいるから。あたしみたいにちゃんとした人間が相手だったらいいけど」

彼は宮廷風のお辞儀をした。「あなたの良心を頼りにして、おっしゃるままにいたします」

「あら！」リディアは人さし指を振ってみせた。「あたしに良心があるって思いこんでませんか？あたしだってひょっとしたら、お金だけが目当ての人間かもしれませんよ」

「そうなんですか?」意外な返事にリディアは驚いて彼を見た。

この人、真面目に訊いているんだわ。こちらにもちゃんとした答えを求めているのは明らかだ。リディアはどう反応していいやらわからなかった。知り合いの紳士は皆、遊び半分で会話を楽しむだけで、言葉の正直さなどは求めない。気晴らしにすぎないからだ。

リディアは頬に血が上るのを感じた。彼について新たな興味が湧いてきていた。今度は物腰や外見以外のものに。リディアは今や、彼が何者かだけでなく、どんな人間かを知りたくなっていた。

「お嬢さん?」

自分が金目当てかどうかという質問には答えたくなかった。自立した生活と引き換えに富を得る決心をしたばかりだからなおさらだ。代わりにリディアは「おじがこの鉢にどの程度の値段をつけるつもりか、わからないんですけど」と言った。

「そうですか。じゃあ、待ちますよ」

この言葉にリディアはさっと振り向いた。「だめ! いえ、おじはしばらくのあいだ、たぶん数時間は留守にするって言ってました。お客さん、午後いっぱいをここで無駄に過ごすのもおいやでしょうから」

「そうでもないですよ。ここには意外な発見や驚きがたくさんあって、いろいろと楽しめそうですからね」

リディアは言い知れない恐怖に襲われた。女店員のふりをしていたことをこの紳士に知られたら、最悪のじゃじゃ馬娘と思われてしまう。たとえば、何年もバイロン卿を追いかけて笑いものになっているキャロライン・ラムのような。きっと彼は、今日のできごとをほかの人にしゃべるだろう。この手の話は男の人なら誰でも興味が――どうしよう、大変！　彼の情けにすがるべきだろうか？　すべてを打ち明けて、紳士としての良心に訴えれば、秘密は口外しないと約束してくれるにちがいない。それでも、おてんば娘だと思われることに変わりはない。彼にはおてんば娘だなんて、思われたくない！　いや！

ちょうどそのとき、忘れ去られてお腹をすかせ、おしめが濡れた臭いを発散させたベルトの赤ん坊が声をあげた。ろうそく立てが床に落ちたとき目覚めた赤ん坊は、それからの一五分間、自分の足の指をいっしんに吸っていたのだが、これ以上続けてもお腹は満たされないと判断したのか、泣きわめきはじめたのだ。

「いったいなんです、今のは？」紳士が訊いた。

「赤ちゃんだわ！」頬を片手ではたいて言うと、リディアは彼の前を通り、ボンベ・チェストのほうへ急いだ。赤ん坊は顔を小さな赤い巾着のようにしわくちゃにし、口を真ん丸に大きく開けて怒りをあらわにしている。

考えるより先にリディアはチェストの引き出しに手を伸ばし、赤ん坊を毛布ごと腕に抱えた。「よしよし……いい子だから……ねんねして」湿った頭に顔を寄せてあやす。

赤ん坊の泣き声はますます大きくなった。

リディアは途方にくれて紳士を見た。彼も同じように困惑している。

「その赤ちゃんはあなたの子？」

「まさか、違うわ！」リディアは叫んだ。「これ、いとこの子なんです」

「これ？」彼はおうむ返しに言った。

「だから、赤ちゃんよ」いらだったリディアはつっかかった。「どうすればいいの？」

彼の顔から驚きが消え、愉快そうな表情になった。「見当もつきませんね。わたしには妻も、子どももいないから」

赤ん坊は顔の向きを変え、よだれだらけの口をリディアのあごにぐいと押しつけると、歯の生えていない歯ぐきで音を立てて嚙みはじめた。リディアは恐怖のあまり凍りついた。

「いや！」声が震える。「これ、どうしてこんなことするの？」

「お腹がすいてるんじゃないだろうか」紳士はしごく真面目に助言した。

「そりゃそうよ」リディアはこわばった声で言った。「わたしを食べようとしてるもの」

「いや、違いますよ。わたしが思うに、あの」彼の引き締まった頰にかすかな赤みがさした。

「探しているんでしょうね、お母さんの――」

「わかってますって！」ぴしゃりと言ったリディアの頰も同様に赤くほてっていた。

「で、それは？」

訊かれてリディアは啞然として彼を見返した。まだ赤ん坊にかぶりつかれたままだ。

「赤ちゃんよ」

「男か女か、って訊いたんです。あなたがさっきから〝これ〟って呼んでるから」

「あら、いやだ。そうよね」あてずっぽうで言ってみる。「男の子よ」

リディアは無駄な咀嚼を続ける赤ん坊の口を無理やり引きはがし、反対側に向きを変えた。すかさず抗議の泣き声があがった。

「揺するんです」紳士が注意した。「優しく、ですよ」

「子どもはいないって言ってたじゃありませんか」

「姪や甥がいますから。赤ん坊のころ、泣き出すと、乳母が抱いて揺すっていた」

「なんですって？」赤ん坊の怒りのほえ声にかぶせて、リディアは叫んだ。

「もういいです、どうでも！」紳士が叫び返す。「揺するんです！　優しく！」

リディアがその助言を実行に移してみる機会は失われた。ベルトが店の裏口から飛びこんでくると、両腕を広げて勢いよく突進してきたからだ。その目は鬼気迫るものがあった。

「わたしの赤ちゃんよ！」ベルトはリディアの腕から赤ん坊を引ったくった。ルバレーの孫はたちまちおとなしくなり、泣き声は軽くしゃくりあげる程度にまでおさまった。ベルトの目に宿った猛獣を思わせる光（母性のなせるわざらしい）は消えていった。自分が襲おうとしていたのが誰かを認識したのだろう。ベルトの顔が青ざめた。「まあ！　申し訳ありませんでした――」

「謝って当然よね」リディアがさえぎった。「いくらあたしがいいとこだからって、こんなに待たせて。約束の時間にずいぶん遅れたじゃないの」

ベルトは何か言いかけたが、リディアがわずかに首を振ったのを見て開いた口を閉じた。

「じゃあ、おじさんはもう昼食をすませたのね？」リディアは明るい声で訊いた。

「おじさん？」ベルトがためらいながらくり返す。

「ほかに誰がいるっていうのよ？」リディアは張りつめた笑い声をあげた。「いやだ、母親になると頭がぼけちゃうのね。これでもう一人産んだら、いったいどうなるか、考えるのも恐ろしいわ。あたしをどこかの貴婦人と混同しそうになったでしょう。だけど、こんな格好で質屋に来るお嬢さまなんて、いると思う？」自分の着た上っ張りと汚れた手を意味ありげに見る。「もしいたとしたら、その女《ひと》はたちまち世間の噂の餌食になるでしょうね」

「えっ？あ、ああ！」ベルトはようやくリディアの陥った苦境に気づいたらしい。「本当よね。さすがいいとこだわ、あなたの言うとおり。子どもを産んでから、どうも頭の回転が鈍くなっちゃって。それでね、うちの父、じきに昼食から戻ってくるから、あなたはもう帰っていいわ、今すぐ。お客さまのお相手はわたしが代わりにしますから」

　まあ、なんて機転のきく娘《こ》なの。リディアはほっとした。ベルトは、ルバレーがもうすぐ戻ってくると警告しただけでなく、ルバレーが帰ってくる前に店を出られるよう時間の余裕を与えてくれたのだ。「ありがとう」リディアは感謝の気持ちをこめて言った。

　かたわらに目をやると、紳士は手を後ろで組み、妙に優しさをにじませた表情でこちらを見ている。

　きっと、この人とはまた会う機会がある、とリディアは確信に近いものを持っていた。上着の仕立て、クラヴァットの結び方、立ち居ふるまい、姿勢にいたるまで、すべてが裕福で趣味のよい紳士であることを表していた。それに、再会したときはまさかこの店で出会った売り子とは気づかないだろう。淑女が流行のドレスとはほど遠い格好をして、絶対に現れないはずの場所にいれば、知人であってもほとんどその正体を見破れない。上流社会というのはそういうところなのだ。

急がなければ。ベルトの言ったとおり、店主が帰ってくる。だが、何か心残りで立ち去りがたいものがあった。「お客さん、お気に入りのあの品、うまく手に入るといいですね」

「ありがとう。せっかく見つけた〝お気に入り〟ですから、ぜひとも自分のものにしたいと思っていますよ」彼は生真面目な口調で答えた。

ああ、この瞳に引きこまれずにはいられない。

「お昼ご飯が冷めないうちに家へ帰ったほうがいいわ」ベルトがうながした。「母さんがうるさいから。わかるでしょ」

「ええ。どうもありがとう。それじゃお客さん、失礼します」リディアはそう言うと、戻ってくるルバレーに会わないよう、返事を待たずに急いで店を飛び出した。

5

店の裏口から飛び出していくレディ・リディア・イーストレイクの姿を見守りながら、ネッド・ロックトンは微笑んだ。

あの女《ひと》が裕福で、生活費を稼ぐ必要がないのは幸いなるかな、だ。なぜってあんな大根役者では、舞台女優として生計を立てるのはとうてい無理だからだ。考えていることが表情豊かな顔にことごとく出てしまう。最初は面白がっていた。そのうち楽しみはじめた。貴族的な言葉づかいとわざとらしい下町なまりがごっちゃになった話し方で自分の正体がばれるのではという、つかのまの不安。自分の説明でネッドがうまくだまされたと思いこんだときの勝ち誇ったようす。本物の店員が戻ってきたときのあせり。そして逃げていくときのあわてぶり。

かわいそうに。店の売り子を、実に楽しそうに演じていたのに。実のところネッドは、リディアのはっとするほどの美しさだけでなく、他人になりすまして喜んでいるようすに惹かれていた。一緒に楽しみましょう、と誘うかのようなあの態度には、心に訴えかけるものがあった。うっとりと酔わせてくれる、シャンパンのような女《ひと》だった。

はしごから下りてきたとき、誰であるかすぐにわかった。気づかないほうがおかしい。新聞、雑誌がこぞって肖像を載せているし、その容姿についても、姿を現した社交の場や日時、一緒に過ごした相手についても、記事に詳しく述べられていた。市販のトランプには、ダイヤモンドのクイーンの顔がリディアの似顔絵になっているものさえある。画家として知られるトマス・ローレンス卿は最近、英国王立美術院の展覧会で彼女の肖像画を公開した。しかしそれより何より、あの色の瞳をした女性がこの世に二人といるとは考えにくかった。きわだって美しい色合いの目だった。夜の闇のような紫。イワツバメの羽の色と言えばいいか。その一方でリディアは、もっと小さな、柔らかい羽を持つツバメを思い起こさせる。動きがなめらかで優雅で、生意気で――。

「お客さま？」見下ろすと、小柄で神経質そうな感じのフランス人店主が入ってきていた。ネッドがまだ持ったままの鉢を指さしている。

「ああ、そうでした。この鉢、おいくらでしょうか？」

ネッドはルバレーの言い値で鉢を買った。店員のベルトに品物を包装させて時間を稼ぐ。リディアに逃げる余裕を十分に与えてやろうとしていた。

包装を終えた品を渡されたとき、リディアについてベルトに問いただしてみようかとも考えたが、それではかわいそうだと思い直してやめた。客を裏切るか、嘘をつくかの選択をベルトに迫ることになるからだ。

「ありがとう」とネッドは言って包みを受け取り、頭を下げた。今ごろはもう、レディ・リディアもだいぶ遠くまで行っているだろう。とにかく、あの黄色い車輪で有名な馬車が停めてある場所とは反対方向にあるクラブ〈ブードルズ〉へ向かって歩いていくつもりだった。そこにはチャイルド・スミスという、甥のハリーが大金を借りた紳士がいるはずだ。ネッドは顔をしかめた。腹立たしいというより自暴自棄に近い気持ちだった。

ロックトン家の人間一人一人に腹を立ててもしかたがない。皆、口が悪く、いばりちらすわりに情にもろいところがあり、意志薄弱で、世間知らずなのだ。驚いたことに本人たちにはその自覚がない。見識が狭いのだろうが、ネッドから見れば妙に可愛いげのある性格に思える（ただし、その見方が一般的でないことはわかっている）。それでも、根拠のない大言壮語や空いばりを耳にするたび、少しぎょっとする。彼らのほうも、ネッドが自分たちと同じ気質を受け継いでいないことに戸惑っている。

かつて、名付け親であるネルソン提督がしたたかに酔った勢いでネッドに打ち明けたことがある。きみはスズメの巣で孵《かえ》ったカッコウのごとく傑出しているというより、カッコウの巣で卵が孵《かえ》ってみたらタカだったという感じだな、と。だがネッドは自分にはタカに似たところがあるとは思えなかった。除隊して家に帰って以来、母鳥のように人の世話ばかり焼いている気がする。

家族に反省をうながして変わってもらいたいなどとは思わない。実際、ネッドは皆を愛し、大切にしていた。

かといって昔からずっと家族を大切にしてきたわけではない。ネルソン提督率いる艦隊への入隊を志願したときは、同じ年ごろのおおかたの若者と同じく、家族の存在をあまり意識しなかった。どちらかといえば、〈ジョステン館〉の無秩序ぶり、管理の甘さ、混沌とした状態から逃げ出したかったのだ。だが若者の抱いていた冒険へのあこがれは、ナポレオン・ボナパルトの野望によって、厳しい任務に変わった。〈ジョステン館〉と、そこに住む人騒がせな家族のイメージが、磁石のようにネッドの心を引きつけ、故郷へ帰りたいという思いをかきたてた。

もはやネッドは、軍人になる前の穏やかで落ち着いた少年ではなくなっていた。ただし、昔と同じ笑顔と物腰だけは保っていた。穏やかさは自己を律する厳しさに変わり、落ち着きは揺るがない冷静さに取って代わった。命令を下し、部下を配置し、任務を遂行するために必要なものを身につけたのだ。そのあいだに自分が知ったことを家族に伝えようとは思わなかったし、何を見たか、何を遂行する必要があったかも想像させたくなかった。家族が知らなくていいことだからだ。ネッドはある意味、大口を叩くばかりで世間知に欠ける家族の無邪気さを守るために海で戦ったようなものだった。

格好をつけたがって大げさに騒ぎ立てるくせに気が回らない兄や姉をたまに思い出すと微笑ましく、日々の絶望から救われるときもあった。家族のためなら、できるかぎりのことをやろう。そう思いながらネッドは〈ブードルズ〉の目立たない入口を目指した。そう、遺産相続権を持つ女性との結婚だっていとわないつもりだ。いいじゃないか？　今までは故郷、跡継ぎ、安心、伝統を重んじ、そのために戦ってきた。そろそろ、伴侶を見つけてもいいころだ。富と知性を兼ねそなえた立派な女性を。

それが結婚相手を選ぶ基準だ。というより、これまではそういう基準だった。だが突如として気づいた。何かが足りない――いや、必要な条件がほかにもあるはずだ。〈プードルズ〉の正面玄関に着いたネッドは係の者に会釈した。

ほどなく中に通され、玄関ホールに足を踏み入れた瞬間、大声で呼びとめられた。「ネッド？　ネッド・ロックトン大佐じゃないか？」

振り向くと、廊下の向こうから小柄な男性がやってくるのが見えた。年はネッドよりふたつみっつ下。体にぴったりした長ズボン《パンタロン》と、胴回りを絞って肩幅をことさらに広くとった上着のせいで動きが制約されたような歩き方をしている。高く立てた襟に入念に結んだ青いクラヴァットで顔の下半分が隠れ、上半分も砂色の巻き毛がかかってほとんど見えないぐらいだ。

「おや、ボートンじゃないか？」ネッドも呼びかけた。

地方の名士、ジョージ・ボートンの一家は〈ジョステン館〉から一五、六キロのところに住んでいる資産家だ。ボートンは子どものころから、ネッドが海軍に入隊するまで、いつもあとにくっついてきていた。最後に会ったのは二年前。姪のメアリがボートンからの求婚を断ったときだ。それ以来ボートンは、都会的な雰囲気を身につけようとしているらしい。

「どうだ、元気だったか？」

「ああ、気分は上々さ」ボートンは言い、服を品定めするかのようなネッドの視線に気づいてつけ加えた。「ヘイルだ」

「元気《ヘイル》ならよかった」

「いや大佐、ぼくのことじゃない、仕立屋の名前だよ。ポール・ヘイルが仕立てた服さ。きみの仕立屋もなかなかのものだがね。そんなに自然に見える肩当ては見たことがない」

実のところ上着には肩当てなど入っていないのだが、ネッドは指摘しなかった。

「ありがとう」

「きみもここの会員になったんだな」

「ジョステンが申し込みをしたので、クラブが検討してくれたようだ」

「検討も何もないさ」ボートンは高らかに言い、ネッドの肩をぽんと叩いた。「ぼくが選考委員会の委員をしているからね。こっちだ！」手を振って、通りかかった従業員を呼びとめる。「ロックトン大佐の荷物をお預かりして、飲み物を持ってきてくれ。ポートワインでいいね？　それをふたつだ」

ボートンは微笑み、今度はネッドの背中を叩いた。

「クラブの中を案内しよう。図書室はすばらしいぞ。椅子の座り心地のよさといったらロンドン一だ。それから、気がついたかどうかわからないが、〈ホワイツ〉同様、弓形の張り出し窓がある」

ボートンはさらに続けた。「何よりもいいのは、女っ気がないことだ。そういえばきみの姪御さん、メアリはどうしてる？　いや、答えなくていい。まだ誰とも婚約していないんだね？　もちろんそうだな、婚約していたら噂を聞くだろうから。どこまで話したっけ？　ああ、ご婦人方は出入り禁止という話だった。ここは女性の耳ざわりな声が届かない、男の王国なんだ。お望みとあらば、女性の姿を目にせずに何週間でも過ごせばいい。メアリはどうしてる？」

大人になってからほとんど女性とは縁のない生活を送ってきたネッドは、微笑まずにはいられなかった。

「つまり、わたしの最後の任務さながらの環境というわけだな」

ボートンはネッドをちらりと見て、からかわれているとわかると笑顔になった。

「大佐にとっては、男性専用というのがクラブの魅力にならないことを忘れていたよ。だとすると、どんな宣伝文句だったらいいのかな？　うまい食べ物か？　心躍る交流か？　最新の出版物を置いていることとか？　そういえばボー・ブランメルもここの会員なんだが、最近はとんとご無沙汰だな」ボートンは鼻のわきに人さし指を当てて身を乗り出し、「借金取りに追われているらしい」と言ってから姿勢を正した。「まあ、とにかく、会員の中には興味深い人物がたくさんいるからね」

「そう聞いているよ」ネッドは答えた。

ボートンは何か恐ろしいことを思い出したかのようにその端整な顔をしかめた。

「そうだ、きみの甥御さんの件を忘れていた。スミスと勝負をしたのは愚かだったな。あいつは、いいカモを見つけるとかさにかかってむしり取る、根っからの賭博師なんだよ。いかさまをするわけじゃないが、とにかく二倍の年の男でもかなわないほど百戦錬磨のカードの達人なんだ。会員の中には甥御さんを説得して、勝負をやめさせようとした者もいたようだが、聞き入れられなかったらしい」

「それはそうだろう。あいにく分別をわきまえた行いは、わが一族の得意とするところじゃないからね」

「ぼくにも責任の一端があるような気がする。あの子たちの行動をもっと気をつけて見守っているべきだったんだ。ハリーもピップも、ぼくにとっては弟みたいなもので、メアリとのことがなければ……でもそれも、あの子たちのせいじゃ……」ボートンは言葉を切り、顔を赤くした。「とにかく、こんな事態になるんじゃないかと初めからわかっていたよ。あの二人ほど自信過剰なやつは見たことがない。しかも、根拠のない自信だからね」

「ああ。わたしも久しぶりにあいつらに再会して、まさにそう感じたよ。それでも、自分の甥であることに変わりはないからね。例のスミスは、ここにいるかな？」

ボートンはネッドの顔をちらっと見た。「いや、見かけないが」

「ボートン、心配するな。今日はハリーの借金を返しに来ただけだから」

「そうだったのか？　よかった」

「スミスについて、知っていることを聞かせてくれないか」

ボートンは片方の肩をすくめた。「しょっちゅう大金を投じて賭け事をしている以外にかい？　やたら着飾っているのがご自慢で、同じ愛人と何年も関係を続けている。どうしようもなくうぬぼれが強い俗物だ」

ネッドは微笑んだ。「なるほど。ほかには？」

「この春、飛び交っていた噂の中で注目すべきは、スミスのおじいさんの話だ。今、病で臥せっているんだが、『自分があの世へ行く前におまえが結婚するなら、遺産相続人にしてやろう』と約束したんだそうだ。おじいさんの資産は限嗣相続になっていないからな。そうとうな額に上るらしいぞ。スミス自身も金持ちだが、結婚が間に合えば、英国でも有数の大富豪になるだろうね」

「もうすでに金持ちなんだから、遺産は要らないんじゃないのか」

「ただ普通に生きていくためなら要らないな。だが、スミスが望む人生を送るためには必要なのさ。それだけの富を手に入れれば、世間はスミス家が四世代前に商人だった事実を忘れてくれるだろうからな。スミスは上流社会に受け入れられているが、高く評価されてはいない。その高い評価が欲しいんだよ、やつは」

「あきれたよ、ボートン。きみという男は、情報がそれこそ泉のように湧き出てくるんだな。このぶんだと、わたしのことだってどれだけ知られているかわかったものじゃないな」ネッドは言った。

ボートンは少しも動じない。「きみの信用を傷つけるような評判はひとつも聞いていないよ。まさか、と疑いたくなってしまうぐらい非の打ちどころがない」

ネッドは笑い出した。「いや、わたしだって過ちをおかしたことはあるよ」

「想像もつかないね。きみはいつも、一家の中で一人だけ違っていたものな。うちの父によれば、ロックトン家の人たちは普通とあべこべで、一番年下がもっとも分別があるのに対して、一番年上はまったく……いけない、また差し出がましいことを言ってしまった」ボートンは赤くなった。

「気にしなくていいさ」

「よし。誰かにスミスの居所を探させよう」ボートンが指をぱちんと鳴らすと、従業員が飛んできた。「スミス氏がどこにいらっしゃるか、確かめてきてくれないか。まずは大きめの鏡がある部屋から探しはじめるといい。そういう鏡の前にいる可能性が高いから」

従業員はにこりともせず、すぐさまボートンの指示に従ったが、ネッドはにやりと笑った。

「自分の姿を鏡で見るのが好きなんだな？」

「まったく、筋金入りの伊達男《だておとこ》だよ。なぜやつが〈ホワイツ〉の会員でないのか不思議だが、競争が激しくて入れてもらえないのかもしれないな。しかしボー・ブランメルも今や、借金で首が回らなくなって大陸へ逃げるんじゃないかと言われているから、張り出し窓の席に空きが出るだろう」

「きみも〈ホワイツ〉に入会を申し込めばいいのに」ネッドはなにげなくすすめた。

ボートンは声をあげて笑った。「ぼくがかい？　まさか。確かにぼくは、こういう場所で丁重に扱われるのは好きだよ。だが伊達男となると服装だけの問題じゃなくなる。物憂げでけだるげな立ち居ふるまいや、ささいなことを重大事のように話す能力も必要なのさ。たとえば昨年の社交シーズン、レディ・デヴォンシャー主催のパーティで二人の伊達男が、どのマメ科植物を食べると一番腹が張りやすいかを論じているうちに、もう少しで殴り合いのけんかに発展しそうになったぐらいだからね。ぼくなんか、伊達男とはとても言えないよ。ただ、身だしなみがきちんとしているだけだ」最後は少し得意げに言う。

ボートンの後ろに従業員が現れたので、ネッドはそれ以上何も言わずにすんだ。ボートンは差し出された盆からポートワインのグラスを二つ取り、先に立って広々とした部屋に入っていった。床には厚みのある東洋の絨毯が敷かれ、背の高い窓からは前の通りを見下ろせる、居心地のよさそうな部屋で、すでに多くの紳士がいた。新聞や雑誌を読んだり、集まって飲みながら談笑したりしている。大理石の暖炉のそばに空いた椅子を二席見つけたボートンは、知り合いに会釈をしながらネッドとともにそちらへ向かった。

「さあ、座ってくれ。ところで大佐、脚のぐあいはどうなんだ？　かなりひどいけがだったそうだが、歩き方ではわからないな。義足なのか？」

ネッドはすすめられた椅子に腰を下ろし、ポートワインを受け取った。

「いや、脚もけがも本物だよ。馬に乗っているところを見ればわかってもらえるだろう。というより、馬を乗りこなそうと努力しているところ、と言ったほうがいいか」

「あまり熱心に回復を願うのもどうかと思うがね」

ネッドは不思議そうに首をかしげた。

「だって、足をひきずって歩いていなかったら、どうやってきみが名誉の負傷をした戦争の英雄だとご婦人方に知らせるんだ？」

ネッドは声をあげて笑った。「きみに頼むしかないだろうな。代わりに皆さんに伝えてくれればいいさ」

これを聞いたボートンはグラスをわきに置き、意味深長にうなずきながら身を乗り出した。

「なるほど。つまりきみ、結婚を真剣に考えはじめたということなんだな？」

「なぜそう思う？」ネッドは訊き、ポートワインをひと口飲んだ。

「その真新しい上着を見れば、単に流行の服への興味が芽生えただけではないと明らかにわかるからさ。しゃれ者でない男が上着を新しくあつらえるとすれば、その理由はふたつにひとつ。淑女の気を引きたいか、従者を感心させたいかのどちらかだ。きみには従者はいないし、まだ独身なわけだから、淑女の気を引きたいという理由しか考えられない」

ネッドは首を振った。〝淑女〟という言葉を聞いただけで、つややかなコーヒー色をした巻き毛、白い肌、濃いすみれ色の快活な瞳、生き生きとした微笑みが頭に浮かんで離れない。

「ぼくとしては、注意深く行動することをすすめるね」ボートンが言った。「今からきみが飛びこもうとしている海は、海軍大佐として戦ってきた海域よりはるかに危険なんだ。容姿、血統、資産と三拍子そろったきみのような男性は、実に魅力的な、かっこうの獲物になる。特に、娘の花婿探しに熱心な母親連中にとってはね。ああいう連中はきみみたいなご馳走に目がないから、飛びついてくるだろう。ただし……」

「ただし、なんだい？」ネッドは好奇心にかられてうながした。

「ただし、今年は伴侶探しも競争が激しくなるだろう。今までは牧師の口車に乗せられなかった男たちが、いつでも婚礼の祭壇に立たんばかりの勢いで待ちかまえているからね。まるで、崖から海に次々と飛び降りるタビネズミだよ」ボートンは重々しくうなずいた。「穀物の作柄は悪いし、株は暴落するし、海外で戦っていた兵士たちは帰国しても仕事がないし、パンにも税金がかかるというありさまだ。この不況のあおりを受けていない者はほとんどいない。損失をこうむらなかった者でも、経済が低迷する中、自分の築いた王国を立て直そうと、大急ぎで資産を一元化したり借金を整理したりしている」

そのとき新たな考えが浮かんだのか、ボートンの顔が明るくなった。目を輝かせている。

「いや、ぼくの勘違いだったたか。もしかしたらきみは、末永く連れそう、実利にかなった伴侶ではなく、もっと甘美な関係を求めて、つかのまの恋の相手を探そうとしているんじゃないか?」

そのつもりはなかった。ネッドは愛人を持ったことがない。そんな暇がなかったのも事実だが、恋愛を金で買うという考えにはどこか抵抗があった。

「それどころか、その〝つかのまの〟関係とやらのほうが、より実利にかなっているとわたしは思いこんでいたよ」

ボートンは含み笑いをした。

「なるほど、そうか。ネッド、きみはやっぱりロマンチストか、でなければ皮肉屋なんだな。そうじゃないかと思っていたけどね」

「ああ。英雄というのはこのどちらかに分類できるんだ。つまり何かに対する思い入れが強いか、あるいは思い入れがまったくないか、ってことだよ。きみのように見かけは冷静沈着な人間でもこの原則は通用する。いや、きみのような人間だからこそ、だな。で、ネッド。どっちなんだ？　ロマンチストか、皮肉屋か？」

「そうか？」

ネッドはボートンの質問を無視した。

「話を進めるために、わたしが結婚相手を探しているというきみの仮説が正しいとしよう。だとすると、どこから始めればいい？」

よくぞ訊いてくれた、とばかりにボートンは両手で膝の上をこすった。

「親愛なる友よ、ご相談いただいて光栄だよ。さて、考えてみよう。今年社交界にデビューする令嬢たちは、まだ宮廷での拝謁がすんでいないから、今のところお目にかかる機会には恵まれない。ぼくの知っている未婚の女性といえば……」目を細め、いっしんに考えている。

「ええと……そうだなあ。教養があって、美しくて、裕福な女性か」ボートンは弁解がましい目でネッドを見た。「別にロックトン家が金に困っているわけではないにしても、妻が自分の資産を持っていて悪いことはないからね」

ネッドは反論しなかった。

「レディ・デボラ・ゴスフォードはどうだろう」

「歯並びが悪い！」男らしい声の主が宣言するように言った。

ネッドが振り向くと、すぐそばに紳士が二人立っていた。太くたくましいほうは、薄くなりかけた赤茶色の髪に不格好なぺちゃんこの鼻。年上のほうは浅黒い肌で、イタリア人とおぼしき風貌だ。

「確かにそうだな、エルトン」ボートンが肩越しに振り返って認めた。「しかし、肌はきれいだぞ」

「ああ、かなりのものだ」太った男が同意した。

「エルトン卿とカルヴェッツリ王子だ。こちらは海軍を退役したロックトン大佐」ボートンが紹介した。「今シーズンの有望な花嫁候補を思い出そうとしていたんだよ」

ネッドは立ち上がって挨拶したが、カルヴェッツリ王子は座っていてかまわないと手を振って示した。ボートンが王子のために椅子を持ってきた。

皆が席につくと、ボートンは「ぼくの姉の歯並びは抜群ですよ」とさりげなく売りこんだ。

「それに、肌もきれいだ」

「お姉さんは結婚する気がない」エルトン卿が断言した。「きみと一緒に暮らしているほうが楽だからだ。夫が相手だと、きみに対するようにいばりちらして命令するのは難しいだろうから」

「姉が家にいるかぎり、誰もぼくと結婚してくれないんだ」ボートンは悲しげに言った。

「なんとかして結婚させなくては。もしよければ、大佐に……」急に言葉を切り、首を振った。「いや、だめだ。きみのことが好きだから、それはできない」

「ダイアン・ドゥ・モーリーも、とてもきれいなお嬢さんだね」カルヴェッリ王子が言った。

「だめだ」とエルトン卿。「あの娘は堅物だから」

「堅物のどこが悪いんだい？」もう一人がそう言いながら近づいてきてボートンに挨拶した。

「ぼく自身、そういう堅物と結婚しているがね。そういう妻だからこそ、こちらが夜遊びをしても干渉してこないんだよ、わからないか？　堅物で上品ぶった女性は、何しに行くんですかなどと夫に尋ねない。何しに行くかがわかったら、心配しているふりをしなければならなくなるからね」

「それで夫婦仲がうまくいっているわけだから、おめでとうと言うべきなんだろうね、トルファー。それに、お悔やみも言わなくちゃ」ボートンはそう言って、まわりに集まりはじめている男たちの笑いを誘った。新たな参加者が紹介され、椅子が調達され、近くに引き寄せて並べられた。

「じゃあ、レディ・アン・メジャー＝トレントはどうだい？」エルトン卿が訊いた。「八万ポンドの資産。ヴィーナスのような体で――」

「だが、英国一うるさい笑い声の持ち主だからな」とボートン。

「レディ・マージェリー・ヒックスは？」もう一人が言った。

「まともな装いとはどういうものか、誰かが教えてやれるならね」ばかにしたように誰かが答えると、「ジェニー・ピックラーが今年、デビューするんだそうだ」とつけ加えた。

「きみ、彼女の母上に会ったことがあるか？」

ネッドは会話にほとんど注意を払っていなかった。その思いは何度も、レディ・リディアのばかげた芝居に、すみれ色の目に、愛嬌のある微笑みに戻っていく。そして自分の胸に押しつけられた、ほっそりと引き締まって軽やかな体の記憶がよみがえるのだった。

「レディ・リディア・イーストレイクはどうだい？」ネッドは訊いた。

6

ネッドの問いかけは、集団の真ん中に炸裂寸前の爆弾を投げこんだかのような効果をもたらした。一瞬、皆が黙りこむ。静けさを破ったのはボートンの笑い声だった。つられてほかの男たちも笑い出した。

「これはいいや！　最高だよ、ネッド！」大笑いしていたボートンは突然はたと気づいた。「なんと、冗談じゃなかったのか。まさか——ああ、そうだった。すっかり忘れていた」

周囲の人々の混乱を察知して説明する。「ロックトン大佐は、ロンドンで社交シーズンを過ごした経験がない。だから、知らないんだ」

なるほど、そういうわけか、という声が一同のあいだで次々と起こり、広がっていった。

「エルトン卿、すまないが例の賭け帳を持ってきてくれないか」ボートンはそう言って椅子に深く腰かけ、悦に入ってにんまりと微笑んだ。

ネッドが待っているあいだ、まわりに立った男たちは意味ありげに目配せを交わした。なりゆきに興味しんしんといったところだ。

まもなくエルトン卿は分厚い賭け帳を持ってきて、ボートンの膝の上に無造作に置いた。

どりはじめた。

ボートンは人さし指の先を口で湿らせ、ページをめくっていく。一番上の列に記載された年を確かめ、ようやく一八〇八年を見つけて手をとめると、その下に長々と続く欄を指先でた

「ここだ」と言ってネッドのほうに賭け帳を向け、ページの上から三分の二ぐらいの位置にある書きこみの部分を指で叩いた。そこにはこうあった。**ビング対ロス陸軍大佐、すみれ色の瞳をしたデビューしたての美女が一二カ月以内に婚約しないことに賭けて、一〇〇ギニー対一〇ギニー。一八〇八年四月五日。**期日どおりに支払い済みと記してある。

ボートンは同じページのもう少し下の記録を指さした。**ブランメル対バット卿、L・Eが来年の社交シーズンまで結婚しない可能性に、五〇〇ギニー対二五ギニーの賭け。支払い済み。**

ボートンはさらに数件の記録を読み上げてから、次の年、そのまた次の年の賭けの内容を明らかにしていった。どれもリディア・イーストレイクが結婚、または婚約するかどうかが焦点になっていた。しかし月日が経つにつれて、賭けの対象が微妙に変わっていくのが見てとれた。

T卿、一〇〇〇ギニーに対してH・H・E、五〇〇ギニーの賭け金。次の金曜、〈オールマックス社交場〉ですみれ色の瞳の貴婦人が同じ相手と三度踊るか否か。

スニード・ワース・プライス将軍五〇ギニーに対してA・マーリー五ギニーの賭け。レディ・Lがデヴォンシャーのパーティに黄色のドレスを着るか否か。

ブランメル二〇〇〇ポンドに対して、D陸軍大佐五〇〇ポンド。L・Lが大佐との馬車同乗を承諾するかどうかの賭け。

レディ・リディアがいつまで独身でいるかについての賭けはしだいに少なくなり、何を着るか、誰とダンスを踊るか、舞踏会や祝宴の際に何時ごろ現れるかに興味の対象が移ってきていた。ボートンは書きこみの最後の欄を指で叩き、顔を上げてネッドと目を合わせると、声を出して読みはじめた。「〝A卿は彼女が結婚を承諾してくれなかった場合、一万ポンドを支払う。承諾しないほうに賭けたのはグラス、ジョンストン、バーネル、フレッチャー各卿、合わせて五〇〇〇ポンド〟だそうだ。彼女というのが誰か、言わなくてもわかるだろう？」

「ちなみに、ロックトン大佐」かっぷくのいいエルトン卿が微笑みながら言った。「その賭けは、A卿なる人物の負けに終わりましたよ」

ボルトンはため息をつき、椅子の背にもたれかかった。「リディア・イーストレイクのあとを追いまわす男の数は、テムズ川に垂れた釣り糸の数より多いんだ。本人に会ったことがあるかい？」

「いや」ネッドは答えた。「肖像画を見ただけだが、どんな女性なのかと興味を持ってね」

周囲の紳士たちは勢いよくうなずいた。それぞれの性格によって、感傷的なおももちになったり、好色そうな表情を見せたりしている。

「息をのむほど美しい」

「魅力的な女性だ」

「比類のない麗しさだね」

「以前より優しさがなくなったよ」あちこちからあがる称賛のつぶやきに割って入るように、滑らかな男性の声が響いた。「かといって、意地悪になったわけではないがね」

「スミスか」ボートンがいらだちを隠せずに言った。「どんな娘も、美しさではレディ・リディアの足元にも及ばない。きみだって知ってるだろうに」

ネッドは立ち上がって振り返った。淡褐色の半ズボンに紺青色の平織地を使った上着を優雅に着こなした紳士が大理石の暖炉にもたれかかって立っていた。セーブルの嗅ぎたばこ入れを所在なげにもてあそんでいる。細長く貴公子然とした顔立ち。黒い髪は計算じつくされた感じに乱れ、白髪が交じっている。といってもネッドとさほど変わらない年ごろのようだ。物腰はどこまでもけだるそうで、重たげなまぶたの下から冷ややかにこちらを見つめ、薄い唇の端をわずかに上げただけの微笑みを浮かべている。

なるほど、これがいわゆる伊達男か、とネッドは思った。

「クラブの従業員から聞いたよ。ボートン、わたしを探していたそうだな」スミスが言った。

「ああ、そのとおりだ」ボートンも立ち上がった。「ロックトン大佐、チャイルド・スミス閣下を紹介しよう。スミス、こちらがエドワード・ロックトン大佐だ」

「お目にかかれて光栄です」ネッドは礼儀正しく挨拶した。「わたしの甥のハロルド・ロックトン卿をご存じだそうですね」

スミスは嗅ぎたばこ入れのふたを片手ですばやく開け、周囲の人々の称賛のつぶやきを誘った。手首の内側にたばこをひとつまみのせ、鼻腔をすぼめるようにして優雅に香りを嗅ぐ。

「ああ、ハリー。あの若者ですね。知っていますよ」

皆、内密の話にちがいないと直感したのか、ネッドとスミス、ボートンの三人を残してわきにしりぞいた。とはいえ耳をすましていればおいしい噂話の種を聞きのがさずにすむ程度の距離を保っている。

「甥が金をお借りしているようですね」ネッドは切り出した。「その借用証を返していただきたいのですが」

「おやおや、これは」スミスは大げさに驚いてみせた。「海軍大佐ふぜいにしてはずいぶん気のきいた交渉術をお使いになるじゃありませんか」

不穏な空気を予感したらしいボートンがそわそわしている。残念ながらご期待にはそえないな、とネッドは思った。これしきのいやみでかんしゃくを起こすようでは自分も終わりだ。もっと侮辱的な言葉を面と向かって言われたこともある。しかもスミスよりはるかにましな男たちから。その多くはネッドの指揮下にあった者たちだった。

「驚くには当たりませんよ」ネッドは答えた。「海軍大佐として、標的に当たる確率がもっとも高い武器を使うのは当然でしょう」

「武器だって？　我々が戦闘中だとは気づかなかったな」スミスはゆっくりとした話しぶりで言った。面白いことを言う、とでも言いたげな表情だ。「会話をしているものと思っていましたよ」

いていますよ」

ネッドは微笑んだ。「しかし、社交界ではすべての会話が小さな戦闘のようなものだと聞

スミスは声をあげて笑った。「まったくもってそのとおりですな、大佐。では教えてください。言葉による小戦闘では、どんな武器を使うんです？」

「敵にとってもっともなじみの薄い武器です」ネッドは答えた。

「それを今、使ったわけですか？」

ネッドは首をかしげた。まわりの男たちも混乱して黙りこんだ。スミスがくっきりした眉を片方だけ上げる。ボートンが急ににやにや笑い出した。

「そうか」ボートンは先生の質問に対する答えが突如としてひらめいた生徒のように大声で言った。「気のきいた交渉術だ。それがスミスにとってなじみの薄い武器ってことか。スミス、きみ自身もさっき褒めていたよな、ネッドの交渉術を」

ボートンの指摘に納得した男たちのあいだに嘲笑がさざ波のように広がった。

スミスは目を細め、唇をきっと結んでいたが、ようやく口を開いて「確かにそうだ。うまいことを言ったものですな」といさぎよく認めた。ただし、目には言葉どおりの鷹揚さはない。「兄上の代理としてわざわざ出てきて、ハリーの借金の後始末をしようというわけですか。なんと優しいおじ上だろう」

ネッドはスミスの思いこみをあえて訂正しなかった。今のところは、ジョステン伯爵のふところが今までどおり豊かだとこの伊達男に信じこませておいたほうがいい。甥の借金を返

すのは実は自分なのだが、それは誰も知らなくていいことだ。ネッドは、戦争の末期に拿捕した敵船から押収した金品のうち、船の指揮官として得た取り分の一部を返済にあてるつもりだった。

　ネッドが黙ったままなので、からかって楽しむというあてがはずれたスミスは肩をすくめた。「では、ご都合のいいときに返していただければ」

「金は今ここに持ってきています」ネッドは言った。

「本当ですか？　なんとありがたい。今日はついているなあ。もしや大佐は、不思議な力をお持ちなのかもしれませんね」

「そうでしょうか？」

「ええ。最近、とんとついていなかったものですから。でもさっきのお言葉で運が向いてきたんだろうな。あなたを幸運のお守りとして引っぱりまわしたくなってきましたよ」人をばかにして面白がっているようなせりふで、どこか挑発的だった。

　ボートンの顔が赤くなった。

　ネッドはあえて答えなかった。どうせ、このクラブを出てしまえば、もう二度とスミスと言葉を交わすことはないだろう。

　長い沈黙を破ってスミスが言った。「ぜひともお願いしますよ。お連れしたいところがあるんです。きっと喜んでいただけると思います。よくしていただいたからには、わたしもお返しをしないとね」

「お返しというのは？」スミスの気取った態度にうんざりしながらネッドは訊いた。

「さっき、レディ・リディア・イーストレイクのことを訊いておられましたね」

ネッドの背中と二の腕の筋肉が緊張した。このうぬぼれ屋が彼女について無作法な言葉を吐いたりしたらただではおかない、というぐらいの気持ちになっていた。そんなおかどちがいの騎士道精神など、リディア本人には間違いなく笑われるだろう。だがネッドにとってみれば、条件反射的な反応だった。家族を守ってやらねばならない環境で育った男子として身につけた習慣であり、またのちに海軍大佐としての実戦経験で磨いた精神であって、個人的な感情に根ざしたものではない。当たり前だ。レディ・リディアには正式に紹介されてすらいないのだから。ネッドは微笑んだ。

スミスは誤解したらしい。「ああ、やっぱりそうでしたか。まあ、当然でしょうな」偉そうな態度だ。「何しろ、あのレディ・リディア・イーストレイクですからね。あこがれられ、真似されてはいるが、手の届かない存在だ」と言って笑顔になった。「確かに。肖像を見ただけで彼女に関心を持たれたのもうなずけますよ。ただ忠告しておきますが、肖像というのはかならずしもその人を正しく表しているわけではありませんからね」

「どういう意味だ？」ボートンが顔をしかめて訊いた。

「実を言うとレディ・リディアは、少し型破りなところがあるんです。いたずらっ子のようなね。いや、まさかとおっしゃるかもしれないが。なんと言っても、淑女たるレディ・リディアですから」スミスは間をおき、問いかけるように眉を上げた。「きっともう、お聞きおよびでしょうが……彼女が雇っているお目付役の女性のことはご存じですよね？」

「誰ですって？」

「お目付役のコッド夫人です。皆、あの人には困っているのですが、雇い主がまるで愛玩動物のように扱うものですから、我慢しているんです。レディ・リディアが流行の作り手であるばかりでなく、流行そのものであることを考えると、我々がこぞって泥棒をお供に歩いたとしても不思議はないですよ。個人的には、犬を連れて歩くほうがいいですがね。犬は絨毯にそそうをするかもしれないが、招かれた家のテーブルから陶磁器を盗んだりはしないでしょう？」

予想に反して自分の発言がしのび笑いを誘わなかったので、スミスはまわりの男たちを小ばかにした態度で見わたした。ネッドはスミスのもたらした情報が気になって、ほかのことはどうでもよくなっていた。

レディ・リディアがお目付役として雇っている女性が泥棒だって？　スミスの言葉を鵜呑みにするわけではないが、真実がどうであれ、その話はリディアの性格の意外な一面を表しているにちがいない。スミスは期待をこめてこちらを見つめている。礼を言われるのを待っているのだろう。「なるほど……ご忠告ありがとうございます、スミスさん」

スミスは驚いたようだ。「いやいや、これはさっき言っていたお返しとは違いますよ。ちょっとしたおまけだと思ってください。わたしが考えていたのは、もっと、ずっといいことです」

「どうぞ、お気づかいなく」

スミスは無視して続けた。「今度の土曜日、リディア・イーストレイクはレディ・ピックラーの屋敷で行われる野外の午餐会に出席することがわかっています。ピックラー家では令嬢を社交界にデビューさせようとしているんですが、この娘さんが少しでも母親に似ていたら、社交界の人たちも用心してかからなければならないでしょうね。この午餐会、おそらく、死ぬほど退屈な集まりになるでしょう」スミスは母音を長く伸ばして言った。「レディ・ピックラーという人は実に高慢で底意地の悪い女性なんですが、〈オールマックス社交場〉の選考委員の口やかましいおばさまたちと親しくしていましてね。そんな人からの招待を断って怒らせたりしたら大変で、砒素でもあおったほうがましです。たちまち社交界の最上流層から締め出しをくらってしまいますから」

スミスは続けた。「上流社会の著名人だけが出席を許される場なんです」けだるげに言ってのける。その視線は、この場にいる会員の中には招待客のリストに入る者など一人もいないはずだと告げていた。「だが、ひと言わたしの口添えがあれば招待状が手に入って、伝説の美女、レディ・リディアにお目もじがかないますよ。わたし自身が本人に紹介してさしあげます。我々はもう、友人のようなものですから」スミスはあざけるように唇をとがらせて引き結んだ。「このぐらいのお返しはさせてください」

スミスがどんな卑劣なことをたくらんでいるにせよ、ネッドは断るつもりはなかった。レディ・リディアに再会できる好機を逃してはならない。あの瞳は本当にイワツバメの羽の色をしているのか？ ダンスフロアでも、はしごから落ちそうになって抱きとめたときと同じように軽く舞うのだろうか？　他人のふりをしていないときも、はっとするほど魅力的なあの笑顔がすぐに見られるだろうか？　それを探ってみたかった。

「大佐、いかがです？」

「ええ」ネッドは言った。「ありがとうございます。よろしくお願いします」

「いやいや、お礼を言うのはわたしのほうです。招待状を手に入れましょう。お約束します」スミスはボートンが座っていた椅子に開かれたままのっている賭け帳を手ぶりで示した。「これ、図書室へ戻しておこうか？　賭けをしたいんだが」

「ああ、どうぞ」ボートンは言い、前かがみになって賭け帳を閉じ、差し出した。スミスは謎めいた笑みを浮かべて受け取り、ゆったりとした歩き方で去っていった。

「やつも以前はあんなじゃなかった」スミスを見送りながらボートンが言った。「いいやつだなと思えた時期もあったんだ。だが、長年おじいさんに頭を押さえつけられていてね。自分が名家の出でないことに対する悔しさもあるだろう。昨今の上流社会は氏素性にうるさくなってきたから、スミスは伊達男を気取って自分がいかに重要な存在であるかを示そうとしている。今度は人を感心させようという腹だろう」

ボートンは心配そうに首を振った。

「招待を受けるべきじゃなかったんじゃないか。スミスは自分の仲間の前できみをからかうつもりだぞ」

「ああ、知ってるさ」ネッドは言った。

「じゃあ、なぜお願いしますなんて言ったんだ?」

「なぜって、レディ・リディア・イーストレイクに会うためさ。きまっているだろう」

図書室では、スミスが賭け帳の上にかがみこんでいた。隣にはカルヴェッリ王子がいる。書き終えたスミスは派手な筆づかいで署名し、賭け帳を王子のほうへ押しやって署名を求めた。帳面にはこう書かれていた。


チャイルド・スミス一〇〇〇ギニーに対して、カルヴェッリ王子一〇〇〇ギニー。戦争から帰還したばかりの海軍大佐が、今シーズンが終わるまでにレディ・Lから手痛い攻撃を食らうことに賭ける。

7

「『ラ・ベル・アサンブレ』が最新の流行色の名前を発表したわ。〝イーストレイクの美しい瞳〟ですって」夫の公爵が生前使っていた馬車でピックラー邸へ向かう途中、エレノアが言った。リディアの真新しいドレス（くしくも紫だった）をちゃかすようなまなざしで見ている。リディアはくすりと笑った。

「いやだわ、エレノア。わたしだって、自分の身につけるものがもてはやされるのを喜んでばかりいるわけじゃないのよ。ドレスを注文したとき、ニオイムラサキの花の色にしてって頼んだだけなのに」

「本当に、まぶしいぐらいきれいよ」エレノアが言った。「そのドレスのせいでわたしの罪がまた増えたわ」

「どんな罪？」

「嫉妬の罪よ。あなたがうらやましくてたまらないの」

「そんな。今この状況ではわたし、せいぜい着飾って注目されるようにしなければならないのよ。あなたは何もしなくてもいつも注目の的ですもの。それを考えれば、うらやましいなんて気持ちは吹っ飛ぶでしょ」

「見えすいたお世辞だこと。でもしかたないわね、そう思うことにするわ」

「エレノアが言うのももっともだわ。リディア、最高にお似合いよ」

馬車の隅でうとうとしていたはずがいつのまに目覚めたのか、エミリーが言った。目の下にくまができている。夜、眠れないにちがいない。リディアが花婿探しを始めると聞かされて以来、自分のつらい体験を思い出さずにはいられなくなったのだろう。そんな思いをしないですむよう、相手は慎重に選ぶから大丈夫よ、とリディアは言って安心させようとした。だがエミリーは、頭ではわかっていても、心では納得できないらしい。

「そう言われると嬉しいわ、エミリー」

「あなた、きっと称賛の的よ。間違いなく、今夜中に申し込みがあるわね」

なんとか楽観的に考えようとつとめているエミリーのけなげさに、リディアは微笑んだ。だがその笑みもすぐに消えた。夫探しが、キツネ狩りや六月の苺摘みのようなゲームの一種だと割り切れたらどんなにいいか。夫となるべき候補者について考えはじめるといつも、ルバレーの店で出会ったあの紳士はどうしているかしら、と思わずにいられない。

あの店でとっさに思いついて売り子の芝居を打ってから、一週間以上が経っていた。その間、リディアは何か噂話が聞こえてくるのではないかと思っていた。たとえば、レディ・リディアにはフランスへ亡命した親から生まれた腹違いの妹がいて、その妹がチープサイドの宝石商で働いているらしい、とか。

けっきょく、そんな噂は伝わってこなかったが、リディアはあの日の出会いを過去のものとして忘れることができなかった。背が高くてさっそうとした紳士。第一印象は堅苦しい感じなのに、ブルーグレーの瞳は思いがけないほどユーモアにあふれていた。

彼が求婚してくれることを期待しているわけではない。たった一度、ほんのいっときだけ、しかも尋常ではない状況で会ったきりなのだから、そんなばかげた空想を抱くほど世間知らずではない。リディアは現実的で、それなりに世慣れた女性だった。

でもあの人は……はしごから落ちるところを救ってやった売り子はどうしただろう、と思っていないだろうか？　目を閉じただけで、彼の力強い腕と広い胸の感触がまざまざとよみがえる。彼のほうは、わたしの体の感触を憶えているかしら？　まさか、そんなはずはない。でも万が一、憶えているとしたら、眠れない夜を過ごして――。

「――気をつけたほうがいいわ、リディア」

そのとき心の監視人のような声が響き、白昼夢から目覚めたリディアは我に返った。エミリーはあいかわらず座席の隅で目を閉じていた。エレノアがいぶかしげな顔でこちらを見ている。

「ごめんなさい、何？」リディアは訊き返した。

「繊細そうな生地だから、バラ園へ入るつもりなら引っかけないよう気をつけたほうがいい、って言ったのよ」

「わかったたわ」

かなりの費用がかかったドレスだったが（一カ月前の自分なら値段を知るよしもなく、ましてや出費を気にすることもなかっただろう）、仕立てさせてよかったとリディアは思っていた。レディ・ピックラー主催の午餐会は社交シーズン最初の正式な行事だけに、出席するからには人目につく魅力的な装いをする必要がある。このドレスなら容易に目的が果たせるだろう。

オーバースカートは紫色の平織綿地《ジャコネット》。その下のペチコートは桜貝色に染めた薄手の高級モスリン地で、薄緑色の刺繍を四列にほどこしてあり、すそにレースで縁取りをしたひだ飾りがあしらわれている。深緑の繻子《サテン》をリボン状に縫いつけた長い袖はいわゆる〝ベリー公爵夫人風〟だ。胸のすぐ下に巻かれた幅広のサッシュも同じ素材で、流行の高いウエストをきわだたせている。襟ぐりが大きく開いた胴着の胸元を透き通った紗《しゃ》の布で埋めているのは、多少なりともつつしみ深さを見せるためだ。帽子は緑の漆塗りで、黒イチゴとフクシアの飾りがついている。

「雨が降らないことを祈るしかないわね」エレノアが言った。

「降ったとしてもレディ・ピックラーは一番遠くにある庭園まで招待客を連れまわすでしょうね。そのうちあなたもぶるぶる震え出して、明日の朝刊には〝レディ・リディア、熱病にかかる〟なんて書かれるのがおちよ。わたしのショールを貸してあげるわ、持っておいきなさい」エレノアは膝の上にたたんで置いてあったカシミアのショールを差し出した。

「え？　このドレスを隠してしまえってこと？　だめよ。おしゃれのためにはある程度の犠牲を払わなくては」愉快そうに言いながらも、リディアはショールを受け取った。

春らしからぬ肌寒い日が続いていた。リディアは冷たいすきま風が苦手なエミリーを気づかい、身を乗り出してショールをかけてやると、ふたたび座席に深く腰かけた。

「彼女、寝てるの？」エレノアが訊いた。

「ええ」リディアは小声で答えた。「よかったわ。このごろ、あまりよく眠れなかったみたいだから」

エレノアは、眠りこんでいるエミリーの、母親のような雰囲気をたたえた優しげな顔をしばらく眺めていた。

「今さらだけど、エミリーを雇ったあなたの判断は正しかったわね」

「ありがとう」ようやく公爵夫人に認められて、リディアは嬉しかった。エミリーを住み込みのお目付役兼話し相手として雇おうと決めた当初は賛成してもらえなかったからだ。だが、精神病院を出たいという切なる願いをむげに断ることなど、リディアにはできなかった。

エミリーの控えめながら必死の訴えには驚いた。実を言うと、恐ろしくもあった。生まれて初めて、自分には人に頼りにされる力があるのだと悟った瞬間だった。ささいなことであれ、重要なことであれ、物事を左右する力を自分は持っている。それはある種の特権であり、軽々しく考えてはならない。リディアはエミリーによって、行動を起こす意欲をかきたてられたのだ。

とはいえ、行動を起こしたのはそんな立派な動機からだけではなく、ほかにも理由があった。一人には広すぎて寂しく感じられる家の空間を、誰かと分かち合いたかった。リディアとエミリーは、お互いの中に失った家族を見たのかもしれない。

「今年のパーティにはどなたが出るのかしら」馬車がゆっくりと進む中、エレノアが訊いた。リディアは窓の外をちらりと見た。セント・ジェームズの郊外に近づいていた。ピックラー家はその昔、田園地帯と都会の中間ということでこの町を選び、屋敷を構えた。

「おなじみの顔ぶればかりよ。アルヴァンリー卿とレディ・アルヴァンリー、ハモンド・クロット夫妻、メアリ・セフトン夫人、チャイルド・スミス。ボー・ブランメルも招待されていたのだけれど、最近は社交界の行事にはとんとご無沙汰のようだから」リディアは続けて矢継ぎ早に一〇人以上の名前を挙げたあと、最後にこう締めくくった。「意外な人や、名前を聞いたことのないような人はほとんどいないわ」

エレノアはくぼんだ目の上の薄い眉をつり上げて言った。

「あなたったら、まるで招待客のリストを見て知っているみたいじゃないの」

「まあ、そうね。うちの小間使いがレディ・ピックラーのいとこだから。あなたが去年褒めてくれたブルーの毛織のスペンサー風上着、憶えてるかしら。あれを今着ているのは、実はその小間使いなの。誰があげたかは明白でしょ」

エレノアはいかにも感心したといった表情だ。

「よくもまあ、そこまで思いついたわね。すごいわ」

「だってわたし、この社交シーズンに賭けているんですもの」

「だったらもう知っているでしょう、レディ・ピックラーが今年、あなたを招待したくなかったっていうこと」エレノアは注意深くこちらを見つめている。

リディアは知らなかった。

「まあ、どうして？　あの方ってえり好みが激しくてせんさく好きではあるけれど、わたし、ご機嫌をそこねるようなことをしたおぼえはないわ」

「娘のジェニーがまだ社交界にデビューしていないでしょう。あなたの存在でジェニーがかすんでしまうってわかってるのよ、レディ・ピックラーは」

「まさか、そんな。ありえないわ」

リディアの言葉をエレノアは無視した。うわべだけの否定にきまっているとわかっているだろう。リディアも陰鬱な表情のジェニーを見たことがあるからだ。とはいえ、レディ・ピックラーを母親に持つ娘なら、あんなふうに偏頭痛に悩まされているような顔になっても不思議はないが。

「もちろん、あなたを招待客からはずす勇気はなかったわけ」エレノアは続けた。「レディ・ピックラーは板ばさみの状態だったでしょうね。あなたが出席すれば自分の娘の影が薄くなるし、あなたを招かなければパーティが華のない二流の催しに終わってしまうから。どちらに転んでも困るわけで、気の毒な話よね。ただ先週、こんなことを言っていたらしいわ。レディ・リディアのように適齢期を過ぎた女性が殿方の注目をこれほど長きにわたって集め続けるのはおかしい、ですって。たぶん、そろそろ次の新星が現れてもいいころだと思っているのね。それが自分の娘のジェニーだったら、万々歳なんでしょうけど」

「長きにわたって、ですって？　まあ、まるでわたしがストーンヘンジの巨石みたいな言い草ね」リディアはあきれて言った。「そんな情報、どこから仕入れてきたの？」

「最新流行の服にあこがれる忠実な小間使いを雇っているのはあなただけじゃないのよ」

リディアはくすりと笑ってから「もう、いやになるわ」とつぶやいた。娘の将来を心配していろいろと画策する母親たちがひしめく社交シーズンを乗り切る難しさを思ったからだ。

エレノアは慰めるようにリディアの手を優しく叩いた。

「まあいいじゃない。行き遅れと呼ばれたわけじゃないんだから」

「そうじゃないの。レディ・ピックラーの言うとおりだわ。わたし、確かに適齢期は過ぎているもの。とにかく、ジェニーが無事社交界デビューを果たせればいいわね。そのころまでにはわたし、資産家の貴族に可愛がられ、大切にされる妻という新しい役どころに落ち着いて、幸せに暮らしているでしょうから」

「でも、ジェニーはもうデビューしたも同然でしょ。だからあなたは、レディ・ピックラーをやきもきさせないよう、ふるまい方を考えなくちゃ」つねに現実的なエレノアが言った。「たとえば、機知に富んだところを見せちゃだめ。機知なんてものはわからない人だし、不快に感じるだけだから。心が狭いのよね。自分が理解しがたい微妙なことはすべて下品だと決めつけていて、純真な愛娘の耳には入れたくないのよ。今日サラが一緒に来なかったわけが、これでわかるでしょ？」

馬車の窓から外を眺めて微笑んでいたリディアは振り向いた。

「どういう意味？　サラは先約があったんでしょ」

「違うわ。招《よ》ばれなかったのよ」

「招ばれなかった？」おうむ返しに言ったリディアの声には、いつにない冷ややかさがあった。レディ・ピックラーにいくらけちをつけられようが、自分への仕打ちなら我慢できる。だがサラのこととなると話は別だった。「そんなばかな。御者に言って、引き返させて――」

「いいのよ」エレノアはリディアの手首を押さえてさえぎった。「サラはね、自分が招待されていないことを知ったら、あなたが行かないと言い出すだろうと思って、気を使ったのよ。それに、今年の社交シーズンの大切さもあなたよりよっぽどよくわかっているわ。レディ・ピックラーを怒らせるわけにはいかないでしょう」

「怒らせたってかまわないわ」リディアは憤然として言った。「サラとは長年のつき合いなのに招待しないなんて、よくもまあそんなことができたものだわ。馬車を止めるよう、御者に言ってちょうだい」

「だめよ。サラは最近、いろいろと騒動を起こしているんだから。公平な見方をすれば、あなただって認めざるをえないでしょ」

リディアは唇をきっと結んだ。否定できなかった。事実を知るエレノアの前では、特に。この一年、サラのふるまいは目に余るものがあった。衝動のままに行動し、自分の評判をいっこうに気にしない。最近はますます火遊びにのめりこんでいる。幼なじみに起きたこの変化をどうとらえればいいのか、リディアにはわからない。なぜかサラに見捨てられたような気がしていた。リディアがついてこられないとわかっている道を、サラがわざと選んで歩いているのではと疑いたくなるほどだ。

「ジェラルドがロンドンへ来てくれればいいのに」リディアはつぶやいた。

「かえって状況を悪くするだけよ。あの夫婦はお互いをひどく嫌っているんだから。問題は、サラがまだまだ若いってことよ。結婚して何年になるか、つい忘れそうになるわ。結婚したとき、サラは何歳だったかしら？　一六歳？　なのに、ジェラルドはわたしと同世代ですものね」

「そうね」

リディアは憶えている。サラは最初、ジェラルド・マーチランドとの縁組を喜んでいた。裕福で広い人脈を持つ夫が堅苦しすぎるようなら、軽口をたたいて補えばいいと思ったのだろう。新婚当時はそれでうまくいっていた。だが四〇歳になった人間の性格や好みはそうそう変わるものではない。ジェラルドにしてみれば初めは愛嬌があると感じられたサラの言動も、そのうち品のなさが鼻につきだした。一方サラも、ジェラルドの謹厳さに敬意を抱くどころか、退屈な人と感じるようになっていた。性格があまりに違いすぎる二人だった。

「サラは不幸せなのかしら？」

「いいえ」エレノアは考えこむような表情で言った。「不幸せだったら、もっと人の助言を聞こうとするでしょう。でも最近の彼女を見ていると意気揚々としているし、常識に従わないことで上流社会をばかにしようとしているみたい」

「もしかしたらそれも一時的なもので、すぐにもとに戻るかもしれない。でなければ、血色がよくて生き生きしているから、また妊娠したのかも」リディアは答えを探りながら言った。

「そうでないことを願うわ。サラはここ三カ月間、ジェラルドと会っていないんだから」

「誰が妊娠したの？」エミリーが眠たげな声で訊いた。

「誰もしてないわ」とエレノア。「憶測で言っているだけよ」

「でもリディア、結婚のいいところはそこよね。赤ちゃんが生まれたら抱っこしてみたいものだわ」エミリーの表情がやわらいだ。「わたし、赤ちゃんを抱いてあやしたことがないから」

「わたしだってないわよ」子どもは欲しくないとつねづね言っているエレノアはむしろ得意げだ。

「わたしたち似たものどうしよね、エレノア」エミリーが言った。精神病院に収容されていた人がこうしてグレンヴィル公爵夫人をファーストネームで呼ぶことが変だとは二人とも思っていない。

もっともエミリーは、公の場ではけっしてエレノアとは呼ばなかった。〝誰かのものがハンドバッグにまぎれこむ〟とき以外は思慮深い行動ができる女性なのだ。エミリーは自らも認めるように、精神を病んでいるわけではなく、淑女となるべく育てられていた。

「あら、あなたのほうがずっと優しいわ」エレノアはあっさりと言った。

「あなた、自分の優しさに気づいていないからそう言えるのよ」エミリーは言い張った。

エレノアはふんと鼻を鳴らしたが、まんざらでもなさそうだ。

そのとき、馬車が止まった。扉が仰々しく開けられ、従僕がベルベット張りの踏み台を急いで取りに行く。一行とともに馬車を降りながらリディアは途中で動きを止め、広大な屋敷の正面玄関につながる御影石《みかげいし》の階段を見上げた。大きく開かれた玄関扉の奥のホールには、人影が折り重なるように立って待ちかまえている。

皆、リディアを待っているのだ。

そんなふうに思うのは虚栄心からではなく、経験にもとづいた感覚からだった。社交界にデビューをして以来、リディアはつねに人々の注目の的だった。そもそも生まれたときから人の目にさらされていた。身分にふさわしい人生を歩めるようにとの両親の心配りにより、申し分のない礼儀作法も、優雅な立ち居ふるまいも身につけた。一〇歳になるころには、人に話しかけられれば的確に答え、静かにしているべきときには可愛らしくそこに控え、年のいった王女や気難しい首相を喜ばせるにはどんな言葉が一番いいかを見きわめられるようになっていた。

だが、両親が知人に招かれてスイスアルプス山中の別荘に向かう途中、山道で馬車が横転する事故で死亡してからは、すべてが変わった。

それまでは愛情と洗練、冒険と笑いに包まれていたリディアは、一転して暗い色調の世界に投げこまれた。チクタクと鳴る時計の音がむなしく響く、静まりかえった廊下。悲しみをまぎらわせてくれるものは何もない。召使も女家庭教師も、ダンス教師も家政婦も、誰もが優しく、気づかってくれた。ただ……どこか違和感があった。

社交界デビューを後見しようというエレノアの申し出を受けて、リディアは嬉しさのあまり泣いた。宮廷にお目見えをし、歓迎と称賛の意を示す人々のなつかしい表情をふたたび目にしたとき、これこそ自分の居場所だ、慣れ親しんだこの世界にまた戻ってきたのだという思いを強くした。

それ以来、リディアは興奮を誘うできごとや人々の集まる場所、話題の中心に身を置くようにした。つねに求められ、期待され、歓迎される存在になりたくて努力した。上流社会に認められるのを当然と思いこむような間違いはしなかった。

しかし今や、将来が危うくなっている。以前はあんなに自然に社交的なふるまいができたのに、突如として何もかも忘れたかのようだ。微笑みがこぼれていた口元は不自然にこわばり、優雅だった足どりにはぎこちなさがある。

リディアは一瞬目を閉じ、自分を抱きしめてくれる力強い腕を思い浮かべた。するとたちまち落ち着きも、ユーモアの感覚も戻ってきた。

そうよ、夫となる人を探すぐらい、できるはず。いくらがんばっても死ぬわけじゃない。ナポレオン戦争後の〝輝かしい平和〟が訪れたこの夏、ウェリントン将軍の戦功をたたえてスペンサー伯爵が仮面舞踏会を開くことになっているが、そこに着ていくドレスの仕立屋を決めるほうがよっぽど難しい。実際、夫選びはさほど難しくなさそうだった。結婚相手に望む条件は明確だ――とにかく、資産家であることに尽きるのだから。
リディアは深く息を吸いこむと、スカートを軽くつまみ、階段を上るエレノアのあとに続いた。

8

「まあ、レディ・グレンヴィル、ようこそ。レディ・リディアもいらしてくださったのね。皆さんこうして、このささやかな催しにおいでいただいて、嬉しいですわ」濃い黄色の縞模様の絹のドレスで樽のような体を包んだレディ・ピックラーは、エミリーにちらりと目を走らせた。「それから、コッド夫人も、でしたわね」

サラの出席を阻んだと思ったら、今度はエミリーにもこんな偉ぶった態度をとるなんて。リディアの背中がこわばった。「面白いものですわね。嬉しいとおっしゃいましたが、世間の皆さんに言わせれば、ありがた――」

〝迷惑〟という言葉が飛び出るのを防いだのはエレノアだ。腕を伸ばして、こっそりリディアのわき腹を指先でつつきながら言った。「ありがたいことですわね」

この褒め言葉を、レディ・ピックラーは当然のように受け入れた。「華やぎのある社交シーズンにするために、できる範囲のことをしているだけですわ。かといって、準備が大変でないというわけではありませんよ。明日から一週間は寝こんでしまいそうなぐらい。でも皆さん、野外での午餐を含めて、このパーティを楽しみにしてくださっているでしょう。やらないわけにはいきませんわよね」

「本当にそうですわね」リディアは小声で言った。

廊下の奥では、上流階級の名家の御曹司たちが一行の到着に気づいていた。「レディ・リディア！」と口々に叫びつつ、戸口付近に群がる人々をかきわけてこちらへ向かってくる。ところがレディ・ピックラーの頭の中には、独身男性客を意識した自分なりの計画がちゃんとあった。

「ああ、そうだわ！」彼女はリディアとエレノアのひじをつかんで体をくるりと回転させると、荒れた海を決死の覚悟で渡る小船を思わせる勢いで二人を引っぱっていった。エミリーもあとに続く。

「すみません、通してくださいな。はい、失礼します。あらごめんなさい、今ちょっと急いでいるものですから」レディ・ピックラーは、エレノアやリディアに挨拶しようとする知人をやけに明るい声で阻止しつつ前に進んだ。「おしゃべりしている暇がないの。ほら、今年お庭に手を入れたでしょ。ごらんになりたいって、グレンヴィル公爵夫人がお望みなのよ」

レディ・ピックラーは邸内の混雑をかいくぐり、人の姿もまばらな、庭を見下ろせるテラスに一行を連れ出した。「わたし、ほかのお客さまにご挨拶しに戻らなくては」と言い訳をし、「すばらしい眺めだからぜひお庭を探検なさって」などとすすめたあげく、階段の一番下から芝生のほうにリディアを押し出す。「自然の中をさまよい歩いて楽しんでくださいね！」と冗談まじりの口調で言って手を振り、レディ・ピックラーは去っていった。

やいた。

「あなたがどこかへ消えて、永遠にいなくなることがあの人の願いなのよ」エレノアがつぶ

「どうせ自然の景観を台無しにした庭でしょうから、見たくないわ」エミリーが言った。追

いつくのが大変だったのか、少し息切れしている。「あそこにベンチがあるでしょう。リデ

ィア、できればわたし、しばらく休んでいたいんだけれど」

「もちろんよ」

エミリーは人の多さに圧倒されたにちがいない。患者がひしめく精神病院の混乱を思い出して動揺したのではないか、とリディアは想像した。だがそれ以上考える暇はなかった。追いかけてきた招待客が屋敷からテラスへあふれ出している。今こそ輝くべきときだ。

リディアは舞台を前にした女優のように胸を張り、長年の経験で今や自然になりきれる役どころを演じはじめた。両腕を広げて笑顔で知人を迎え、同様に歓待された。それからの半時間はおしゃべりとお世辞のやりとりに費やされた。楽しい話を披露し、相手の話に耳を傾ける。男性からの褒め言葉は奥ゆかしく受け止め、必要な場合には夫人と令嬢にお返しの言葉を投げかけた。

リディアは、大勢の紳士の前でまともに口がきけなくなっているジェニー・ピックラーさえ、微笑ませることに成功した。この娘はもっと笑顔を見せればいいのに、と哀れに思う。漆黒の髪とまっすぐな黒い眉、透き通った美しい肌の持ち主だが、表情があまりに陰気で人を寄せつけない印象を与えるため、その魅力が伝わりにくいのだ。

同情心も手伝って、リディアはしばらくジェニーと話をした。その結果、陰鬱な表情の原因がわかった。ジェニーは文学が大好きで、文芸愛好家の女性が集まるサロンの会員になりたいという望みを抱いているらしい。だが上流社会では（少なくとも男性のあいだでは）〝不要な教育を受けた〟婦人は厳しい批判の目にさらされる。娘にふさわしい結婚相手探しに熱心なピックラー夫妻が、文学好きの女性との交流を禁じるのも無理はなかった。

「その望みをどうして人に伝えないの？」リディアは訊いた。「自分のやりたいことはこれだと、誰かに宣言してしまいなさいな。お伺いを立てたら最後、阻止されるがおちよ」

「どういう意味ですか？」

「誰の許可も求めるな、ということ。わたしはそんなことしないわ。人がどう言おうと、自分の心のままに行動すればいいの」

画期的なその考えの意味を理解しようと、ジェニーは顔をしかめて考えこんだ。

「ただし、あなたの将来の夢がなんであれ、『タイムズ』紙に発表しなければならないという意味じゃないの。ある程度慎重に行動するのが賢明ね。たとえば小間使いを連れて貸出図書館へ行ったり、文学趣味に共感してくれる親族と一緒に講演会に出かけたり。それなりの報酬を払えば、人は応じるものよ。そうこうしているうちにあなたの頭は知識でいっぱいになる。それに気づいた人がどうこう言おうとしても、時すでに遅し、というわけ。とにかく、自分の意思のままに突き進むことね。あなたがなりたい人間になるのを邪魔することは誰にもできないのだから」

ジェニーは今ひとつ納得できないようすだ。「あなたがそうおっしゃるのは簡単だわ。レディ・リディアだからこそ、誰にも反対されず、好きなことができるんじゃありませんか」

ロンドン一の誉れ高い美女をたしなめるような物言いをしたことに気づいたジェニーは顔を赤らめ、ふたたびもとの暗く無愛想な表情に戻った。

「そうね」リディアは答えるというより、自らに言いきかせるようにつぶやいた。目の前の目的を思い出したのだ。「確かに、物事にはすべて終わりがあるわ」

「えっ、どういう意味ですの？」

鋭く訊き返すジェニーを、リディアはじっと見つめながら考えた。

自分に結婚の意思があることは、いずれ世間に伝えるつもりでいた。だとすると、早ければ早いほどいい。ジェニーに情報の伝達役をまかせれば、彼女にとってもいい結果になるだろう。少なくとも話の種がひとつはできるからだ。ただし、あからさまな言い方は避けねばならない。

「特に深い意味はないのよ。ただ最近、自分の状況を変えたほうがいいんじゃないかと思うようになったものだから」

「外国へ行かれるんですか？」とジェニー。

「いいえ」

「じゃあ、タウンハウスを買い換えるとか？」

困ったものだわ、この娘。こんなに鈍くて、本当に文学が好きなのだろうか。

「周囲の環境の変化じゃないのよ」

「カトリックに改宗されるんですか？」ジェニーははっと息をのみ、両手で口を押さえた。

「いいえ、違うわ」少女の肩をつかんで揺さぶってやりたい衝動にかられながらリディアは答えた。「でも、今の考えを実行に移せば、苗字を変えることになるでしょうね」ここぞとばかりに強調して言う。

ジェニーは一瞬あっけにとられていたが、ようやく理解したらしく、にわかに霧が晴れたような表情を見せた。「まあ、そうなんですか！」自分が噂の種を握っているのに気づいて、顔が明るくなった。活気づいたといっても過言ではないほどだ。

「レディ・リディア。お話しできて楽しかったですわ。文学の勉強についていただいた助言を、かならず生かすようにします。でも、あまりお時間を取らせても申し訳ありませんから」ジェニーは答えを待たずにくるりと向きを変え、テラスにつながる扉付近にふたたび姿を現した母親のもとへ、まっしぐらに飛んでいった。

「ついに爆弾を仕掛けたわね、これだけ人が集まる中で」エレノアのからかうような声が横から聞こえた。

「まあ、そんなに露骨だったかしら？」ジェニーが母親のそばに行き着くのを見守りながらリディアは言った。

「まるわかりよ。ジェニー・ピックラーが積極的に母親の姿を探し求めたがるほどの刺激を受けるなんて、めったにないはずですもの。いかにも話したくてたまらないといった感じだし。そうまでしてあの娘が母親に告げたいことがあるとしたら、自分が結婚の申し込みをされたか、でなければレディ・リディアが結婚したいと言ったか、そのどちらかでしょ」エレノアは首をかしげた。「でも、こういうやり方で大丈夫?」

「大丈夫よ。レディ・ピックラーは上流階級の中でも屈指の噂好きですもの。『タイムズ』に広告を出すよりはるかに効果的に、口コミで話を広めてくれるわ」

ジェニーは取り巻きに囲まれていた母親の腕に手を置き、耳元でささやいて、集団から少し離れたところに連れ出した。レディ・ピックラーのまん丸な顔の表情の変化を見ているだけで、リディアには話の進みぐあいが手にとるようにわかった。最初は知人から引き離されたことに対するいらだちを見せていたのが、知りたくてやきもきしている顔に変わった。次に疑わしげな表情。ジェニーがリディアの言葉をそのまま伝えると、驚愕のおももち。絶好のねたを仕入れたという喜び。そして最後に、リディアがわが娘と同じ海域で夫探しをするつもりだと悟ったときの恐怖。

「よくやったわ、リディア」エレノアが感心したように言った。「明日の朝食の時間までに、ロンドンじゅうの人々が憶測しだすでしょうね。ジェニーの頭がおかしくなったか、それともあなたが本気で結婚するつもりか」

リディアは振り向いた。「ありがとう。レディ・ピックラーもうまく使えば——」言葉がそこで途切れた。屋敷の中からテラスに出てきた背の高い人物に目がとまったからだ。

あの人だわ。このパーティに来ているなんて。

リディアは急いで向きを変えた。

「リディア？」エレノアが心配して訊く。

「**あれ、誰？**」リディアはこわばった声でささやいた。近くには誰もいないから、普通の声で言ったとしても聞こえなかったのだが。

エレノアも〝あれ〟を見つけた。向かい合って立つリディアにはそれが表情でわかる。公爵夫人はいぶかしげな顔になった。普段は何があっても動じない人だが、よほど強い印象を受けたらしく、落ち着きを取り戻すまでにしばらくかかった。

「知らないわ。でも、少しだけ時間をくれたら調べられるわ」エレノアはリディアが反対するより先に、手を上げて従僕を呼んだ。「レディ・ピックラーとお話ししている紳士のお名前を調べてきて。こっそりと、でもできるだけ早くね」

従僕はお辞儀をし、急いで立ち去った。エレノアはリディアをじっと見つめている。

「エレノアったら、そんな顔で見ないでちょうだい」

「そんな顔って、どんな顔？」

「優越感があらわで、独りよがりで、面白がっている顔」

これを受けてエレノアはさらに優越感をあらわにし、独りよがりで面白がっている表情を見せると、からかうように言った。「教えなさいな、リディア。さっきの反応からすると、あなた以前、あの男性に会ったことがあるでしょ。どうやって知り合ったの？　渓谷をへだてて目が合ったとか？」

違うわ。埃っぽくて雑然とした店の中でよ。「どうしてそんなに確信があるの、以前に会ったことがあるって？」リディアは訊き返した。

「まず、あなたは普通、初対面の人に会ったとき、ゆでたロブスターみたいに真っ赤になったり、ご主人にぽかんと見とれているのを指摘された小間使いみたいに首をすくめたりしないもの。それに、人のことを〝あれ、誰？〟だなんて、間違った代名詞を使って訊いたりしないでしょ。しかもあんなささやき声で」

「実は先日買い物をしているとき、あの人に気づいたの」

「彼のほうは？」

「いいえ。絶対、わたしのことは気がついていないと思うわ」

「だったらなぜ、あちらに背を向けて、肩越しにちらちら見ながら震えているの？」

いまいましい。確かに震えているじゃない。ばかね。あの店の売り子がここにいるわたしと同一人物だと、彼にわかるわけがない。リディアはあごをつんと上げた。「震えてなんかいないわ。気のせいでしょ」

そんなことでだまされるエレノアではなかったが、友情から、また場をわきまえて、それ以上追及するのをやめた。

リディアがちらりと盗み見ると、紳士の視線はこちらに向いていなかった。なあんだ。安堵の気持ちとともにかすかな失望が広がる。彼は頭をこころもち傾け、ダイアン・ドゥ・モーリーの舌足らずなおしゃべりに興味深そうに耳を傾けている。礼儀正しく……輝いて見える。なんてすてきな人なの。

まわりにいる男性より頭ひとつ分近く高いが、その高さを不自然に感じさせないほど均整がとれていて、ほかの男性がすぐそばを通らないかぎりその差はわからない。軽く組んだ手を後ろに回した姿勢は、紺の平織地の上着を着こなした肩幅の広さを強調している。淡褐色のズボンに包まれた長い脚は正真正銘の筋肉質。濃いめの金髪は短く刈りこまれ、巧みにととのえられた巻き毛と違って手入れが簡単そうだ。意図的に乱れた髪を演出しても意味がないと考えているのだろうか。きっとそうにちがいない。

「公爵夫人、失礼いたします」先ほどの従僕が戻ってきた。「レディ・ピックラーとお話しされていた男性は、エドワード・ロックトン大佐でした」

エレノアは目を大きく見開いていたが、ご褒美を待つ従僕の手に硬貨を握らせた。

「ご苦労さま」

従僕は硬貨をポケットに入れ、お辞儀をして去っていった。

ロックトン。リディアはぼんやりとしか憶えていないが、昨年ある舞踏会で、きれいな顔立ちの若者が勇気を奮い起こしてダンスを申し込んできた。あの若者が、確かロックトンという名前じゃなかったかしら。

「どうしたの、エレノア?」リディアは強い口調で訊いた。「ロックトン家について知っているんでしょう。彼、何者なの?」

「ジョステンの一番下の弟。ジョステンというのはマーカス・ロックトンのことで、ジョステン伯爵よ」エレノアは軽く笑った。「弟が海軍を退役して戻ってきたという噂は聞いていたから、初めて見ても気づきそうなものなのにね。ロックトン家の男性は、驚くほど魅惑的な美男子ぞろいなのよ」

リディアの興味しんしんといった視線を受けて、エレノアはさらに詳しく説明した。

「ジョステン伯爵は、わたしが社交界にデビューしたころ、上流階級でもとりわけ結婚相手にふさわしい独身男性という評判だったわ」なつかしそうな笑顔になる。「しばらくのあいだは、おつき合いするのが楽しかった。でも、わたしには上流社会に君臨したいという願望があったのに対して、あの人はそうではなかったから」笑みはすでに消えていた。

「ジョステン伯爵はその後、どうなさったの？　なぜ社交の場で一度もお見かけしなかったのかしら？」

「今でもロンドンに来ることはあるわよ。ただ、それほど頻繁ではないし、あまり目立つところには顔を出さないようね。結婚した相手はナディン・ヒディストール。小柄で可愛らしい感じだけれど、頭の回転はそう速くないみたい」

「でも、伯爵が結婚後、社交界から遠ざかっている理由は？」リディアは声を低くして言った。「奥さまの評判がかんばしくないとか？」

「いいえ、そんなことはないわ。立派な女性よ。でも、あの夫妻が公の場に出たがらない理由はいっぷう変わっているの。ジョステンはわたしたちとつき合うより、なんと、奥さまと一緒にいるほうを好むのよ」エレノアはいかにも驚いたといった表情で言った。だがその明るい笑顔の陰には、何かつらさをともなう記憶があるようにも思われた。「それに、奥さまもジョステンと一緒に過ごすほうがいいんですって。信じられる？」

実を言うと、リディアには信じられた。自分の両親もきわめて仲のよい夫婦だったからだ。ただし両親は二人だけでいることは少なく、つねに国際的な社交の場の中心にいた。それにひきかえ、ジョステン伯爵夫妻は人とあまり交わらずに田舎の屋敷に引きこもっているというう。退屈しないのだろうか。

会話の相手も変わらず、噂の種を生む新たな出会いもなく、いつも同じ人とのつき合いだけだったら、話すことなんてあるのかしら……？　しかしそう考えると、思いがけず陰鬱な気持ちになるのだった。じゃあ、わたしは噂話の受け皿にすぎないのか。ほかの人の話を受け売りするだけの存在なの？

「ジョステンは、新妻と田舎に引っこんだばかりか、伯爵位を継いでからは、夫を亡くした妹のベアトリス・ヒックストン・タブズとその子どもたちを呼び寄せて、一緒に住もうと言い出したの」エレノアは小声でつぶやくようにつけ加えた。「とにかく、わたしはもっと大きな志があったから」

ジョステン伯爵は心の広い人なのね。よかった。でもわたしが聞きたいのは、お兄さまの話じゃない。「じゃあエレノア、弟さんについて何か知っていることは？　もしあったら、教えてちょうだい」

物思いにふけっていたエレノアは、はっと我に返って顔を上げた。「手ごわい人なのは確かね」事務的な口調で話しはじめる。「海軍大佐で、いえ、大佐だった人ですからね。ナポレオンが大敗したワーテルローの戦いのあと、海軍本部に強く引き止められたにもかかわらず退役したの。さらに上の将官の地位も約束されたらしいけれどね。最近ではフランスやスペインの船を爆破できる機会が少なくなってきたから、昇進のきっかけもなかなかないのよ」

エレノアは声をひそめて言った。「そういえば彼は、最後の任務中に英国側が得た戦利品の中から、大佐としての分け前をもらったという噂があるわ。負傷に見合う報酬をね」

「負傷ですって？」彼がけがをした？　どういう状況で？　リディアは気がかりでならなかった。心配のあまり、自分に一番関わりがあるはずの質問（大佐の分け前はどのぐらいだったのか？）をしなかったことにも気づかない。「大丈夫なのかしら？」

「なんとか生き残ったようね」

「彼の家族について教えてちょうだい」

「ロックトン家はかなりの資産家よ」エレノアは落ち着いた口調で言った。「今の若い世代を養っていかなければなりませんからね。やたらめかしこんで頭が空っぽの子たちが、いつも何かしら厄介な事態を引き起こしているの。二人とも賭博の味をおぼえてしまってね。特に伯爵の跡取り息子がカード賭博と玉突きにのめりこんでいるらしいわ。二、三週間前、チャイルド・スミスに大負けしたあげくに莫大な借金をこしらえたんだけれど、ジョステンはしばらく息子が悩むにまかせておいて、そのあいだに現金を用意した。そして大佐を送りこんで借金を清算したんですって」

裕福で、人脈があって、礼儀正しい人……。どうして彼はわたしを見てくれないのだろう？　男性は皆、わたしに目を向ける。あからさまに、こっそりと、あつかましく、控えめに、いずれにしてもかならず見る。それなのにあの人は、こちらをちらりと見ることすらしないのだ。

リディアは自分のドレスを見下ろした。急に味気ない色に思えてきた。これでは髪の色がくすんで見える。ひだがきれいに寄っていないし、だらりと垂れ下がっている。天気だって味方してくれない。薄日のせいで顔色がさえない。せっかくの魅力的な目元が、帽子で隠れてしまう――。

「リディア」エレノアの言葉が急に聞こえてきた。「口をぽかんと開けたり、口ごもったりしてはだめよ。ほら、振り向いてごらんなさい。どうやら、理想の男性に紹介してもらえそうだわ」

9

わたしは口をぽかんと開けているわけではない……いや、開けている……なぜか、いつもと違って言葉がうまく出てこない。

あの店の売り子と同一人物だと見破られてしまったらどうしよう？　いいえ、そんなことはない。ありえないわ。だらしない格好をしたあの売り子とレディ・リディア・イーストレイクには、少しも似通ったところがないのだから。そう信じてリディアは振り向いた。

一瞬、気づかれたのではないかとひやりとした。彼の目はどこかいぶかしげで、じっと観察している……。でも、大丈夫だわ。

「レディ・グレンヴィル、またお目にかかれてまことに光栄です」チャイルド・スミスがそう言ってエレノアにお辞儀をすると、リディアのほうを向いた。「レディ・リディア、こちらにいらっしゃるだろうと思っていましたよ」

心ここにあらずではあったが、それでもリディアは歓迎の笑顔を作った。人はスミスを軽視しているが、彼の気取った態度は自分を守るためのよろいなのだ。自分を否定されるような言葉ばかり聞いて育ったにちがいない。「スミスさん、ごきげんいかが」いけない。息を切らしたみたいな声だわ。

「まあまあです」とスミスは答え、次に連れの男性のほうを向いた。「レディ・グレンヴィル、エドワード・ロックトン大佐をご紹介します。大佐、グレンヴィル公爵夫人のエレノアさまです」

「お目にかかれて嬉しいです、マダム」大佐は頭を深く下げてお辞儀した。

「こちらこそ、大佐」

「レディ・リディア」スミスが言った。目がいたずらっぽく輝いている。「ご紹介しましょう。こちらは――」

「ええ、スミスさん、わかってます。ロックトン大佐ですよね。わたし、さっきからここにいたんですから」リディアは眉をつり上げて言うと、大佐を見上げた。心臓の鼓動がとどろくように響いている。彼に聞こえてしまうかもしれない。「はじめまして、大佐。楽しんでいらっしゃいますか?」

大佐の目をまっすぐに見上げる。記憶にあるとおり、澄んだ美しい目だ。〝この女性、どこかで会ったことがある〟と気づいたようすはみじんも感じられない。リディアの心臓の鼓動がややおさまってきた。胸が妙に締めつけられるような、かすかな痛みをおぼえる。ほっとしたからであって、がっかりしたわけではない。何を期待しているの? あのときのうす汚れた売り子だと気づかれなかったのだから、がっかりする理由はないはずよ。

「こちらこそ、はじめまして、レディ・リディア。おかげさまで楽しんでいます」大佐が言った。

「おわかりのように、レディ・リディアは世間一般の礼儀作法にいちいち従うほうではなくて」チャイルド・スミスが説明する。「逆に、礼儀作法のほうがこの人に合わせて変わるんです」

「堅苦しい作法に反発しておられるんですね？」大佐は興味深そうに訊いた。

「もう、困りますわ」リディアはスミスを叱るようににらんだ。「スミスさんったら、なんてことをおっしゃるの。まるでわたしが型破りな娘みたいじゃありませんか。本当はしきたりを重んじる人間なのに」

「そうなんですか？」スミスが答えるより早く大佐が訊いた。

「ええ。確かに、たまには礼儀作法にかなうかどうか微妙なふるまいに及ぶときもあります。でも、それは自分の役割の一部でしかないんです。それも、残念ながら独創性に欠ける役割ですけれど」

「どんな役割ですか？」大佐があまりに真剣に訊いてくるので、リディアは世慣れて超然とした態度を思わず崩しそうになった。だが、ロンドンへ来るかなり前から社交の場で経験を積んできたのだから、海軍大佐一人のせいで言うべきせりふを忘れる自分ではない、と気を取り直す。

「伊達男の女性版、つまり粋な貴婦人の役割ですわ、ごらんのとおり」リディアは反応を確かめるように大佐を見た。「もちろん、ほかにもそういう女性をご存じでしょ？」

「いいえ、マダム」大佐は真顔で答えた。「あなたのような方には今まで会ったことがありません」

リディアの全身に震えが走った。〝マダム〟と呼ばれただけでしびれるような感じを味わい、ときめいてしまうなんて。そんなことはありえないと、今までなら笑い飛ばしていただろう。だが、大佐の言い方は折り目正しく、力強く……。どうしよう。**わたし、この人のとりこになってしまいそう。**

「スミスさん」エレノアが言った。「今、レディ・セフトンがお屋敷の中に入られたようだわ。ぜひお話ししたいんだけれど、付き添ってくださる？」

リディアはエレノアとスミスの存在をすっかり忘れていた。二人のことはどうでもよくなり、今やこの長身で端整な顔立ちの、真摯に話を聞いてくれる大佐にしか関心が持てなくなっていた。エレノアの問いかけに対してスミスが「喜んで」と答え、二人は連れ立ってテラスから屋敷の中へと入っていった。

リディアは二人が立ち去るところを見ていなかった。それはロックトン大佐も同じだ。

「あら、わたしのような女性は珍しくありませんわ」とリディアは続けた。「でも考えてみれば、大佐はずっと海上で生活していらしたんですものね。ロンドンへ来られたからには、たくさんの女性に会われるでしょう。そのうち女性の性格や癖にも慣れて、食傷気味になるんじゃないかしら」

「いや、そんなこと想像できませんね」大佐は首をかしげた。「ただし、人がそういう推測をする理由はわかりますが」

「たとえば？」

「ものによっては慣れ親しむと、その魅力が薄れる場合があります。たとえば人魚などがそうです。わたしは少年のころ、人魚に夢中でしてね」

話の方向性が見えたリディアは先回りした。「でも、実際に遭遇するはずがないとわかった時点で人魚の姿を想像するのがつまらなくなった。それが少年時代の終わりだったんでしょう」と言ってわけ知り顔でうなずく。

「いえ、違いますよ、マダム」大佐は大真面目に答えた。「今までの人生の半分を海で過ごしてきて、そのため人魚の魅力に慣れてしまったと言いたかったのです」

その言葉に意表をつかれて、リディアは驚いた。不意打ちには慣れていなかった。目を大きく見開くと、それに応えるかのように大佐のブルーグレーの目がきらりと光る。思いがけず、リディアの口から笑い声がもれた。

「あら、人魚を見かけるのが日常茶飯事だったとおっしゃるの？」

大佐は悲しそうに頭を振った。「人魚の群れにはいやでも遭遇しますよ。ただ、見飽きるというわけではないんです。実際、なかなか可愛らしい動物ですから。絶え間なく続く歌声にうんざりするだけです。ジェイソンという名前の男だとか、失恋だとかについての泣き言をしじゅう聞かされるんですからたまりません。ひどく感傷的な生き物なんですよ、人魚は」

大佐は少し上体をかがめて近づき、ささやくように言った。

「人魚に誘惑されて死んだ男たちの話は、もちろん聞いたことがあるでしょう？」

リディアはうなずいた。

「実を言うとほとんどの者は、海上で人魚のすすり泣きやじめじめした繰り言を永遠に聞かされるのを恐れて逃げ出して、途中であえなく死んだのです」

失恋の悲しみを訴える人魚の群れに恐れをなした船乗りたちが必死で逃げるさまを想像するとおかしくてたまらず、リディアはさらに大きな声で笑った。

大佐は満足そうな表情をしながらも首をかしげた。

「信じてくれないんですね、レディ・リディア？」

「今のは作り話でしょう。海の上で人魚を見たといっても実際にはそこにいるわけではない。それをわたしにわからせるために持ち出しただけですよね。意図はよくわかります」

「いや、そういう意図でお話ししたわけではありませんよ」大佐は言った。からかうような目の光は消え、何かほかのものに取って代わった。「あなたが当たり前だと思っている物事も、わたしにとっては珍しいのだということを説明しようと思っただけです。これからもずっとそうでしょうから、楽しみにしていてください」

大佐のまなざしが柔らかく、優しくなった。男性の目に宿る優しさには慣れていないリディアは、また不意をつかれた。称賛や笑い、あるいは欲望なら見慣れている。だがそういった視線は、美しい絵画、政治風刺漫画、フランスの絵はがきなど、生き物以外にも注がれることがある。だが優しさというのは物ではなく人や動物にのみ向けられ、はるかに親密な意味合いを持つ。

そこに思い至ったリディアは頬を赤らめ、うつむいた。

「申し訳ない」表情の変化にすぐに気づいた大佐が言った。「困らせてしまったかな」

「いいえ、とんでもありませんわ」リディアは首を振った。

ちょっとした賛辞も頬を赤く染めずには受け流せない、哀れな娘だと大佐に思われてしまうだろうか。

「ほかに、あなたがもう飽き飽きしていらしたとしても、わたしにとっては驚きに感じそうなものはあるかしら？　人魚以外に」

「考えておきましょう」大佐は言った。「ところでレディ・ピックラーは庭園がたいそうご自慢らしいですが、よろしければご一緒に歩いて回って、説明していただけますか？」

「はい」リディアは即座に答えた。いったいわたし、どうしたのかしら？　少しはためらいを見せたほうがいいのに。でも……なぜ？　彼といると、いともたやすく正直になれるのに、どうしてわざわざ偽りを言わなければならないの？

答えが見つからないまま、リディアは階段を下りて芝生に足を踏み入れた。大佐はすぐに追いついて横に並んだ。後ろに回した手を軽く組み、広い歩幅をリディアに合わせて小さくしながら進んでいく。

見上げると空は雲が低く垂れこめてよどんでいる。たそがれの光があたりを銀色に包み、大佐の瞳をほのかに照らす。木の葉の先には露のしずくが玉となって集まり、小さな森の精が残した水晶のペンダントのように垂れ下がっている。

湿った空気の中、草に含まれた水分が室内履きの靴底の薄い革を通してにじみ出てきたが、リディアはさほど気にもせず、芝生の端のところで礼儀正しく立ち止まった。

顔を上げた大佐は一瞬、信じられない、という驚きの表情を見せた。当然だわ、とリディアは共感をおぼえた。レディ・ピックラーの造園の趣味について前もって警告を受けていない人なら圧倒されるだろう。人工的な起伏を加えて造成した一〇エーカーの土地に、ローマ風の遺跡、羊のいる牧草地、ギリシャ風の寺院、日本風の仏塔、世捨て人の隠れ家を模した洞窟を詰めこんであるのだから。洞窟の外では、小柄で毛深い〝世捨て人〟が不機嫌そうにじゃがいもの皮をむいているというおまけつきだ。

「あの人、世捨て人の役を演じていないときは庭師として働いているらしいわ」大佐の視線の先に気づいたリディアは種明かしをした。

「ああ驚いた。それならよかった」大佐が大声で言った。

リディアはからかうように首をかしげた。「大佐が乗っていらした船には、じゃがいもの皮をむくことを生業《なりわい》とする、不機嫌そうで近寄りがたい人はいなかったでしょうね」

「いや、船の料理人がまさにそういう男だったんですよ。あそこにいる人よりずっとみじめそうでしたが。こうなると料理人の居場所をつきとめて、きみの才能を社交界が必要としているよ、と教えてやらなければなりませんね」

リディアはふたたび笑い出した。上向けたその顔を大佐が見下ろす。

かすみがかかったような大佐の目を見つめているうちに、笑い声が止まった。リディアは
まわりのことを何もかも忘れてしまっていた。

自分の唇がわずかに開き、息せき切って駆けてきたかのように胸が上下しているのに気づく。リディアは落ち着きを取り戻そうとあせった。このまま口をだらしなく開けて大佐を見つめていたら、ルバレーの店で中国製の鉢をすすめた売り子だと感づかれてしまう。

「大佐は海軍に入られてから長いんですか？」リディアは半ば気を取り直して訊いた。

「一般の軍人に比べれば、そう長くはありませんね。入隊が遅かったので」

「そうですか？　おいくつのときでした？」大佐のことならなんでも知りたかった。

「一四歳です」

リディアは目を丸くした。「それで、遅いほうなんですか？」

「ほとんどの士官候補生は、一一歳か一二歳で処女航海に出ます。わたしは父が死ぬまで〈ジョステン館〉で暮らすように言われていたので」

リディアは頭を振った。「入隊したい気持ちは強かったですか？」

「ええ、とても」

「また、海へ戻るおつもりですか？」

大佐は首を振った。「もう退役しましたから」

「でも、退役なさるにはまだお若いでしょうに」

「そうかもしれませんね」大佐はあまり進んで答えてくれない。リディアのこれまでの経験では珍しかった。ほとんどの男性は、ほんの少しでもきっかけを与えてあげれば、自分のことを喜んで語るからだ。ところが大佐の場合、自ら質問に答えるよりリディアに質問するほうに関心があるらしい。

あいにくリディアは、それほど興味深い話は披露できそうにない。上流社会での地位も、財産も、それに伴う特権も、自分が起こした、あるいは起こさなかった行動の結果得られたものではないからだ。今の境遇にふさわしいことは何もしていない。子どものころ、広く外国を旅した経験があるにもかかわらず、リディアの世界はいろいろな意味で狭かった。人間関係は選ばれた人々のあいだの限られた交流にすぎず、皆の関心はその狭い世界で起きる、限られた範囲の事柄のみに向けられていた。

一方、軍人の道を選んだロックトン大佐は、必要な知識を身につけ、さまざまな経験を積んできたはずだ。戦闘で部下を率いて、重大な決断を下し、狭い世界でなく、社会全体に及ぶ変化をもたらしたにちがいない。自分の人生に満足しているリディアだが、大佐の生きてきた道のほうが面白いと思った。

「レディ・リディア、子どものころの話を聞かせてください。ロンドンで育ったのですか？」

「いいえ」手短に答えたあと、それでは失礼だと思い直してつけ加えた。「両親がいろいろなところを旅していたので、わたしもついていきました。二人が他界するまでは」

「それはお気の毒でした」大佐は優しく微笑んだ。「ご両親の話を聞かせてください」

両親ですって？　リディアは驚いて大佐を見た。二人のことなら、恥ずべき結婚からロマンチックで悲劇的な結末にいたるまで、誰でも知っているというのに。でも考えてみれば、両親が死んだころ、大佐は航海中だったのだろう。

どこから始めればいいかわからなかった。新聞記事も社交界の人々も、イーストレイク夫妻を形容するときはいつも、正式でない結婚と、海外での華麗な放浪生活という切り口で語っていた。だがそれはリディアの記憶にある両親とは違う。醜聞や華麗といった印象はない。不思議だった。

「両親は似合いの夫婦でしたわ。母は絶世の美女だったし、父はきわめつきの社交家だったから」

「どんな方々でした？」

「どんな？」今言ったばかりじゃないの。美男美女の組み合わせで、派手好きで……。それだけでどんな人かわからないかしら？

「そうです。美男美女でお似合いだったとおっしゃったが、ほかには？　実直だったか、衝動的だったか？　どんなことで楽しみを追求していたか、自己啓発をしていたか？」

「楽しみばかり追求する人たちでしたわ」なぜかは自分でもわからなかったが、リディアはふしょうぶしょう認めた。

大佐は首を横に振った。「いや、それだけではないでしょう」

わたしは実体験をもとに両親を語っているのに、否定するなんて。会ったこともない他人の人生観が、この人にどうしてわかるの？　しかも、こんなに確信を持って言い切るとは……。それで自分が動揺したのか、侮辱と感じたのかはわからない。たぶんその両方だろう。

リディアは昔から、自分の長所だけでなく短所や失敗も素直に認めてきた。もしかしたら両親について間違った思いこみをしていたのかしら？　それとも記憶が不確かだった？　ほかに憶えていることは？　社交の場で光り輝く星のようだった両親。つねにわたしの進むべき道を照らしてくれた。でも、客観的に見たらどうだったろう？　輝くばかりではない、不安に彩られた人生だったのか？

陽気な社交好き、美しさ、優雅さといった特徴以外に、両親がわたしに残してくれたものは？　きっと何かあるはずよ……。

「父は、わたしが一〇歳になる前から、乗馬と拳銃の射撃を教えてくれましたわ」リディアは微笑んだ。父親は娘の上達ぶりを誇りに思っていたが、あるとき母親が気づき、淑女になろうという人にはふさわしくないという理由で訓練を禁じたのだ。「父は、田舎の別荘をなつかしく思っていました。ウィルシャーの出身で、犬が大好きでした」

「なるほど」大佐は興味を引かれたようすだ。「それから？」

「母は外国語が苦手でしたね。英語しかしゃべれなかったんです。外国語なんかできなくてもかまわないのよ、誰かに悪口を言われてもわからないからいいの、と笑って言っていましたっけ。ただ……言葉ができないために外国では不利だと感じていて、そのことをわたしに知られたくなかったのではないかと思います」でも、それはなぜ？　母は、入念に築き上げた幸福の幻想を脅かされたくなかったのだろうか？

もしかすると両親の人生は、楽しい経験ばかりではなかったのかもしれない……。リディアは一瞬、顔をしかめた。思わぬ気づきのせいで不安になったのだ。今までこんな問いかけをされたことも、こんなふうに考えをめぐらせたこともなかったからだ。だが、自分の家族の思い出はもういい。大佐についてもっと知りたかった。「退役されて、海が恋しくなりませんか？」

「海ですか？　ええ」まだ何か言い足りないような答え方だ。「でも、〈ジョステン館〉からは海が見渡せるので、恋しくはなりませんね」

「〈ジョステン館〉。そこが大佐のご実家ですか？」

「ええ、そうです。海を見下ろすノーフォークの崖の上に立っているんです。地球上でもっとも美しい場所ですよ」大佐は微笑み、海戦の指揮官とは思えないような少年っぽい表情になった。「ウィルシャーにあるお父上のお屋敷はまだ持っていらっしゃいますか？」

「いいえ。先祖代々続いた由緒ある屋敷でもなんでもなく、一七七〇年代に祖父がどこかの大富豪から買った家ですから。大佐、船の上の生活から遠ざかって寂しくありませんか？」

大佐はすぐには答えずに、不思議そうな笑みをかすかに浮かべてリディアを見た。

「マダム、今までの質問からすると、海軍に戻れと言っているように聞こえますね。わたしが何か気にさわることでも？」軽い口調ながら、どこか暗い陰のようなものが感じられた。

「いいえ！　ただわたし、あなたのことを理解したくて」大佐の微笑みにリディアは顔を赤らめ、急いで言いそえた。「つまり、なぜ海をあきらめて陸《おか》に上がる気になったのか知りたかったんですわ。知り合いの船乗りは皆、自分の船に戻ることを、まるで愛する妻のもとへ帰るみたいにいつも夢見ている人ばかりですから」

黙りこくっていた大佐はようやく口を開いた。「子どものころは、北海の海岸で小さな舟に乗ってぷかぷか浮いているひとときが何よりも好きでした。ネルソン提督指揮下の海軍に士官候補生として入隊を許可されたとき、わたしは輸送船に配置されました。海戦に加わることは崇高なる大冒険であり、胸躍る経験でした」

大佐は間をおき、リディアの顔を注意深く見てから続けた。「しかしそれは、自分がまだ年若く、上官からの命令を受けて行動していたときのことです。逃げていく敵を砲撃せよとか、燃えている船に乗り移れとの命令に従うのと、自分がそういう命令を下すのとでは全然違います。今わたしはそんな義務から解放されて、嬉しく思っている。除隊した理由としてはそれで十分でしょう」大佐は言葉を切り、頭を振った。

その姿をリディアは重苦しい気持ちで見つめた。手を伸ばして彼の腕に触れ、慰めてあげたい。だができなかった。部下に命令して戦いにのぞませ、死なせたことが心に重くのしかかっているにちがいない。その重荷に耐え切れなくなって、この人は将官に昇進する道をあきらめたのだろう。

「レディ・リディア、どうか、そんなに痛ましそうな顔をなさらないでください。知り合ったばかりなのに、こんな話をしたのがいけなかったのです」

大佐の言うとおりだった。二人は普通なら他人には言わないような個人的な思いを語り、共感し合った。こんな経験は今までにない。このままずっと会話を続けていたい、とリディアは思った。

「そもそも、あなたの責任ですよ」場の雰囲気を変えようとしてか、大佐は明るい口調で言った。「あまり親身になって聞いてくださるものだから、こちらもつい話してしまいました。聞いていて不快とは言わないまでも、不安になったかもしれないのに、顔に出さないでいられるとは、さすが礼儀を心得ておられますね」

「不快ではありませんし、不安も感じませんわ、大佐。でも、かつて何より楽しみだったことに喜びを見出せなくなっているというのは、お気の毒に思います。人は皆、心から好きだと思えるものにはなかなか出会えないでしょう。ですから、ひとつでも失いたくありませんよね」

一所懸命になり、熱くなりすぎているのはわかっていた。もっと陽気で、浮ついた態度に戻らなければ、堅苦しい娘だと思われてしまう。だが、自分で発した言葉が何かの前触れのように感じられて、リディアは身震いした。わたしだって、自分の愛するものをこれ以上失うわけにはいかないのだ。

「航海がいやになったのは、それ以上に愛するものがあったことを思い出したからというわけではありませんが……お見せしましょう」大佐はポケットから簡素な鎖つきのロケットを取り出し、ふたを開けてリディアの目の前に掲げてみせた。中には、海をのぞむ崖の上に立った美しい領主邸を精巧に描いた小さな銅版画《エッチング》が入っていた。「これが〈ジョステン館〉です」

「すてきですね」

「ええ」大佐は言ってロケットのふたをぱちりと閉じた。「海軍では部下の多くが妻や母親の肖像画を肌身離さず身につけていました。見るたび勇気づけられたり、慰められたりしたのでしょうね。でもわたしの場合はこれでした」

「わかりましたわ。それでお家へ帰られたのね」リディアは静かに言った。「愛していたことをあらためて思い出した、それが生まれ育ったお屋敷だったと」

「そうです。だから故郷へ帰ったのです」

「ナポレオンと戦っているあいだもずっとなつかしく思っていたお家で、ご家族とともに過ごす生活を楽しむ。そういうお考えですね」

「まあ、それもあります」

リディアは首をかしげた。「ほかにも何かお考えが？」

「ええ。妻となる人を探すつもりです」

10

聞き違いではないかとリディアは耳を疑い、目を見張った。結婚を考えている男性は、家族や親友の前でならともかく、その意思を人前で明らかにすることはまずない。相手が花嫁候補であればなおさらだ。でももしかすると、わたしが候補ではないからこんなことを？どうしよう。なんと言えばいいか、どんな反応をすればいいかわからない。

「ああ、それは」リディアは口ごもった。

ちょうどそのとき、天が哀れんだのか、にわかに雨が激しく降り出し、それ以上わけのわからないことを口に出さずにすんだ。大佐はさっと上着を脱ぎ、雨がかからないようリディアの頭の上に広げた。

雨粒がついたまつ毛をしばたたいて見上げると、大佐の濃い金髪はもう濡れそぼり、雨水が頬から首へと小さな滝のように流れ落ちていた。赤みがかった薄茶色のベストの肩のあたりはすでに水がしみて黒っぽくなり、平織麻のシャツのゆったりした袖はもうびしょびしょで、盛り上がった二の腕に薄い生地が張りついている。リディアはどぎまぎして目をそらした。

「さあ、行きましょう。冷えてしまいますから」大佐が言った。

二人は急いでテラスへ戻った。すでに従僕たちが油脂を塗った帆布《キャンバス》を使ったテントを張る作業にかかっていた。レディ・ピックラーは計画どおり、何がなんでも野外の午餐にするつもりらしかった。二人は階段の下までたどり着いてテントの下に逃げこみ、大佐は掲げていた上着を下ろして肩からはおった。残念だわ。こんなに広い肩とたくましい腕を隠してしまうなんて――心の中でそう嘆いたリディアは、自分の反応に我ながら驚いていた。

「ありがとうございました。もう大丈夫ですわ。付き添いの女性がショールを持っていますから」

「わたしが取ってきてさしあげましょう」大佐が申し出た。

あたりを見まわすと、同じように雨を避けて逃げこんだらしいエミリーがテントの中にいた。階段のすぐ近くのテーブルに席を見つけて座っている。面白いことに、同じテーブルにはカヴェル伯爵夫人がいた。権高で噂好きの老未亡人で、適齢期の息子がいるために招かれたらしい。派手に着飾ったオールドミスの娘、ネッシーも一緒だ。

「あちらのテーブルにいますわ。穏やかな感じの赤毛の女性が、付き添いのエミリーです」

「すぐに戻ってきます」と大佐は言ってその場を離れた。

リディアは階段を上っていった。口元がゆるみ、浅はかな微笑みを浮かべているのは自分でも承知していた。上りきったところで立ち止まり、視線をめぐらせる。性急に結論を出そうとしたり、対象を一人に絞ったりしてはいけないと肝に銘じながら、厳粛な表情を作って招待客を見わたし、花婿候補になりそうな男性を物色した。だが、もう少しで笑い出しそうになる。自分に嘘をつこうとしても無駄よ。

ロックトン大佐に匹敵する人は、この場には一人もいない。ほかに必要な条件といえば資産家であることだけだが、その点は上流社会きっての事情通であるエレノアに確認済みだ。

リディアはほうっと息をついた。心が浮き立ち、人のために何かしたくてたまらなくなっていた。そのときジェニー・ピックラーの姿が目に入り、リディアは優しい気持ちでいっぱいになった。

あの娘が皆から注目されるよう、近づいていって親しく話しかけよう。

そんな思いやりにあふれた態度で、リディアはジェニーのいるところへ向かった。隣に立った母親は、これまた感じの悪い仲良しの一人と話しこんでいる。三人はこちらに背を向け、体を寄せ合うようにして立っているため、リディアが近づいてきたのに気づかない。

「……もう我慢できない。もしそうなったら、こっちだって黙っていないわよ。わたしたち、今までずっと、彼女のああいう行為を黙認して甘やかしてきたわよね。本人に言わせればちょっとした癖だから、ということになるんでしょうけれど、あの人、わたしたちをばかにしているのよ。どうせ面と向かって非難できないだろうとたかをくくってね。でも、今度やったら、事実をありのままに言わせていただくわ、盗んだでしょって」

リディアはどきりとして立ち止まり、きびすを返すと急いで立ち去った。レディ・ピックラーとその友人はテラスをゆっくりと歩き、庭に並んだテーブルの近くまで下りていける階段へ向かっていた。

どうしよう。今話題に上っているのはエミリーのことだ。レディ・ピックラーの意図は恐ろしいほどに明らかだった。リディアが夫探しを始めると知るやいなや、花婿探しにおける娘との競争になると見て、あせったにちがいない。そして今やリディアを、自分のパーティの招待客のリストからはずすだけでなく、ほかの人が主催する行事からも締め出させるよう圧力をかける口実を探そうとしている。

とはいえ、社交界の花形をその地位から引きずりおろすには、それなりの根拠がなければならない。レディ・ピックラーは、リディアがつけ入るすきを見せるほど愚かではないと判断した。リディアなら、社会的に容認される行為の境界線をわきまえていて、それを越えたりはしないからだ。だがエミリーの場合は……許されざる行為に及ぶ場合がある。

レディ・ピックラーはそこに好機を見出した。エミリーの信用を失墜させ、辱めることによって、娘の競争相手であるリディアを蹴落とせると考えたのだ。いまいましいことに、それは十分可能だった。

リディアがエミリーを守ろうとするだろうというレディ・ピックラーの推測は正しかった。この老婦人は、リディアのエミリーに対する親愛の情を察知してそう判断したわけではなく(雇われのお目付役兼話し相手に親愛の情を抱く人間がいるなど、考えも及ばない人なのだ)、エミリーへの侮辱はリディアにとっても侮辱になるはずだとふんだらしい。

去年であれば、いや先月の時点でもリディアは、レディ・ピックラーの影響力などなんとも思わなかっただろう。だが今は、下手にたてつく勇気はない。というより、彼女の友人である〈オールマックス社交場〉の選考委員たちを怒らせるわけにはいかない。紳士というものは、社交界の最上流層から排除された女性には求婚したがらないからだ。

今日は絶対に、エミリーに何も盗ませてはならない。

そうなると、盗む機会を与える前にここを出なければいけない。早ければ早いほどいい。エミリーはここ二、三年、〝お土産を持ち帰る〟衝動を少しは抑えられるようになってきていた。だがリディアの財産が底をついたことを知って以来、情緒不安定になり、落ち着きをなくしている。悪い癖が出る前兆だ。

もちろん、リディアはできれば帰りたくなかった。だがパーティは今日だけではない。ロックトン大佐に会える場はこれからいくらでもあるだろう。エミリーの奇矯な行動に目をつぶってくれる人は少なくないのだ。まずエレノアを探してから、三人そろっていとまごいをしよう。

そのとき、リディアは目を大きく見開いて凍りついた。

下のほうのテーブルにエミリーの姿が見えた。近くに置かれたレースの縁飾りのついたハンカチにそろそろと手を伸ばしている。次の瞬間、エミリーは明るく無邪気な表情であたりを見まわすと、さりげなくハンカチをはたいて地面に落とした。ドレスのすそからさっと片足が出てハンカチを押さえこみ、自分のほうに引き寄せはじめる。

リディアは必死に考えをめぐらせていた。ハンカチはそう値のはるものではなく、テーブルの上に置かれた小物のひとつにすぎない。なくなっても気づかれないですむかもしれない。今のエミリーの行動は、誰にも目撃されなかったはず――。

だが、レディ・ピックラーは見ていた。

この意地悪な老婦人の姿が目に入ったとき、リディアは瞬時にして悟った。満面に広がった得意そうな笑み。告発の叫びをあげたいのをこらえているらしく、三重あごを震わせている。エミリーがカヴェル伯爵夫人とその娘とともに座っているテーブルとのあいだにはかなりの距離があるが、レディ・ピックラーはいざとなれば、よく通る大声でエミリーを糾弾するだろう。

そんなことになったら、エミリーは死にたくなるほどの恥辱にさらされる。

リディアはエレノアを見つけようと、必死で視線をめぐらせた。騒ぎを起こさないよう、二人して一刻も早くエミリーを連れ出さなくてはならない。人々の非難の視線を浴びるエミリーの姿を想像すると、いてもたってもいられなかった。

レディ・ピックラーは、押し寄せる不気味な津波のように迫ってきていた。エミリーも危険を本能的に察知したのか、テーブルの下に手を伸ばしてハンカチをつかんだ。その目は今さらながらに自分のしでかしたことに気づいた恐怖に満ちていた。エミリーは弾かれたように立ち上がると、人の群れの中に駆けこんだ。レディ・ピックラーがそのあとを追いかける。助けようにも、リディアにはどうすることもできなかった。

「コッド夫人！」前進しつつ叫ぶレディ・ピックラーの大声が響きわたった。周囲の人々は何事かと会話を中断し、振り返る。

「コッド夫人！」

声に押されるようにしてエミリーは速度を上げた。巣穴から飛び出したウサギのごとく走り、近づく追っ手を振り返りながら逃げるうちに、前方にいる人にまともにぶつかった——。

ロックトン大佐だった。

線の細い男性だったら倒れてしまっただろうが、長身で筋骨たくましい大佐はその衝撃をやすやすと受け止めた。エミリーは大佐の胸に両手をついて止まった。動かぬ証拠のレースのハンカチを握りしめたままだ。

ハンカチを見下ろした大佐は顔を上げてレディ・ピックラーに目をとめた。かすかな笑みを浮かべて一歩下がり、エミリーの手からレースのハンカチを器用に抜き取ると、さりげなく自分の袖口に入れる。「コッド夫人、ありがとうございました」大佐は明朗な声で歯切れよく言った。「このハンカチ、どこに置き忘れたんだろうと思っていたのです」

「ロックトン大佐、それ、大佐のものでしたの？」追いついて横に並んだレディ・ピックラーが、信じられないといったようすで訊いた。

「そうです、マダム」大佐は恥ずかしそうな表情を浮かべて答えた。「そんなばかな、とお思いでしょう。確かにばかげているかもしれません。でも、わたしはレースで縁取りをしたハンカチが好きなんです。我々男が着させられている地味な色に、ちょっとした明るさを加えてくれますからね」

「ミス・カヴェルのハンカチにそっくりに見えますけれど」レディ・ピックラーは獲物を放すまいと食い下がった。

「そうですか？ では、誤解は解いておかなければいけませんね」と穏やかに言うと、大佐はレディ・ピックラーの横を通り、ミス・カヴェルと母親の伯爵夫人が釘づけになって座っているテーブルへ行った。右脚を後ろへ引き左脚を曲げて優雅にお辞儀をし、輝くばかりの笑みをミス・カヴェルに投げかける。

まさか、彼女の頭をこん棒か何かで殴ったんじゃないでしょうね、とリディアは疑った。なぜなら大佐がえくぼを見せたとたん、ミス・カヴェルはのぼせ上がってしまったからだ。自分が何を言っているのか、何に同意しようとしているのかまったくわからなくなったらしい。もし大佐が、あなたの母上には頭がふたつありますね、とほのめかしたとしても、きっと同意していただろう。

大佐としては問題のハンカチを、呆然としているミス・カヴェルの目の前で振り、袖口にしまいこんで、訊くだけでよかった。「これはあなたのものではありませんよね、ミス・カヴェル？」

「え？ それですか？」

「違いますね？」

「ええ。わたしのじゃありませんわ」

「そんなはずないわ」レディ・ピックラーが言った。「わたし見たんですのよ、彼女が——」

「まあベティ、おかしなことをおっしゃるのね」カヴェル伯爵夫人がむっとしたようにさえぎった。その目の前では、背が高く眉目秀麗な青年が娘のネッシーに温かく微笑みかけている（ネッシーにとっては久しくなかったことだ）。「どう見ても紳士用品でしかないものを、うちのネッシーが持ち歩く理由はありませんわよ」伯爵夫人はおおっぴらな称賛のまなざしでロックトン大佐を見上げながら言った。

息をつめて見守っていたリディアはそろそろと息を吐き出した。こわばっていた筋肉もほぐれてきた。足を前に進めかけたが、事態は収拾したのだからと立ち止まる。次に一歩下がり、眉根を寄せて考えた。珍しいものを目撃した気がしていた。

あの状況でエミリーを救おうとする男性は、もしかしたらほかにもいただろう。だが彼らが行動を起こすとすれば、同等の地位の者の中で目立ちたいからとか、悪意に満ちたレディ・ピックラーの鼻をへし折ってやりたいから、あるいは単にリディアのご機嫌取りをしたいからにすぎない。だがロックトン大佐がレディ・ピックラーに向けた目には、勝ちほこったような色も、いい気味だと言いたげな表情も見られなかった。大佐の意図はエミリーを守ることであって、レディ・ピックラーを打ち負かすことではない。老婦人をやり込めて満足感を得ようなどとは思いもしなかったにちがいない。

そんなつまらないことにこだわる狭量さとは無縁の人なのだろう。

彼こそ正真正銘の、完璧な紳士だわ――どう受け答えしていいものやらわからずあたふたしているレディ・ピックラーを見ながら、リディアは思った。大佐は落ち着きと包容力があり、誇り高い人だ。気高いと言ってもいい。この人に立派でないところなんて、あるのだろうか?

レディ・ピックラーはようやく、引きつった笑いを見せてとげとげしい態度を引っこめた。腹立たしそうに従僕に向かって指を鳴らすと、椅子をあと二脚持ってくるよう大声で命じた。自分と大佐が、カヴェル伯爵夫人、ミス・カヴェル、そしてエミリー・コッド夫人と一緒のテーブルにつくためだ。

そうするよりほかになかったのだろう。騒ぎ立てれば自分が愚かで無礼な人間に見えるだけだし、伯爵の未亡人とその娘に、そして伯爵位を継いだ独身の息子に恥をかかせることになる。

選択肢がないという点ではリディアも同じだった。ロックトン大佐があのばかげたレースのハンカチを自分のものだと主張したその瞬間、恋に落ちてしまったのだから。

11

パーティの翌日も、翌週も、ネッド・ロックトンはレディ・リディアの自宅を訪ねていかなかった。もちろん興味がなかったわけでも、会いたいという思いが強くなかったわけでもない。感情より理性を重んじるネッドは、状況を理解し、納得してから行動を起こすのを好むたちで、何より、衝動に走る人間ではない。それで、この美しい遺産相続人に魅了されたにもかかわらず、意図的に距離をおいていたのだった。

理屈抜きに、強く惹かれていた。そんな気持ちを抱くことはめったにないから、自分の感覚もあてにならないと思っていた。ネッドは子どものころから内省的で思慮深かったが、〈ジョステン館〉で何年も感情の嵐にさらされ、のちに海に出て船上で嵐と格闘したために、たぐいまれな冷静さと自制心をそなえた人間に成長した。かといって、必要なときにすばやく決断して行動できないというのではない。戦闘のさなかにとっさの判断を求められる瞬間はたびたびあった。ただ、意に反して動かなければならなかったこともある。性急な判断は部下の命を危うくする場合もあると、つねに意識していたからだ。

レディ・リディアの応接間をぎっしり埋めている（とボートンが言っていた）崇拝者の集

団にネッドが加わらなかった理由はほかにもあった。〈ブードルズ〉に置かれた賭け帳を見て、求婚して受け入れられなかった者がいかに多いかは確認済みだった。ロンドン一とうたわれる美女に承諾してもらえる見込みが限りなく薄いのは十分承知している。レディ・リディアは現状に満足しているか、あるいは納得して独身生活に終止符を打つ気にさせてくれる男性を求めているのだろう。そういう男性の条件を満たしている自信は、ネッドにはない。

実のところ、人生の半分を海で過ごしてきたために、婦人との交流がほとんどなかった。知り合いといえば、海軍将校の妻か自分の親族の女性ぐらいだ。レディ・リディアは彼女たちとは違う。というより、誰にも似ていない。ネッドはロックトン家特有のととのった顔立ちと、スポーツマンらしい体格のよさに恵まれた。それは鏡を見れば明らかだ。しかしロンドンで数週間過ごしてみてわかったのは、自分が社交界でもてはやされるたぐいの紳士、つまり洒落者や伊達男、放蕩者ではないという事実だった。もっとも、そういう紳士になりたいとは思わないが。

流行を追う紳士たちの気取った物腰や、器の小ささを示す残酷さ、限度を超えたわざとらしさ、大げさなまでの倦怠感、子どもじみた屁理屈。どれも、ネッドには理解できなかった。しかしレディ・リディアはどうやら、その手の伊達男が好きらしい――少なくともチャイルド・スミスに関しては。心のこもった挨拶をしていたし、いかにも歓迎しているといった態度だった。

だとすれば、リディアと近づきになろうとしても無駄ではないか。

ただネッドは、なんとかして近づきになりたかった。何かというと騒ぎ立てる家族に愛想をつかして海軍に入隊したときをのぞいて、自分がしたいと強く願うことはほとんどしてこなかった。自分の心ではなく任務に従い、責任感にかられて行動してきた。

だが、レディ・リディア・イーストレイクに関してはその原則が通用しない。

リディアのことがふと頭をよぎると、夜はそれがきっかけで物思いにふけり、昼は昼で記憶がありありとよみがえった。ルバレーの店で聞かされた下手くそな下町なまりを思い出し、いつのまにか微笑んでいる自分がいた。売り子がリディアであることはすぐにわかったが、本人は正体を気づかれないとでも思ったのだろうか。レディ・ピックラーの屋敷の庭園で二人が交わした短い会話を、ネッドは何度も思い返していた。予想に反して、気取りもてらいもないやりとりだった。あとであらためて感じたのだが、あんなに素直に心のうちを語り合う機会は、上流社会ではめったにないことだ。雨が降り出したとき、こちらを見上げてきたリディアの姿。水滴が髪飾りのように巻き毛にからまり、柔らかそうな長いまつ毛の上できらきら輝いていた。その残像がネッドの脳裏に焼きついて離れなかった。

ネッドはリディアについてもっと知りたくてたまらなくなっていた。だがそれは時間の無駄だろう。兄のジョステン伯爵が何度も手紙に書いてきているように、事は一刻を争う。債権者たちの取り立てが厳しくなりつつあるらしかった。

そこでネッドは、ほかの令嬢と知り合うことに集中した。それぞれに長所があり、感じのよい女性ばかりだ。黒髪で可愛いジェニー・ピックラーは、生真面目な性格らしい。しかし母親があいう人では、求婚など考えられない。それにボートンによると、ピックラー家の財産は限嗣《げんし》相続となっており、相続権は一家の男子に限定されるという。レディ・デボラ・ゴスフォードはピアノが得意で、〝歯並びが悪い〟と評されていた口元は、上の前歯がほんの少し出ているだけで、ネッドにはかえって魅力的に思えた。だが水が怖くて海の近くには住めない、とはっきり言われた。レディ・アン・メジャー＝トレントは、性格はいいのだろうが、話題に困って会話が続かなかった。

というわけでネッドは、ピックラー家でのパーティのあと二週間近く経ってからレディ・リディアの家を訪れた。女性が通常、訪問客を受け入れる常識的な時間帯に行ったのは偶然のなせるわざだった。玄関先では、礼儀作法にかなっていると信じて名刺を従僕に渡した。レディ・リディアが在室かどうか確認してくると言われたので待っていると、数分ほどで中へ招き入れられた。

周囲に目を配る余裕はほとんどなかったが、明るく優雅な雰囲気のタウンハウスという印象を受けた。従僕のあとについて廊下を歩きながら、ネッドは期待に胸をふくらませ、いてもたってもいられない自分がおかしかった。従僕は一番手前の部屋の扉を開け、脇に立った。ネッドが中に入ると、彼女の姿が目に飛びこんできた。

リディアは南向きの窓の前に置かれた金茶色の長椅子に座っていた。太陽が濃茶色の髪を輝かせ、頬の曲線的な輪郭をくっきりと示した半身像が、暗い色の長椅子を背景にして浮かび上がった。嬉しさいっぱいの微笑み。ネッドは、なぜ今まで再会を避けてきたのだろう、と自らに問いかけた。答えはすぐに見つかった。リディアは、自分の中のいまだ開拓されていない、眠っている部分に火をつけて、なんの思慮もためらいもなく反応させる。だからその反応が本物かどうか、疑いたくなってしまうのだ。

「ロックトン大佐」リディアが立ち上がりながら言った。

こうしてここまで来たものの、ネッドは照れくさく、落ち着かなかった。これもまた、なじみのない感覚だ。照れくさいなどと感じたことはない。ところがリディアの姿を目にしたとたん、鼓動が速まり、視線は飢えたように彼女の顔の上をさまよい出した。象牙を思わせるきめ細かな肌。アザラシの体さながらに光沢を放つ髪。クロイチゴと同じ色の瞳。唇はキスのために作られたかのよう……。何を考えているんだ。頭がおかしくなったのか。

「マダム」ネッドはお辞儀をした。

「大佐、どうぞおかけくださいな」

「ありがとうございます」ネッドはリディアの向かいに腰を下ろし、そのとき初めて、二人きりでないのに気づいた。コッド夫人が反対側の窓のそばの椅子に座り、日の光を浴びながら軽いいびきをかいていた。ぴくりとも動かない。ネッドがリディアに目を向けると、彼女は自分の唇にそっと指を当てた。

「出直したほうがいいでしょうか？」ネッドは小声で訊いた。

「いいえ、ご心配なく」リディアも穏やかに答えた。「コッド夫人の居眠りはいつものことで、よほど大きな音でもしないかぎり、目を覚ましたりはしませんから。ここでお話ししましょう」

そう、何を話すべきか思いつけばいいのだが。もちろん、訊いてみたいことは山ほどある。家族について、今までの人生について。重要と考えるものは何か、どんな本を読んでいるか、尊敬する人は誰か……リディアという人間を形づくっている要素のすべてが知りたかった。しかし慣習に従えば、ここでは当たりさわりのない質問をして、同様に当たりさわりのない答えが返ってくることになるのだろう。ほかの女性とは平気でそういう礼儀正しい会話を交わせるネッドだったが、リディアとのやりとりでそうするのは抵抗があった。なぜなら、ピックラー邸のパーティでほんのひとときだけ経験したあの親密さを、また味わいたかったからだ。

「今日も寒いですね」ネッドはようやく口を開いた。

「ええ」リディアが答えた。目が楽しそうに輝いている。「確かに、寒いですわね」

「レディ・ピックラーのパーティ以来ですね。お元気でしたか？」

「ええ、おかげさまで。大佐は？」

「元気です」ネッドはつぶやくように言った。「お心づかい、ありがとうございます」

リディアの顔から楽しそうな表情が消え、視線は膝の上で組んだ手に注がれた。「いえ、コッド夫人をかばってくださったお心づかいに比べれば、なんでもありませんわ。ロックトン大佐、なんとお礼を申し上げていいかわかりませんけれど、このご恩はけっして――」

「お気になさらないでください」ネッドは気恥ずかしくなってさえぎった。感謝の言葉など要らなかった。良識に従って品位ある行動をとろうとしただけだ。「あの件は、お忘れになるのが一番です」

「忘れるなんて、できませんわ」

ネッドは驚いた。たいていの人は恩義を感じている相手に〝気にするな〟と言われれば、その言葉を喜んで受け入れるものなのに。

「わたしにとってコッド夫人はとても大切な友人なのです。彼女に対する親切なお心づかいに対するご恩を忘れるなど、絶対にできません」

ネッドはうなずいた。先ほどまでの居心地の悪さはなくなっていた。今の言葉は礼を述べるときの決まり文句ではない。リディアは盗み癖のあるエミリー・コッド夫人を、心から大切に思っているのだ。

「コッド夫人は友人に恵まれているのですね」ネッドは言った。

顔を赤らめて否定するかと思いきや、リディアは笑い出した。「恵まれているのはわたしのほうですわ。誰かと二人きりで話をしたいとき、都合よくうたた寝をしてくれるお目付け役なんて、ほかにいるかしら?」リディアがあごで示すと、コッド夫人の顔に一瞬、かすかな笑みが浮かんだ。瞬時のことだったので気のせいかと思ったほどだ。なんとコッド夫人は、眠っているふりをしていたのだ。間違いない。

今度もまた、レディ・リディアは慣習にとらわれない、すがすがしいほどの正直さを見せてくれた。

そのときネッドは、リディアが口にしたほかの言葉の重要な意味合いに気づいた。今のはつまり、二人きりで話をするのを望んでいるということではないか。思わずリディアの顔を見たとき、扉を叩く音がして、従僕が入ってきた。女主人の身ぶりでの問いかけに応え、従僕は銀の盆に名刺を一枚のせて差し出した。リディアはそれを一瞥し、うなずいた。「お呼びしなさい、ジェームズ」

従僕が出ていくとリディアはすぐに「大佐、ジョナス・ペンダーガスト夫人と、娘さんのサミュエル・バラード夫人とフィッツヒュー・ヒル夫人をご存じですか？」と訊いた。

「いいえ、お目にかかったことはありませんが」

「でしたら、喜んでご紹介させていただきますわ」リディアはそう言って立ち上がった。ちょうど従僕が扉を開け、三人の女性がドレスの衣擦《きぬず》れの音をさせながらがやがやと入ってきた。顔は生き生きと輝き、友人に挨拶をしようと腕を大きく広げて近づいてくる。

ネッドは立ち上がった。女性たちがこちらを見た。

三人とも手をだらりと垂らし、目を大きく見張ると、レディ・リディアに目を向けた。彼女が頬を赤く染めるのを見て、ネッドは驚いた。自分が訪問したことで困らせてしまっただろうか？　三人はこちらを横目でちらちら見ているが、あの不可解な視線は非難を表しているのか？　それとも、男には聞かせられない微妙な内容の会話が交わされているのか？

自分が女性に慣れていないという認識は以前からあったが、今は痛切に感じていた。レデイ・リディアとのあいだに生まれかけた打ち解けた雰囲気が、新しい客の登場で消えてしまった。自分はどんな場に出ても恥ずかしくない礼儀作法で接しているという自信はある。だがさっきまで二人で会話していたときの自然さがなくなったのは残念だった。

ご婦人方は椅子に座った。扇をさかんに使い、ハンドバッグをどこかに置き、ドレスを揺らして、見張り台の番兵のごとく鋭い視線を左右に送りつつ、目の前の紳士をひそかに品定めしようとしている。ネッドは海軍でかのホレーショ・ネルソン提督に呼ばれ、自らとった行動の説明を求められたときのことを思い出していた。報告しているあいだじゅう提督に人の器を見定められているようで居心地の悪い思いをしながらも、自信が揺らぐことはなかった。だが今、三人の美しい女性の視線を浴びて、体が震えるのを感じていた。

自己紹介がすんで、五分ほどひととおりの社交辞令を交わしたあと、ネッドはいとまごいをしてその場を辞した。帰ったというより、大艦隊を目の前にした平底運搬船のように逃げ出したというほうが正しかったかもしれない。

しかしネッドは、次の日も、その次の日も、そのまた次の日も、翌週に入って四日間も、レディ・リディアのタウンハウスに通いつめた。行くたびにほかの客の訪問が前後に入っていて、面会を短時間で切り上げざるをえなかった。それでも、リディアと一緒にひとときを過ごし、ほかの人とのやりとりを見守り、彼女特有の言葉づかいや、すぐ浮かぶ笑顔、喜びや共感を自然に表情に出す素直さに触れることができて嬉しかった。

上流社会は行き過ぎた派手さと贅沢さに満ちた、うわべだけの狭量な世界に思える。そんな環境にいたら、まばゆいものばかり見て目がくらんだり、美食続きで舌が鈍ったり、異国情緒あふれるものや稀有なものに取り囲まれているうちに感動する心を失ってしまわないだろうかと疑いたくなるが、リディアの場合、そんなことはまったくなかった。どんなときも、どんな会話や経験でも、ひとつひとつに熱中し、心から楽しめるのだった。

すばらしい。なんと魅惑的なのだろう。

その翌週、ネッドはふたたびリディアのタウンハウスの玄関にいた。通常、客が訪れる時間帯より早いことは承知のうえだ。従僕は名刺を受け取り、お待ちくださいと言い残して奥へ引っこんだ。あまりに長く待たされたので門前払いかと思いはじめたとき、扉がさっと開いた。現れたのは従僕ではなく、息をはずませ、顔を輝かせたレディ・リディアその人だった。チョコレート色の髪に粋な帽子をかぶり、肩にはこげ茶色のマントをはおっている。

「ああ、ロックトン大佐！　わたし、ちょうど外出するところでしたの。ちょっとした買い物があったんですが、今朝行くのをさぼってしまったので……あら、太陽が顔をのぞかせていますわね？」

「ええ、マダム」頭を下げ、リディアが通れるよう脇へよけながらネッドは言った。「こんな早い時間にお邪魔して申し訳ありませんでした」

「いいえ、お気になさらないで」リディアはそう言うと通りに向かって階段を下っていく。

ネッドは通りを見わたした。普通ならそこで主人を待っているはずの、黄色い車輪がひときわ目立つリディアの四輪馬車の姿が見えない。もしかしたら修理中かもしれない。しかしその場合は、従僕が貸し馬車を手配して待機させていてもよさそうなものだ。

「乗り物を手配しましょうか、レディ・リディア？」ネッドは訊いた。

「ええと……」リディアは困惑したようにあたりを見まわした。「ええ、そうですわね。ありがとうございます、お願いします」

そうか。ネッドは理解した。リディアはさっき名刺を受け取ったあと、買い物に出かけようと急に思い立ったのだ。ネッドの訪問の意図が見え見えであつかましく感じられ、これ以上余計な期待を抱かせないほうがいいと判断したにちがいない。ネッドは体を硬くした。事情がわかったとたん胸が鋭く痛んで、我ながら驚いた。だが今気づいたことをリディアに知られてはならない。知られたら、きまり悪く不快な思いをさせてしまうだろう。

ネッドは通りに出て、手を高く上げた。住宅街へとつながる門に近いところで貸し馬車が一台、客待ちをしていた。御者が了解のしるしに鞭を軽く上げ、馬車をこちらへ向けて進めてくる。ネッドはリディアのほうに向き直り、礼儀正しく微笑んだ。

リディアが馬車に乗る手助けをしたら、これでお別れだとネッドは思った。もう二度と彼女の家を訪れないつもりだ。これからも、さまざまな行事で会うことはあるだろうが、姿を見られるだけでいい。

そう、それだけで十分だ。

馬車が二人のそばに来て止まった。御者が飛び降りて踏み台を取り出すより先に、ネッドは扉を開けに行った。呆然としながらも腕を差しのべると、リディアが手をのせてきた。上着とシャツの袖越しに、ほっそりした指が押してくる感触が伝わり、まるで焼印のように感じられる。手の圧力が強くなった気がしてネッドはリディアの上向いた顔を見下ろした。もの問いたげな表情だった。濃い眉をほんの少し寄せている。ネッドはなんと言って自分の気持ちを説明すればいいかわからなかった。何かを失ったような気がして、いつになくうろたえ、それでもなお感覚はとぎすまされていた。

「大佐？」リディアがためらいがちな声で言った。

「はい、マダム」ネッドはなんとか答えた。

「わたし……コッド夫人がうたた寝をしているもので……今夜、友人を招いて食事をする予定なので、これ以上従僕のジェームズの手をわずらわせるにしのびなくて……」リディアはつばを飲みこんだ。すみれ色の瞳はネッドの目を探っている。「大佐がいらしてくださったのだから……つまり……ほかにお約束が……急なご用件がおありでないなら……」声がじょじょに小さくなり、リディアは唇を嚙んだ。恥ずかしくてたまらないといったようすだ。乾いた川床に冷たい水が沁みとおるかのように、ネッドは理解した。リディアは一緒についてきてほしいと思っているのだ。

ネッドを遠ざけようとしていたわけではない。一緒に外出すれば訪問者に邪魔されずに二人だけで過ごせると思い、急いで帽子をかぶり、マントをはおって出てきたのだ。だから息をはずませていたのか。馬車が待っていなかったのもそれで説明がつく。頰が赤らんでいるのもうなずける。

リディアはつばを飲みこみ、顔をそらした。「もちろん、ほかにご用事がおありですよね」

ネッドがあまりに長いあいだ黙って突っ立っていたからだろう。リディアの顔は真っ赤に染まり、目には屈辱の涙があふれて光っている。彼女はいきなり馬車に飛びこみ、「ジェームズ！　ついてきてちょうだい！」と叫んだかと思うと、手を伸ばして扉を閉めようとした。

ネッドはすばやく手を出して扉を押さえると振り返り、近づいてくる従僕に向かって言った。「ジェームズ、下がっていいよ。わたしがレディ・リディアのお供をするから。ご本人がよければの話だがね」

従僕は疑わしそうな目で女主人を見た。リディアは真っ赤とまではいかないがまた赤くなりながらも、うなずいた。

「光栄です」ネッドは穏やかに言ってから扉を閉め、馬車の反対側に回って乗りこんだ。

12

セント・ジェームズ通りへ向かう途中、レディ・リディアは出し抜けに、ガンターを知っているかと尋ねた。

「いいえ。面識がありません」とネッドが答えると、リディアの目がいたずらっぽく輝いた。

「ご存じないんですか？　それはいけませんね。ロンドンへいらして間もない大佐に、ガンターをご紹介しないままでほうっておくなんて、良心が許しませんわ。お連れしてもよろしいかしら？」

「もちろんです」リディアの喜ぶ顔が見られるのなら、ナポレオンに会いにセントヘレナ島へ行けと言われても同意しただろう。

リディアは後ろを振り返り、馬車の壁にしつらえられた小窓を開いて御者に告げた。

「ガンターのところへ」

こちらに向き直ったリディアはいたずらっぽい笑みを浮かべている。ふとネッドの袖口に目をとめると、そこからきれいなハンカチがわずかにのぞいていた。ネッドの首筋に血が上った。

レディ・ピックラーの屋敷での午餐会以来、ハンカチの贈り物が次々と届くようになっていた。適齢期の娘を持つ既婚女性や女主人からだけでなく、匿名で送ってくるものもあった。ハンカチの山を抱えてネッドは困惑し、どうしていいかわからなかった。

「新しいハンカチですか、大佐？」リディアは目を丸くし、無邪気に訊いた。

「ええ、まあ」あのパーティで宣言したことに真実味を持たせるため、ネッドは公の場に出るときにはかならず、我ながらばかだなと思いつつもハンカチを袖口にしのばせなくてはならなかった。ただ、その理由をリディアに説明すれば（大いに面白がるにちがいない）、ますます自分がばかに思えるだけだ。だが事情を察したのだろう、リディアの表情からみるみるうちにちゃめっ気が消え、優しい顔つきになった。二人の視線が合うと、彼女ははっとするほど美しい笑顔を見せた。

「本当にお優しいんですね、ロックトン大佐。騎士のような高潔さをお持ちだわ」

ネッドはごくりとつばを飲みこんだ。目をそらすこともできず、仰々しい褒め言葉にどんな受け答えをしていいかもわからなかった。否定すれば、リディア自身を否定したことになる。かといって、身に余る称賛をそのとおりですと言って受け入れるわけにもいかない。

ネッドのようすを観察していたリディアは、心を読んだかのように顔を輝かせた。「まあ、ロックトン大佐。何を考えてらっしゃるかわかりますわ。残念ながら、今の褒め言葉に値しない方だったのですね」

ネッドはなすすべもなくリディアを見つめた。

「なぜかと言いますと」リディアはわざといかめしい口調で続けた。「大佐が本当は、女物のしゃれたハンカチがお好きだからですわ。このハンカチを身につけているのは、レディ・ピックラーのお宅でおっしゃったことに信憑性を持たせるためじゃないでしょう。実際、レディ・ピックラーに感謝しなくてはいけませんね。お気に入りの高級な麻のハンカチを持ち歩く口実を探していたところ、あのパーティがまさにその口実を公にする機会を与えてくれたんですもの。実は大佐、ご自分の都合ばかりお考えになっていたのですね」

からかわれていたとわかってネッドは安心し、嬉しくなった。

家族でも（特にネッドの家族の場合）、これほど彼の考えや立場を的確に、たちどころにつかめる者はいないだろう。そう気づくと、少し戸惑いを感じた。

「そのとおりです、マダム。鋭いご指摘ですね」ネッドは重々しさを装って言った。

しばらくして、馬車はバークレー広場の真ん中にある緑地帯を囲む柵のところで止まった。背の高いカエデの木の下だ。近くにはほかにも、幌なしや一頭立ての二輪馬車、幌つきの二頭立て四輪馬車などが何台も停まっている。

ネッドが横目で見ると、リディアの指さす方向に、エプロンとしみのついたベスト姿の、ずんぐりして禿げかけた男性がいた。馬車や人をよけながらこちらに近づいてくる。

「レディ・リディア！」男性は馬車のそばまで来るとひと息ついた。「ようこそいらっしゃいました。お久しぶりです。わたしの記憶が正しければ、前回からまるまる一週間は経っていますからね」

「こんにちは、サム」リディアは打ち解けたようすで言った。「今日は、新しい信者をお連れしたわ」

サムと呼ばれた男性は首を伸ばして馬車の中をのぞきこんだ。「ああ。いらっしゃいませ。〈喫茶店ガンター〉へようこそ」

「喫茶店?」ネッドはおうむ返しに訊いた。ここは道端なのに。

リディアは声をあげて笑った。「あそこですわ」指さした先には確かに店があり、エプロン姿の男性がひっきりなしに出入りしていた。盆を持った者も、持っていない者もいる。

「〈ガンター〉では、注文したものを給仕が馬車まで持ってきてくれるんです。おすすめはアイスクリームね。絶品ですよ」リディアが言った。

「そのとおりです」サムが誇らしげにうけあった。「今日は何がよろしいでしょうか?」

リディアは馬車の窓から身を乗り出した。真剣な顔になっている。「あなたのおすすめは何かしら、サム?」

これは毎回くり返されるやりとりにちがいない。サムも同様に真剣な表情を見せ、下唇を突き出して考えこんだ。リディアは興味しんしんといった感じで待っている。アイスクリームではなく、まるで最高級のブドウ畑で穫れた年代物のワインの話でもしているようだ。

「そうですね、今日はパルメザン・クレームがございます。独特の風味ですが、香りもかなり強いので、今の時間帯には少し早いかもしれません。ラタフィアのリキュール味もおすすめです。それから、ネージュ・ド・ピスタチオ。人気の品です。でなければ、アンバーグリス・フロマージュ・グラッセはいかがでしょう」

あまり気乗りがしないらしいリディアの反応に、給仕は明らかに重圧を感じている。

「いや、違いますな」サムは芝居がかった口調で言った。「もう少しこくがあって、甘い中にも洗練されていて、単純でありながら意外性のある味。ということでレディ・リディアには、クレーム・ブリュレをおすすめいたします」

リディアの顔がぱっと晴れやかになった。「それがいいわ、サム」

「そして、こちらの殿方には」サムは医師を思わせる鋭い目でネッドを見た。

「ヤマモモのアイスクリームをぜひお試しいただきたいですね」

「では、それをお願いします」とネッド。

「五分で持ってまいります！」サムは約束すると、混雑した通りに急いで飛び出し、あやうく幌なしの二輪馬車に轢かれそうになりながら渡っていった。

給仕が行ってしまうとすぐにリディアは笑い出した。「大佐、〈ガンター〉について誤った印象を与えたまま、ここまでお連れしてしまいましたね。でも実はわたし、バークレー広場の半径数百メートルに近づくと、〈ガンター〉ならではの味を試すために寄り道せずにはいられないんです」座席に深くもたれかかる。「毎年、社交シーズンの終わりにはロンドンを離れられるのがありがたいですわ。そうでなければわたし、雌鳥のように太ってしまうでしょうね。甘いものが大好きなんですもの」

「お宅の料理長も、アイスクリームを作れるのでは？」ネッドは訊いた。

「いえ、料理長と呼べるような人はいないんです。料理人が一人いるだけ。独身ですから、お客さまを家に招いておもてなしする機会はあまりないんです。おいしいものを食べることにかけては、友人に頼ってばかりですわ」

ネッドは、今夜は確か友人を招いて食事をするとおっしゃっていたのでは、とは指摘しなかった。実はそんな予定はなかったのではないかと疑っていた。リディアはどうやら、作戦で使った口実を忘れてしまったようだ。自分を誘うために考えた作戦だとわかって、ネッドは光栄に感じ、嬉しかった。

「それに」リディアは続けた。「仲のよい人と一緒にいただく食事ほど、おいしいものはありませんわ」

何気ない言葉だったが、ネッドは興味をかきたてられた。自立した女性として知られるレディ・リディアだが、心寂しくなるときもあるのだろう。もちろん、単なるひと言にこめられた意味を深読みしているだけかもしれない。ただネッドは自分の推測が当たっていると感じていた。

「海軍のことはよく知らないのでおかしな質問かもしれませんが、大佐が指揮官として船に乗っているあいだは、一人で食事をとることが多いんですか？」リディアが訊いた。

「いいえ。将校たちがいつも一緒でした」

「にぎやかで楽しいでしょうね」

ネッドは片方の肩をすくめた。「海を渡っていて、天気のよいときはそうですね。でも、口をきくのもおっくうなぐらい疲れきっている場合も多くて、そんなときは皆、心と体の健康のために食べるんです」

「戦闘中のことですか？」リディアは小声で訊いた。

「そうです。ただし、戦闘のあいまの小康状態のほうがひどく疲れる場合もよくあります」

リディアは頭をかしげた。「小康状態のほうが、実際の交戦より厳しく感じられるんですね。どうしてかわかりますわ。想像力こそ、人間にとって一番手ごわい敵ですもの」

「まったく、そのとおりです」ふたたびリディアの鋭い洞察力に興味を引かれて、ネッドは言った。

リディアが自分に関心を抱いてくれているとは光栄だ、とネッドは思う。だが自分だけが特別というわけではないだろう。リディアは、物や人間に対する興味からその本質を見抜く人だからだ。数週間前に会ったばかりなのに、何年も船で苦楽をともにしてきた仲間よりもネッドのことを理解している。

「お待たせして申し訳ありませんでした」給仕のサムが馬車の脇に現れた。霜のついた白目《しろめ》の器にアイスクリームを山盛りにしたものをふたつのせた小さな盆を手にしている。「レディ・リディアのスプーンをお探しするのに少し手間取ってしまいまして」

ネッドは思わずリディアのほうを振り返った。

「この店ではあなた専用のスプーンを置いているんですか？」

リディアが顔を赤らめ、咳払いをしているあいだに、サムが先に答えた。

「ええ、そのとおりです。器も専用でご用意してあります。レディ・リディアは甘いものに関してはそうとうな目利きでいらっしゃいますからね」誇らしげに言う。

ネッドは広場にいるほかの男性にならって馬車を降り、サムからアイスクリームを受け取って心づけをはずむと、馬車の反対側に回った。柵に寄りかかって片膝を曲げ、縁石の角にブーツのかかとをのせた。こうすればリディアと向かい合わせになるので、もっと自由に会話ができる。

ネッドが見上げると、リディアはスプーンに盛ったアイスクリームを口に入れたところだった。贅沢な味わいにうっとりと目を閉じている。「ああ、すてき」心地よさそうな声が喉からもれた。

その瞬間、今までリディアの知的な魅力に向けられていたネッドの関心が、いっきに肉体的な魅力へと移った。喉がからからに渇き、にわかに強い欲望を感じて体が硬くなる。リディア・イーストレイクがアイスクリームを食べるのを眺める。それだけで、ここ何カ月も感じていなかったほど強烈に体に訴えかけてくるものがあった。ネッドはリディアの唇から目を離すことができなかった。クリーム状のアイスを唇でじっくり味わってから、ようやくスプーンを口の中に入れ、ゆっくりと、耐えがたいほどゆっくりと引き出すその動き。

ネッドはけっして聖人君子とは言えないものの、今まで肉体的な欲望に翻弄された経験はなかった。自分のことは知りつくしていると思っていた。だがその自己認識の思いこみも、リディアによって試練にさらされている。ネッドには揺るがぬ冷静さと、熱い思いにもとづいて理性的な判断を下す能力があった。だからこそ海軍大佐として傑出した活躍ができたのだ。戦闘においては、どんな挑発にあっても、人を導く原動力となるのは理性だけで、情熱ではない。しかし今この瞬間、ネッドが遭遇しているのは別の種類の挑発だ。感じているのは敬意や称賛ではない。純粋な欲望だった。

リディアはふたたびスプーンを唇のあいだに入れて、クレーム・ブリュレのアイスのかたまりを味わい、ため息をついた。ネッドはごくりと生つばを飲んだ。このしぐさが彼の体にいかなる影響を及ぼしているか、本人が気づきませんようにと祈っていた。この女《ひと》は快楽を生むすべを身につけている。なんといまいましい。だがネッドは、心の目に次々と映し出されるさまざまなイメージを振り切ることができなかった。

「どうなさったの、大佐？」突然リディアが訊いた。

ネッドは彼女の唇から視線をもぎ離すようにそらした。おいしそうな獲物を前にした肉食獣のごとくぎらぎらとした目で見つめつづけるわけにはいかない。

「あまり夢中になって食べすぎましたわ」リディアが心配そうに言う。「びっくりなさったんじゃないかしら」

ネッドは必死で笑顔をつくった。「大丈夫ですよ、マダム。ただ、あなたの……食べっぷりがあまりに見事なので、感心していただけです」**しまった！　なんと無骨な物言いだ！**

ネッドはあわてて自分のアイスクリームをひとさじすくい取り、口に押しこんだ。

「あら、いけませんわ、大佐！」リディアは驚いたように声をあげた。「ただ飲みこんでしまってはだめよ。お粥じゃないんですから。これはすてきな経験なんです！」

　幸い、ユーモアの感覚がネッドを救ってくれた。「申し訳ない。舌が肥えていないわたしが悪いのです。悲しいかな、あなたのように物事を楽しむ能力には恵まれていませんからね」

「あら、そんな！」リディアは言下に否定した。「そんなこと信じませんわ。ただ、楽しみ方を忘れていらっしゃるだけじゃないかしら」いたずらっ子を思わせる、にやっという笑い。

「というより、ある種の楽しみに慣れていない、と言ったほうが正しいかもしれませんね」

　確かに今慣れ親しみたいと思っているたぐいの楽しみには、慣れていないが。

「では、わたしが」リディアはふたたび笑みを浮かべた。ネッドの鼓動が速くなった。「その状態を改善してさしあげるわ」

　神よ、救いたまえ。ネッドはうなずいた。

「さあ、見ていてください《ルガルドゥ・モワ、シル・トゥ・プレ》な。アイスクリームを味わう高度な技を伝授してさしあげますわ」リディアはことさらに時間をかけて、自分の器に盛られたアイスクリームのてっぺんからひとさじ分を削り取り、口に持っていく。目を閉じて鼻腔を微妙にふくらませ、香りを吸いこんだ。

「カラメルね」目を閉じたまま言う。「焦がした砂糖の香りがするけれど、鼻につんとくる匂いではない。香水のように、次に来る甘みを期待させる香りだわ」

「なるほど」

「今度は味わってみましょう。でも味を見るだけ。食欲を刺激するように」リディアは唇を少し開けた。ピンクの舌先をわずかに出して溶けつつあるアイスに触れると、そろそろと唇のあいだに取りこみ、スプーンを口から出す。そして目を開けて唇を引き結び、こっそりと唇をなめてきれいにした。

リディアは自分がネッドをどんな目にあわせているか、まったくわかっていない。

「さあ、ここで初めて」リディアは教えさとすように言った。「スプーンに山盛りにして食べます。でも、一度に飲みこまないでくださいね。口蓋《こうがい》の部分で溶かして、口の中をアイスの風味で満たすんです。その刺激を心ゆくまで味わって、楽しみをできるだけ長引かせる。このひとさじを食べ終えたら次だと考えたり、前のひとさじを思い出したりしてはだめよ。今のこの瞬間、このひとさじを味わうんです。最初で最後だと思ってね」

リディアはその言葉どおりやってみせると、幸せそうに目を細めた。ネッドはかろうじて愛想のよい態度を保っていた。衝動に負けるような男ではないはずなのに、ネッドは身を乗り出して、リディアの頭を手で抱えて引き寄せ、彼女の唇のアイスクリームを味わい、開けた唇の風味を思うさま探ってみたかった。

ネッドは半ば必死になって、リディアによる〝教習〟から気をそらすための何かを探そうとした。

「今の瞬間をできるかぎり楽しむことを、誰から教わったのですか?」

リディアは目を開け、一瞬考えこんだような表情でネッドを見てから答えた。

「両親からですが、特に母親から教わりましたね」

「どんなふうに？」

リディアは優美な猫のようにスプーンをなめた。ネッドは断固として彼女の目だけを見つめつづけた。

「母は、世界各国を回って多くの人に出会える生活がいかに恵まれているかを教えてくれました。どんなことでも、それを当然だと思ってはいけないと」

「ご立派ですね」

「母は、模範を示して教えてくれました。でも、ときどき……」リディアの声がしだいに小さくなる。何かを思い出したのか。

「ときどき？」ネッドはうながした。

「ときどき思っていたんですけれど、母は、ひとつところにずっと住めない代わりに、せめて娘にいろいろな経験をさせてやろう、と考えていたのではないかと。代償というか」

「ひとつところに住めなかったのはどうしてですか？」ネッドは興味をおぼえて訊いた。

リディアは一瞬、ややけげんそうな視線を彼に向けた。「両親の結婚のせいですわ」

ネッドはわからない、といった表情で見返した。

リディアは顔をしかめた。「本当に、まだご存じないの？　もうとっくに噂を聞いて……」

「知らないって、何をです？」

「母は、父の兄と結婚したんです」リディアは反応をうかがうように、臆することなくネッドの目をまっすぐに見た。「それは恥ずべきことだと言われました」

ネッドはようやく理解した。キリスト教の古い教えでは姻戚、たとえば兄の未亡人などとの婚姻を禁止しており、そういう関係は英国では冷ややかな目で見られた。だがそれより深刻なのは、教理にかなっていないとして誰かに訴えを起こされたら、結婚が無効になる可能性があるということだ。実際には姻戚どうしで夫婦になる例はあるものの、結婚式をとりおこなってくれる聖職者を見つけるのは英国では難しい。当事者が貴族の場合はなおさらだ。

一方ヨーロッパ大陸では、聖職者はその点もっと寛容だった。

レディ・リディアの両親は挙式のために大陸へ渡り、そこにとどまったのだろう。帰国すれば二人の結婚に異議をとなえる者が出てくる恐れがある。訴えが認められたら、娘のレディ・リディアは非嫡出子となってしまう。

「ですからわたし、両親がそういう不安を押し隠して平気なふりをするために、いろいろなところを渡り歩く生活を自ら選んだ道と称していたのではないかと思っているんです」リディアはネッドの反応を確かめるようにじっと見守っている。

「その可能性はあるでしょうね。でももしかしたら、母上はご自分が好きなものをあなたにも好きになってほしかっただけかもしれませんよ。実際、好きになったでしょう？」

リディアは一瞬、笑顔を見せた。「両親が生きているうちは好きでしたわ。何ひとつ不自由のない、物にも人にも恵まれた暮らしでした。でも、両親が死んだあとわかったのは――」言葉を切り、視線をそらす。

「何がわかったのですか?」ネッドは優しく訊いた。

ふたたびためらいがちに視線が揺れる。「それまでの根なし草の生活には落とし穴があったということです。遺されたわたしの面倒を見ようと申し出るほど近しい人も、わたしを引き取る責任や義理を感じる人も、誰もいませんでした。両親が死んで、自分の人生もこれで終わりだと思いました。楽しかった暮らしも、それまでの自分も、何もかもなくなって、二度と戻ってこないと感じたんです」

かわいそうに。なんと哀れな。

「女王陛下が、わたしのために後見人を指名してくださいました。明るくて感じのよいご老人でしたが、その年頃の少女には不慣れなのか、どう扱っていいのかわからないようで、ウィルシャーにある別邸にわたしを住まわせることにしました。訪れる人もなく、手紙も来なかった。そのとき悟ったんです。ヨーロッパ各国の首都や荘園の領主邸でいろいろな人に出会い、数週間程度の短い時間ながらともに過ごしましたが、ほとんどの人にとって、わたしという人間はもはやこの世に存在しないも同然なのだと。それで、自分が〝存在しない〟とみなされた理由は、両親の死だけではなかったのではと疑いはじめたんです。つまり、外国へ行ったり、人の家を訪れたりしてどの国のどこにいようと、わたしたちはその地を去ったとたんに忘れ去られてしまったのではないか、と」

「つらかったでしょうね」

リディアはむしろ申し訳なさそうに肩をすくめた。「もう今となっては気にしてもしょうがありませんわ。お話ししたのは、なぜ自分が母親と同じ道をたどらなかったかを説明しようと思ったからです。次から次へと住む場所を変える暮らしを娘に気に入ってもらおうと、母はいろいろ努力したのでしょうけれど、今のわたしは、変化に抵抗しています。年々、今持っているものを大事に思うようになってきました。自分が今までに知りえた人や物を、これからもずっと大切にしていきたいんです」

その気持ちがネッドにはよくわかった。彼にとっては〈ジョステン館〉が、永続的な価値を持つ大切なものだからだ。

「わたし、部屋を出ていったとたん忘れ去られるような人にはなりたくないんです」

リディアという人が少しわかった気がした。華麗な生活、あふれんばかりの魅力、献身的な愛情。

「でも、もしかすると」リディアはつけ加えた。「母の考えにも一理あるかもしれませんわ。物や人に愛着を持ちすぎたり、ある生き方にこだわりすぎたりしても意味がないのかも」

「ただ、伝統や土地、関係など、維持する価値があるものもあるでしょう？」

「でも、そういったものにどこまでもしがみつくべきなのかしら？　変化というのは避けられないでしょう？　そんな中、あるものが、それを守るために戦う価値があるか、何かを犠牲にしてでも守るべきなのか、どうやってわかります？」

答えが簡単に出ない問いかけだった。ネッドは、家族のためなら喜んで便宜上の結婚をするつもりでいる。それは〈ジョステン館〉を維持し、一四年間しか一緒に過ごしていない家族の生活を守るためだ。自らの決断に価値があるかどうかなど、疑ってみたこともない。それは家族が自分に求めている道であり、義務なのだ。

給仕のサムが二人の器とスプーンを回収しに馬車までやってきて、空になったリディアの器を満足げに見た。「ほら、これでおわかりですよね?」サムはネッドに親しみをこめた口調で話しかけた。「レディ・リディアは、物を大切にして、それを徹底的に楽しむすべを知っているんです。こんな才能に恵まれた方はそうそういませんよ。たぐいまれな人ですね」

リディアとたった一時間ともに過ごしただけだが、ネッドは魅了され、楽しみ、欲望を感じるという経験をした。そしてついに、迷わず選んだのだった。そうだ。この人に決めた。

本当にたぐいまれな、この人に。

13

一八一六年　六月

リスル通りにある賭博クラブの奥の部屋で、チャイルド・スミスは二級品のブランデーを入れたグラスを手にしていた。香りを嗅ぎ、沈んだ表情で琥珀色の液体を眺める。愛人の目を思い出させる色だった。本来なら今ごろ自分は、彼女とベッドにいるべきなのだ。だが現実は、ジョステン伯爵の息子ハリーが戻ってくるのを待っている。今ごろ裏通りへ出て、吐いているはずだ。彼が戻ってこないとカードを配ってゲームを再開できないため、待つしかない。チャイルド・スミスには守るべき評判があるからで、その中には野心家という評判もあった――愛人に夢中で別れられない負け犬ではなく。

そう、もちろん負け犬であるわけがない。だがそれでもスミスは、自分がいないあいだに愛人のキティが何をして過ごしているだろうと想像をめぐらせてしまう。キティと愛人関係になるまでは、自分が嫉妬深い人間だと思ったことはなかった。何年にもわたってパトロンとして面倒を見てきたとはいえ、ほかの男がキティにちょっと色目を使うことさえいやでたまらない。多くの男がコヴェントガーデンやヴォクスホールガーデン、オペラ劇場などで愛人を見せびらかしたがるが、スミスはキティを自分だけのものにしておきたかった。本人もそれでかまわないようだった。

スミスが何年もキティひとすじなのはそこにも理由がある。単に美しいばかりでなく、一緒にいると心なごむ女性だった。官能的でありながら足ることを知る優美な猫のように、寝室の外に広がる別世界を意識しつつも、わざわざ探検する価値がないと割り切っている。スミスが完全にくつろげるのは唯一、この気立てのよい女性が細やかな心づかいで接してくれるひとときだけだった。いつも体面を保たなくてはならないために生じる緊張をほぐす、いい息抜きになるからだ。

スミスにとって重要なのは外見と地位だった。重要どころではない、不可欠と言ってもいい。スミスは由緒ある名家の出ではない。確かに財産家の紳士ではあるが、それだけにすぎない。彼の目標はもっと高いところにあった。人に称賛され、模倣され、見習いたいと思われる存在として、上流社会の頂点に立つことにあこがれていた。ひと言ふた言口にしただけで物事の成否や評価のよしあしが決まってしまうほどの影響力を持ちたかった——ボー・ブランメルのように。

スミスは顔をしかめた。自分よりはるかに出自のよくないブランメルがまさにその高みに上りつめたと思うと、しゃくにさわってしかたがない。しかしブランメルが借金で首が回らなくなって大陸へ逃亡した今、上流社会の新たな王者の地位が空いた。スミスは今のところ、同じもくろみを持つ紳士の中で頭角を現すことができず、王座をつかめないでいた。

どうしてうまくいかないのか謎だった。自分の地位を上げ、印象をよくするために考えつくかぎりのことをやってきた。上流社会の中でも選ばれた名士といわれる友人の習慣や嗜好を取り入れ、しかるべき人脈を築き、しかるべき物腰を身につけた。それなのに望む地位は獲得できていない。スミスはますます不機嫌になっていった。だが、目指す目標に到達できる道が少なくともひとつある——富を手に入れることだ。

富といっても、並の財力ではない。贅沢な暮らしができる程度の収入や、棚ぼた式に転がりこんだ小金では不十分だ。誰にも見くびられたり無視されたりしない、小国をひとつ買えるほどの莫大な財産。チャイルド・スミスにはそんな巨万の富を相続する権利がある——ただし、祖父が亡くなる前に結婚すればの話だが。

そうだ。相手はまだ決まっていないにしても、早晩、結婚せねばならない。スミスは手にしたグラスを眺めるのをやめて、ブランデーをひと口ごくりと飲んだ。

結婚に抵抗しているのではない。妻をめとるのは自分の義務だと考えてきたし、子どもをもうけて祖父の財産を使ってやるつもりだった。しかし、祖父の病状の悪化によって袋小路に追いやられるのが、どうにも腹立たしい。あのけちで悪意に満ちた老人は、もし孫がこのまま結婚しないでいたら、いまわのきわにでも遺言を変えて相続権を取り消しかねない。祖父はスミスを嫌っている。だがそれ以上にいやがっているのは、スミスを自分の意思に従わせられないことなのだ。どうやら祖父はついに、孫を思いどおりにあやつるすべを見つけたらしい……。

しかも最近、祖父の病状が思わしくない。なんと、いまいましい。キティとの関係さえなければ、スミスは今ごろ退屈な舞踏会だろうがなんだろうが社交の場に出て、妻となるべき女性を、自分の社会的地位を上げてくれる伴侶を探しているだろう。愛人の存在を未来の妻に容認してもらえればいいのだが。スミスは、キティをあきらめるつもりは毛頭なかった。

「ジョステンの息子はまだ裏通りでげえげえやっているのか？」なまりのある声が訊いた。

スミスは顔を上げた。三人の裕福な男性とともに入口近くの賭博部屋から戻ってきたカルヴェッリ王子だった。

「ええ」スミスは答えた。「いとこのフィリップが介抱しています。ボートンも一緒ですが、雛の世話を焼くめんどりみたいにハリーにつきっきりで、どうせ、わたしのような輩《やから》とは賭け事をするなって忠告しているんでしょう。やつの乳母にボートンを指名したのは誰なんでしょうね」

カルヴェッリ王子は肩をすくめた。「お守り役なんかつけたって無駄だろう。賭け事に熱中して我を失う若者は、自然に破滅への道を見つけるものだからね」

「おやおや、王子。玉突きを楽しむ紳士ならぬ、助祭みたいなことをおっしゃる」鋭い目つきの放蕩者でトウィードという青年が冷笑を浮かべて言った。

「今夜はこのへんでお開きにしようか？」カルヴェッリ王子が提案した。

「もちろん」トウィードはあざけるように笑った。「これ以上ゲームに深入りしたくない臆病者がいるのならね」

スミスはトウィードが嫌いだった。どこかの男爵の非嫡出子らしいが、最上流の人たちに取り入ろうとする短気なうぬぼれ屋で、賭け事師として名を成そうとしていた。一緒にいる友人二人は名家の出身だが、それを一所懸命隠そうとしており、明らかにトウィードに肩入れして取り巻きになっていた。

こんな若造に臆病者呼ばわりさせてなるものかと思いながら、スミスは肩をすくめた。

「ジョステン伯爵なら、息子の〝教育〟にかかった金ぐらい楽に払えるだろうさ」あと少しだけ遊んだら、街の反対側へ行って、夜会をはしごするつもりだった。

「さて、みんなにジンでも持ってきてあげよう。きみたちは例の仲間を連れてきてくれ」トウィードは二人の友人に言った。

二人はしのび笑いと不平のつぶやきをもらしながら指示に従い、部屋にはスミスとカルヴェッリ王子だけが残された。

「わたしはそろそろ失礼しようと思う」王子が言った。「何しろ臆病者だからね」

カルヴェッリ王子は臆病者でもなく、借金も抱えていなかったが、帰りたがっているのは明らかだった。最近はなぜか気もそぞろで、いらだっているようだ。もしかすると結婚に関する最後通告を突きつけられでもしたのだろうか。

「まさか王子、イタリアに病気の親族でもいらっしゃるんじゃないでしょうね?」スミスは訊いた。「お孫さんを膝の上であやしたいという、わけのわからない望みを抱いているおじいさまとか？」

カルヴェッリ王子は驚いた。「いいや。どうしてそんなことを？」

「たまたま、わたしの祖父がそう望んでいるものですから。今夜あたり、花嫁となる女性を探してもいいかなと考えていたんです。いかがです、王子もこの際……」スミスはしだいに小声になり、皮肉な笑みを浮かべた。

「忘れないでくれよ。わたしにはもう妻がいるんだから」カルヴェッリ王子が答えた。

「すっかり忘れていました。奥さまやご家族のことはほとんどお話しにならないから」

「妻をひと言で言い表すなら、〝聖女〟だな」カルヴェッリ王子はそう言うと苦笑いした。

「悲しいかな、わたしは罪びとだからね。この事実を、妻の家族もわたしの家族も、そしてもちろん妻自身も、機会あるごとに思い出させようとするんだ。その機会を与えないために、わたしが英国にとどまっているのも無理からぬことだろう？」

「でも、いつかは奥さまのもとへ戻られて、お子さんを持つことになるわけでしょう。男の義務ですからね」

「聖女というのは子どもを産まないものだ」カルヴェッリ王子は声を荒らげたが、いつもの落ち着きを失ったことに気づき、頬をゆるめた。「しばらくは英国を離れるつもりはないよ」

「愛人をお持ちになればいい」スミスは言った。またキティのことが頭に浮かんだ。

カルヴェッリ王子は微笑んだ。「そうか？　それも悪くないかもしれないな」

「もちろんです。愛人を持てば、皆が幸せになりますよ」

「そうしようか。よし」王子はスミスの背中を叩いた。「すぐにでも、愛人を募集しはじめたほうがいいかもしれないな。花嫁探しにいい夜であれば、愛人探しには最適な夜になるだろうからね」

陽気な笑い声をあげ、黒々とした目を輝かせて、カルヴェッリ王子は上着とステッキを取りに部屋を出ていった。

スミスは心の中で毒づいた。これで残ったのはトウィードとその友人たち、ボートン、ロックトン家のうぶな若者二人だけだ。少なくとも最後の二人は、それなりの楽しみを提供してくれそうだが。

お人よしのロックトン大佐は、甥たちがどんな仲間とつるんでいるかを知ったら、さぞかし嘆くことだろう。ただし、不機嫌さをあらわにしたり非難の言葉を吐いたりはしないはずだ。〈ブードルズ〉で最初に会ったときは別として、大佐が礼を失した物言いをするのを聞いたことがない。ロックトン家の男はスポーツマンらしいたくましい体とギリシャの神々を思わせる美しい顔の持ち主だ。しかしエドワード・ロックトン大佐は、そのどちらも利用しようとしなかった。傲慢さも、洗練も、華やかさも、情熱も感じられない。

ただ、本人がどう思っているかはともかく、上流社会のご婦人方の目には申し分のない男性と映ったらしく、この一カ月、彼女たちは早春に出てくるウサギの群れを追いかける猟犬のようにロックトン大佐につきまとっていた。大佐はスミスよりも多くの祝宴や夜会に招かれ、あらゆるところに顔を出していた。

しかも、レディ・リディア・イーストレイクにも気に入られたらしい。だがそのうち彼女も興味を失うにきまっている。今までもそうだったのだから。スミスはカルヴェッリ王子との賭けに勝つだろう。とはいうものの、先週開かれた三回の夜会で、ロックトン大佐はレディ・リディアとつごう二度ダンスを踊った。これはもしや……。

いや、ありえない、とスミスは思った。レディ・リディアのちょっとした気まぐれにすぎない。洗練され、世慣れていて、聡明な人だけに、どんなに容姿がすぐれていて感じがよく、幅広い人脈を持っていようと、情熱に欠ける海軍大佐ごときで満足できるわけがない。噂が本当だとすれば——後見人のグレンヴィル公爵夫人に確認したからおそらく本当だろうが——すみれ色の瞳をしたあの比類なき麗人は、結婚を考えはじめたらしい。なるほど、とうなずけるものがある。社交界にデビューして八年、今シーズンほど輝いているリディアは見たことがない。本当に生き生きと輝いている。笑い声は愛の歌のごとく響き、楽しんでいるときにはそれがはっきりと伝わる。興奮しているときはまわりの空気までシャンパンの泡のような活気に満ちてくる。

スミスは考えこんだ。活気にあふれたリディアのすばらしさを、その価値がわからない男に渡したりしたら、もったいないなくないだろうか？　答えは明らかだった。ここ二、三年の社交シーズン中、リディアは少し調子にのって騒ぎすぎて、上流社会の生真面目な人々のひんしゅくを買ったときがあった。その中には適齢期の息子を持つ人もいる。リディアとしては、きわめて社会的地位の高い大佐を同伴することで自分の地位を取り戻せる。これ以上に都合のいい交友関係があるだろうか。

まさに洞察力の鋭いリディアらしいもくろみだ、とスミスは敬意を抱き、ふと気づいた。そうだ。レディ・リディアを妻にするという手がある。あの人なら自分にふさわしい妻になるだろう。容姿が美しく影響力があり、家柄もいい。スミスの家柄に比べても格が上だ。確かに彼女の両親の結婚は不品行とされたが、それはもう過去のことで、大した問題ではない。そのうえリディアは裕福でもある。といっても、それはどうでもいいことだった。スミスが結婚によって祖父から相続する莫大な財産に比べれば微々たるものだからだ。

また世間を知っているリディアは、男女関係の機微もわきまえているはずで、キティを囲うことにも反対しないだろう――跡継ぎを産んだあと、自分の好きなようにふるまわせてやりさえすれば。

それに、スミスはリディアが好きでもあった。

そのとき大きな音がして、スミスはせっかくの心地よい空想を邪魔された。部屋の扉が開き、廊下からフィリップ・ヒックストン・タブズとハリー・ロックトン卿が猿のようににやにやしながらなだれこんできたのだ。二人ともロックトン家の血筋らしくきれいな顔立ちだが、ハリーのほうがどことなく跡継ぎらしい雰囲気を漂わせている。

数年も経ってそれなりに洗練された物腰が身につけば、花婿候補としてもてはやされるだろう。もっとも、その前に一家を破産させなければの話だが。

二人の若者はまるで石畳の上を歩いているかのようにふらふらしている。ジョステン伯爵が二人の借金を返済するつもりなら、スミスにも借りがあるはずだ。少なくとも金を工面する時間の余裕を与えてやったのだから。仲間の賭け事師の中にはその日のうちに借金を払えと相手に迫る者もいるから、その場合は銀行、悪くすると高利貸しに走らなければならない。去年、借金苦から逃れるために拳銃で自殺した哀れな若者もいた。

「大丈夫かね？」スミスは立ち上がって訊いた。

金髪で背が高く、貴族的な顔立ちのハリー卿はうなずき、体を傾けると、椅子に倒れこむように腰を下ろした。

赤毛でやや小柄だが同様に美男子のフィリップは立ったままで、少しふらふらしながら目を見開いて室内を見まわした。「トウィーは…… いや、トウィードは、どこへ行きました？くそっ、損を取り返す機会ぐらい与えてくれればいいのに。ふざけやがって」

「ちゃんとここにいますよ」戸口に立って残忍な笑みを浮かべたトウィードが言った。「寂しい思いをさせてしまいましたかね？」歯がランプに照らされて牙のように光る。左右の手に一本ずつ持ったジンの瓶を振っていた。「喉の渇きをいやすものを確保しておこうと思ってね。それから、損した分を取り返すつもりなら、ご心配なく。何時間でもごゆっくりどうぞ」

「トウィード、気がきくね。ありがとう」フィリップはろれつの回らない舌で言い、椅子に座った。

「そう、なかなか気がきくだろう？」トウィードは大胆にも、スミスをまっすぐに見て片目をつぶってみせた。まるで二人の若者の破滅についてはおまえも同罪だ、とでも言いたげだ。

もうたくさんだった。トウィードに臆病者と呼ばれてもかまわない、とスミスは思った。自分はトウィードとは違う。二人のガキからひと晩にしては十分すぎる額の金をすでに巻き上げたのだから、もういい。

「スミスさん、きみが札を配る番だったね」トウィードが言った。

今ここを出れば真夜中になる前に〈ホランド・ハウス〉に着くだろうから、パーティに間に合うだろう。レディ・リディアも出席しているはずだ。そのあとは……？　スミスはふたたびキティのことを思い出していた。

「降りるよ」スミスは短く言うと立ち上がった。

14

ネッドが応接間の鏡に映る自分の姿をためつすがめつしていると、背後から執事が現れた。ヤング卿主催のパーティ会場にそろそろ着いていてもいいころなのに、ネッドはまだ支度ができていない。

執事が咳払いした。

「なんだね？」

「またハンカチが届いております」執事が差し出した盆には、縁取りにレースを贅沢に使ったハンカチが一枚のせられていた。

ネッドはそれをぼんやりと眺めた。「どなたからだい？」

「ほかのハンカチと同じく、匿名で送られてきました。ですが、わたくしの勝手な推測によりますと、おそらくデュポン侯爵夫人のヘレンさまからではないかと」

「うん？」聞きおぼえのない名前だった。

「赤毛で、よくダチョウの羽根をあしらったターバンを巻いておられる方です」

「ああ」ネッドは思い出した。「ほかのハンカチと一緒にわたしの部屋に置いておいてくれ」

「かしこまりました」執事はお辞儀をし、ハンカチを持って引き下がった。

ネッドはふたたび、襟元のクラヴァットに集中した。〝キューピッドの玉座〟と呼ばれるひどく複雑な、今流行りの結び目をつくろうとしているのだ。そんな作業は船乗りならお手のものだと言われそうだが、ネッドは苦戦していた。最後にもう一度やってみようとクラヴァットをほどく。

もしこれがうまく結べなければ、レディ・リディアが唱える〝紳士はクラヴァットを自分でちゃんと結べない〟という説が正しいことになり、ネッドは賭けに負けてしまう。今夜会って負けを認めたら、リディアはさぞかしご満悦で、嬉しそうな笑顔を見せるにちがいない。その姿は容易に想像がついた。〝容易に〟というのは、彼女のことがしじゅう頭から離れないからだ。

すっかり心を奪われていた。いい年をした大人がばかな、と言われそうだが、ネッドはまさにのぼせ上がっていた。

今夜リディアはきっと、目尻が上がってどこか異国風な目を勝ちほこったように輝かせ、ほんの少しだけあごを上向かせるだろう。口角が一瞬わずかに持ち上がったあと、あでやかな笑顔が花開く。そのさまを見られるなら、ネッドは何度賭けに負けてもかまわなかった。完全にくつろいでいるときのリディアは、長く優雅な指をこめかみに当て、巻き毛を手ぐしですくしぐさを見せることがある。ロンドン一洗練された美女と言われるわりには、どきりとするぐらいういういしい魅力にあふれていた。

いつかその手首をつかんで抱き寄せ、顔にかかる巻き毛を自分の唇で払いのけたい。

ネッドの顔から笑みが消えた。〈喫茶店ガンター〉へ一緒に行ってからほぼ一カ月になる。以来、月曜と木曜、常識で許される時間帯より早めにタウンハウスを訪れてリディアを連れ出し、貸し馬車で〈ガンター〉へ赴くのが暗黙の習慣になっていた。

リディアは黄色い車輪で有名な自家用の四輪馬車を使おうとしなかったが、ネッドはそのわけがようやくわかった気がした。あの馬車に乗っているところを誰かに見られたら、二人で過ごせる大切なひとときを二度と楽しめなくなる。リディアのもとには、早い時間に一緒に出かけたいという要望が殺到するにちがいないからだ。そのあげく、彼女のおかげで上流社会における訪問時間の常識が変わるかもしれない。

だが今のところは、短いながらも誰にも邪魔されない二人の時間がネッドの生活の中心となっていた。

二人はほかの催しでも顔を合わせる機会はあり、そういう場でもリディアはネッドに会えて喜んでいるように見えた。ただネッドだけを特別扱いすることはなく、男女を問わず、すべての人に等しく興味を抱いて接するのがつねだった。しかしネッドは、欲が出てきていた。リディアともっと長く一緒にいたかった。彼女をもっと深く知りたかった。

ネッドはもう、ほかの未婚女性のもとを訪れたり、ともに時間を過ごしたりするのはやめていた。意味のないことだからだ。思いを寄せる相手はすでに決まっている。だが、リディアを求めれば求めるほど、ネッドは自分の家族が抱える経済的な問題について打ち明ける必要を強く感じていた。

リディアは、表面的には都会的であか抜けて超然とした女性を演じている。しかしその見事な仮面の陰に隠れた、ロマンスにあこがれ揺れる心を、ネッドはかいま見ていた。人をすぐに受け入れ、ごく自然に愛せるリディアだが、自分が誰かの愛の炎をかきたてられるかどうかについては自信が持てないようだ。

ネッドが花嫁候補の条件として資産家の女性を探している理由を知ったら、リディアは興ざめするだろうか。財産ではなく、まずリディアという人間に惹かれ、その気持ちはこれからも変わらないと、果たして信じてもらえるかどうか。ネッドは心配だった。

自分の家族は破産寸前だという事実を、早くリディアに伝えなくてはならない。

そのとき応接間の扉を叩く鋭い音がして、ネッドの思考は中断された。

「大佐、レディ・ジョステンがお見えになりました」高らかに告げた従僕がわきによける前に、ジョステン伯爵夫人のナディンが、モスリンのスカートをひるがえし、金髪の縮れ毛を揺らしながら勢いよく駆けこんできた。従僕は一礼すると、急いで逃げるように去っていったが、ネッドは責めなかった。

「なんとかしてちょうだい、ネッド。お願いだから」ナディンは叫んだかと思うと、すぐに長椅子に倒れこんだ。

鏡に映る義姉《あね》のみじめな表情を見ながら、ネッドはクラヴァットを結ぶ作業を続けた。ナディンとベアトリスは〝佳境に入った社交シーズンを少し〟味わうという名目でメアリとともにロンドンへ来ていたが、それ以来、三日にあげずネッドのもとを訪れては、なんやかやと問題を持ちこんでくる。度重なる騒ぎに閉口したネッドは、頑としてノーフォークに居座っているのは兄の作戦だったと気づき、感心せずにはいられなかった。

「ナディン姉さん、何か問題でも？」

「ハリーとピップのことなの」

「ああ」

意外でもなんでもなかった。何か騒動が起きると、たいていはナディンの息子のハリーか、ベアトリスの息子のフィリップのどちらかがからんでいる。両方が関わっていることもしょっちゅうだった。といっても、ほとんどの場合は翌朝、治安判事事務所へ赴くだけで、窮地から救い出すことができた。

「〝ああ〟ですって？」ナディンはくり返した。「一家の危機なのに、〝ああ〟のひと言で片づけようっていうの？」

「じゃあ姉さん、なんて言えばいいんです？」ネッドは時計をちらりと見た。パーティが始まるまであと一時間もない。

「わからないわ」ナディンはもう泣くのをやめて、いらだちをあらわにしている。「なんでもいいから考えなさい。ああどうしよう。マーカスに知られたら、今度こそ二人とも殺されてしまうわ」

「それはないんじゃないかな。せっかくここまで育ててきた子どもたちですからね。今よりましな跡継ぎが出てくる望みはないわけだから、兄さんもあきらめて二人が成人するのを待っているでしょう」

ナディンは一瞬、ぽかんとしてネッドを見た。言われたことの意味がようやくわかったと思いきや、真に受けてしまったらしく、顔を赤らめた。「わたし、もう赤ちゃんは産みたくないの。体形だって……わかるでしょ」

「ええまあ、わかります」ネッドは咳払いをして、口元がゆるみそうになるのを抑えた。顔こそまだきれいなナディンだが、かつて青年たちの妄想をかきたてた体の線は今や崩れて、丸々としていた。

「それに、ハリーはともかく、マーカスはフィリップを殺してしまうかも。そしたらわたし、ベアトリスに絶交されるわ。そんなのいや。ハリーも悲しむわ、フィリップを大切に思っているんだもの。メアリだって、わたしだってそうよ」

今度はネッドのほうが当惑してナディンを見つめた。まさか、からかわれているのではないだろうな。だが義姉の顔は真剣そのものだ。欠点もいろいろあるが、愛情豊かで誠意にあふれた人たちなのだ。理由がなんであれ、ナディンが息子と甥のことを本気で心配しているのは確かだ。そう考えると、ネッドのいらだちは消えていった。

ネッドは義姉の隣に座り、手をとって言った。「詳しい話を聞かせてください」

「ハリーとフィリップのことなの」ナディンはくり返した。「二人は世間の注目を集めたがっていて、それには評判の伊達男になるしかない、と思いこんだのね。ああいう人たちの習慣をすべてまねしているの。でもね、正直言って二人ともいい習慣を学ぶどころか、悪い癖ばかりついて、もう手に負えないわ」

ナディンはひと息つき、鼻をすすった。「とんでもなく思い上がった態度で、目にあまるほど無礼なことばかりしでかしているのに、みんな、それを許しているのよ。以前、悪党紳士の話をしたわよね？　先日の夜、その悪党の一人がレディ・ウィングボウに向かって、あなたのドレス姿は前からしか見るに堪えない、後ろ姿は目の毒だと言ったあげくに、なんと後ろ歩きで部屋から出ろって、命令したの。しかも彼女、本当にそのとおりにしたのよ！」

「でもその話、ハリーとフィリップにどういう関係があるんです？」

「おおいに関係ありだわ。だってあの子たち、悪党たちと一緒にいたんですもの！　その場にいた人たちから話を聞いたんだから確かよ」

ネッドは当たりさわりのない表情を保つようつとめた。

「でも今回はそれどころじゃない。もっと悪いことなの」

「どんな？」

「あのね、マーカスが……わたしの夫であり、あの子たちにとってはそれぞれ父とおじであるわけだけど」ナディンはわかりきったことをつけ加えた。「マーカスが二人に話したのよ。ネッドが可愛いおまえたちのためにと、借金を肩代わりして返済してくれたんだよ、ってね。もちろん二人は大喜びだったわ」

「それはよかった。ただ残念ながら感謝の気持ちを伝えてもらえなかったので、想像するしかありませんでしたがね」

「まさにそこなのよ！」ナディンは叫んだ。ネッドの代わりに憤慨している。「失礼だわ。あの子たちって、本当に恩知らずよね？」

その問いかけをネッドは無視することにした。母親が息子を非難するのはいいとして、おじである自分が同調するのはまずいと直感的に判断したからだ。「わたしに礼状を出すのを怠ったという以外に、二人が何をしたっていうんですか？　姉さんをそんなに心配させるなんて」

義弟の優しい言葉にナディンはうなだれた。丸々と太った首からふくよかな頬にまで血が上っている。驚いたことにナディンは深く恥じ入っていた。得意なお涙ちょうだいの芝居ではない。心の底から悲嘆にくれているのだ。

そこまで落ちこんだナディンを見るとネッドは腹が立った。海軍で使われる処罰がどんなものか多少味わわせて、二人の根性を叩き直してやろうかと思ったほどだ。だがそれではおじとしての分を超えることになり、ナディンとベアトリスに恨まれるだろう――ただし兄だけは、よくやってくれたと内心ほっとするのではないか。

「とにかく、何があったのか教えてください」ネッドは穏やかに言った。「きっと姉さんが思うほど悲惨なことじゃないですよ」

これ以上悲惨とは、いったいどんな事態になるのだろう？　ネッドは最近、弁護士、銀行家、株式仲買人、貸金業者など、関係者すべてと話をした。ロックトン家はそれぞれに借金があり、その総額は一家のほぼ全財産に相当する。ここまで家計が逼迫したのはハリーとフィリップの賭博のせいばかりではない。何世代にもわたる財産管理のまずさと膨大な浪費、無能な株式仲買人への根拠のない信頼、そして運の悪さが災いしたためで、二人の若者による乱費は、一族を財政破綻に向かわせる最後のひと押しにすぎなかった。

ネッドは私財をなげうって一家の借金の穴埋めをしようとしたが、それもすでに使い果たしてしまった。家族の軽率さと分別のなさ、貴族の義務に関する強い思いこみが招いたこの事態から脱するには、数年に及ぶ入念な計画と予算管理が必要だった。

「姉さん？」

「あの子たち……また、賭博に手を出しはじめたの」

まさか。ネッドは目をむいた。なんという大ばか者だ。うすのろで考えなしで、無責任きわまりない。やはりむちで打って懲らしめてやらなければ。

「なんとかしてやめさせてちょうだい。昨夜、三〇〇〇ポンドも負けたらしいの。賭けの相手はトウィードとかいう悪党ですって」

「確かな情報ですか？」

ナディンはハンドバッグから折りたたまれた紙を取り出し、ネッドに渡した。広げてみると、醜聞や不祥事をねたにした新聞記事の切り抜きで、**「英国北部出身で、さる伯爵の親族である二人の若者が昨夜、合計三〇〇〇ポンドに上る額の賭けに負けた」**とある。

「ネッド、それだけじゃなくて」ナディンは気を取り直そうと鼻をすすったがどうにも耐え切れず、悲痛な声で泣き出した。「あの子たち、今日もまた勝負するつもりなのよ！」

「なんですって？　どうしてわかったんです？」

「今夜、二人がこっそり話し合っているのを耳にしたの。その場で叱って引き止めるか何かすればよかったのかもしれないけれど……でも……わたし、面と向かって人を責めるのは得意じゃないし、自分らしくないことをするのも気がとがめるし、けっきょく何も言わなかった。ベアトリスが家にいたらよかったのに。でも今夜はメアリの付き添いでヴェッダー家の音楽会に出かけてるのよね。まあ、あの人がいてもうまく対処できたかどうかはわからないけれど、とにかくそばにいてくれるだけでも慰めにはなったでしょうね、きっと。だってあなたに助けを求めに来るしかないような、こんな一大事ですもの」

ナディンのくだくだしい言い訳に、ネッドの中でさっきと同じいらだちがつのってきた。しかし冷静に考えてみればナディンは、このいてもたってもいられない焦燥感をネッドに抱かせたかったにちがいない。

「二人が家を出たのは何時ごろです？」

「二、三時間ぐらい前かしら」

ネッドは眉をつり上げて訊いた。「どうしてすぐ駆けつけてこなかったんですか？」

「だって、身だしなみをととのえるのに時間がかかったんですもの。とても人前に出られるような格好じゃなかったから。いやしくもジョステン伯爵夫人なのよ、わたし」

ネッドは目を閉じた。

「ねえ、もしかしてすごく怒ってる?」

「いいえ」ネッドは答えた。

ナディンは安堵のため息をついて微笑んだ。「あなたなら怒って見境がつかなくなったりはしないだろうと思ってたわ。いつも落ち着いて冷静な判断ができるし、衝動的な行動には走らない人ですもの。だから相談に来たのよ。ネッド、助けてほしいの。ここで何もせずに待っていてはだめ。ただ無事に帰ってくるのを願っても、そううまく運ぶわけがないわ。わたし、何度も経験があるからわかるの。だからお願い、ネッド。何か手を打ってちょうだい。わたしたちのために」

人のために何かをする。それこそネッドがしてきたことだ。今また、その役割を求められている。

「心配しないでください、姉さん。わたしがなんとかします」

どうやって、とはナディンは訊かなかった。

15

「どう？　なんとかいけそうかしら？」リディアはエミリーの前でくるりと回ってから訊いた。

今朝、仕立屋から届いたばかりのドレスだった。きっとエミリーは感想を述べてくれるだろう。だが聞いて嬉しい感想かどうか、リディアとしては自信がなかった。適齢期を過ぎた独身女性にしては（リディアのように華やかな容姿の持ち主であっても）大胆すぎるかもしれない。

まず、色の問題がある。無色透明に近いモスリンはあえて選ばず、目もあやな深青緑色《ピーコックブルー》の薄手の絹を使ったドレスにした。一歩足を踏み出すたびに、いつも追いかけてくる噂話を思わせる、ひそやかな衣擦れの音がする。切りこみが入ったちょうちん袖には銅《あかがね》色に輝くサテンの生地を使い、その共布を胴着の部分の縁飾りにし、深いひだ飾りにはトルマリンを縫いこんだ刺繍をほどこしてある。首にはエレノアから借りたトルマリンのネックレス。耳にもトルマリンをあしらったイヤリングが揺れている。

それから、ドレスの裁断の問題もある。肩先には小さい飾り袖がつき、襟ぐりは深くVの字に切れこんで、胸元の白い肌があらわになっている。もしかしたら、大胆どころの話ではなく、ネッドが見たら、いやらしさを感じるかもしれない。それより、蠱惑的《こわくてき》に見えるといいのだが、とリディアはひそかに願っていた。

ネッドとリディアはこの一カ月、婚約した男女が普通過ごすよりも長い時間をともに過ごし、それでいながらあくまで礼儀にかなった距離を保っていた。そのことでリディアは当惑しはじめていた。過去にキスの経験はあった——実を言うと、何度も。今までの相手は、それほど誘いもしないのにキスしてきた。ところがネッドとのあいだにはまだ何も起こっていない。キスされたらと考えただけで、リディアの胸は高鳴った。もしかすると——鏡に映る自分の姿を見ながら思う——今夜こそ、二人の関係が変わるかもしれない。

「最高にすてきよ、リディア」エミリーがうけあってくれた。「でも、すてきなドレスを着なくたって、あなたは十分すぎるぐらい魅力的だわ」

リディアは声をあげて笑い、ふたたびくるりと回った。「でもエミリー、その見方は偏っているわ。わたしを愛情ある目で見てくれているからよ」

「あら、最近あなたがひときわ魅力的なのは、わたしの愛情のせいじゃないでしょう」

二人のあいだにはなんの隠しごともない。誰のことを言われたのか、リディアは承知していた。「そんなにわかりやすいかしら?」

「そうね」

「見え見え、っていう感じ?」リディアは心配そうに訊く。

エミリーは優しげな笑顔になった。「見え見えって、誰に？」

「彼、追いかけられているような気がしているんじゃないかしら？　キャロライン・ラムにつきまとわれたバイロン卿みたいに」

エミリーは笑い出した。「いやだ、まさか。あなたが誰かみたいに男性につきまとって家にまで入りこもうとするところなんて、想像できないわ」引き合いに出したのは、従者に変装してバイロン卿の家を訪れ、そこで自らの命を絶とうとしたキャロライン・ラムの話だ。この醜聞にはリディアをはじめ上流社会の誰もが衝撃を受け、震撼したものだ。

キャロライン・ラムは自分を粗末にすべきではなかった。だが高ぶる気持ちを抑えることができず、なりふりかまわず狂おしい愛を貫いた。とどまるところを知らぬ情熱は悲劇を招き、キャロラインを受け入れるのは今や、憐れみをかける者や、好奇心から近づきになりたい者だけだ。皆にうとんじられ、独りぼっちだった。

わたしだったら耐えられないだろう、とリディアは思う。ふたたび独りぼっちになるのはいやだった。

かといって、自分がそんな目にあうとは思えない。上流社会ののけ者にされるような言動をするつもりはないからだ。さらに重要なのは、結婚において賢明な選択をすることだった。社会的地位があり、リディアの友人とも対等につき合える人。十分な財力があり、最上流の生活を保証してくれる人。

そう、ネッドのような男性だ。

ネッド・ロックトンを愛することは賢明そのものの選択だった。賢明なだけでなく、自分の心にかなっている。この事実にあらためて気づいて、リディアの全身に安堵の気持ちが広がった。ネッドを思えば思うほど、根拠のないもやもやした不安が消えていく。

リディアがふたたびくるりと回転しかけたとき、エミリーと目が合った。その表情は称賛から懸念へと変わっていた。

「どうしたの、エミリー？」

「なんでもないわ」

「でも、どこか変よ。顔を見ればわかるわ。今夜のパーティのこと、考え直す気になれないかしら？　一緒に行けると嬉しいんだけれど」

「いいのよ、気を使わないで。わたしは家にいるほうがいいの。また腰が痛いのよ。それにエレノアも、わたしの代わりに付き添いをつとめたがっているんじゃないかしら。あなたを見せびらかすのが楽しみなんだと思うわ」

「そういう問題じゃないのよ、エミリー。わたしだって、あなたと行くのを楽しみにしているのに」

言っても無駄だとはわかっていた。レディ・ピックラーの屋敷での午餐会以来、エミリーはリディアが招かれた夜会や舞踏会に同行していなかった。頭痛がするとか、疲れているといった理由で断るのだ。だがリディアはだまされなかった。エミリーは、物を盗みたくなる衝動を抑えられなくなるのを恐れている。リディアに恥をかかせるぐらいなら、死んだほうがましだと思っているのだろう。

「ねえ、一緒に行かない？」リディアは誘った。

「行かないわ。お留守番していたほうが楽だし、大丈夫だから。わかってちょうだい」

「じゃあ、なぜそんな浮かない顔をしているのかだけでも教えて」

エミリーはためらった。「つまらないことなのよ」

「深刻なことじゃないのならいいけれど、とにかく教えてちょうだい。わたしがいつもあなたに打ち明けているように。そしたら安心できるから」

エミリーはちらっと笑顔を見せた。「わかったわ。実はわたし、今の暮らしが変わらずにずっと続いて、あなたが結婚しなくてすむのならいいのにって、願っていたの」

「でも、わたしの赤ちゃんをあやしてみたいって言っていたじゃない？」リディアは驚いて訊いた。

「それはそうよ！」エミリーは叫んだ。「でも、結婚してほしくないの」

「たいていの人は結婚と子どもを結びつけて考えるものだけど」リディアは軽い口調になるようつとめながら言った。「結婚して、それから子どもを持つのが普通でしょう」

一瞬、口をつぐんだあと、エミリーはつぶやくように言った。「そうかもしれないわね」

その声にはリディアをはっとさせる何かがあった。

エミリーとバーナード・コッドの結婚生活についてリディアはほとんど知らない。エミリーが口を閉ざしていたからで、ブリスリントンの病院で過ごした日々について語るほうがはるかに気持ちが楽なようだった。だが本人が話したがらないのだからとリディアはあえて訊かなかった。わかっているのは、バーナード・コッドが銀行家で、顧客から金をだまし取ったとされ、妻を病院送りにして見捨てるほど残酷な人物だったということぐらいだ。

エミリーは子どもを産んだ経験はあるのだろうか。だとすればその子はどうなったのか？夫婦が離別した場合は父親に子どもの養育権があるから、コッドが生きていれば引き取っていたはずだ。だがコッドはすでに死んでいた。

「エミリー」リディアは優しく訊いた。「子どもがいたの？」

エミリーはしばらく黙っていた。ほろ苦い思い出があるのか、遠くを見るような表情になっていたが、ついに口を開いてつぶやいた。「いいえ。流産したの。女の子だった。もう二〇年近く前になるわ」

リディアはエミリーのそばへ行き、ウエストに手を回して長椅子のほうへそっと導いた。まず自分が腰を下ろし、エミリーにも座るよううながしてから言った。「胸が痛むわ」

「わたしもよ」エミリーはほんのいっとき唇を震わせたが、かろうじて悲しみを振り払った。「でも、ずいぶん前のことだから。それでも、思い出すと不安になるの。結婚生活が幸せじゃなかったせいね」

「無理やり結婚させられたのね。かわいそうに――」

「無理やりにじゃないわ」

リディアは驚いた。この心優しいエミリーがいやな男との望まない結婚を強いられたのだとばかり思いこんでいた。だが実は、無理強いされたわけではないという。

面食らっているリディアを見やってエミリーは悲しげに微笑んだ。「わたしが社交界にデビューしたとき、両親はかなりの年になっていて、死ぬ前に娘を嫁がせたいと強く望んでいたの。ただ、コッドとの結婚に関してはやめなさいと止められた。向こうの家柄がうちより格下だから、それで難癖をつけているにちがいないと思っていたの。でも今振り返ると、両親の言うことを聞いておけばよかった」一瞬言葉につまったが、また話し出した。「コッドがどういう人か、最初はわからなかった……ぱりっとしたいい男で、気配りもできて、自信に満ちていて……簡単に言うと、自分と正反対に見えたのね。わたしは社交界にデビューした最初の年、コッドに心を奪われて、彼と結婚すること以外何も考えられなくなったの。父はそれが気に入らなくて、わたし名義の年金と贈与財産の確保に必要な書類を作成させた。でもコッドは署名しなかったの。ただ、わたしにとってはそんなこと、どうでもよかった。それより結婚を許可してほしいと、父に必死で頼みこんだわ。許してくれなかったら駆け落ちするとまで脅してね」エミリーはふたたび自分の手に視線を落とした。

「というわけでわたしたちは結婚した。その後の経緯はあなたもだいたい知っているから、コッドの人格についてのわたしの判断がいかに間違っていたか、想像できるでしょう。両親の死後、一年も経たないうちに、コッドはわたしが相続した財産を金儲けの計画につぎこんで、なんの見返りも得られないまま使い果たしてしまった。そして、ますます金儲けに取りつかれたわ。あとで知ったんだけれど、顧客からお金をだまし取りはじめたの」

エミリーは声を震わせたが、すぐに気を取り直した。「コッドはわたしに飽きて、何かにつけ批判的になり、見下げた態度をとるようになった。そのころわたしは妊娠したんだけれど、まだ初期のうちに」そこで言葉を切り、恐ろしいことに向き合う覚悟をするかのように深呼吸をした。「事故があって、わたしは流産した。それ以後……道を踏みはずして、ちょっとした物を盗むようになってしまったの。どうしてそんな行動に出るのか、わからない。自分でも説明がつかないの。そしてけっきょく、コッドの判断でブリスリントン精神病院へ入れられたわ」

エミリーの表情が悲しみに曇るのを見るにしのびなくて、リディアは思わず腕を伸ばし、彼女の手をとった。「つらかったでしょうね。本当は、もっと幸せになる資格があるのに」

エミリーは手を握り返すと、長く心もとないため息をついた。ほんのいっときまぶたを閉じていたが、ふたたび開けたときにはその目は澄んでいた。「リディア、これまで幸せに暮らしてきたあなただけれど、今は結婚することが唯一の道なのよね。それはわたしも十分理解しているわ。でも、気をつけてほしい点があるの。夫となるべき相手は慎重に選んでちょうだい。ロマンスへのあこがれには左右されずにね」

リディアは承知したしるしにうなずいた。もちろんエミリーの考えはもっともで、賢明だ。だがリディアは、ネッド・ロックトンを思うたびに胸のうちで揺れる〝ロマンスへのあこがれ〟を無視できなかった。いや、無視する必要もないはずだ。ネッドは皆の模範となる人格の持ち主だし、二人の結婚でリディアは何もかも手に入れることになる——人生の伴侶、愛情、家族、立派な家柄、そして当然ながら、豊かな資産を。

「結婚するからには、それにともなう恩恵を享受できるようにするのよ。お手当についてはは書面で約束してもらうこと、夫の死後あなたが自活できるよう、贈与財産についても取り決めておくことを主張しなさい。ロックトン大佐は思いやりがあって親しみやすい人柄のようだけれど、それをあてにしてはだめよ。男心はうつろいやすいし、約束だって信じられるかどうかわからない。女性にとって安心を保証してくれるのは、自分で自由に使える財産だけよ」エミリーは小さくため息をつき、弱々しい笑みを浮かべた。「でも、こんなことはもうわかっているわよね？」

リディアも力なく微笑んだ。今初めて、自分が本当に〝わかっている〟かどうか、確信が持てなくなっていた。

16

ほどなくリディアは迎えにやってきたエレノアとともに出発した。

馬車は渋滞を抜けてカヴェンディッシュ広場にあるヤング邸に到着した。明かりを掲げた玄関番が大理石の階段を早足で下りてきて二人の足元を照らす。召使頭がリディアの名前を告げると、一〇〇人ほどの客がいっせいに振り返った。一〇〇〇本はあると思われる細長い蜜ろうそくの光を浴びて立ったところへ客から賛美の視線が注がれ、リディアはようやく元気を取り戻した。

今宵の宴の主催者夫妻に膝を曲げてお辞儀をして挨拶し、人だかりのしている前方へ足を進めつつ、長身で広い肩幅の男性を一所懸命に探す。濃い金髪とひときわ高い身長のおかげで、ネッドを見つけるのはいつもたやすかった。とはいえここ数週間は、リディアが着くとすぐに向こうから挨拶しに来てくれるので、わざわざ探す必要もなかった。ただ今夜はまだ姿が見あたらない。

浮き立った気持ちが消え、心が沈んでいく。こうした社交行事を楽しめるのも、どこへ行ってもネッドが来ている、熱のこもった称賛の表情で待っていてくれるという期待があるからだ。優しい気づかいや、笑顔や議論を引き出す言葉があるから、楽しいひとときが過ごせるのだった。

だがここ数日、リディアの視線は知らないうちにネッドの口のあたりをさまよい、この唇が自分の唇に押しあてられたらどんな心地だろう、と想像せずにはいられなかった。またときには、ネッドの手元から目を離せなくなる。指が長く力強い手が軽々と自分のウエストを包みこんだときを思い出す。そして、ルバレーの店で抱き上げられたときにつかまった、広くがっしりとして温かい肩の感触も。

ネッドの態度からは、リディアがあの店の売り子と同一人物だと感づいたふしはうかがえない。ありがたかった。何しろ宝石を質入れしようとしていたのだから。だがリディアは同時に、不思議に思わずにはいられなかった。もし二人の立場が逆だったら、わたしは彼の外見のどこかに見おぼえがあると感づくだろう。たとえば唇の形や体の匂い、声の調子……。

いったいどうして、ネッドはキスしてくれないの？ せめて、キスしたいと言ってくれてもいいのでは？　もどかしさ、いらだち、湧き上がる欲求に、リディアは苦しくなった。欲求ですって？　わたしは愛人を探しているわけじゃない。キスについて思いをめぐらせているだけだ、と自らに言いきかせる。

残念なことに、ネッドが同じ思いを抱いているようすは見られなかった。落ち着きはらって、紳士らしいふるまいに徹している。実際、情熱を抑えるのに苦労している兆候はない。それどころか、情熱そのものを抱いている兆候がないのだ。

なんてこと。悔しいったらないわ。

「リディア」エレノアがそばにやってきた。いつもの冷静さはどこへやら、不機嫌そうだ。

「こんなところで空《くう》を見つめて突っ立って、何してるの？　淑女というのは紳士を待ったりしないものよ。皆に悟られないうちに、早くこちらへいらっしゃい」

リディアは顔を赤らめ、エレノアに連れられて人ごみの中へ入っていった。まるで王族を迎えるように二人のまわりで人波が左右に分かれ、通り過ぎるとその隙間がたちまち埋まっていく。エレノアは先に立ってゆっくりと歩きながら、ときおり立ち止まっては挨拶し、また少し進んでは言葉を交わし、知人を見つけてはうなずいたり微笑んだりしている。リディアも同じようにせざるをえなかった。人が次々と紹介され、新たな情報がやりとりされる。男性はダンスを申し込み、女性は最新の噂話をささやき交わす。歩を進めるたびに称賛の視線が注がれ、感嘆のつぶやきが聞こえる。

しかしリディアは早く玄関前の広間に戻りたかった。今ごろネッドが探しているのではと思うと気が気でない。ようやく人の波が引いたとき、耳のそばでエレノアがささやいた。

「そんなに必死に腕にすがるのはやめてちょうだい、リディア。彼は来てないわよ」

リディアはわからないふりはしなかった。「でも、招待されているはずよ」

「だとしたら、どこかで足止めをくっているか、来るのをやめたかのどちらかね。言っておくけど、あの方は出席なさるんでしょうかとか、何か知らせは届いていませんかとか、ヤング卿夫妻に訊いたりしないでよ」

「まさか、そんなずうずうしいことはしないわ」リディアは傷ついたような声で言った。「念のために注意しただけ。でもリディア、最近どうもあなたらしくないわよ。八年前に社交界デビューしたころより今のほうがよっぽどうぶに見えるわね。わたし、ばかなまねをしている友だちが二人もいるなんて、耐えられないわ。しかも二人同時にですもの」

二人? リディアは急に足を止めた。「どういう意味?」

エレノアは盗み聞きされていないか確かめるように用心深くあたりを見まわした。誰もいなかったが、つねに好奇の目にさらされているリディアの存在を意識しつつ、笑みを浮かべた。緊張でやや引きつった顔ながら、それはリディアにしかわからない。「サラのことよ。カルヴェッリ王子と一緒にいるわ」

カルヴェッリ王子は、サラの崇拝者の長い列に加わったばかりだ。サラのたわむれの恋は、ときおり情事に発展することがある。だがそれも長続きしない。サラが最近ものにした男性を見せびらかしていると聞いても、リディアは特に驚かなかった。ただ、エレノアの声の張りつめ方はただごとではない。

「もう三回も王子とダンスを踊ったのよ。そのうえ、食事では隣の席に座ろうとしている。あからさまにべたべたして、あのままじゃ非難の的になるわ」

「わたしがサラに話してくる」リディアは言った。

「無駄よ。あの人、自滅するつもりなのよ」

「そんなはずないわ。サラは常識で許されるぎりぎりの行動をとるときもあるけれど、越えてはいけない一線を越えたりはしないでしょう」リディアはなだめるように言った。

「まあ、リディア。サラの変化に気がついていないのはあなただけよ。きっと自分の恋で頭がいっぱいだからでしょうね。もちろん、そうでなくては困るんだけど」

エレノアの言葉にリディアは不意をつかれた。確かに頭の中はネッド・ロックトンのことでいっぱいだった。だが、友人の変化に気づかないほどまわりが見えなくなってはいないはず……。

ネッドはどこにいるのかしら？ リディアは首を伸ばしてふたたびあたりをうかがった。だがネッドの濃い金髪は見あたらない。何か災難にあったのだろうか？ ほかに用事ができたのか、それとも誰かと会っているのか？ もしそうなら、誰と、何のために？

「リディア」

「はい？」

「リディア、話を聞いてるの？」エレノアがいらだって訊いた。

そのときチャイルド・スミスが近づいてきたので、リディアは嘘をつかずにすんだ。スミスは伊達男に求められるすべてをそなえていた。けだるげな中に人をばかにして面白がっているような表情。眉根を寄せ、口角をわずかに上げた冷ややかな笑み。「公爵夫人、レディ・リディア」母音を長く伸ばして呼びかけると、優雅なお辞儀をした。「いやいや、お二人にお会いできてわたしは救われましたよ」

「本当に？ どういう意味ですの、スミスさん？」エレノアが訊いた。

「実はあまりの退屈さに、どうかなってしまいそうだったのですよ。つまらない話にばかりつき合わされて。機知に富んだ会話や劇的な話は、バイロン卿とボー・ブランメルとともに消えてなくなったようですね。一八一六年の社交シーズンは、著しく退屈なシーズンとして歴史に残るでしょう。ただし」スミスは目を輝かせ、鼻を軽く叩いた。「お二人の親友であるマーチランド夫人がその退屈さを吹きとばしてくださっていますがね。ありがたいことです」

「どうしてですの?」エレノアは感情を抑えたような声で訊いた。

エレノアはチャイルド・スミスを嫌っていた。とんでもないうぬぼれ屋で、自己満足のかたまりだからだというのだ。だがリディアは、エレノアが言うほどスミスはうぬぼれていないのではないかと思う。あからさまな悪意がこもった態度の陰には、強い不満がひそんでいると感じていた。

「さっき、晩餐のテーブルで見たのですが、マーチランド夫人は席を替わるとおっしゃっていて」スミスは効果を上げるために間をおいた。「移ろうとしている先は、カルヴェッリ王子の膝の上でしたよ」

「まあ、なんてこと」エレノアは小声で言った。「リディア、失礼してもいいかしら?」

リディアの返事を待たずに、エレノアは急いで応接間のほうへ向かった。サラを醜態から救うためだろう。

「美しい友情だなあ」立ち去るエレノアを見送りながらスミスが言った。「あいにく公爵夫人の介入で、あれ以上の発展は阻止されるでしょうから、我々はまた、話の種に困ることになりますね」

「大丈夫、ほかにも楽しい話題が見つかりますわ」リディアは答えた。当てこすりや皮肉な意見を交換する、何年もやってきたお得意のやりとりだ。「スミスさんならきっと、興味深い情報をお持ちでしょう?」

「そうですねえ」スミスは答え、片手を差しのべた。リディアはその手をとり、二人はくつろいだようすで歩き出した。「ある美女の噂を耳にしましたよ。近いうちに〝高嶺の花〟の称号を失って、〈ブードルズ〉の賭け帳から名前が削られるかもしれないという話ですが」

リディアの胸は躍った。何がきっかけでこんな噂が広がったのかしら? ネッドが人に何か語ったのを、誰かが小耳にはさんだのか、それとも噂好きの人たちがネッドの態度から何かつかんだのか? あるいは、わたしの態度で誰かに何かを感づかれた? いやだわ。エレノアにさっきあれほど叱られたことを思うとなおさらだった。

「そうですか? で、スミスさん、その噂を信じていらっしゃるの?」

スミスは微笑んだ。「ええ。信憑性はありますね。その美女本人から聞いた話として、ジェニー・ピックラー嬢が皆に伝えて広めたんですが、美女は、未婚の状態を変えたいとはっきり言ったらしい。この情報を提供したことで、レディ・ジェニーの株が上がりましたよ」

リディアは失望をおぼえながらも顔には出さなかった。誰が誰と交際しているというような具体的な話ではなかった。漠然としすぎている。

スミスが部屋の一角をあごで示したので、リディアは何気なく彼の視線の先を見て、驚いた。ジェニー・ピックラーが、若い男性の集団に囲まれて称賛の視線を浴びている。黒髪もつややかに、見違えるほど生き生きとして美しい。魅力が花開いたといった感じだ。

「教えてくださいな。くだんの女性が現状を変えたいと願う原因になった人の名前は、具体的にわかっているんですか？　ぜひとも知りたいものですわね」

スミスはリディアを横目でちらりと見た。二人はふたたび歩き出した。

「いいえ。まだです。ボートンが、元海軍大佐の名前をあげようとしていますがね」

「まさか」リディアは意外そうなふりをした。

「そうでしょう？　わたしもばかばかしいと思いましたから」スミスは慰めるかのようにリディアの手を軽く叩いた。「ボートンに言ってやりましたよ、あの女性がそう簡単に妥協するはずがないってね」

妥協ですって？　ネッド・ロックトンが相手として不足だとほのめかすようなことを言うなんて。

「あなたはその海軍大佐を評価していらっしゃらないんですか？」リディアは冷ややかな高慢さをこめた声で訊いた。「不思議ですわね。大佐って、どなたのことかしら。わたしが今まで知り合った海軍大佐は皆さん、国王と国のために戦った勇敢な方ばかりですもの。そんな方々が物足りないなど、ありえませんわ」

スミスは一瞬、値踏みするような視線で見返してから、悪びれずに答えた。

「いやいや、違いますよ。誤解です。その大佐のすぐれた能力を疑っているわけではありません。わたしには大佐の任務は絶対につとまらないでしょうね。気まぐれな性格ですし、軍人になるには感情が豊かすぎます。敵の砲火の下で部下を指揮するには、血管に氷水が流れていないと無理でしょうから」二人はのんびりと歩きつづけた。

「その海軍大佐は、職務に必要な冷静沈着さと何事にも動じない性格の持ち主のようですね。大したものだと思いますよ。もしわたしがくだんの美女としょっちゅう会っていたら、自分の情熱を抑えられないでしょうから。ただ、もしかすると大佐の場合、激しい感情に悩まされることはないのかもしれませんがね」

その言葉にリディアは顔をしかめた。

「つまりですね」スミスは柔らかい口調で続けた。「この女性は、自身とその地位に対する自負がある人だけに、自らにふさわしい称賛が得られなければ満足できないだろうし、満足すべきでない、と言いたいのです」その視線はリディアの顔に注がれている。表情からはいつもの冷笑が消え、ある種の共感が見てとれた。「それに、彼女が不思議なほど大佐に関心を寄せる理由が、わたしにはわかる気がするのですよ」

「あら？」こわばった声に聞こえませんように、とリディアは祈った。「その理由とやらを教えてくださいな」

「この女性は自立心が強く、権威をものともしないところがあって、ときに常識はずれに近い行動に出る場合もあるらしいのです」スミスはリディアをじっと見つめながら、意外なほど優しい口調で言った。

「それが、おつき合いする相手を選ぶ理由とどうつながるんですの？」

「夫探しに乗り出す彼女としては、適齢期の跡継ぎ息子を持つ保守的で用心深い人々に、自分の評判に気を配っているところを見せて安心させたいでしょう。その意図を伝えるのに、非の打ちどころのない紳士である大佐とつき合うこと以上に効果的な方法がありますかね？」

褒め言葉を装ってはいるものの、哀れみがこもった口ぶりだ。スミスの仲間うちではそういう解釈になるのだろう。だが、上流階級の大半の人々の考え方は違うはずだ。リディアが傷ついた評判を取り戻すために（そもそもそれ自体、事実ではない）大佐とつき合っていると信じる人などいるわけがない。ばかげている。

「この女性の身になって考えると納得できますし、理にかなった判断だと思いますね。情熱的でありながら、実利的でもある。その両面を兼ねそなえている女性は実に珍しい」スミスは温かく微笑んでリディアを見た。だがその微笑みには親密さは少しも感じられなかった。

この人、本気で言っているんだわ。わたしがネッドに惹かれるわけがないと考えているのだ。あまりのばかばかしさに、リディアはどう反応していいか迷った。

スミスには人を見る目がないのかしら？　背が高く男らしい体格、きりりとした顔立ち、鋭い機知、ユーモア、礼儀正しさ、紳士的態度といったネッドの魅力がわからないのだろうか。加えて、財産もあるというのに。彼の魅力にほかの女性も気づいているらしく、ネッドのタウンハウスにはハンカチの贈り物が連日届いているというのに。

それでもスミスの言葉は思いがけなくリディアの心を揺さぶった。彼の発言には、いやでも考えさせられる部分があった。確かにネッドは自制心が強く、どんな場合も行き過ぎた行動に出ることがない。もしかしたら、あふれるほどの熱い感情もないのだろうか。

でもあの人は紳士ですもの、とリディアは自分に言いきかせた。相手の女性が自分を思っていると確信が持てるまでは、一方的に愛を告白するはずがない。もし本当に愛情があればの話だが……。

ネッドはわたしを愛してくれているの？　そもそも愛するという強い思いを抱くことができる人なのだろうか。もしそうでなかったら？　わたしに求めるものが友情だけだったら、どうしよう？　一カ月前なら、友人としてのつき合いで満足していただろう。でも今、自分の胸のうちに湧いた気持ちに向き合ってみると、〝友人〟という言葉はあまりに味気なくつまらなく思えて、受け入れがたかった。

たちまち体がほてり、リディアは首から顔まで真っ赤になった。もう隠し通せない。心のうちを読まれてしまった。それまで共感を示していたスミスの表情に、哀れみが加わった。

リディアは自信に満ちた態度を装って言った。「スミスさん、物事の本質というのは、外見だけでは判断がつかないこともありますよね」

「いつもながら鋭い洞察力ですね」スミスは微笑み、軽く頭を下げた。「おっしゃるとおりです、レディ・リディア」

哀れな娘だ——崇拝者からの賛美の言葉に応えているリディアを見ながら、チャイルド・スミスは先ほどのやりとりを思い出していた。どうやらレディ・リディアは、本気であの大佐に惚れてしまったらしい。

誰かが救ってやらなければなるまい。

17

賭博クラブの中はたばこの煙やジンの香りに加えて、すえた冷や汗の臭いが充満していた。甥のハリーとフィリップが負けがこんだあげくに流した汗だったらまだ救いがあるのだが、とネッドは思った。だがこの二カ月ほどで、そんな冷や汗を流せるほどの常識が甥たちにあるのではという期待はもろくも消し飛んだ。ネッドはいらだたしげに二人を見やった。

二人はすでにゲームのテーブルにはついていなかった。酒は入っていなかったらしく、言われたとおり部屋の隅の椅子に引っこみ、しょげたようすで黙りこんでいる。

今夜はもうゲームに参加せずに見ていなさい、というネッドの言葉にハリーとフィリップが従おうという気になったのは知性の導きによるものではない。そんな頭があったらそもそもこの場に来ていないはずだし、ありもしない財産をまた賭け事で失うこともないだろう。おとなしく従ったのはおそらく生存本能からではないか。なぜならネッドは二人を波止場まで引きずっていって、水兵強制徴募隊に引き渡してやろうかと考えていたからだ。根性を叩き直すには絶好の場ではある。ただ二人にとって幸運なことにネッドは、敬意を抱いている海軍に不出来な甥を押しつけるにしのびなかった。

というわけでネッドは、自らカードゲームに参加することにした。そして今、持ち札を伏せてテーブルに並べ、残る二人の次の動きを待っている。一人はボートン。彼は根拠のない罪悪感にかられて、ハリーとフィリップの気まぐれな夜遊びに付き添ってきた。ただしボートンの力では、二人の若者の行動に歯止めをかけられなかったが。もう一人はトウィードで、卑劣で情け容赦のない若い賭け事師だ。

テーブルのまわりには見物客が六人、半円状に集まり、興味しんしんでゲームの成り行きを見守っている。トウィードは一見、途方にくれたような表情だが、内心ほくほくしているのが透けて見える。手持ちの札に自信がありながらも、迷っていると見せかけてネッドを欺こうとしているらしい。

せいぜいがんばれよ、とネッドは心の中でつぶやいた。海軍時代は軍艦を相手に〝速攻作戦〟を仕掛けて戦っていた。放蕩者を目指す若造を相手にカードゲームで戦うのはそう難しくない。ボートンは手にした三枚の札をにらんでいる。集中力で内容を変えられると信じているかのようだ。

ネッドは視界の隅でフィリップの姿をとらえた。通りかかった従業員に向かって、掲げた空瓶を振ってお代わりを要求しようとしている。ネッドがさっと振り向いてフィリップを見すえると、若者は急に手を下ろし、椅子に深く沈みこんだ。

「さて、どうだね、トウィード？」ボートンがついに口を開いた。「今、場に出ている賭け金は五〇〇〇だ。負けて全額払うはめになっても大丈夫か？」

ろうそくの光に照らされたトウィードの顔が険しくなった。一時間ほど前からこめかみに浮き出てきた青筋は消えていない。「他人のふところ具合なんか気にするな、ボートン。勝負だ」

ボートンは今一度持ち札をにらみ、頬の中の空気をふっと吐き出した。札を伏せて言う。

「ぼくは降りる」

ネッドは自分の札を手に取ろうともしなかった。ようやく決着をつけられる。

「勝負」

三人が始めたこのスリーカードのゲームでは、一枚ずつの勝負で手札の役がもっとも強い者が勝ちなのだが、すでに二人だけの勝負になっているので、場に出された賭け金全部を手に入れるには、三回の勝負すべてに勝たなくてはならない。全勝がならなかった場合は、残った二人のあいだで賭け金を分ける決まりだ。

トウィードはネッドに向かってうなずき、切り札の九を出した。ネッドがその上に一〇を重ねる。これで全勝の望みは断たれたが、トウィードは身じろぎもしない。あと一回でも勝てば賭け金を二人で山分けすることになり、それだけでも儲けは相当な額に上る。

緊張感が漂い、室内が静かになった。トウィードはネッドをにらんだまま、切り札とは異なる種類《スーツ》のエースを出した。それに対してネッドは切り札の三で勝った。トウィードはかすかな笑みを浮かべつつ、切り札のキングを出し、椅子に深くもたれかかった。

「ロックトン、これで賭け金は山分けだな」

ネッドは残る一枚のカードを裏返した。切り札のエース。

感嘆の叫びと笑い声が沸き上がり、緊張がいっぺんに解けた。見物客が近づいてきてネッドを褒めたたえる。

「大したものだ、大佐！」

「見事な戦いぶりでしたね」

「今夜の主役はきみだ！」

トウィードがすごい勢いで身を乗り出したので、椅子ががたんと前に倒れた。青年は二人をへだてているテーブルにおおいかぶさって言った。「まさか、きみに配られたカードがまた三枚とも切り札だったたって言い張るのか？　またか？」

「いや、わたしはそんなふうに言ったおぼえはありませんよ、トウィードさん」

「おかしいぞ！　ありえない！」トウィードはつばを飛ばして叫んだ。顔は蒼白になっている。

ネッドはばかげた言いがかりにとりあうつもりはなかった。

「ありうることですよ。何もおかしくない」

ボートンがごくりとつばを飲みこんだ。まわりに集まった男たちはそわそわしたようすで少しずつ後ずさりしはじめた。

「トウィード、今の言葉はまさか本心じゃないだろう？」ボートンが訊いた。

「本心をありのままに言っただけさ」トウィードはそう言い放って体を起こした。

ネッドは一瞬、自分も立ち上がろうかと思った。トウィードが怒りにまかせて殴ってきそうな気配を感じたからだ。いかにも腕っぷしが強そうなこの青年は、今夜本人から聞いたところによると〈ジムのボクシング・クラブ〉に通っているという。指の節の太さを見ればそれもうなずける。

しかしネッドは、相手の度量を見きわめた。紳士を騙《かた》るトウィードのような輩は、上流社会の一員に暴力を振るうおそれはないだろう。勇気がないからではない。暴力を振るったが最後、ずっと夢見てきた紳士階級の社会から排除されてしまう。それを考えて、自分を抑えるはずだ。

「おじさん、冗談じゃありませんよ！」ふらつきながら椅子から立ち上がったハリーが叫んだ。いとこの肩をつかんでよろける体を支える。「まさかこんな侮辱を受けて、黙っているつもりはないでしょう？」

「少なくとも今、しゃべってはいるがね」ネッドはそっけなく答えた。

本来なら何時間も前にヤング邸での晩餐会に行っていたはずだ。リディアの笑いを誘い、顔の表情が豊かに変化するのを眺め、つややかな茶色の巻き毛からかすかに漂うオレンジの花の香りを嗅ぎ、ほんのり桃色に染まった頬が見かけどおり柔らかいか、肩のあたりの白い肌が見かけどおりなめらかかどうか想像して……。くそっ、ハリーとフィリップめ。トウィードめ。こいつらのおかげで、リディアとともに今夜のひとときを過ごす機会を逃してしまったじゃないか。

リディアはわたしの姿を探してくれただろうか？　がっかりしたのではないか？　それともほかの男性がすぐにわたしの穴を埋めてしまっただろうか？　ろくでなしの甥たちめ。そんな子に育てたナディンとジョステンとベアトリスも憎らしかった。

「わたしは侮辱したつもりだがね、ロックトン」トウィードは怒りに震える声で言った。「侮辱されるにまかせておくとは、きみはいったいどんな男なんだ？」

「退屈な男だよ」ネッドはきっぱりと言って立ち上がった。

「この野郎に決闘を申し込んでくださいよ、おじさん！　ぼくが介添人をつとめます！」だらしなく椅子にのびていたフィリップが、しゃっくりしながら言った。

「すぐには申し込めないんだよ、ピップ。明日まで待たないと、紳士の行動規範にそむくことになるからね」ハリーがろれつの回らない舌で説明した。「明日になったら、おじさんはきっと決闘状を送りつけると思うよ。そしたら、年上のぼくが介添人になる」

「きみはジョステン伯爵の跡継ぎじゃないか。危険な目にあわせるわけにはいかないよ。ぼくが――」

「ハリーもピップも、やめなさい」ネッドは言った。「介添人などつとめてもらわなくても結構だ。決闘はしないから」

ハリーはぽかんと口を開け、フィリップは失望のあまり目を丸くしてまばたきをした。

「決闘しないって？」二人は口をそろえて言った。

「ああ、しない」ネッドは手を伸ばし、テーブルの上の賭け金を集めて財布に入れた——不本意きわまりない行為だった。こうして全勝したことで、愚か者の甥たちの頭に、賭けは勝てるものだという考えを植えつけてしまったからだ。

それに、ボートンから金を取るのもいやだった。加えてトウィードのふところ具合がどうなのか、まったくわからない。負ければ大金を支払わなければならないのを承知で賭けに挑戦してきたところを見ると、相当せっぱつまっていたのだろう。ネッドは人を破産に追いこむ当事者になりたくなかった。しかし賭けで得た金をここに残しておいたりしたら、いかがわしいゲームだったと暗黙のうちに認めることになる。いまいましい。

「もちろん、決闘などしないさ」ボートンが憤然として言った。「なぜそんなことをする必要がある？ ネッドは正々堂々と勝ったのに、トウィードが難癖をつけただけじゃないか。負け惜しみの強いやつが怒ったぐらいで、紳士は腹を立てたりしないものだよ」

「本当に正々堂々とやったのかね？」トウィードがせせら笑った。

「よくも言ったな」ボートンが怒りを爆発させた。「おまえの吐いた侮辱的な言葉をロックトン大佐が寛大な心で許してくれたのに、それが礼のつもりか？ 代わりにぼくが決闘を申し込んでやろうか」

「もういい、やめろ」ネッドが声を荒らげて言った。「このままほうっておいたら、ボートンの命が危なくなる。「トウィードは酔ってるんだ」

「でも、おじさん」ハリーが抗議した。「一家の名誉が——」

ネッドは鋭い一瞥でハリーを黙らせた。「ハリー、ピップ。一緒に家に帰ろう、いいね。わたしをがっかりさせないでくれよ」ボートンと周囲の男たちに向かって軽く一礼する。「それでは皆さん、失礼します」

きびすを返して立ち去ろうとしたその瞬間、ネッドは後ろから肩をつかまれた。トウィードだ。とがめられずにすんだ幸運を素直に受け入れられなかったのだろう。振り向かせようと肩をつかんで引いたのだが、八三キロ近くあるネッドの体はそう簡単には回転しない。だが一瞬、立ち止まった。あまりに無礼なふるまいに、歯を食いしばっている。

「明日の夜明け、介添人がおまえの家を訪ねるからな。待っていろ」

トウィードの言葉に、皆はっと息をのんだ。

ネッドは憤りを抑えて言った。「なんのためだ?」

トウィードは眉をひそめた。「えっ?」

「なんのためだ? 介添人をつかわすというからには決闘の申し込みなんだろうが、その理由が正当であるとどうやって証明するのか、知りたいものだね。ゲームに負けたから決闘を申し込むとでも触れてまわるつもりか? そうなると、きみの地位や評判は上がるだろうかね、特に……新しくできたばかりのご友人のあいだでは?」ネッドは射るような視線でトウィードの取り巻きの若者を見わたした。

ネッドの予想どおり、核心に迫る質問にトウィードは当惑した。顔をしかめ、少しでも気のきいた辛辣な答えを返そうと必死に頭をめぐらせている。数秒かかってようやく思いついたらしい。「それこそ侮辱じゃないか。くそっ、もう明日まで待ってやるものか。今すぐ、この場で決闘を申し込む」

「断る」ネッドは答えた。

この宣言に、驚きの叫びやつぶやきの声があがった。

「断るなんて、できないはずだ！」フィリップが口走った。「決闘を申し込まれたんだから！」

「ばかなことを言うんじゃない」ついに堪忍袋の緒を切らしたネッドはぴしゃりと言った。「わたしが戦うのは戦場だけだ。子ども相手に戦ったりはしない」

決闘を断れば評判に傷がつくおそれがあることは十分承知のうえだ。上流社会の大半の紳士のあいだでは、トウィードが今突きつけたような決闘の申し込みには応じるのが規範とされている。しかしネッドは、真に価値のある理由で人が戦い、殺し合うのを見てきた――家のために、家族のために、国のために、戦友のために。だから、相手が愚か者だからという理由だけで人を殺したり重傷を負わせたりすることはできなかった。

いったい自分はここで何をしているんだ？　伊達男になりたがる恩知らずの未熟者二人の尻拭いか。失敗から学ぶという能力が生まれつき著しく欠けている阿呆な甥たち。危機を救ってやったのに感謝するどころか、大ばか者の血を流さないよう決闘を断ったとたん、失望をあらわにするというていたらくだ。

ネッドはひと言も発さずにその場を離れた。甥たちだけでなく、今日この夜に、今の状況に、うんざりしていた。だが何よりもうんざりしたのは自分自身に対してだ。義務感にかられて行動したものの、それが見当違いでなんの実りもなかったと気づいていた。しかもそのせいで、リディアと過ごすはずだった今宵のひとときが奪われたことに、腹が立ってしかたがなかった。

18

翌朝ネッドは、リージェンツ・パークへの入口であるスタンホープ門の前で行ったり来たりしながら、何度も懐中時計を取り出していた。今一度、時刻を確かめると五時半だった。遅い。いつもの時刻より三〇分遅れている。リディアはロットン・ロウ散策のために、濃紺に塗装した車体に黄色い車輪が鮮やかな馬車を二頭の見事な黒馬に引かせてここを通るのが日課だった。

ネッドは、ボートンが貸してやると言ってきかなかった鹿毛《かげ》の去勢馬には乗らずに、徒歩でやってきていた。今日は、これまでのように御者が道路を行きつ戻りつするあいだリディアの前にただ座っているのではなく、もっと接近したかった。おそらく隣に座るのを許してくれるだろうと思いながらも、それが期待にすぎないことは承知している。ただ、昨夜のできごとで、ネッドには自分のとるべき道がはっきり見えていた。

ハリーとフィリップはかしこまるどころか、感傷的な芝居を思わせる夜中の幕切れに大喜びだった。ジョステンのタウンハウスへ帰る馬車の中、二人は酔いにまかせて、決闘の武器として使われる銃と剣を比較して、それぞれの利点を議論していた。ネッドがうわの空なのにも気づかない。だが、ネッドにとってはかえって幸いだった。もし議論に加わっていたら間違いなくかんしゃくを起こし、今ごろ後悔していただろう。

ろくでなしの甥たちの興奮が冷めたのは、馬車が目的地に着き、ネッドが扉を開けて「降りなさい」とぶっきらぼうに命令したときだった。

二人はきょとんとし、目をしばたたかせてネッドを見るだけで、外に出ようとしない。

「耳が聞こえないのか？　降りなさいと言ったんだ」

「でも……ぼくらの金はどうなるんです？」大胆だからか、それとも単細胞だからか、ハリーが吐き出すように言った。

けっきょく、〝ぼくらの金〟についてはもう二度と誰も口にすることはなかった。あとで従者が、ハリーのズボンの尻についたブーツの跡をやっきになって落とすはめになるだろう。その場面を想像して、ネッドは嗜虐的な満足感をおぼえずにはいられなかった。

一日も経たないうちに、ナディンかベアトリスに、おじとしての愛情が足りないだの、可愛い息子をひどい目にあわせただのと責められるのは目に見えていた。あまり楽しくない話し合いになりそうだった。実のところ、ロンドンには大して魅力を感じなかった。昨夜のできごとで、同じ階級であるはずの上流社会の人々と自分との共通点がいかに少ないかを痛感していた。

彼らは礼儀作法のささいな留意点、つまらない決まりごとにばかりとらわれる。ネッドが理解できないもの、わざわざ理解しようとも思わないものを重んじている。そこが不思議だった。つき合っているとじれったさがつのるばかりで、この社会で自分がどうあるべきかがわからなかった。もしかすると自分には、社交界での居場所などないのかもしれない。それにもかかわらず、ネッドはこの社会に君臨する、宝石のごとく光り輝く女性に恋をしてしまった。皮肉な成り行きであるのは十分わかっている。それでもかまわなかった。心が頭と別物になり、今は心の欲求のほうが強く出ているのだ。

数週間前には、ロックトン家の財政難は戦略的な観点から避けていた話題だったが、今やこの問題に触れずにおくのは罪だと感じるまでになっていた。

愛というのは、下心も秘密も許さない。愛は何物にも支配されない。必要性や便宜、実利などに左右されないのがまことの愛だとネッドは悟った。リディアに真実を告げるつもりだった。しかし、いきなりすべてをぶちまけてはだめだ。よく考えてのぞまなければならない。何よりも重要なのは言葉の選び方だった。

ヤング邸のパーティにわたしがいないのに気づいて、リディアは寂しく思っただろうか？食事のお供をしたのは誰だろう？　彼女は誰と、何回踊ったのか？　一緒に過ごした時間が特に長かった者は？　この数週間、その役をつとめる光栄に浴したのはネッドだった。自分の穴をほかの男が埋めたこと、またその機会をねらっているかもしれないことを考えると、いてもたってもいられなかった。誰かは知らないが、その競争相手は今彼女と一緒にいるのだろうか？

行ったり来たりしていたネッドは立ち止まった。存在するかどうかさえわからない男に嫉妬を抱いているとは、我ながら驚きだ。なお悪いことに、リディアが誰と時間を過ごそうと自分はどうこう言う立場になく、二人のあいだにそんな合意もない。

それでもネッドは、リディアの時間を独り占めしたかった。彼女が欲しかった。一緒に過ごせば過ごすほどさらに焦がれ、求める気持ちがますます強くなっていった。

ネッドは自分が情熱に翻弄されているのに気づいてぎょっとした。紳士であり、〈ジョステン館〉を代々受け継ぐロックトン家の一員であり、英国海軍の元大佐であれば、欲望、独占欲、不安、嫉妬といった気持ちの揺れをよしとしないはずだ。リディアに知られたら、頼りない人だと思われるだろう。それより重要なのは、そんな卑しい感情を彼女に対して抱くべきではないということだ。つつしみ深く礼儀正しく、品位をそなえた、自分としてなれる最高の人間。リディアにふさわしいのはそういう自分だ。

ネッドは歩きまわるのをやめて耳をすました。馬具の締め具がじゃらじゃらという響きが、石畳の路面を叩くひづめの音が近づいてくる。ほどなく馬車が公園の門をくぐった。リディアの姿を目にしてネッドの鼓動が速まった。濃茶色の巻き毛のてっぺんにのった小さな帽子を太陽が明るく照らす。ネッドは歩道から道路に出ていくと、馬車の前に立ちはだかった。すぐにネッドの姿を認めたリディアの顔が喜びに輝いた。座席から身を乗り出し、停車を命じようとしたが、御者はすでに速度を落として馬車を止めようとしていた。

「大佐」リディアが大声で呼んだ。「歩いていらしたのね。まさか、船から落ちたわけじゃないでしょうね？」

「いいえ、マダム」ネッドは生真面目な表情をつくって答えた。「船なしで航海に出たものですから」

「そうだったのね。幸い、わたしは愛国者よ。海軍の英雄が乾いた陸地で溺れかけているのを見過ごしにはできませんわ」

「ばれてしまいましたか？」ネッドは自分に近いほうの馬のおもがいに手をかけ、跳ねようとするのをなだめた。

「口外はしませんから大丈夫よ。さあ、お乗りなさいな。どこの港でも、目的地までお連れしますから」

「実を言うとマダム、特に決まった目的地はないのです。この夏には珍しくいい天気ですし、散歩でも楽しもうかと思って」ネッドは馬の首を軽く叩いた。「わたしの足が固い大地の上を歩く勘を取り戻すあいだ、もしよかったらご一緒しませんか？」

リディアは驚いて目を丸くした。上流社会の人間はめったに歩かない。馬車を持っている場合は乗って見せびらかすのが普通だからだ。しかしネッドには馬車がない。その事実を、ほかの事実とともにリディアに知らせておきたかった。

「ご一緒しますわ」リディアは答え、御者に告げた。「ジョン、この馬車を橋のところにつけて、待っていてちょうだい」

リディアはネッドが差しのべた手をとった。彼女のきゃしゃな手はアジサシの翼を思わせた。隣に降り立ってネッドを見上げ、微笑む。ネッドはふしょうぶしょう彼女の手を放し、馬車の側面を叩いて、もう馬を進ませていいと御者に合図したあと、リディアに身ぶりで示して先に行かせた。

「散歩をするとわかっていたら、馬車に乗るためのドレスでなく、歩くのにふさわしいドレスを着てきたのに」リディアは言った。

「本当に、そんな違いがあるんですか？」追いついてきたネッドは歩調を合わせながら好奇心にかられて訊いた。女性の服装にはうといものの、リディアのこととなるとよく観察しているネッドの目には、淡い黄色のドレスは最新流行のものに見えた。

「もちろんですわ」リディアはわざと、信じられないという表情を装った。

「では教えてください、どういう違いがあるんです？」

横目でこちらを見る顔がいたずらっぽく輝く。「一方は歩くための服」リディアは重々しい声で言った。「もう一方は馬車に乗るための服ですわ」

「なるほど。今の説明でよくわかりました」ネッドは大いなる謎が解き明かされたといった口調で答えた。

芝居がかったやりとりも長くは続かず、リディアの唇から笑いがこぼれた。

「そんなに簡単に引っかかってしまわれると、こちらも調子に乗ってしまうじゃありませんか。困るわ」

「なぜです？」ネッドはサーペンタイン川へつながる小道へとリディアを導いていった。

「なぜかというと、自分がひょうきんな人間だと思いこんで、つけあがるでしょう。世間のしきたりなんか何するものぞ、と思いあがって、そこから」リディアはいかにも悲しげに頭を振った。「破滅が始まるんですわ」

「破滅?」ネッドはおうむ返しに言った。「まさか、そこまで深刻ではないでしょう?」

「わたしのような女にとって、上流社会から排除されて、以前は自由に出入りできたお宅で歓迎されなくなるという事態ほどつらい結末はありませんもの。世間の常識にはずれたふるまいをしつづけると、そういう憂き目にあうんですわ」

それを聞いて、ネッドは浮き立った気持ちがしぼんでいくのを感じた。自分が海の世界に生きる人間であるのと同じように、リディアはやはり社交界の人間なのだと思い知らされた気がした。たとえリディアが結婚を承諾する気になったとしても、今までの生活を、大切にしてきたものすべてを捨ててくれと、自分は頼めるだろうか? ネッドが急に黙りこんだのを不思議に思ったのか、リディアはようすをうかがうようにこちらを見つめている。

「しかしマダム、わざわざ指摘するのも失礼かと思うのですが、初めてお会いしてからまだ間もないのに、ほかの人たちとはひと味違うふるまいをなさっているところをたびたびお見かけしましたよ」

「人とは違うふるまいと、とっぴな行動とのあいだには微妙な境界線がありますわ。節度を守って言動が行き過ぎないようにするためにも、友人たちの意見を頼りにするんです」

リディアが立ち止まったのでネッドもそれにならい、上を向いた彼女の顔を見下ろした。帽子のつばが三日月形の影を落とし、青と緑のさわやかな色合いを加えている。リディアは目を合わせようとネッドの顔を見た。

「わたしたち、お友だちですわよね、大佐？」袖に触れられて、ネッドの全身を戦慄が駆け抜けた。

ネッドはリディアをまじまじと見た。思わず、自分は友情をはるかに超えるものを求めているのです、と口にしそうになる。求婚するには、自分の置かれた状況を説明しておく必要がある。だが公園の小道は、そんな会話をするのに適した場所とはいえない。そこでネッドは微笑み、今のこの場にふさわしい言葉を選んだ。「そんなふうに思ってくださるとは、光栄です、マダム」

にもかかわらず、その答えはリディアの笑顔を誘わなかった。むしろ残念そうな表情がよぎったかにも見える。だがさっと向こうを向いたため、実のところどうだったのかわからずじまいで、ふたたび振り向いたときには、リディアはもとの表情に戻っていた。

二人は小道の分岐点に来ていた。片方の道はサーペンタイン川の北岸に広がる庭園につながり、もう片方は川の南岸沿いの道で、それと平行して走っている道路が、馬車、馬、通行人であふれるロットン・ロウだ。午後の遅い時間にはリディアもその中に加わりたいだろうからと、ネッドはロットン・ロウにつながる道に向かおうとしたが、リディアは北側の道へ入っていく。

ネッドはためらった。お目付け役のエミリーが同行していないうえ、御者も先に行ってしまった。それにたった今、自分の評判を気にかけているという意味のことを言っていたではないか。それはネッドも同じで、だからこそ評判に傷がつかないよう守ってあげなくてはならない。だが二人は公の場にいるのだし、あと少しのあいだはリディアを独り占めしてもいいだろう。そう判断したネッドは北側の道をとり、リディアと肩を並べて歩き出した。

「ヤング卿夫妻が主催した昨夜のパーティは盛会だったと聞きましたが」ネッドは言った。

「大変な混雑でしたわ。息苦しさのあまり女性が五人も失神して、外へ運び出されたぐらい。つまりは、大盛況だったということね」

リディアはまっすぐ前を向いて歩いていた。くだけた調子で快活に話している。「確か大佐も出席されるとおっしゃっていたのでは……」説明を求めるように語尾がしだいに小さくなった。

ネッドは、パーティではなく賭博クラブのほうを選んだ。甥の身柄を引き取るという目的のためだけに行ったにしても、そのことをリディアに知られたくなかった。あのクラブで自分は長時間過ごし、賭けポーカーをやり、気にさわるやつだというだけで一人の男を打ちのめした。タウンハウスへ帰ったときの自分は、すえた汗とたばことジンの臭いにまみれて、とても自慢できるような姿ではなかった。

あんなみっともない話を赤裸々に語って、自分ばかりかリディアまで困惑させるつもりはなかった。「ええ、出席するつもりだったのですが、出発するまぎわに思いがけない事態が起こりまして、そちらを片づけなくてはならなかったものですから」

「そうでしたの」リディアの頰が淡い杏《あんず》色に染まった。すげなくされたと感じていたにちがいない。

「残念でした。できれば、一緒に楽しく過ごしたかったのですが」

リディアのふっくらした唇に喜びの微笑みが浮かんだ。二人は黙ったまま、打ち解けた雰囲気で歩きつづけた。常緑の茂みを通りすぎ、草深い丘に出ると、そこから広い野原を見わたすことができた。野原の真ん中に、ツゲの木で作られた円形の迷路がある。

「〝モロー迷路〟です」背の高い生垣で囲まれた迷路のほうをあごで示してリディアが言った。「中に入ってみたこと、おありですか？」

「いいえ。こんな迷路があるなんて、知りませんでした」

「誰も入ろうとしないからですわ。通り抜けるのがとても難しいんです」リディアはわけ知り顔でうなずいた。「何日間も中に閉じこめられた人もいるぐらいですもの」

「何日間も？」ネッドは疑わしそうにくり返した。

「ええ、そうですわ」リディアは自信ありげだ。「噂では、摂政皇太子の愛人の一人があの迷路から出られずに、二週間も中にいたんですって。ようやく出てきたときにはやせ細って、皇太子に愛想をつかされてしまったとか」

ネッドは微笑んだ。摂政皇太子の好みが豊満な女性なのはつとに有名だ。「で、あなたは健康を害する危険をおかして冒険してみたんですか？」

「子どものころ、何度か入ったことがありますけれど」リディアは大げさなまでに醒めた態度で言った。「自慢するわけじゃありませんが、それほど複雑な迷路とは思いませんでしたわ。昔から方向感覚は鋭いほうですから」目が愉快そうに輝きはじめた。「でも、自分がそういう能力に恵まれているからといって、そうでない人たちを見下したりしてはいけないわね」臆面もなくまつ毛をはためかせている。間違いなく、ネッドを見くびっているのだ。

「ひょっとして、わたしが方向感覚に欠けているとでもおっしゃりたいのですか？」

「だって、あなたは大佐ですもの。船の操舵はほかの人がつとめるんでしょう？」リディアは無邪気に訊いた。

「マダム、言っておきますが、自分が指揮をとる船ですから、操舵はお手のものですよ。わたしの能力をもってすれば、この程度の茂みなど数エーカー続いたところで、大したことはありませんね」

こんな会話に引きこまれるとは、ネッドには信じがたかった。ばかげている。だが、この気まぐれな言動、物怖じしない大胆さ、人生を楽しむ姿勢がリディアの魅力なのだ。ロックトン家の者たちが、何をどう言ってもいつも真に受けてしまうのに対し、リディアは遊び心を持ちなさいと誘っている。というより要求している。

「挑戦したいとおっしゃるの、大佐？」リディアが言った。ネッドをそそのかして迷路に誘いこむ作戦だったくせに、今さらながらに目を見開いて驚いたふりをしている。

「二人で競争するのはどうかしら？」

「挑戦のつもりですか？」

「ええ！」リディアはにっこり笑った。

「では、受けて立ちましょう」受けるほかなかった。リディアの熱意を前にして、ネッドはほかになすすべを知らなかったのだ。「具体的にはどういう競争です？」

リディアは、眼下のすり鉢状の野原に広がる迷路を指さした。「あの迷路の真ん中、わかりますか？　三色の葉をつけたブナの古木が見えるでしょう。あの隣に小さな泉があって、そのまわりが円形の空き地になっている。そこが迷路の中心です」

ネッドはうなずいた。「なるほど」

「まず、四方向にある入口のうちひとつから迷路に入ることにしましょう。南、東、西の入口からは、それぞれ異なる経路で中に到達できるようになっています。ブナの木のところに着いたら、北に向かう道をまっすぐ行くと、迷路の外にある羊の牧草地に出られます」

リディアはしゃがみこみ、細長い草の葉を三本引き抜いて立ち上がった。「この草の葉でくじ引きをして、どちらがどの入口から入るか決めましょう。一番短いのを引いた人が西、一番長いのを引いた人が東、真ん中の長さの葉を引いた人が南の入口。当然ながら北は除外します。迷路の中心に先に着いて、ブナの木の幹に触った人が勝ちということで、よろしいですか？」

「結構です。しかし、勝った者に与えられる賞品はなんです？」

「自慢の種になるというだけで十分じゃありませんか？」

「不十分ですね」とネッドは言って、リディアを驚かせた。「これだけ自慢話を聞かされたあとでは、賞品なしではやれませんよ。賭け事師を気取っておられるようですが、実力を証明してみせてください。どうです。自信があるなら、あなたにとって価値がある大切なものを賭けて勝負してほしいのです」ネッドは挑戦的に言った。

リディアの美しい紫色の目に驚きの表情が浮かんだ。「大佐、わたし思い違いをしていましたわ。海軍大佐に、賭け事の技を磨く時間などあったんですか？」

ネッドの笑みが消えかけた。「部下を危険な目にあわせるときはいつも、上官はいちかばちかの賭けをしているのですよ、マダム」

この言葉を口にした瞬間、リディアの打ちひしがれた表情を見て、ネッドは失敗したと感じた。それほどきつい言い方をするつもりはなかった。だが、リディアの言葉や態度に誘われて、慎重な判断でなく、本能と感情にまかせて口走ってしまったのだ。

ネッドは微笑み、先ほどまでの明るい雰囲気を取り戻そうとつとめた。「しかしわたしが今提案している賭けと、戦いにおける賭けとのあいだには、大きな違いがあります」

曇っていたリディアの表情が晴れた。「どんな違いですの？」

「戦闘では、指揮官として勝たなければいけないという思いでやっていました。でも今日の賭けでは、わたしはただ、勝ちたいのです。さあ、賭けるものを決めてください」

リディアは笑顔になった。その目には、競争に対する情熱がふたたび燃えている。

「勝ったほうが決めることにしましょう」リディアは宣言した。

ネッドはびくりとした。世慣れた女性であるリディアは、この種の賭けがどんな結果をもたらすか、重々承知しているはずだ。もしネッドが勝てばリディアは、命じられるままにどんなものでも差し出さなくてはならない。きわめて大胆な、あるいはきわめて愚かな賭け、相手を信じて疑わない賭けだった。

ネッドの答えを待つリディアの胸は速く大きく上下し、興奮の度合いを物語っていた。自分がどんな冒険をしているか、わかっているのだ。目と目が合ったときも、リディアの視線は揺るがなかった。

「わたしをずいぶんと信頼してくださっているようですね、マダム」ネッドは穏やかな声を保って言った。

「ええ」

「本当に、それでいいのですか？」

「はい」

「では、その条件でいきましょう。賞品は勝ったほうが決めるということで」

リディアはふっと息を吐いた。「結構ですわ。わたし、負けるはずがありませんもの。ここで確認しておきましょう。大佐、わたしの言葉を信じますか？」

「ええ」

「それが、あなたの破滅のもとになるかもしれませんわね」リディアは手に持った三本の草の葉を差し出した。「一本引いてくださいな」

くじ引きの結果、ネッドが東の入口、リディアが西の入口から入ることになった。

「さて」リディアが言った。「それぞれの入口に着くまでの時間を見ておかなくてはいけませんね。位置について、開始の準備ができたら声をあげて合図してください」

「以前にも経験があるんでしょう？」

「ゲームの経験ですか？」リディアはしごく無邪気に尋ねた。魔性の笑みを浮かべつつ、西の入口につながる小道へと向かう。

ネッドもゆったりとした歩き方であとに続き、自分の出発点である東の入口に着いてから、大声で呼んだ。「準備はいいですか、レディ・リディア？」

「はあい！」リディアの声が返ってきた。西の入口とおぼしき地点からすると、少し南に寄ったあたりからのようだ……。あの小娘め、ずるをしてもう迷路の中にいるらしい。

「では、開始！」今度は明らかにさっきと違う場所から発した声だ。

ネッドはわざわざ答えもせずに、ずんずん中へと進んだ。たちまち涼しい日陰に入り、しんと静まりかえった緑の世界に包まれる。剪定されたツゲの生垣は反対側を見通せないほどびっしりと密に生え、高さ三メートル近くの壁となってそびえている。まるで石垣だ。ネッドは息をひそめ、リディアがたてる物音が聞こえないか耳をすました。しかし生垣は音を吸収し、静けさとうす暗がりがあたりを支配している。

訪れる人が少ないのも道理だ。壁に囲まれているため、誰かに姿を見られて賛美されたりする可能性がまったくないからだ。

ネッドは通路に沿って歩き出した。足元で玉砂利が音を立てる。リディアはこの迷路をよく知っており、さっき自分で認めていたよりも詳しいにちがいない。だがネッドは、なんとしても勝って賞品を手にするつもりだった。この緑の海を、岩礁の多い沿岸を航行するように進むのだ。

空を見上げ、ツゲの木のてっぺんに射す光と陰の部分を確かめて、太陽の方角から自分の位置を割り出す。西寄りの道をとれば、引き返さずに迷路の中心にたどり着けるだろうと判断した。

理論的には完璧な作戦のはずだった。しかしその作戦も、実行に移してみるとそうはうまくいかなかった。ネッドはすぐに行き止まりに突き当たり、けっきょくもといた場所に戻ることになった。

二度目の挑戦では違う経路を選んだ。あいにくこの選択も最初の試みと同じく失敗だったばかりか、かえって迷路の奥深く入りこむはめに陥り、中心に近づくめども立たなかった。

ネッドはまた立ち止まり、あたりを見まわした。新米の船員にとって大海原がどこも同じに見えるように、緑の壁はどれも特徴がなく同じに見える。たった一本のブナの巨木を見つければいいだけなのに、どうしてこんなに難しいのだろう？　いまいましい。高い木なのだから見えるはずだ。しかし迷路の中の通路は狭すぎて、生垣の上を越えて向こうを見わたすことはできず、密に生えたツゲの木は鋭いとげにおおわれていて、よじ登ることもままならない。

今や、しゃにむに前へ進むよりほかになかった。ただひとつ慰めがあるとすれば、一度、淑女らしいとは言いがたいせりふを吐く女性の声がどこかから聞こえてきたことだ。自信満々だったリディアも、どうやらそれなりに苦戦しているらしい。それを察知したネッドが浮かべた笑みも、正々堂々と戦う人のそれには見えなかった。

最終的にブナの木のあるところへ導いてくれたのはネッドの航海術ではなく、丸々と太ったウサギだった。すでに調べた（と思いこんでいた）生垣の間から姿を現したこの親切なウサギは、なぜかネッドの存在を気にするでもなく、わが道を行くといった感じでぴょんぴょん跳ねていく。迷路の道筋がわかっているようだ。おそらくハイドパークの喧騒と危険を避けて、このへんを縄張りにしているのだろう。その胴回りの太さから見て、ウサギは普段から迷路の真ん中にある空き地でたらふく草を食べているにちがいない。

ネッドは自分一人で奮闘するより悪い結果にはならないだろうとふんで、ウサギのあとを追うことに決めた。いずれにせよウサギは迷路から出るか、食事のために中心の草地へ向かうかするだろう。ネッドは一定の距離をおいてつけていった。近づきすぎるとウサギが生垣の中に逃げこんでしまうおそれがあるからだ。ただし、でっぷりとしたその体は茂みにもぐりこむとつっかえそうで、通路のほうが通りやすいことは確かだった。

二〇分後。ネッドはほとんどあきらめかけていた。ウサギが止まって耳を掻くたびにいちいち待たなければならないのにうんざりしていた。もうこれで三八回目だ。こいつの体はノミだらけにちがいない。そう思ったとき、迷路の片側の壁の先からわずかな光がもれているのに気づいた。我関せずといったようすのウサギを追い越して進んでみるとアーチがあり、目の前には小さな円形の芝生が広がっている。その真ん中にそびえ立っているのは、ピンクと薄黄色と緑の三色が交じった葉を豊かにつけた、巨大なブナの木だった。

空き地全体を見わたすと、反対側にもうひとつ通路が見つかった。リディアの姿はない。ネッドの勝ちだ。いくらずるい手を使って勝とうとしても、どうせ……。

そのとき、通路の開口部から三メートルほど北に入ったところの生垣がゆさゆさと揺れ、葉が落ちはじめた。ネッドが驚いて見ていると、四つんばいになった人物が生垣の根元の狭いすきまをくぐり抜けようともがいている。先頭に見えるのはくしゃくしゃにつぶれた女物の帽子だ。リディアだった。

およそ淑女には似つかわしくないうなり声とともに茂みを突き破ったリディアは、ようやく自由の身になり、よろめきながら立ち上がった。口に入りこんだ長い髪の毛をぺっと吐き出し、砂利にまみれたスカートをさかんにはたいた。はたきながら顔を上げ、ネッドを見つけて、凍りついた。

ネッドは微笑んだ。

リディアは目を大きく見開いた。

ネッドの微笑みが満面に広がった。どんなことがあっても勝たせるわけにはいかない。何しろ、あれだけの――。

その瞬間、リディアは汚れてしわくちゃになったスカートを持ち上げ、ブナの木に向かって駆け出した。ネッドも負けずに走り出す。脚の長さでは有利だが、膝丈のズボンがきつくて思うように太ももが動かない。一方リディアは、スカートを膝の上までまくり上げて走っている。二人は空き地の中心に向かって、鉄に引き寄せられる磁石のように疾走した。リディアは脚をちらちら見せながら、ネッドは地面を蹴りながら、お互いに全力で突き進む。あと一〇メートル、五メートル、二メートル。リディアは腕を思いきり伸ばしたが――。そのウエストにネッドが腕を回し、体を持ち上げて振り回したため、指があと数センチというところで灰色の木の幹に届かなかった。抗議の叫びをあげるリディア。その体をネッドは自分の腰に引きつけて浮かせ、地面と平行の状態に保ったまま放さない。そして自由になるほうの手を伸ばし、指の節でブナの幹に触れた。

「わたしの勝ちです」ネッドは言った。

「ずるいわ」リディアが叫んだ。

「ずるい？　ずるいというのは、たとえば、競争が始まってもいないのに先に迷路に入るとか、通路を使わずにウサギの抜け穴をくぐることですか？」

「独創的な戦略を禁ずるというような決まりはなかったでしょ」宙吊りの状態にある女性にしては精一杯の威厳を保ってリディアは言った。

ネッドははっと我に返った。リディアを抱えたままだったのを、ついうっかり忘れていたのだ。その体を優しく腕で抱え上げ、地面に向かって下ろす準備をととのえる。その過程でネッドは、上向いたリディアの顔を見つめるという間違いをおかした。胸が締めつけられた。キスしたくてたまらなかった。だがそうせずに、彼女の足が地面につくまでそろそろと慎重に下ろしたあと、手を上げた。低く垂れ下がったブナの枝をよけるためにつかんだというのが表向きの理由だが、実は枝にすがり、リディアをふたたび抱き上げてその唇を味わってみたいという衝動を抑えるのに必死だった。

「もっともらしい理屈ですね」平静な口調を保とうと四苦八苦しつつネッドは言った。

つややかな茶色の巻き毛がもつれてリディアの肩のまわりに広がり、こめかみのあたりには木の葉が一枚引っかかっている。頬には細くひとすじ、赤い引っかき傷が見える。

「勝者の理屈ですわ」リディアは言い返した。

「でも、勝ったのはあなたではありませんよ」ネッドは指摘した。空いているほうの手を伸ばし、リディアの髪についた葉を取りのぞく。彼女はネッドの目をじっと見つめつづけていたが、首から顔にかけてかすかに紅がさしてきた。

「あなたが力ずくでわたしの勝ちをくいとめたからじゃありませんか」リディアの呼吸が速く、浅くなっていた。「わたしがちょっと小細工をしたぐらいでは、こたえなかったはずよ」

「この議論でわたしが勝ちをおさめることはありうるのかな?」

「難しいでしょうね」

「なるほど。そうじゃないかと思っていましたよ。つまり、わたしがあなたを怒らせたのだから、勝ちを譲るべきだというわけですか?」

「そうするのがスポーツマンらしい潔さというものでしょうね」

ネッドの唇が引きつった。「レディ・リディア、申し訳ありません」これでわたしの勝ちね、と言わんばかりにリディアの目が輝いた。「スポーツマン精神に欠けた点をお詫びします。しかし……」ネッドは前かがみになり、二人の目と目が合う高さまで頭を下げた。両手はまだ頭上の大枝をしっかり握っている。ここまで近づくと、リディアの美しい瞳を取り巻く色調の違いまでわかる。中心部は濃い藍色、外側は明るい紫で、ほとんどラヴェンダー色を帯びている。「それでも、わたしの勝ちは勝ち。あなたの負けです」

リディアは驚愕に目を見張っていたが、急ににっこり笑って優雅に頭を下げた。「確かに、あなたの勝ちですわ、大佐。さて、勝者にさしあげる賞品は何にしましょうか？」

躊躇するとか、拒絶するとか、ほかにいくらでもネッドをだましてこの取引から逃れる方法はあっただろう。だがリディアはそうしなかった。彼女がいかに誠実で聡明で、そして不幸にも男の卑しい衝動についていかに無知であるかがわかった。なんと、うぶなのだろう。ああ、わたしはリディアを愛している。求婚したい。「あなたの手をとりたい」ネッドはつぶやいた。

リディアはびくりとして目をしばたたいた。そのとき、ネッドは知らず知らずのうちに本心からの望みを口に出してしまったことに気づいた。だがネッドにはリディアの〝手をとって求婚する〟権利がない。まだ自分が一文無しも同然になったことを打ち明けていない。一家が破産しかけていること、自分にはほとんど将来の見込みがなく、責任ばかりが多いことも告げていないからだ。そこでネッドはしかたなく、空いている手を差し出した。もう片方の手が頭上の枝をつかむ力と同じぐらいの強さで自らの信条にすがり、今口に出した〝手〟という言葉に別の意味を持たせたのだ。

リディアは眉をひそめ、二人のあいだに差し出された手に目を落とした。顔を上げてネッドを見たあと、顔をさらにしかめる。そこには名状しがたい感情が宿っていた。

「それだけですの？」リディアが訊いた。「握手だけ？」

「ええ、そうです」ネッドは称賛に値する冷静さで答えた。「あなたなら、賞品に何を望みますか？」

リディアはネッドの目をまっすぐに見て言った。

「決まっているじゃありませんか、キスですわ！」

19

リディアがもっとも恐れていたことが確認された。わたしはふしだらな女なんだわ。ウエストに腕を回され、抱き上げられて空中で振り回された、その瞬間から——ネッドは競争に勝つために手荒な手段に出たにすぎないのだが——いともたやすく支配されるという甘美な感動が、ありとあらゆるみだらな想像をかきたてていた。息をのむほどの経験だった。だから、手を差し出したネッドが求めているのがスポーツマンらしい握手だとわかったとき、ひどい失望感を味わい、心のうちをさらけだしたい衝動にかられたのだ。

リディアは頬を真っ赤に染め、うつむいた。ネッドの反応を見ることができなかった。完璧な紳士のネッドのことだから、きっと困惑しているにちがいない——。

「リディア」

振り向くと、ネッドの顔がゆっくりと下りてきて唇が重ねられた。なんて柔らかいの。想像していたより柔らかいのに、引き締まった感触。頭を少し傾けているからか、彼の唇が少し開いた形でわたしの上唇に合わさっている。押しつける力が強まるにつれて、リディアはため息をつき、目を閉じた。上唇が優しく引っぱられたあと、今度は下唇へ。同じようになめらかな動きがくり返される。

体が溶けていくようだった。リディアは手のひらをネッドの胸に置いた。なのに彼は唇以外に触れてこない。ああ、だけどその物足りなさを補うほどの、すばらしいキス！　上唇から下唇へ、そしてまた上唇へと、繊細な愛撫で探り、たぐり寄せ、うつろっていく。二人の荒い息づかいが交じり合う。官能に訴えかけるこの経験に圧倒され、リディアはめまいに襲われた。

前のめりになってネッドにもたれかかると、胸が大きく上下しているのが腕に伝わる。温かくて硬い、まるで熱した石のような体。リディアは溶けたろうのごとく柔らかくそれに屈していった。舌先で上唇と下唇の境目をなぞられて、膝からがくりと力が抜けた。つかまるものがなく、身を引くこともできず、リディアはネッドのがっしりした首に手を巻きつけてしがみついた――彼の舌を受け入れるために唇を開いて。

ネッドの大きな体全体に震えが走った。リディアの耳には、どこか遠くから降伏と切望を表す声が聞こえてきたような気がした。だがそれは自分自身の声だった。舌が口の奥深くを探っている。温かく、力強く、どこまでも男らしく。

そのとき、何かがはじけたような音がした。

かと思うと、突然、キスが終わった。

ネッドは顔を上げ、首に巻きついていたリディアの腕を振りほどいて、体を起こした。一瞬、その目がはるか遠くを見たようだった。呼吸は荒く、息を吸いこむたびに鼻腔が広がる。

心の中まではわからないが、喜びを感じているのでないことは確かだ。笑みもなく重苦しい表情で、ネッドはリディアを見下ろした。

「レディ・リディア――」

「謝らないでください」リディアは消え入りそうな震え声で言った。

ネッドの顔は真剣だった。「でも、謝らなくてはいけないのです。まわりに人がいないのをいいことに、子どもっぽい賭けを利用して、自制心に欠けたふるまいに走ってしまい、お恥ずかしいかぎりです。あなたに敬意を表したふるまいをすると自分に誓ったのに、わたしは……」ネッドは歯を食いしばり、小さく頭を振った。自らの行為がどうしても許せず、打ちのめされていた。

なんということだろう。もしやリディアは意図的にわたしをあやつって、結婚の申し込みをせざるをえない状況に追いこもうとしていたのではないか。一瞬でもそのことに考えがおよんでいたら――。

「わたし、危ない目にあわされたとは思っていませんわ」

「そういう問題ではなくて」ネッドはすばやく切り返した。その表情にはいらだちと戸惑いが見える。「あなたは誤解しているんだ」

「では、わかるように話してください」リディアの中で恥ずかしさが怒りに取って代わっていた。

「わたしから将来に関わる申し出があるものと、当然思っておられたでしょうが、それを口にする前に、紳士として、あなたにどうしても説明しておかなくてはならないことがあるのです」

「必要だと思われるのでしたら、どうぞ」リディアはこわばった声で言った。

ネッドはごくりとつばを飲みこみ、空を見つめたあと、ふたたびリディアに目を向けた。わずかに肩を引いて姿勢を正し、足幅を広くとった。敵船に接近せんとしている船の船長のように、手を後ろで固く組んだままだ。「実は、わたしは今、厳しい状況にありまして」

予想とはまったく違う話だった。「厳しい?」

ネッドはうなずいた。「そうです。我が家は古くからの名家で、わたしは昔から誇りに思ってきました。家族が住む〈ジョステン館〉は、一族の高貴な血と長い歴史の象徴のような存在で、訪れる人々の称賛を集めていました」リディアに目を向ける。「なぜこういう話をするかというと、単なる石と漆喰と土でしかなくても、わたしにとっては故郷だという、そんな場所に対する愛着心をわかっていただきたいからです」

「わかりますわ。以前、おっしゃっていましたよね、自分は故郷へ帰ってきたんだと。故郷は癒しになり、強さと安心感をもたらしてくれるのだと。そういうものの尊さはわたしにもよくわかります。ただ、わたしの場合は、故郷のような場所ではなく、友人が心のよりどころになりますけれども」

「友情を守るために多くを捧げる覚悟がある、とおっしゃるのですね」

そう、わたしにはそれしか残されていない。「そのとおりですわ。大佐も一族のお屋敷を守るためなら、同じようになさるでしょう」

「ええ、まさにそうですね」ネッドは静かに同意すると、心中穏やかならぬものを感じたかのように頭を振り、短く、深く息をついてからあとを続けた。「わたしは、海軍を退役して家に戻ったとき、〈ジョステン館〉が存続の危機にあり、なんらかの策を講じないかぎり売却しなければならないだろうと言われました」

「危機ですって？　どうしてそんなことに？」

ネッドは静かに答えた。「贅沢三昧と経営の失敗、穀物の不作、戦後の不況、穀物法。そして、情けないですが親族の浪費のせいです」

その言葉の意味するものが、リディアにはすぐにわかった。まさか。そんなばかな。危機って、どのぐらい深刻なのだろう？　厳しいと言うけれど、馬車を何台か売る程度のことかもしれない……。「ご家族が……金銭的に苦しいということでしょうか？」ひどく大胆な問いかけではあるが、どうしても事実を知っておきたかった。

ネッドは悲しげに微笑んだ。「一家は、一文無しなのです」

予期せぬ衝撃だった。それまでネッドと向かい合っていたリディアだが、次の瞬間には膝から力が抜けて立っていられなくなり、草の上にへなへなと座りこんだ。身をかがめたネッドに手を差し出されたにもかかわらず、リディアはそれを無視した。事実をもっと詳しく知りたくてたまらなかった。

「でも大佐は、個人の資産をお持ちですよね」リディアはネッドを見上げて言った。「戦争で制圧した船の戦利品にしても、指揮官としての分け前があったでしょうし、資産の管理や投資は手堅くやっておられたでしょうし……」声がしだいに小さくなっていく。

ネッドは差し出した手を下ろし、ふたたび戦闘を指揮する大佐の姿勢に戻った。「残念ながら、わたしから女性にさしあげられるものといえば、家名と、巨額の借金と、破滅的な浪費癖のある親族以外には」いったん間をおき、つばを飲みこむ。「わたしという人間だけです」

ああ、なんてこと。ネッドはわたしに負けないほど貧乏なんだわ。リディアは呆然としてネッドを見つめた。頭の中でさまざまな思いが、回転儀さながらにぐるぐる回っていた。こんな短いあいだに、夢のようだった人生がめちゃめちゃになってしまうなんて。どうしても受け入れられなかった。

「わたしには、先祖が苦労して築き、守ってきたものを維持するために、自分の力でできるかぎりのことをするという義務があります。それでも、わたしは——」ネッドは急に言葉につまった。だが、あごがこわばっている以外には、つらい告白であることを示す兆候は見られない。「これ以上は、あなたの考えを聞くまでは言うわけにはいきません」

このとき、もうひとつの現実がリディアを襲った。ネッドは、わたしも〝一文無し〟であることを知らないのだ。当然だわ。周囲の人たちに知られないよう、懸命に隠しとおしてきたのだから。きっとネッドは、わたしにありあまるほどの財産があると思いこんでいるにちがいない……。どうしよう。彼もわたしと同じく、金持ちの配偶者を探していたんだわ。

ああ、もうだめだ。リディアは目を閉じ、ふっと笑った。いったん笑い出すと止まらなかった。両手で顔をおおうと、涙があふれ出た。悲しくて泣いているのか、ばかばかしくて泣いているのか、自分でもわからなかった。

「レディ・リディア。リディア」心配そうなネッドの声が聞こえた。混乱しているようだ。

「リディア？」

「ごめんなさい。申し訳ありませんでした。大丈夫ですわ。わたし……」リディアは握りしめた手の指を額に押しあてた。すべてがあっという間のできごとだった。熱いキス、ネッドからの求婚の意思表示、そしてあの告白……。

「リディア」ネッドの声は不安でこわばっている。

リディアは目を開けた。見上げると、じっとこちらを見つめるネッドのまなざしは心配そうではあるが、傷ついたふうもなく、非難しているようでもない。

しっかりしなくちゃ。何か言わなくちゃ。

「大佐」リディアはネッドの足元に座りこんだまま言った。「残念ながらこの数週間、わたしたち、同じ目的地をめざして、同じ道を歩んでいたようですね」

「どうも、鈍くて申し訳ない。おっしゃる意味がよくわかりませんが」ネッドは眉根を寄せて言った。

「わたしも同じ憂き目にあっているんです。さっき簡潔に述べていらしたように、〝贅沢三昧と経営の失敗、穀物の不作、戦後の不況、穀物法。そして、情けないですがわたし自身の浪費のせい〟で。つまり」リディアは弱々しく微笑んだ。「大佐、ご家族が借金に追われていらっしゃるそうですが、わたしも似たような状況ということです」

「そういうことですか」

ネッドはこの事実を、リディアとは比べものにならないほどの冷静さで受け止めた。地面にへたりこんだりはせず、一瞬、眉をひそめただけで、すぐに普通の顔に戻った。特に驚くべきことではない。ネッドは冷静沈着な紳士の鑑《かがみ》のような人なのだから。だが今、リディアは、平静を保ったその態度をたたえる気にはなれなかった。けっして実らないとわかった二人の関係の終わりを、ネッドがここまで淡々と受け入れていることを憎くさえ思った。でもそれはたぶんこの人が、わたしほど熱くなっていなかったからかもしれない。

ネッドがわたしに好意を抱いているのは間違いない。でも、どの程度の好意だろう？エレノアが、飼い犬のスパニエルに注いでいた愛情と同じぐらいかしら？確かに大切にはしていたが、その犬が東洋製の絨毯に粗相《そそう》をするようになると、農場へ追いやることに反対はしなかった。あるいはサラがカルヴェッリ王子にのぼせ上がって恥をさらしていたときの気持ちと同じ程度だろうか？

憶測してみても意味がない。財産持ちの花嫁でないと困る理由が明らかになった今、ネッドが結婚を申し込んでくることはないからだ――義務感からでないかぎり。万が一求婚されても、リディアは断るつもりだった。たとえどんなに受け入れたい誘惑にかられたとしてもだ。事情がわかった今、その道を選ぶほど愚かなまねはしない。

そんないきさつで結婚したとして……確かに、女性が友人たちと離れて慣れない環境で暮らすことになったとしても、夫に愛されているという確信があれば、貧乏を承知のうえで（義務感からでなく）求婚されて一緒になったのであれば、それなりの幸せをつかめるだろう。だが、男性が女性を深く、ひたむきに愛していない場合、女性にとっては悲劇だ。自分との結婚で男性が名誉を失い、愛する者たちに背を向けたのを知りながら、生きていかなくてはならない。本当に独りきりになってしまう。

リディアは顔を上げた。ネッドはいっしんにこちらを見つめて彼女が何か言うのを待っている。「そうね。滑稽な話ですよね。わたしたち二人とも、自分を経済的な困難から救ってくれる結婚相手を探していたあげくに……こんなことになってしまった」明るい口調は最後まで続かなかった。もうどうでもよかった。

リディアは体の下に足を入れ、それを支えに起き上がろうとした。すぐにネッドが寄ってきて腕を伸ばし、もう片方の手を礼儀正しく背中に回したままリディアの手をとって体を引き起こした。立ち上がって姿勢を正したリディアは当惑して後ずさりした。どうしても彼に引きつけられる。

ああ、どうしよう。これじゃ、ふしだらな女よりたちが悪いわ。

ネッドは一歩前に踏み出し、頭を少しかがめた。表情を読もうとしているのか、二人のあいだに求婚に関する〝暗黙の了解〟があるとわたしが考えていたかどうか確かめるつもりか。紳士であるだけに――もう、なんていやな言葉！　紳士って、仮面の陰に本心を隠しているんだから——表情の変化があればすぐに読みとり、それに応じてすばやく対処するだろう。紳士だから、求婚しようとしていたとしてもそのことを相手に感づかせはしないはずだ。

考えを顔に出して読まれないようにしなければ。感じのよい表情を保つことなら何年も実践してきたはずなのに、今はそれができるかどうかリディアには自信がなかった。生まれて初めて、本物の恋に落ちてしまったからだ。

「大佐」リディアはさりげなく言った。視線を落とし、台無しになったスカートを意味もなくなでつけて、身支度にかまけているふりをする。「お互い、失望したのは確かですけれど、せめてもの慰めは、どちらからも〝愛〟という言葉が出なかったことですね」

ネッドの頭がぴくりと上に動いた。リディアの心臓が早鐘を打ち出した。

「ありがたいことに二人とも、熱い気持ちを呼びさまされたわけでもないようですし」物柔らかに聞こえるようにつとめて言った。もしかして、ネッドはわたしに思いを寄せていたのかしら？

ネッドはしばらくしてようやく答えた。「おっしゃるとおりです、マダム」

でも、もし本当にそんな感情を抱いていたとしたら？　もし、ネッドが求婚してきたら、どう答えればいい？

なんと答えてよいかわからなかった。リディアは我ながら驚き、恐怖に襲われた。承諾する？　いいえ、まさか。わたしったら、何を考えているの。サラの〝病気〟がうつったにちがいない。自分がそんな妄想を抱いていることが信じられなかった。ネッドには裕福な妻が、わたしには裕福な夫が必要だ。二人は、絶海の孤島のように孤立した存在とは違う。お互い果たすべき義務があり、ほかの人々に頼りにされる存在だ。それぞれの人生が、二人の結婚を阻んでいる。それだけは明らかな事実だった。

仮にネッドが、リディアの経済状態をものともせずに求婚し、一緒になったとしたらどうか。結婚によって家族を貧困に追いやったと自らの選択を後悔し、腹立たしく思うようになるまでにさほどの時間はかからないはずだ。もちろんネッドは紳士だから、その後悔の念を表には出さない。でも本心はどうなのかと、リディアは悩みつづけるだろう。

心から愛しているのに、愛されているかどうかわからないとは、悲しすぎる。それ以上に悪い事態は唯一、愛されていないという事実を知ることだけだろう。リディアは、キャロライン・ラムの報われない愛に思いをはせずにはいられなかった。

思いきって上目づかいに見てみると、ネッドはうやうやしい態度を保っていて、表情にはそれ以上のものは感じられない。悩むことなどなかった。いずれにしてもわたしはこの人の本心を知ることはない。そう考えるとなぜか胸がつまった。

「せめてもの幸いでしたわね」リディアはか細い声で言った。

ネッドは頭を下げた。「確かに、マダム」

彼の慇懃な答えを聞くたびに、リディアは落ち着きを失っていった。まるで自分が自分でないようだった。わたしの望みは……いやだ、何を望んでいるか、自分でわからなくなるなんて！　でも、望まないことならわかる。それは――。

「それでもわたしたち、お友だちでいられますわよね？」リディアはあわてて訊いた。なんという皮肉だろう。つい一時間ばかり前に、ネッドの求めているのが友情にすぎないらしいと感じてがっかりしたばかりなのに、今となっては、彼との友情を失うと考えただけで、恐ろしくてたまらなかった。

「なんとおっしゃいました、レディ・リディア？」ネッドは眉をひそめた。心なしか視線が鋭くなったように見える。

「今までのことはさておき、わだかまりや気まずさなしに、また友人としてお会いできればと願っているんです」

「友人ですか」ネッドはぎこちない声でくり返した。

「ええ。わたし、せっかく見つけた友情を大切にしたいのです。大佐もそう思ってくださっていますよね」

「もちろんです」

ネッドはリディアの顔に視線を走らせ、観察している。何を考えているかはわからない。この人を失いたくない、とリディアは思った。結婚相手が無理なら、せめて友人としての関係を保ちたい。

「わたしたち、世慣れた大人ですから。二人とも、ありもしないお互いの財産について妙な誤解をしていたわけですけれど、そんなことのために友情を台無しにしたくないじゃありませんか」リディアはもう、引っこみがつかなくなっていた。

ネッドは微笑んだ。「ええ、そうですね」

「もしよろしければ大佐、お手伝いをしましょうか？」お願いだから、そんな丁寧で味気のない受け答えばかりでなく、もっと何か言ってちょうだい！

筋肉のごくわずかな、微妙な動きから、ふたたび体に緊張が走ったのがうかがえる。「申し訳ありません、マダム」ネッドは言った。「おっしゃることの意味がよくわからないのですが」

「わたしは、上流階級の若い女性ならほとんど知っていますし」台本も何もない言葉が口からこぼれ出た。「ご家族も存じ上げています。それぞれの長所も欠点も……お家の事情もわかっていますから、大佐の力になれると思うのです。つまり、こういう状況を――」リディアの言葉が途切れた。顔が真っ赤になっている。

ネッドが助け船を出し、「こういう状況を避けるために？」と言った。落ち着きはらった口調だ。その言葉を聞いてリディアは、衝動にかられて口に出した今の申し出がいかに不自然で、不快きわまりないものかを思い知った。同時に、そんな協力こそ、自分が絶対にしたくないことだと気づいた。しかしすでに申し出てしまった以上、何が言えるというのか？

「そのとおりですわ」

「ご親切なお言葉ですね」

「ええ」リディアは気分が悪くなっていた。

「ありがたくお受けしましょう」ネッドは言い、考えこむようにうなずいた。「そんな心の広いお申し出に対して、わたしもお返しをしなければ」

リディアは目をしばたたいた。「どういう意味でしょう?」

ネッドは両手を後ろに回し、少し離れたところで行ったり来たりしている。そのときリディアは初めて気づいたのだが、ネッドは片手にハンカチを握っていた。あのハンカチは? もちろん彼の袖口に入っていたにしても、誰が贈ったものかしら? なぜ持っているの? 何か意味があるのだろうか?

「わたしも同じように、あなたに手を貸してさしあげたいのです」ネッドはリディアに微笑みかけたが、その目には今まで見たことのない鋭さがあった。「聞いてください。ロンドンへ来て間もないわたしですが、女性の耳には届かない情報を入手できる場合もあります。紳士クラブの〈プードルズ〉はさまざまな情報が集まるところですから。あなたのお役に立ちたいのです。友人として」

「お気づかいはなさらないで」

「いいえ、お手伝いさせてください。せめてもの恩返しに……どう言えばいいかな?」ネッドはそうつぶやいたあと、笑い出した。「何をもったいぶっているんでしょうね? 友人として気楽につき合うのですから、お互い、かしこまらずにはっきり物を言いませんか?」

確かに。リディアはうなずいた。

「よかった! ということで、ありていに言えば、あなたが花嫁探しの手助けをしてくださるのなら、わたしのほうでも花婿探しをお手伝いしてお返しがしたいのです」

そんな。ネッドに花婿探しを手伝ってもらうなど、彼の花嫁探しを手伝うのと同じぐらいいやだった。「いいえ、結構ですわ。そこまでご厚意に甘えられませんもの。それに、なんだか」リディアは不安そうに目を泳がせた。「皮肉じゃありません？」

「皮肉？」ネッドは美しいブルーグレーの目を見開いた。「まさかそんな、レディ・リディア。我々は大人だとおっしゃったでしょう。お互いに便宜をはかることは皮肉でもなんでもありませんよ。もちろんわたしは、あなたの経済状況については絶対に口外したりしませんん」からかわれているのかとリディアは思ったが、ハンカチを持ったネッドの手に目がいった。きつく握りしめているせいで、指の節が白っぽくなっている。「いかがでしょう、よろしいですか？」

わたしに何ができるというの？　自分で自分をのっぴきならぬ状況に追いこんでしまった。

「ええ」

「ありがとうございます」ネッドは近づいて、上向けたリディアの顔を見下ろした。それを見て、彼の微笑から皮肉な表情が消えた。

リディアは押し黙ったまま見返した。みじめで、混乱していた。ネッドの表情が揺れ動く。彼はリディアの頰に息がかかるほど近づいてきて、空いているほうの手を上げた。まるで触れんばかりに。リディアは息をつめた。

「当然、我々としては手間を省いて――」

なんの手間を省くのかネッドが言う前に、生垣のほうからくすくす笑いが聞こえてきて会話が中断された。東の入口方面から、一人の娘が中央の空き地に転がり出てきたのだ。息せき切ってあとを追ってきたのは赤毛の若者で、はっと目を引くきれいな顔立ちをしている。

「ジェニー、お願いだ！　約束してくれたじゃないか、キスを！」若者が叫んだ。

ジェニー・ピックラーはまだ笑いながらくるりと回り、ネッドの姿に目をとめた。いつもながら完璧な装いだ。一方リディアは、ほどけた髪を肩に垂らしている。ドレスのスカート部分はあちこち破れて、汚れ放題だ。ジェニーはあんぐりと口を開けた。

「レディ……リディア？」

自分らしくない姿で一時間近くを過ごしたリディアはようやく威厳と落ち着きを取り戻した。「こんにちは、ミス・ピックラー」翼のような形をした濃い茶色の眉をつり上げ、当惑している若者を見やった。「こんにちは」

「マダム」若者は深くお辞儀をした。

「いいお天気ですわね？」

「ええ、レディ・リディア。本当ですわね」ジェニーは口ごもりながら答えた。

リディアは凜として輝くような笑みをつくった。心からの安堵をおぼえつつ、「それでは、ごきげんよう」と言うと、迷路の外に出ていった。

取り残されたネッドは、リディアが立ち去るのを見守った。ずたずたになったスカートをひるがえし、毅然として進むその姿は、いつもと変わらず堂々としていた。ネッドは後ろに回していた手を前に出し、それまで握りしめていたハンカチをなにげなく広げた。そこには血のしみがついていた。

「大佐、手が！」ジェニー・ピックラーが息をのんだ。「そのおけが、どうなさったんです？」

ネッドは振り返り、少女と、赤い顔をした若者の姿を認めた。

「えっ？　ああ。ある人に対する……友情を伝えたい気持ちを、必死で抑えなくてはならなかったものですから」

「友情？」ジェニー・ピックラーはくり返した。〝友情〟と言ったときのネッドの声に異様なものを感じ、その手のひらについた傷を見て、当惑していた。

「ええ。その感情を違う名で呼ぶ人もいるでしょうね——たとえば情熱とか。実は、敬愛するある女性に言われたのです、わたしが抱いている感情はそれとは違うのだと。でも、返す言葉がありませんでした」

「あの、大佐」ジェニー・ピックラーが言った。「意味がわからないのですが」

「そうでしょうね、ミス・ピックラー。彼女もわかってくれませんでした」ネッドは静かに言い、もじもじと体を動かしている若者に目をやった。「何をしてる、ピップ。クラヴァットをちゃんと直しなさい」

そしてジェニー・ピックラーに頭を下げると、ネッドはその場を立ち去った。

20

その夜、リディアは早めに床についたが、まんじりともしなかった。さまざまな思いに襲われて、心が揺れていた。ネッドと一緒の幸せな暮らしを選べば、社会から疎外され、孤独に耐えることになる。確かにリディアはこれまで、いつも勇気を持って生きてきた。不本意な現実も現実として認め、向き合う。自分の手に入るものでやりくりする、というより手に入るものを活かしていく。それでずっとやってきた。だが……。

落ち着いて眠れずに何度も寝返りを打つ。どうすればいい？　わたしは何を願っていたの？　自分でもまだわからなかった。ネッドの一家が破産寸前であるという事実にひどく動揺していた。

ロックトン家が資産家だと当然のように思いこんでいた。そして、ネッドに恋をした。好きにならずにいられなかった。自分があこがれ、尊敬するすべてのものをそなえた人だからだ。その高潔さは持って生まれたもので、あとから身につけたものではない。幅広い経験を持ち、立派な功績をあげている。その気取りのない、力強い男らしさ。ネッドはリディアの望む理想の男性だった……ただ、財産がないだけで。

リディアはベッドの上に身を起こし、毛布を体にしっかり巻きつけて、抱えた膝にあごをのせると、憤懣やるかたない気持ちで暗闇をにらんだ。財産がなくてもかまわないと、ネッドに言うべきだったのだろうか？　彼も同じ気持ちでいると期待して？　お金がなくてもいいというのは、嘘ではないのか？

たとえネッドが気持ちに応えて求婚してくれたとしても、どうすればよかったというの？友人、上流社会での地位、暮らしぶりなど、今まで築いてきたものをすべて投げ出せとでも？　召使や職人など、わたしに頼って暮らしている人たちを捨てろというの？　そういう者たちに対するリディアの気づかいはこじつけのようでもあったが、それなりの理由もあった。

今の生活を奪われたらどうやって生きていけばいいのか、リディアにはわからなかった。短いあいだではあったが、ウィルシャーで過ごした生活がそれを物語っている。疎外感と孤独感にさいなまれた。両親の死によって、自分を大切にしてくれる人を、世の中とのつながりを、すべて失ったのだと思い知らされた。だからこそ、エミリーの苦境を聞いて強く心を揺さぶられ、共感を呼びさまされたのだ。エレノアにロンドンへ連れてこられたあと、間に合わせの家族のような人間関係を築こうとやっきになったのもそのせいだ。

リディアはベッドに横向きに寝て体を丸めた。もし富や地位にこだわらずに結婚したとしたらどうなるだろう。多くのものを夫に頼らなくてはならなくなる。わたしが必要とする感情の絆、心の触れ合い、誰かに大切にされ、必要とされているという感覚、愛されているという感覚を持てるかどうかは、夫しだい。もしネッドがそれらを与えてくれなかったら？　チャイルド・スミスの言うようにネッドが、わたしが求める愛情を抱くことのできない人だったら、どうするの？

でも逆に、それができる人だったら？　リディアははっとした。その可能性を考えただけで心が躍る。だが理性がその思いを打ち消した。そんな賭けができるの？　いえ、賭けどころじゃない。求婚されたわけでもないのに。そうよ、ネッドはわたしと同様、果たすべき義務があり、責任がある。ネッドには資産家の妻、わたしには資産家の夫が必要なのだから、これ以上くよくよ考えても意味がない。

しばらくしてリディアはようやく浅い眠りについた。だがまもなく、何かを執拗に叩きつづける軽い音で目が覚めた。ひじをついて半分体を起こし、意識がもうろうとしたまま見まわすと、窓の外は真っ暗で、部屋も暗がりに包まれている。まだ夜は明けていない。

「レディ・リディア？」扉のすきまから小間使いのささやくような声がした。

「お入りなさい」リディアは言い、起き上がった。

扉が静かに開き、かつては大人数だった小間使いの中で最後に残った一人が入ってきた。ちゃんと服を着て小さなろうそくを手にしている。夜通し起きていたわけでないのは、三つ編みにして上げた髪の乱れを見ればわかった。

「どうしたの、ピーチ？」

「マーチランド夫人が下にいらしています。どうしてもお会いしたいそうで、居間でお待ちになっています」

サラが来ている？　リディアは床に脚を下ろした。ピーチが急いでベッドの足元に行き、部屋着《ガウン》を取って広げ、着せかける。

「大丈夫なの、サラは？」リディアは袖に手を通しながら訊いた。「今、何時？」

「五時半です。夫人は少し興奮していらっしゃるようですけれど、お体のほうは大丈夫だと思います」

リディアは髪を後ろで簡単にまとめ、急いで部屋を出た。胸騒ぎがする。こんな時間に訪ねてくるなんて、サラの身に何か大変なことが起こったにちがいない。

「ここでいいわ、ピーチ。下がってちょうだい」居間の戸口の前に着いてからリディアは言った。

小間使いは膝を曲げてお辞儀をし、立ち去った。リディアが扉を開けて中に入ると、サラが立っていた。手をウエストのところで組み、顔は不安そうだが目は輝いている。旅行に出るような装いをしていた。

「サラ、どうしたの？」

両腕を広げて駆け寄ってきたサラは、リディアの手を握り、一瞬、体を抱きしめた。そして冷えた暖炉の前に置かれた長椅子まで導いていき、自分も一緒に座って向き合った。「わたし、ジェラルドと別れることにしたの。これから、カルヴェッツリと一緒に大陸へ向けて発つつもり」サラは前置きもなく言った。

リディアはあっけにとられてサラを見た。まさか、聞き間違いよ。嘘でしょう。

「わかるわ」サラはリディアの心の声が聞こえたかのようにうなずいた。「さぞかし驚いたでしょう。なんとか駆け落ちをやめさせるよう、説き伏せるにはどうしたらいいか考えているのね。でも、そんなことしても無駄よ。わたしは行くわ」

「サラ、だめよ」

サラは悲しげに微笑んだ。「リディア。あなたに相談しようと思って来たわけじゃないのよ。駆け落ちについて知らせるためと」声が弱々しくなった。「さようならを言うために来たの」

さようなら、ですって。リディアはどきりとした。もしサラをこのまま行かせたら、それは二人が物理的に離れるだけでなく、越えられない壁をへだてて、二度と会えなくなる本当の別れを意味する。なぜならカルヴェッリ王子と駆け落ちすれば、社会ののけ者になるからだ。友人は誰も会ってくれなくなるばかりか、どこかで会っても知らないふりをするにきまっている。サラは囲われ者の娼婦か、ふしだらな女と同等に扱われるだろう。正気の沙汰ではない。

「サラ、今はのぼせ上がって、まともにものが考えられなくなっているだけでしょ」

「いいえ、正気よ。今までにないぐらいまともに考えてるわ。カルヴェッリといると幸せだし、彼を幸せにしてあげられるのはわたしだから」

「幸せですって」リディアは信じられないというようにくり返した。二、三カ月前、〝結婚するなら都合のいいときにどこかよそにいてくれる人がいい〟と助言した、同じ女性とは思えない言葉だった。「サラ、男性があなたを〝幸せ〟にしてくれたこと、今までに何度あった？　最後に幸せだったときはどのぐらい続いたかしら？」

サラの顔が赤らんだ。我ながら手厳しい言葉にリディアの胸は痛んだが、今はサラの気持ちを傷つけないようになどと気づかっている場合ではない。

「多くのものをあきらめることになるのよ、それを考えてみて」リディアは言いつのった。

サラはリディアをまっすぐに見た。「考えたわ。信じてくれないかもしれないけど、この一週間、それ以外に何も考えられなかったぐらいよ」

「一週間？」リディアはおうむ返しに言った。

「笑わないで。一週間って、わたしにとってはとても長い時間なのよ」サラは思いがけず威厳に満ちた態度で言った。「あなたは何があっても平然としているふりをしているけれど、わたしにはわかってるの。何か気になることがあると、それをあらゆる角度から考えて、悩んで、悩みぬいていることは」今度はリディアが、今夜の自分を思い出して赤くなる番だった。「あなたにしてみれば、一週間考えたところで熟考したとは言えないかもしれないわ。でも、わたしにとっては深くじっくり考えて、内省したことになるの」

そこでようやくサラは、リディアが愛してやまない、いつものいたずらっぽい笑みを見せた。だがそれも一瞬で、すぐに消えてしまった。「わたし、カルヴェッリを愛しているの。彼もわたしを愛してくれている。わたしたち、夫婦として一緒に暮らしたいと思っているのよ」

「でも、夫婦ではないでしょう」リディアは反論した。「あなたにはご主人がいるし、カルヴェッリ王子には奥さまがいるわ。それでもかまわないというなら、思い出してちょうだい。あなたには二人の子どもがいるじゃないの」

サラの顔が青ざめた。「子どもはジェラルドが引き取って育てているわ。あの人、わたしが子どもに会うのを拒否したのよ。あの子たちの道徳観に悪影響を及ぼすからですって」

リディアは、ジェラルド・マーチランドが子どもを引き取ったことは知っていた。だが、その選択には夫婦間の合意があったものと思いこんでいたので、まさかジェラルドが子どもを意図的にサラから遠ざけようとしたとは疑ってもみなかった。今、サラの引きつってこわばった顔を見ると、どうやらそういうことらしい。あまりにむごく理不尽な仕打ちに、リディアは愕然とした。当然ながらサラには、ジェラルドの決断をくつがえす手立てはまったくない。子どもは父親が責任を持って養育するものであり、父親の所有物なのだ。

「だからわたし、子どもはいないの。でも、運がよければ」サラは夢見るように言った。「いつかカルヴェッリの子どもを産めるかもしれないわ。彼が何よりもそれを望んでいるから」

リディアはサラの手に重ねていた自分の手を引っこめた。「でもジェラルドが希望すれば、その子どもも引き取れるのよ」法律でそう定められているのだ。

これを聞いたサラは唇をきっと結んだ。「ありえないわ。あの人、わたしのことなどなんとも思っていないから、そこまでして傷つけたりしないはず。子どもができても、奪われるおそれはないわ」

「お願いだから、自分に正直になって」リディアは懇願した。「つまらない浮気を、少女じみたロマンスに仕立てあげようとしているだけじゃないの。来月、来年にはどうなるか、考えてちょうだい。この恋が終わって、カルヴェッリ王子がイタリアへ帰国したら、あなたどこへ行くつもり？」

サラの表情は、頑固なまでにびくともしなかった。

「きっと、ジェラルドがあなたをどこかへ、物寂しい家へ追いやってしまうわ。今までずっと慣れ親しんできた上流社会には縁のない場所で、家族や友人と離れて暮らさなくてはならないのよ」話しながらリディアはぞっとした。これこそまさに、すべてを捨ててネッドと結婚した場合（実際には求婚されてはいないが）の自分の末路そのものではないか。そう思うとなおさら怖かった。

だが、そんなことを考えている暇はない。サラを説得して駆け落ちをあきらめさせなければならない。

サラがようやく口を開いた。意外にも、怒りも侮辱も感じていないらしい。急に疲れた表情になり、二四歳という実際の年齢よりずっと老けて見える。こんなサラを見たのは初めてだ。「わたし、賛成してもらいたくてここへ来たわけじゃないのよ、リディア。絶対に反対されるだろうと思っていたわ。ただ、自分の行動がどんな結果を生むか、あなたが考えるよりずっとよくわかっているつもりよ。現実的な道を選ぼうと思えば選べないわけじゃない。でも、そうしたくないの。もし今、カラヴェッリと一緒に行かなければ、これから毎日、後悔しながら生きていくことになるだろうから」口をはさもうとするリディアを、サラは手を上げて制した。「確かにあなたが指摘したとおりの状況になるかもしれない。でも、その程度の犠牲を払う覚悟はできているの。だから……」サラは一瞬目をそらしたあと、ふたたびリディアを見つめた。「賛成しないまでも、せめてわたしの幸せを願ってくれないかしら?」

リディアはサラの肩を抱きしめた。「ああ、サラ。もちろんわたしも、あなたにとって最善の結果を願っているわ。だからこそ、こんなばかなことをやめさせようと必死になっているのよ」

「だったら、最善の結果なんか望まなくていいわ」サラはつぶやき、抱擁を返した。「わたしの幸せだけを願って」

「そのふたつは切り離せないわ」

「わたしにとっては別々のものよ」サラは穏やかに言った。

こんなに落ち着いて、考え深げなサラは初めてだった。リディアはその肩をつかみ、彼女の顔をじっと見つめてきっぱりと言った。「あなたが行こうとしているのは、幸せにつながる道じゃないわ」

「たぶん違うでしょうね。でも、ひとつの道ではあるわ。わたしは今までずっと同じ場所に立って、方向も何もわからずにあたりを見まわしていただけだった。一本でも道が見つかるなんて、思ってもみなかったのよ」サラは立ち上がった。「さあ、わたしの幸せを願ってちょうだい」

リディアも立ってサラの腕に手をかけた。「サラ、大切な親友だからこそ引き止めようとしているのに、幸せを願うなんてできると思う？　こんなの、自滅じゃないの」

「行かせてあげなさい、リディア」戸口で声がした。

リディアが振り向くと、エミリーが廊下の、ろうそくの光が届かないところに立っていた。肌をあらわにした姿で、丸い肩にショールをはおっている。頭にかぶったナイトキャップがやや斜めに傾いている。

「エミリー」味方が現れたとばかりに勢いこんでリディアは言った。「あなたも一緒に説得してちょうだい、この人を――」

「行かせてあげなさい。お別れを言って、旅立たせてあげなくてはいけないわ」エミリーがさえぎった。その声には運命を受け入れるような重みがあった。「サラはもう心を決めているのだから」

思いがけない言葉だったが、今はなぜだろうなどと考えている場合ではない。リディアはサラに向き直り、「エレノアとは話したの？」と訊いた。

サラは笑い出した。「うんざりするほど。やっぱり同じように、必死でわたしを説き伏せにかかったわ。あの人の結婚生活を考えたら、もっと理解がありそうなものなのにね」

サラの視線はリディアを通り越し、悲しげな顔の小さな幽霊のような姿で立っているエミリーに向けられた。「あなたはわかってくれるわよね？」

エミリーはうなずいた。「ええ」

リディアは自分だけが仲間はずれにされたようで、戸惑っていた。二人の友人が、突然見知らぬ人、理解しがたい人になったかのごとく感じられる。

エミリーの言葉を聞いたサラの顔に、一瞬だけ微笑みが浮かんだ。

「どうかお幸せに、サラ」急に寒気を感じたのか、エミリーはショールの前をしっかりかきあわせた。

サラはうなずき、リディアのほうを向いた。「あなたも、わたしの幸せを願ってくれる？」

「でも、またそのうち会えるでしょう？」リディアは引き下がらなかった。

「もちろんよ」サラは明るい声で答え、手を差しのべてリディアの両手を包みこんだ。「ただし、同じ立場ではないけれどね」サラはエミリーのほうをちらりと見やった。そのとき、まるで体が痛むような喪失感とともに、リディアは自分の言葉がいかに世間知らずだったかを悟り、サラがいかに再会を安請け合いしたかに思いいたった。

もう会えなくなる。サラは深い友情から、リディアの評判が傷つくことを恐れて、もう二度と会うつもりはないのだ。

「サラ……」

「もういいわ、リディア。わたしたち、いつまでも友だちよね。わたしの幸せを願ってちょうだい」サラはきっぱりと言った。

言われたとおりにするしかなかった。「サラ、好きよ」リディアは押し殺した声で言った。「あなたが最高の幸せを手に入れられるよう、願っているわ」

サラは目をしばたたき、咳払いをして、リディアの手を放すと、陽気な笑顔をつくった。「もう行くわ」すばやく振り返り、長椅子の上に置いておいたハンドバッグを取り上げる。「心配しないで。大丈夫よ。じゃあ、さようなら」

サラは一度も立ち止まらず、振り返りもせずに急ぎ足で戸口を抜け、暗闇の中へ消えていった。

リディアは長椅子に力なくもたれかかったまま、サラの出ていったあとを見つめていた。

「リディア、何を言っても、サラの決心は変わらなかったはずよ」エミリーがそう言いながら、足を引きずるようにして部屋に入ってきた。

そうだわ。リディアは客観的な、それでいてむなしい事実に思いあたった。エミリーがサラに共感したわけがわかった。二人とも、悲惨な結婚生活を経験しているからだ。サラはその生活から逃げるために行動を起こした。エミリーも、できるものならそうしたかったことだろう。

「サラは幸せになるかしら？」リディアはつぶやいた。「幸せになれるかしら？」

「しばらくのあいだはね」エミリーは静かに答えた。「世の中には、幸せの割り当てが少ししかない人もいるわ」リディアをちらりと見て言う。「だから彼らはほんの少しの幸せでも味わいたくて、それに賭けるのね。一方、幸せになる機会をたくさん与えられているのにそれを無駄にする人もいる。そんな人こそ、哀れむべきなんでしょうね」

わたしはそうはならない。リディアは思った。わたしは自分がいかに恵まれているかを知っている。神が微笑んでくださっているのがわかっている。だから、与えられた幸せを無駄にしてまで、まぼろしのように淡い希望や夢を追いかけたりはしない。

でも、だとしたらなぜ、エミリーは痛ましげな目でわたしを見ているのだろう?

21

ネッドが借りているタウンハウスに帰りついたとき、夜明けまでまだだいぶ間があった。玄関を入ると、従僕が扉のそばの長椅子にだらしなくもたれかかって眠りこんでいた。ネッドが予定を知らせておかなかったので、哀れな従僕はほぼ夜通し起きているはめになったのだろう。

午後から夕方、夜にかけてロンドン市内をさまよい歩くうちに、ネッドはいつのまにか東部の埠頭にたどりついた。近くにある聖ジョージ大聖堂が、夜明け前の暗がりの中、黒々とした方尖塔《オベリスク》のごとくそびえていた。ネッドは川のほとりへ下りていき、泥の中から売れる物を探す人々が干潮をねらって作業するのを眺めた。浅瀬でランタンの明かりが揺れるさまは、まるで蛍の群れのようだった。それでもネッドは気が休まらず、歩きつづけても求める答えが得られないだろうと、けっきょくセント・ジェームズ広場のタウンハウスに戻ることにしたのだ。

従僕を足でそっとこづいて起こしてから、廊下へ向かった。若者が飛び起きるのを待って、肩越しに言う。「コーヒーをくれ」

「はいただいま、旦那さま！」

書斎へ入り、クラヴァットを乱暴にはずして椅子の背もたれにかけた。上着を脱ぎ、せかせかと窓のそばへ行くと、そこで答えが見つかると信じているかのように外をぼんやりと眺める。

ネッドは戦争中の五年間、大佐として船の指揮をとり、三六回の戦闘に出撃した。戦略会議に出て述べた意見は、海軍本部に尊重された。冷静沈着さ、高い知能、鋭い直感力で知られていた。それにもかかわらず、リディアの心を射止めるという戦いに関して言えば、どう進めればいいのか、あるいは進めていいものか、途方にくれるばかりだった。

あのとき〝愛している、財産のあるなしは関係ない〟と告白していたら、リディアは驚いてその言葉を疑い、礼儀としての告白だと思ったにちがいない。リディアの発言（そしてネッドが友人関係に甘んじるだろうという確信）から解釈するに、彼女はネッドの〝熱い思い〟がそれほど熱くなく、生ぬるいと判断したらしい。

視線を落としたネッドの唇がこわばった。リディアを抱きしめて、生ぬるいと言われたその情熱のあかしを見せたいという欲望を抑えるために、ネッドはあのいまいましいブナの木の大枝をきつく握りしめていた。それが突然折れて、手のひらに刺さってしまったわけだが、そのときは気づかなかった。

こわばった笑みが急にやわらいだ。迷路の中で見た、豊かな濃茶色の髪を肩に垂らしたリディア、巻き毛に木の葉をからませ、すみれ色の目を生き生きと輝かせていたリディアの、なんときれいだったことか。この女《ひと》は格好を気にしないときが一番美しい、とネッドは思う。だがそう言っても、やはり信じてもらえないだろう。

「それでもわたしたち、お友だちでいられますわよね?」

何気ない問いかけだが、考えるだにつらい言葉だった。友人以上の存在にはなれない。だがネッドは、リディアと友人でいることを拒否できなかった。心臓に動くなと命令できないのと同じだ。それでネッドは友人らしくその場にとどまり、リディアの話を驚愕しながら聞いた。友情のしるしとして、財産つきの花嫁を探してくれようというのだ。

衝撃だった。次に、怒りが湧いてきた。自分は、花嫁探しを人に手伝ってもらわなければならないほど覇気のない男だと思われたのだろうか。あのキスで、リディアは何も感じなかったというのか? わたしがどれほどの自制心を働かせて情熱を抑えなければならなかったか、気づかなかったのか? わたしが人にキスしておいて、次の瞬間、その人に結婚相手探しを手伝ってもらうことに同意するような男だと、本気で思っているのか?

しかし、ネッドが強い非難の言葉を返そうとしてあのすみれ色の目を見すえたとき、リディアが声や態度、表情に出ないよう必死に隠そうとしているものの影がよぎった。その瞬間、ネッドは理解した。あんな無神経な申し出をしたのは、リディアが何かよほど強い感情に押しつぶされそうになったからにちがいない、と。そう考えると、かすかな希望が湧いてくる。もしかするとリディアはこちらの気持ちに応えてくれるかもしれない。

だが、これからどうする?

今さら結婚を申し込んだとしても、リディアは承諾しないだろう。これまでと同じような生活を営めるだけの財力を持った夫が必要だと、明言しているのだから。たとえ説得してうんと言わせたとしても……いや、説得すべきだろうか？　無一文の元海軍大佐の妻が、幸せになれるのか？

心の中で思い描くイメージが、ネッドをますます混乱させた。絹のドレスを身にまとい、ダイヤモンドを首や手首に飾ったリディア。誰かとワルツを踊ったり、しゃれを言い合ったりするその瞳は宝石のごとくきらめいている。つねに称賛され、真似され、人を引きつけてやまない存在。そんな彼女に、なじみのある世界を捨てて、未知の人生をともに歩んでほしいと頼める権利が自分にあるだろうか？

ネッドは手で髪をかきあげた。さらに、自分が果たさなければならない責任と義務の問題もある。我が家であり、幾世代にもわたって受け継がれてきたロックトン家の拠点、〈ジョステン館〉だ。この館がなくなったら、ロックトン家はどうなるのか？

「旦那さま？」従僕の声がして、ネッドはびくりとして我に返った。

「入りなさい」

従僕が先ほど頼まれたコーヒーの盆を手に、後ろ向きに入ってきた。盆をテーブルに置き、明かりをつけたあと戻ってきて、軽く礼をしながら一枚の封筒を差し出した。

「昨日の午後、旦那さまが家を出られたあとに届いたものです。お返事が欲しいということで、配達人が真夜中まで待っていました」

「ありがとう」ネッドは封筒を受け取り、封を切った。「もう下がっていいよ」

「では、失礼いたします」従僕の声とともに扉が静かに閉まった。

中に入った手紙を読みはじめると、ネッドの顔に表れたもどかしさは憤慨に変わった。

ロックトン大佐
きみと、きみの家族に対する尊敬の念から、お知らせしておきたいことがあります。甥御さんのハロルド・ロックトン卿が昨夜、エルスワース・トウィードに、名誉を賭けた決闘を申し込みました。二人は今日の夜明け、プリムローズ・ヒルで対決します。フィリップ・ヒックストン・タブズ氏がロックトン卿の介添人になるとのことです。率直に申し上げてこの決闘に名誉を賭ける意味などありません。悲劇的な結果になるのは目に見えています。思い直すよう二人の説得につとめましたが、無駄でした。
敬具
ジョージ・ボートン

ネッドは手紙を丸めて握りつぶし、暖炉の中に投げ入れると、上着をひっつかんで袖を通し、炉棚《マントルピース》の上の時計を見た。四時一五分。馬を全速力で走らせればなんとか間に合うはずだ。

椅子の背もたれにかけてあったクラヴァットを取り上げ、馬小屋へ向かった。

ほのかな光が、こぼれたワインのように東側の斜面に広がりつつあった。桜草の丘《プリムローズ・ヒル》という美しい名にもかかわらず、丘は霧が立ちこめ、風が吹きすさぶ荒れ野で、悲劇の舞台にふさわしく思えた。草はまばらで、斜面には木もなく、低い茂みが点在するだけ。数頭の羊がいたが、今朝その住みかに侵入してきたのは、馬に乗った数人の男とそれに続く一台の馬車だった。

ネッドは上り坂になった道の曲がり角に馬をつけ、見下ろした。馬車が止まった。不安は消え、腹立たしさに取って代わっていた。愚か者めが。二人にもしものことがあれば、ナディンとベアトリスは二度と立ち直れないかもしれない。

ネッドは膝で合図して馬を進めた。ハリー（明るい金髪で遠くからでも見分けがついた）が馬から下り、停まっている馬車の反対側に消えた。トウィードも馬から下りて、脱いだ上着を仲間に放り投げた。彼にはもったいないほどの友情を発揮して今さらながらに引き止める友人の手を振り切り、大またで歩いていく。その間、フィリップのそばにもう一人の若者がやってきた。二人はフィリップが馬車の中から取り出した箱の上に身を乗り出している。ボートンが馬車の扉の前に立ち、心配そうに中にいる誰かに話しかけた。

フィリップとトウィード側の介添人が銃に弾をこめ終わったころ、ちょうど到着したネッドは近づいていった。顔を上げ、不安げにこちらを見る二人。これが決闘の関係者を逮捕しに来た治安判事だったら、むしろほっとしたことだろう。

「おはよう、ピップ」ネッドは丁寧に挨拶し、馬から下りて、そばにいた御者に手綱を渡した。革の乗馬用手袋を脱ぎ、太ももに叩きつけたあとベルトにはさむ。「最近、ずいぶんと勤勉だな。モロー迷路で見かけたばかりなのに、今度はここにお出ましか」

フィリップは魚のようにぽかんと口を開けてネッドを見た。この顔つきではジェニー・ピックラーに気に入られるのは無理だろう。

「やあ、ボートン」ネッドは友人にも声をかけた。「ハリーはどこへ行った？」

「おじさん、ここへ何しに来たんです？」フィリップがようやく立ち直って訊いた。

「もちろん、決闘のために来たのさ」

ネッドがあたりを見まわし、ハリーの姿を探していると、馬車の側面から白髪頭がのぞいているのに気づいた。決闘に立ち会う外科医にちがいない。

「ちょっと失礼する」ネッドはそう言うと馬車の反対側へ回った。そこでは予想どおり、ハリーが体をふたつに折って草の上に吐いている。胃の弱い子で、血の話をしただけで気分が悪くなるのだから無理もない。

「やあ、ハリー」ネッドは穏やかに呼びかけた。

顔を上げたハリーの目がまん丸になった。かと思うとすぐに体を折り曲げ、晩に食べたものをさらにもどした。ハンカチを口に当て、ふらふらしながらもがんばって体を起こした。まったく、救いがたい大酒飲みめ。

「おじさん、なんてことするんだ」ハリーは怒りをこめて言った。「ネッドおじさんのせいで、ほら、見てくださいよ」自分のブーツを指さす。「ブーツが吐いたもので汚れてたんじゃ、決闘できないじゃないか。ハンカチか何かくださいよ、それで拭くから」

ネッドは目を見張った。ハリーは昔からおじであるネッドにはそれなりに敬意を表していた。だが今の言いようは、父親の横柄な口調そっくりだ。そういう性格をジョステンから受け継いでいるとすれば困ったことだ。

ネッドは襟元からクラヴァットを引き抜き、ハリーに向かって投げた。甥は片膝をついてせっせとブーツを拭きはじめた。

「おじさん、こんなところで何をしてるんです?」ハリーは恨めしげに訊いた。

「親族として関わり合う権利を行使しているのさ」ネッドは答えた。「わたしも同じことを訊こうと思っていたんだ。ハリー、ここで何をしている?」

ハリーは目を上げた。その濃い青の目が激しい感情で険しくなった。

「一家の名誉を守っているんです。おじさんはそういうことに無関心みたいだから」

おやおや。こんな情けない事態を引き起こしたくせに、わたしを責めようというのか。

「なるほど。で、トウィードにどんな侮辱を受けたんだね?」

その問いにハリーは顔を真っ赤にしてうつむき、口ごもりながら何か言った。

「失礼。砲撃音の聞きすぎで耳が遠くなったのかな。今なんて言った?」

ハリーは顔を上げた。目をぎらぎらさせている。「トウィードのやつ、ぼくの犬が女男だってぬかしたんだ」

めったに動じることのないネッドだが、今度ばかりは仰天した。一瞬、からかわれているのかと思ったが、憤りをあらわにした甥の表情は真剣そのものだ。

ネッドは咳払いをした。「どうもよくわからないんだが、そうなると、おまえが守ろうとしているのは犬の名誉じゃないのか？」

ハリーはブーツをきれいに拭き終えて立ち上がると、汚れたクラヴァットを地面に投げ捨てた。「犬というのは、トウィードが我々一家の名誉を傷つけるために使った比喩ですよ」

「比喩だって？」ネッドは比喩そのものよりも、この甥が比喩という言葉を知っていたことのほうに感心した。トウィードが比喩をうまく使えるとは思えないだけに、なおさらだ。

「そうにきまってるでしょう！」ハリーは爆発した。「ぼくは犬なんか飼ってないんだから」

「そうか」どうやらネッドの思い違いらしい。

「それにやつは、犬の名は大佐《キャプテン》だって言ったんですよ」

ネッドは大声で笑い出した。笑わずにはいられなかった。ハリーの顔は赤から紫に変わり、唇を真一文字にきつく結んでいる。

「女男と呼ばれて面白がるとは、めでたい人ですね、おじさんも」ハリーは冷ややかに言った。

ネッドは必死に笑いを噛み殺した。「いや……すまなかった。あんまりばかばかしくてね。ハリー、どうしてそんなに簡単にあやつられてしまうんだ？ そんなつまらないことでかっとなって」

ネッドは甥に、この決闘がいかに意味のないものか悟らせてやるつもりだった。しかしハリーの顔を見ると、むしろ侮辱だと感じさせてしまったようだ。

「ネッドおじさんは今回のことには関係ない」ハリーはかたくなに言った。「だから決闘が始まる前に帰ってください」

「あいにく、それはできかねる。傍観しているわけにはいかないよ。そのせいで、可愛い息子の髪一本でも傷ついたりしたら、わたしがお母さんに殺される。首が盆にのせられて差し出されるはめになるからね」

「でも、もうどうにかしようとしたって無駄ですよ。ぼくはやつを撃ち――」自分の言葉でまた気持ちが悪くなったらしい。「くそっ！」

ネッドはそれ以上口論するのをやめ、軽く礼をして引き下がった。ハリーはもう片方のブーツの汚れを拭き取っている。ネッドのいらだちは、本物の怒りに変わりつつあった。ハリーが決闘用の拳銃の銃身を見下ろして小便をもらすまで放っておいたほうが、本人のためにはよっぽどいいと思いはじめていた。そのぐらいの目にあわせておけば、トウィードのようなごろつきにいいようにあやつられなくなるだろうからだ。

トウィードめ。ネッドは目を細めた。やつの敵意の矛先はハリーではなく、ネッドだ。甥を通じて間接的に傷つける。ネッドにとってはそのほうが、犬と呼ばれたり、カードゲームでいかさまをしたと言われたりするよりこたえるからだ。

フィリップとトウィード側の介添人が目を光らせて警戒している。ネッドは介添人たちを無視して、ボートンについてくるよう身ぶりで合図した。トウィード側の介添人が二人の後ろに続いたので、フィリップもそのあとを追おうとした。だがネッドが振り返り、ひとにらみして甥の前進を阻んだ。

「ピップ、自分の身が可愛いのならここに残って、ハリーをできるだけ長く馬車の向こうにいさせるんだ」ついに怒りをあらわにしたネッドはうなるように言った。「見たこともないようなむごたらしい傷について、微に入り細にうがって話してやれ」

「えっ――ああ」フィリップは理解したらしく、顔を赤くして答えた。

ネッドはトウィードが立っているところへ向かった。片手のこぶしを無造作に腰に当て、背中をかすかにそらし、胸を張っている。たくましい体だ。「おはよう、トウィード」

「ロックトン」トウィードはあざけるように鼻腔を広げて答えた。

ネッドは微笑んだ。「今日もまた、肌寒い一日になりそうだ。もうすぐ七月とは信じられないぐらいだな、霜が降りたりして」

「そうか、甥のロックトンは決闘の申し込みを取り下げたわけだな？　まあ、意外ではないがね。しかし知らせを伝えるなら、ヒックストン・タブズが来るべきだったんじゃ――」

「いや、違う」ネッドは穏やかに言った。「あいにくハリーは申し込みを取り下げるつもりはないそうだ。きみのほうこそ、謝罪したらどうだね。いやか？　そうじゃないかと思っていたよ」ため息をつき、上着を脱ぎはじめた。

「何をしているんだ？」トウィードの顔から人を小ばかにしたような冷笑が消えて、驚きの表情になった。

「決闘の準備をしているのさ」ネッドは答え、上着を脱いで準備体操をするように肩を回した。そして、仰天したようすのトウィードの仲間に上着を渡し、「これ、預かっておいてくれるか？　着たままだと背中がきつくてね」と頼んだ。

「あんたと決闘するつもりはない」とトウィード。

「謝罪しないのなら、悪いがほかに道はないな」ネッドは静かに言った。「きみのためを思って、親切心から言っているんだよ」

「ぼくのため？　親切心だって？　いったい何のつもりだ、ロックトン？」

「ハリーは」ネッドはシャツの袖をまくり上げながら答えた。「まだ二一歳になっていない。未成年に決闘の申し込みをすることは法で禁止されている。実はあの子は、二〇歳にもなっていないんだがね」

「決闘自体が法で禁止されているじゃないか」トウィードの仲間が言った。

「確かにそうだ。しかし、誰でも知っているように、紳士どうしの果たし合いとなると黙認される場合も多い。ただし、たとえば少年との決闘など、紳士にあるまじき行為が発覚した場合には、司法も許しはしないぞ。法廷で裁かれることになる」

トウィードはネッドをにらみつけながら、面目を保つにはどうすればいいか模索していた。

「実際、それ以外にやりようがないだろう？」ネッドはトウィードの仲間を振り返って訊いた。「なぜかといえば、パブリックスクールで起きるいざこざの決着をつけるのに銃弾の使用を許したら、イートン、ハロー、ラグビー各校は生徒の死体だらけになるからだよ」

ボートンが笑い出した。ほかの男たちも（トウィードをのぞいて）、なるほどと言わんばかりに冷笑した。名誉を賭けた戦いを、子どものけんかも同然だとネッドに一刀両断されて、トウィードの顔が怒りでどす黒くなった。

「さてトウィード、どうする？　謝罪するか、それとも歩数を数えはじめるか？」

「謝罪は、しない」

ネッドもそれは期待していなかった。ハリーが出てくる前に事を終わらせたかった。

「ボートン、介添人をつとめてくれ。さっさと片づけよう」

急ぐ必要があるのを理解しているボートンは短くうなずき、トウィードの介添人の腕をつかむと、少し離れたところに引っぱっていって決闘の進め方の詳細を打ち合わせた。

「いい馬だな」ネッドはトウィードの去勢馬をあごで示し、気さくに話しかけた。

トウィードはうなり声で応え、大またで仲間のいるところへ戻っていった。つかのま一人になったネッドは、明るくなりつつある地平線を目をこらして眺めると、無意識のうちに自らの行動を打ち消すように頭を振った。どの判断基準に照らしても、この決闘に関わるのは無謀としか言いようがない。

誰を憎めばいいのか、わからなくなっていた――ろくでなしの甥たちを利用して、思いこみにすぎない恨みを晴らそうとするトウィードが憎いのか、トウィードのたくらみにやすやすとはまってしまう情けない甥たちが憎いのか。今となってはどちらでも同じだった。ネッドは、自分をキャプテンという名の（存在してもいない）犬にたとえた無作法きわまりない輩、お門違いの恨みを抱いた悪党のために、命を危険にさらしている。

くそくらえ。この一五年間、価値ある目的に対して忠誠を尽くし、義務を果たし、犠牲を払って戦いの中で生きてきた。だが今回のように、つまらない罵詈雑言にすぎないものを目的にしたらどうなる？　そんなものを自由、解放、正義の理想と同列に置いたら、その理想が安っぽく見えないだろうか？

それ以上に耐えられないのは、酒浸りで浪費家の若者二人のためにリディアを愛する気持ちを犠牲にして、その愛まで安っぽく、品のないものにすることだ。ロックトン家の破産は、ネッド一人の努力によって一年ぐらい食い止められるかもしれない。家族に頼まれたように財産持ちの花嫁と結婚すれば、一〇年、二〇年のあいだ、破綻を避けられるかもしれない。しかし最終的には、何がどうなろうと、〈ジョステン館〉とロックトン家の存続の鍵を握るのはネッドではない。あの生意気な若者たちなのだ。

ネッドはリディアを愛している。豊かであろうが貧しかろうが、男爵の娘であろうがフランス亡命者の姪であろうが、関係ない。愛しているから、自分のものにできるのであればどんなことでもする覚悟がある。ネッドはこれまで、果たすべき義務と責任を果たし、他人のために自分の欲求を抑えて生きてきた。そんな人生は、もうやめだ。

この決断の一番いいところは、ほかに選択肢がないことだ。心の命ずるままに行動しようとしている今、ほかの判断基準は大して重要でなくなっていた。リディアを手に入れなくてはならない。自分の思いがどんなに強く深いかをわかってもらわなければならない。その機会を得る前に死んだら、あの世から戻ってきて甥たちも一緒に地獄へ引きずりこんでやる。

「大佐」ボートンの声がネッドを現実に引き戻した。「条件の合意がとれた。二五歩進んだところで、二発ずつ撃つことになった」

「二発？　犬の名前ごときのために？」ネッドは苦々しげに言った。

「トウィードの介添人は三発にしようと言い張ったんだ。ほかの者に反対されて、やつも譲歩したし、ぼく自身も決闘しなくてすんだんだからな」

ネッドはボートンの肩を叩いた。「そうか。よくやった」

「ひとつ頼んでおきたいんだが」ボートンは不安そうに言った。「きみが勝って生き残ったら、ぼくがこの件に関わったことはメアリに知らせないでくれ。知られたら、生皮を剝がれてしまう！」

ネッドは微笑んだ。「了解だ。さあ、ハリーを巻き込まないうちに早くすませてしまおう」

ボートンに渡された拳銃を手にしたネッドは、介添人とともに待つトウィードと相対した。介添人は決闘の方法について指示を与えたあと、すぐに退いた。これでネッドとトウィードは、互いに背を向けて二五歩歩くことになる。

歩くネッドの膝下を霧が流れている。夜明けを迎えた今も地平線に太陽の輝きは見えず、あたりがほのかに明るくなっただけで、陰鬱な一日になりそうだった。冷気の中で吐く息が白い。ネッドは二五歩を歩き、振り向いた。かすかな暁の光の下でも、トウィードの顔に玉のような汗が浮いているのがわかる。馬がいななないた。誰かが咳をした。

「二人とも、用意はよろしいか？」トウィードの介添人が声を張り上げた。

「はい」

「はい」

ネッドは深く息を吸いこんだ。心の中では愛しい女《ひと》を思い描いていた。つややかな濃茶色の髪、目尻の上がったすみれ色の瞳、喜びになごむ目元、サクランボのような唇に浮かぶ微笑み――。

「構え！」

二人は拳銃を構えた。

「始め！」

トウィードがすかさず発砲した。

それに反応して筋肉が盛り上がったが、ネッドはひるまずに待った。撃たれたとしたらどこかに痛みが生じるはずだ。人の体は悪い知らせをすぐに頭に伝えるとはかぎらないことを経験で学んで知っていた。だが痛みは訪れなかった。ふう、と大きく息を吐き出す。銃の照準を、真っ青な顔をしているトウィードに合わせた。

「一、二、三」ボートンの声が響いた。「撃て」

ネッドは腕を空に高く上げて撃った。発砲音とともに、怒りに息をのむ音と反発のつぶやきが人々のあいだからもれた。

「空に向けて撃ったぞ！」

「恥知らずな！」

「侮辱だ！」

空中に向けて銃を撃ったのは、決闘の相手が自分の死や負傷に値しないことを表す行為だ。トウィードはこれを自らの名誉を傷つける侮辱とみなし、一歩前に踏み出したが、介添人の声でその場にとどまった。

「二回目の射撃の用意！」

二人は撃鉄を起こし、二発目の準備をして合図を待った。しかし激情にかられたトウィードは合図より先に腕を上げ、発砲した。

あとで思い返してみると、ネッドが受けた銃撃と感覚のあいだにはほとんど時差がなかった。弾がこめかみを切り裂くようにかすり、ネッドは衝撃でよろめいた。頬を血がつたって流れる。

合図を待たずに撃ったトウィードに対し、空中に向けて発砲したネッドへの反感よりもさらに強い非難の声があがった。

トウィードは動かない。自信過剰も大したものだ、とネッドは思った。ところがトウィードはその場で震えていた。弾倉が空になった拳銃を持った手をわきに垂らし、顔は衝撃や恥辱というより卒中でも起こしたかのようにゆがんでいる。血を失ったせいか、ネッドは頭がくらくらしはじめていた。なんということだ。こいつはわたしが死ななかったことを悔しがっている。

「撃て！」トウィードが叫んだ。

ネッドは震える腕を上げ、深呼吸して、姿勢をしっかり保とうとした。銃身を見下ろす。今、決着をつけようと思えばできる。自分だけでなく、甥たちのためにも。相手を殺してしまったとしても、罪に問われることはないだろう。

しかしネッドは、自分の都合のために人命を粗末にするつもりはなかった。腕を下ろし、拳銃を地面に放り投げた。

怒り心頭に発したトウィードが突進してこようとしたが、まわりの仲間に止められた。不名誉な事態にならないうちにこの場から連れ出す気だろう。ネッドの耳に、遠くのほうでハリーが何か叫んでいるのが聞こえた。地面がふくれ上がって見え、呑みこまれてしまいそうだ。

今夜はリディアに会えないだろうな、とネッドは思った。

次の瞬間、目の前が真っ暗になった。

22

一八一六年　七月

「しかしマダム、スペンサー伯の仮面舞踏会でしょう。誰に扮するのか教えていただかなければ、どんな生地を買うべきか助言できないじゃありませんか？」チャイルド・スミスが言った。

リディアはスミスに付き添われてカヴェンディッシュ広場の仕立屋へ来ていた。ミス・ウォルターという女主人の作る服は華やかで、手の込んだ仕立てで知られる。予約を入れて、出かけようとしていたところへ、ちょうどスミスがやってきたので、見立てをしてもらおうと同行を頼んだのだ。確かにスミスは目利きだった。

「教えられませんわ。皆さんを驚かせたいんですもの。金色をふんだんに使った衣装、とだけ言っておきましょう」

「レース？　絹？　サテン？　モスリン？　網織物ですか？」

「そんなところです」

「これはまいったなあ」スミスは陳列棚の前にいる人たちに聞こえるように言った。反物やヤード単位の布地を見ていた数人の女性が振り返り、忍び笑いをする。スミスは丁寧にお辞儀をした。「しかたがない。あちらにあるレースを見ながら、あなたが誰に扮するつもりか探りましょう。当てられなかったら、きれいな金の透かし細工の扇でも贈りますよ」

スミスはほがらかな笑みを見せ、店内の一角に向かってぶらぶらと歩いていった。

リディアは思った。今朝のチャイルド・スミスは実にさっそうとしている。前すそを斜めに裁ち落とした濃い藍色のフロックコート。格好よく乱した巻き毛の黒髪にシルクハットをかぶり、黄色い南京木綿の長ズボンを房飾りつきのヘッセン・ブーツに入れたその姿は、洗練された装いの見本のようだ。銀製の柄のついたステッキを手にし、水色と乳白色の縞模様のベストに懐中時計用の真っ赤な鎖をつけているところなど、優雅ささえ感じさせる。

スミスは完璧な伊達男に見えるだけでなく、その役割を完璧にこなしていた。おどけたところを見せながらも気配りがあり、しつこくつきまとったりしない。誰からであれ、情熱的に迫られたくないリディアにとってはありがたい。一緒にいて楽な相手だった。自分と同じものに価値を見出し、共通の友人や知人がいる。スミスに足りないのは高貴な血統だけで、それこそリディアが与えることのできるものだった。

スミスは立派な紳士だ。ただ、気取りすぎてきざったらしいと言う人もある。でも、気取るのを好み、気取るのが当たり前の世界に生きてきたわたしに、文句が言えるだろうか？好ましい条件に加えて、スミスは裕福でもあった。そのうえ、大富豪の祖父の存命中に結婚すれば、巨万の富を相続できる。

だが、それほど完璧な花婿候補でありながら、嘆かわしいことに、リディアの胸はときめかなかった。最近のスミスの言動を見れば、求婚しようとしているのは疑いようがない。リディアが最後にネッドと会い、お互いにふさわしい資産家の結婚相手を見つけるという、悪魔に魂を売る取引をして以来のことだ。

〝資産家〟という条件を忘れてはいけないわね、とリディアはあらためて皮肉っぽく考えた。夫を選ぶに当たって、それが唯一の絶対必要条件であることは明らかだった。その条件にかなった相手はすでに見つかっていた。少なくとも自分に〝ふさわしい〟男性が。

ああ、ネッドが恋しい。

リディアの胸は切ない思いでいっぱいになり、唇がゆがんだ。人に見られてどうかしたのかと思われてはならないと、顔をそむける……だが実際、どうかしてしまいそうだった。ネッドにもう二週間以上も会っていない。どこにいるかも、何を考えているかもわからない。彼の友人や知人も居所を知らないようだし、まだロンドンにいるのかどうかも不明だった。

何日か前、決闘の噂を聞いたとき、リディアは恐ろしさに心臓が止まりそうになった。一刻も早くようすを知らせてくれるようにとネッドのタウンハウスに手紙を送ると、丁寧な返事が来た。手紙の中で自分は大丈夫だから安心してほしい、人から大げさな噂話を聞いても額面どおりに受け取らないように、と忠告していた。その例として、自分は以前、リディアが美肌効果を求めて牛乳風呂に入っているとか、蝶の羽だけで作ったドレスを持っているとかいう、とんでもない記事を読んだことがあると書いていた。

リディアは声をあげて笑った。優しくからかう調子の手紙に、喜びと安堵の気持ちが湧いた。親しみのこもった心温まる言葉に触れて、ネッドがますます恋しくなった。だがそれ以来、音沙汰がない。そして先週、〈ジョステン館〉の主、ロックトン家が困窮しているらしいという噂を初めて聞いた。数日後、ジョステン伯爵が所有する競走馬を厩舎ごと売却する交渉に入ったという話を人から聞いた。

きっとそれが、ネッドが姿を消したことと関係があるのだろう。もしかしたらブライトンで花嫁探しをしているのかしら。考えただけで胸が痛んだ。理由がなんであれ、行き先がどこであれ、ネッドの不在でリディアの心にぽっかりと空いた穴は埋まらなかった。その状態にいっこうに慣れない。胸の痛みは日を追うごとに深く、鋭くなっていった。

そして、結婚して借金を返済する必要も日ごとに増していった。

先週ターウィリガーと話したとき、経済的にこれだけ逼迫しているのに、どうするつもりかと問いただされた。リディアの事業の財政状態に対する疑いが初めてささやかれだしたらしい。

その二日前、ターウィリガーはある紳士に、イーストレイク船団はすでに帰港予定日を過ぎているのではないかと尋ねられたという。リディアは、これ以上状況を悪化させないためにも借金を重ねないように、とターウィリガーに釘をさされた。

そうなるとわたしは、買い物に出かけざるをえないわね。リディアは、辛辣な皮肉交じりのユーモアをこめて思った。ウェリントン将軍の戦勝をたたえてスペンサー伯爵が主催する来週の仮面舞踏会で、誰よりも光る存在にならなければいけない。すでに、完璧な衣装、まったくもって皮肉な衣装を思いついていた。

店の入口の扉についた鈴がチリンチリンと鳴ったのでリディアが振り向くと、仕立てのいい毛皮の外套をはおり、凝った装飾の帽子をかぶった豊満な若い女性が入ってきた。サラだわ。リディアは笑顔になった。まだ大陸へ出発していないと噂には聞いていたが、ここで親友に再会できるとは、と嬉しくてたまらなかった。

リディアが入口に向かって進み出したとき、店内にいた女性たちがぴたりとおしゃべりをやめ、メドゥーサににらまれて石と化したかのように立ちすくんだ。そしてゆっくりとではあるがいっせいに、容赦なく、サラに背を向けた。

女性たちの冷たい態度に、サラはかすかにたじろいだ。体というより心の反応だろう。だがリディアの姿を認めたサラは、一瞬そのきれいな顔を喜びに輝かせ、足を一歩前に踏み出した。だが並んだテーブルのあいだを通ってリディアが近づいてくるにつれ、サラの表情から喜びが消えた。

二人の視線が合ったとき、サラは警告のしるしに首を小さく左右に振ると、〝だめ〟と口の動きだけで伝えた。リディアは躊躇し、足を止めた。そして気づいた。サラは、わたしに間違いを犯させまいとして注意をうながしているんだわ。

上流社会の人々はサラを無視するようになっていたのだ。集団行動であり、これに抵抗する個人を許さない。抵抗に対する罰も厳しい。世間の非難を浴びるようなまねは、今のリディアにはとてもできなかった。

でも、サラは親友じゃないの。どうしても話がしたくて、リディアはふたたび前に進みかけた。だがいつのまにかそばにやってきていたチャイルド・スミスにひじをぐいとつかまれ、振り返らせられた。

「今回の衣装に使えそうな金色のレースを見つけましたよ」スミスはよどみなく言ったが、目は警告している。

リディアはためらった。自分がひどい臆病者のように感じられた。リディアより（そしてサラよりも）身分も地位も低い女性たちのあいだからつぶやきがもれた。会話の断片が聞こえてきた。

「――恥知らずな。食事になんか招いてやらないわ」

「まさか、招待する人なんかいないでしょ」

「――彼女、絶対に後悔しているわよ」

「後悔なんかするわけないじゃない、あんな浮気女が」

狼狽のあまり、リディアの動悸が激しくなっていた。それでもなんとか口を開く。「ありがとう。あの、スミスさん、少し待っていてくださる？　あそこに友人がいるので、話をしたくて――」

扉の鈴がふたたび鳴った。リディアが振り返ると、サラはすでに店を出ていた。

「これでよかったんですよ、レディ・リディア」スミスが小声でささやいた。「あの人も自分の立場がわかっているだろうし、あなたもそこを理解しないと」

「ばかげてるわ」リディアはぴしゃりと言ったが、すぐに恥じ入った。自分に腹が立ってしようがなかった。もしサラとどうしても話がしたいという強い気持ちがあれば、ためらったりせずにそうしていたはずだ。スミスはただ、リディアを救おうとしたにすぎない。

だがスミスは気分を害したようには見えず、いかにもけだるげに肩をすくめた。

「それが常識というものですよ。つねにそれを意識して、用心深くふるまう。その範囲内なら、好きなようにふるまえるのですから」

「わたしだって、マーチランド夫人がとった行動をよしとしているわけじゃありませんわ。でも、道徳に反するふしだらなことをしながらも〝用心深く〟ふるまって体裁をつくろっている人の場合は罪が見逃されているのに、その用心を怠った人の場合は親友でも排除しなければいけないなんて、どうしても納得できないいんです」

「基本的にはおっしゃるとおりだとは思いますが、わたしは怠け者で、そういう問題に敢然と立ち向かうほどの元気はないし、あなた同様、世間体が気になる人間ですからね」スミスはさとすように言った。「マーチランド夫人があゝして立ち去ったのは立派でしたね。世間の常識をちゃんと心得ているからで、彼女だって規則に従って生きているのです。だから我々もそれに合わせればいいのではありませんか？」

リディアは答えず、無意識のうちに近くのテーブルに並べられた縁飾りの材料見本を調べはじめた。

スミスの意見はいかにももっともらしかった。単純な理屈に聞こえる。だが実際、そう単純に割り切れる問題ではない。心のもやもやが消えなかった。リディアはこれまで、上流社会の規則をいらだたしく思った経験がなかった。それらの規則が、自分の行動の自由と一度も衝突しなかったからだ。

自由？

過去にリディアが破ったしきたりはさほど重要でないものばかりだ。子どものかんしゃくと同じで、気ままにふるまうことを自由意志と勘違いしていた。深く開いた襟ぐり、監視の甘いお目付け役、俗物の友人、控えめでない会話。だがリディアはつねに、世間で許容される範囲内で行動してきた。

リディアは自分の考えがいやな方向へ向かっているのを感じて眉をひそめた。上流社会こそわたしの生きている世界で、自分はそれ以外知らない。確かにこの社会には不愉快なことがある。たとえばごまかしがそうだ。でも、もしごまかしがまったくなく、結果として美しさと優雅さが欠落した世界だって、やはり不愉快ではないだろうか？　道徳観において曖昧なところのあるこの社会で生きていくことの代償が高くついても、それは払う価値のあるものとわたしは考えている。

だがそのとき、リディアはネッドを思った。そしていやおうなしに気づかされた。上流社会における自分の地位を保つために払った代償は道徳上の代償だけでなく、はかり知れない心の傷もあったのだと。

でも――ネッドも、代償という意味ではあまり変わらない状況だったはずなのに、わたしが経験しているほどの大きな動揺もなく乗り切ったように思える。成熟した大人として対応したのだ。なんていまいましい人なの。リディアは悔しかった。いつのまにか手にしていたリボンを床に叩きつける。心がかき乱され、どうしていいかわからなくなっていた。

いったいネッドはどこにいるの？　どうしてこの二週間、社交行事や催し物にまったく姿を見せないのだろう？　友人関係を続けるという約束を軽く考えて、お別れの手紙も出さずにどこかへ行ってしまったのか？

財産のある女性に求婚しているのかしら？

「レディ・リディア、そんながっかりした顔をしないでください」チャイルド・スミスが言った。

リディアはびくっとした。スミスがそばにいたのを忘れていたのだ。

「どうなるかわかりませんよ。またどこかで彼女に再会できるかもしれない。たとえば、ボー・ブランメルがちやほやされているらしい、フランスのカレーなどで。そうなっても不思議はありませんよ。最近は、すぐれた人たちがどんどん英国からいなくなっていますから」

スミスはリディアの悲しげな表情を、サラのことを考えていたせいだと勘違いしていた。よかった。わたしには今、スミス以外に求婚者がいないのだから。

リディアはあいかわらず注目の的だったし、ダンスの相手にも事欠かなかったが、ダンスや会話以上の親密な機会を持とうとする紳士はいなかった。なぜかは明らかだ。ここ一カ月以上、リディアのかたわらにはいつもネッドがいた。求婚しようとする男性は皆、リディアがネッドに好意を抱いていると感づき、競争から身を引いたのだ。なのにチャイルド・スミスだけが一人、気づいていないようだった。あるいは、知っていても気にならないのか。

そして今、ネッドが社交界から姿を消し、社交シーズンが終わりに近づくにつれて、リディアの絶望感はしだいに深まった。

こんなことが起こるなんて、信じられない。サラの場合は、しばらくのあいだはカルヴェッリ王子との愛を育めるだろう。だがわたしには、上流社会での居場所がなくなれば――ネッドがいなくなれば――何も残らず、誰もいない。そういう状態は過去に経験して知っている。二度とあんな思いはしたくない。もうすでに、ネッドを失っているのだ。これ以上、何も失うわけにはいかない。絶対に。

スペンサー伯爵邸での仮面舞踏会では、太陽をもしのぐほどの美しさで輝いてみせる。それよりほかに道はない。

リディアはスミスのほうを振り向き、持てるかぎりの技を駆使して艶めいた笑みを浮かべた。

「確かに……おっしゃるとおりだわ！　わたしたち、外国でもどこでも、ほかの場所で会えますわね」いたずらっぽい流し目でスミスを見る。「でもその場所が、わたしたちのような、

〝熱い〟女性に合った気候だといいですわね」
スミスは笑った。
リディアに魅了されていた。

23

その晩も寒く陰鬱な天気だった。新聞はすでに一八一六年を〝夏のない一年〟だと報じていたが、実際そのとおりらしい。空には絶えず黒い雲が渦巻き、その雲の層のあいまから輝く夕日が顔を見せることはまれだ。どんより曇った日と暗く寂しい夜を埋め合わせるものがほとんどなかった。そんな中、仮面舞踏会は、人々の気分を晴れやかにし、寒さと暗闇を追い払ってくれるかっこうの催しだった。

「たまらないわね。この分だと、真夜中までに着けたら奇跡だわ」

馬車の窓のカーテンを閉めたリディアはエミリーに言った。今日午後になって、エレノアの馬車の車軸が壊れたので、貸し馬車を雇うしかなかった。リディアのあの有名な四輪馬車は、先週、ひそかに競売にかけられていた。

エレノアの家からスペンサー伯爵邸までの距離は五キロもないのに、出発してから二時間以上も乗車したままだ。多くの馬車で混雑する道路で長時間待たされて、リディアの神経はささくれだっていた。

「着いたあとも、階段の一番上で名前を呼ばれるまでまた何時間も待たされて、ようやく会場に入ったと思ったら舞踏会はあと五分で終わり、ってことになるわよ、きっと」

ウェリントン将軍の勝利を祝って開かれるこの仮面舞踏会のおかげで、周辺の大通りは二キロ近くにおよぶ渋滞となっていた。招待客を乗せた何百台という馬車だけでなく、何百人という歩行者が見物人となって道路わきにひしめいている。不況の中、無料で楽しめる見ものということで、豪華な仮装をした招待客をひと目でも見ようと、集まってきているのだ。

「結構なことじゃないの。五分間で、なんとか息をつける空間を見つける。それで十分よ」エレノアが言い、子ども用のおもちゃの幅広い剣を取り上げると、いましめるように振り回した。

エレノアはジャンヌ・ダルクに扮していた。細身の体ときりっとした顔立ちにはよく合う役柄だ。髪をうなじのところでまとめ、上質だが飾りがないために質素に見える、柔らかい白モスリンのシュミーズドレスを着ている。あまり戦士らしく見えないわ、とエミリーが指摘すると、エレノアは、自分が扮しているのは女戦士ではなく、カトリック教会にとらわれたあとの乙女のいけにえとしてのジャンヌなのだと言い返した。小さな銀色の幅広い剣を持ち歩いてはいるものの、これはジャンヌ・ダルクの物語における戦いの要素を取り入れたものではなく、熱狂した群衆対策なのだと主張する。開けた窓の外から誰かが侵入しようとした場合に剣を振るうというわけだ。

「招待客がこれだけ多いんだから、夜明けになるまで誰も帰らないわよ」エミリーがリディアの手を軽く叩いてうけあった。リディアに懇願されて、エミリーも今夜ついに社交の自粛をやめ、同行することにしていた。「もし短い時間しかいられなくても、皆さんきっと、舞踏会が終わったあともずっと、あなたのことを憶えていてくださるわ」

嬉しい言葉だった。エミリーはこの舞踏会にともなう重圧をわかってくれているのだ。リディアは自分の役割を演じきる必要があった。以前は、祝宴や舞踏会へ出席するとなると、会場で会える人たちや交わされる会話への期待でわくわくしたものだ。だが今夜は違う。今夜は、重苦しい不安を押し隠してのぞまなければならない。

リディアは手のひらを返し、エミリーの手をぎゅっと握った。

エミリーは今のリディアにとって、家族と呼ぶのにもっともふさわしい存在だった。独りぼっちになったあと新たに得たかけがえのない友であり、どんなことも打ち明けられる愛すべき人だ。たとえほかのものをすべて失ったとしても、エミリーだけは残るだろう。地位、富、評判など、リディアを取り巻く状況がどんなに変わっても、エミリーの献身的な愛情が揺らぐことはない。それにひきかえ自分は……サラにもっと尽くすべきだった。

「ありがとう、エミリー」

エミリーは顔を赤らめ、うつむいた。かつらと大きな室内帽がずり落ちそうになる。今夜は童話に出てくるガチョウおばさん、〝マザーグース〟の扮装で、絹と羊毛の綾織地の古めかしい黒服を着て、丸々とした肩にはレースの縁取りつきの簡素なスカーフをはおり、頭には小さな巻き毛の白髪のかつらをかぶっている。腰には張り子のガチョウをつけているが、腕で支えていないと不安定でぶらぶらと揺れてしまう。リディアは、張り子の中ががらんどうではありませんようにと願うしかなかった。舞踏会から帰る前に中身を空けて、エミリーが何か失敬していないか確かめる必要があるかもしれないからだ。

「チャイルド・スミスは最後まで残っていてくれるわよ」馬車の隅に座っているエレノアが、低い声で言った。

そう、スミスが待っていてくれる。今朝、彼からの贈り物がリディアのもとに届いた。金色のレースをあしらった扇で、骨の部分まで金張りだ。小物とはいえ高価なもので、友情というよりもっと深い気持ちをほのめかしているようだが、スミスの態度を見ているかぎりそれは感じられなかった。情愛のこもった目で見つめられたことはない——ネッドのようなまなざしでは、一度も。急に涙があふれそうになり、リディアは顔をそむけたが、なんとか気を取り直した。

ネッドが舞踏会に来てくれますように。

いや、どうか来ていませんように。

わたしに対する関心が薄くなったことをあからさまに態度に出すような人ではない。会えばきっと気持ちよく挨拶してくれるだろう。なんといっても二人は親しい友人どうしなのだから。でも、わたしはもうネッドの恋愛の対象にはならない。関心の的はほかの女性だ。わたしより若い人？　きれいな人だろうか？　いずれにせよ、財産持ちにはちがいない。

ああ、神さま。ネッドが舞踏会に出席しませんように！　リディアは祈った。

「彼のおじいさまはもう長くないらしいわね」エレノアがゆっくりとした口調で言った。

リディアは混乱して振り向いたが、すぐに気づいた。そうだ、チャイルド・スミスの話だったんだわ。老スミスの遺言に含まれているという珍しい条件は、上流階級の人々のあいだで話題になっていた。

「ええ、だいぶお悪いようよ」とリディアは答えた。

「噂を聞いたんだけれど」エレノアはリディアをじっと見つめながら、穏やかな声で続けた。「スミスは名付け親であるカンタベリー大主教からいただいた特別結婚許可書を肌身離さず持ち歩いているそうね。おじいさまのご臨終が近づいたという知らせをもらったら、いかにも花嫁候補らしく見える女性と一緒に枕元に突然現れて、遺言の条件を満たしていると示せるように」エレノアはふんと鼻を鳴らした。「そんな権力のある方が名付け親だなんて、スミスはさぞかしご自慢でしょうね」

「どうしてもっと早く結婚してしまわないのかしら？」エミリーはずり落ちかけた室内帽をかぶり直した。

エレノアはリディアを横目で見た。

「どうなんでしょう？　単なる意地悪からか、でなければ自分の人生を支配されたくないという子どもっぽい反抗心からかもしれないわ。スミスぐらいの年齢になれば、もっと物事をわきまえていてもよさそうなものだけれど。人は個人としてであれ、集団としてであれ、けっきょくいつかは、ほかの人の意思に従わなければならないのにね」

「スミスが結婚に踏み切れないのは、そんなことをしたら別れてやると愛人に脅されているからだという噂よ」エミリーがかん高い声で言った。

リディアは驚いてエミリーのほうを向き、信じられないといった表情で訊き返した。

「愛人ですって？」

エミリーのほうがわたしより詳しいなんて。スミスに愛人がいたとは初めて聞いた。リディアは事情通の話を聞こうとエレノアに目を向けたが、彼女はエミリーをじっとにらんでいた。にらまれた本人は何食わぬ顔をして馬車の中を見まわしている。

「スミスには愛人がいるの？」リディアは訊いた。

エミリーはうなずいた。「ええ。もう一〇年ぐらいは続いているかしらね」

リディアは口をぽかんと開けそうになりながら、エレノアに確認した。

「本当なの？」

エレノアは体をもぞもぞと動かし、いらだたしげな口調で言った。

「もちろんよ。愛人を囲う男の人って、多いもの。でも今まであなたに愛人の存在を知らせなかったなんて、スミスも大したものね。あの人、用心深くて、誰かさんと違って口が堅いから」

爆弾発言をしたエミリーは、エレノアのにらむような視線にも恥じ入ることなく、馬車の隅に戻って丸く突き出たお腹に両手をのせると、目を閉じた。

「愛人の名前は？」チャイルド・スミスに愛人がいたことに怒りよりも興味をおぼえてリディアは訊いた。「どんな人なの？」

「誰も知らないのよ。スミスが人に紹介しないんですもの。社交界から遠ざけているの。彼女は当てがわれた家で、召使と暮らしているらしいわ。スペインの高貴な血筋だという人もいれば、フランスからの亡命者だという噂もある」

「スミスはきっと、彼女を大切にしているんでしょうね」

エレノアは手を振った。「まさか、何を言ってるの。あのとおり、えり好みの激しい人よ。愛人を囲っているのはそのほうが何かと便利だし、よそでおかしな病気をうつされなくてすむからでしょ」

リディアは頰に血が上るのを感じたが、それでも引き下がらなかった。

「二人の愛情が本物でないのなら、なぜ彼女は、スミスが結婚したら別れると脅しているの？」

エレノアは肩をすくめた。「駆け引きなのよ。彼女はきっと、新しいパトロンを探しているのね。お役ご免になる前にスミスと別れれば、捨てられたという印象を持たれないからでしょうね。エミリーったら、よけいなことを言うんだから」エレノアはエミリーのいるほうをにらんだ。

「スミスが結婚せずにきたのは愛人のせいじゃないわ。その点、あなたがいまだに結婚していない理由がネッド・ロックトンと関係ないのと同じ。それにしてもあなた、ロックトンとつき合って貴重な時間を無駄にしたわね。そのあいだにほかの男性と知り合えたかもしれないのに」

エレノアは、ネッドの一家が破産寸前であることを知って激怒し、だまされたと悪態をついた。リディアだって人を欺いているのに、それは棚に上げているのだ。

「知り合う、ですって？　ずいぶん控えめな言い方だこと」リディアは言った。「チャイルド・スミスの私生活について率直な話をしたからには、わたしの場合も同じようにしなくちゃね。つまり、ほかの男性に働きかけて求婚させるように仕向けなさいってことでしょう」

「そうよ」

一瞬むっとしたリディアだが、その気持ちもすぐに消えた。エレノアの言うとおりだ。わたしは何週間も無駄にしてしまった。自分の気持ちにも確信があったし、ネッドの一家の財政も安泰だと思いこんでいた。

馬車がまた止まった。だが今度は御者が何か叫んでいる。リディアが窓の外をのぞくと、すでにスペンサー邸の敷地へつながる道まで来ていた。えんえんと続く車列に加わって、正門に向かって少しずつ進んでいたところだった。道と敷地をへだてる塀の前には、黒山の人だかりができている。馬車の中にいる人に窓を開けて姿を見せるよう求める見物人たちが、声援や喝采をおくって大騒ぎしていた。

「まいったわね。リディア、顔を見せてあげなさい。でないと静かにならないわ」エレノアが言った。

どうしてか自分でもわからないが、リディアはためらっていた。こういう状況になったことは何度もあるし、注目を浴びるといつも嬉しかった。だが今日は、見物人のわめく声に称賛でなく強要を感じて、いらだっていた。これでは競馬でやじを飛ばしたり、オペラハウスや劇場ではやしたてたりするのと同じだ。まるで観客の気晴らしのための見世物じゃないの。「リディア、お願いよ。姿を見せないと静まってくれそうにないわ。わたしじゃだめなのよ」

しかたなくリディアはカーテンを開け、金色の仮面つきマントのフードを下げて顔を見せた。見物人はいっせいに歓声をあげ、褒めそやした。エレノアが身を乗り出してカーテンを閉めた。「このぐらいで十分でしょう」

一行はスペンサー邸の門を通過し、ほどなく止まった。同行した召使の少年が所定の席から飛び降り、馬車の扉を開けて階段を引き出すと、下で待った。降りてくるエレノアが手をついて体を支えられるよう頭を差し出している。

「今夜は、言葉や立ち居ふるまいに気をつけなさい」降りる前にエレノアが注意した。「こういう舞踏会だと、話している相手が誰かわからないから。仮面やベールで顔が隠れるのをいいことに、囲われ者の愛人まで何人も出席しているという噂よ。あつかましい話ね。身分や素性を偽って別人になれる場だから、そんなことが起こっても不思議じゃないでしょうけれど」

「そこが面白いところなのよ、きっと」エミリーが言った。気鬱なようすで腰につけた張り子のガチョウをぽんぽんと叩いている。かわいそうに、無理に明るくふるまおうとしているものの、不安は隠せない。また例の癖が出て自分を抑えられなくなるのではと恐れているのだろう。

「さあ、行きましょう」

エレノアはつぶやき、優雅に馬車を降りた。エミリーもあとに続いたが、リディアは中に残っていた。気が進まない。ネッドがもし来ていたらと思うと顔を合わせるのが怖く、来ていないと知って失望を味わうのもいやだった。

エレノアとエミリーが両開きの扉を通ってスペンサー邸に入っていくのを見ながら、リディアはまだ迷っていた。馬車の中に隠れるなんて、ばかみたい。自分でもよくわかっていた。今まで怖気づいたことなどなかったのだ。しっかりしなければ。

体を包んだマントの前をかきあわせて馬車を降りる。ロビン・フッドとマリアンの扮装をした客に続いて階段を上り、豪華な玄関ホールへ入っていった。

エレノアとエミリーはすでに、客を出迎えるスペンサー伯爵夫妻と挨拶を交わしていた。伯爵も夫人もまったく同じ表情をつくり、折り目正しい物腰をいささかも崩さない。リディアは黒いマントで衣装を隠し、フードをかぶったままで、招待客の列の一番後ろについた。順番が来て伯爵夫妻の前に進み出ると、膝を曲げてお辞儀をし、招かれたことに対する感謝の意を述べた。

「ようこそいらっしゃいました……それは、赤ずきんですかな？」伯爵はあまり関心がなさそうに訊くと、次の客に目を移した。あとにはまだまだ長蛇の列が控えている。

リディアは婦人用の控室でエレノアとエミリーに追いついた。お仕着せを着た召使たちが客の脱いだマントや外套を集め、腕いっぱいに抱えている。人々はそれぞれ、動物や植物、歴史上有名な人物や物語の主人公など、さまざまなものに扮していた。リディアのように仮面をつけている者もいれば、素顔をさらしている者、羽根飾りや特別な化粧をほどこしている者もいる。リディアは、マントを預かるという申し出をすべて断った。劇的な演出効果をねらってのことだった。

集まった三人はエミリーのガチョウの位置を直したあと、おしゃべりしながら出ていく女性たちに続いて控室をあとにした。皆、自分の衣装の最後の調整に余念がないので、黒いマントに包まれたリディアの姿に注意を向ける人はほとんどいない。

幅広い階段の手すりには何千という白いバラが咲いたつるが巻きつけられ、大理石でできた踏み段には花びらがばらまかれている。招待客は一番上の踊り場でまた列に並んで待たなくてはならない。名前を呼ばれて初めて舞踏場に入れるのだ。

リディアは待ちきれず、つま先立ちになって中をのぞいた。仮面を通して見た室内は幻想の中の庭園に立つあずまやのような雰囲気に作り変えられており、目を見張るすばらしさだった。壁にはさまざまな濃淡の緑の絹布があしらわれ、外のテラスに面した窓には向こうが透けて見えるほど薄手の淡い緑のカーテンがかかっている。天井から垂れているのは、バラやクチナシ、温室栽培の花を綱状に編んだものだ。大理石の柱は柔らかな苔におおわれ、そこからユキノシタやすみれが芽を出している。

壁際にまちまちな間隔で配置された小さなテーブルには、厚みのある緑のベルベットの布が技巧を凝らした形でかかっている。壁の中央にすえられた大きなテーブルの上にはパンチが泉のごとく湧き出るボウルがあり、うなりをあげて回っている。このボウルからあふれたパンチは銀製の樋《とい》の中にしたたり落ち、晩餐前の軽食を盛った皿のあいだを縫って小川のように流れていく。グラスをのせた盆を運ぶ何十人という召使が、仮装をした人々でごったがえす中でワインをこぼすこともなく、驚くほど器用に動きまわっていた。

客の中に白鳥、クジャク、ヒョウ、鹿など、ありとあらゆる動物が勢ぞろいしているのも壮観だった。オセロやクレオパトラ、悪名高きメディチ家の人物、赤いマントの枢機卿など身分の高い人物が、空想や寓話の世界の登場人物と頭をつき合わせて話に打ち興じていた。管弦楽団の演奏者はウサギ、ハリネズミ、キツネなどに扮していたが、人々のざわめきで音楽がほとんど聞こえなくなるほどだ。

だが、ひときわ背の高い金髪の男性は見当たらない。リディアの中で安堵と失望がせめぎあい、安堵の気持ちが勝った。

戸口に立ったエレノアが、目をリディアに向けながらためらったようすを見せている。

「あなたのこと、大好きだけれど、一緒にいると自分の存在がかすんでしまう。わたしも、それを開き直って受け入れられるほどの歳にはまだなっていないのよね。さあリディア、先にお入りなさい。わたしはもっとあとでいいわ」

「でも――」

「〝でも〟はなし。エミリー、今夜は二人で、まずホイストを楽しむというのはどうかしら？」エレノアが誘った。二人はこのカードゲームが大好きなのだ。「リディアなら、一人でも大丈夫でしょうから」

「喜んでご一緒するわ」とエミリー。「でも、お友だちとおしゃべりを楽しみたいんじゃないの？」

「今、友だちと一緒にいるじゃないの」エレノアが言った。

あらためて認められた嬉しさに、エミリーの頬がほんのりと赤く染まった。

エレノアがふたたびリディアのほうを向いたとき、いつもの居丈高な表情がやわらいでいた。「あとで会いましょう。さあ、お行きなさい。皆をひざまずかせてやるのよ」と言って間をおいた。「でも、客の入場紹介のときに使う名前は本名ではだめよ。しばらくは皆さんの想像にまかせるの。謎があったほうが強力な刺激になりますからね」

リディアが抗議する間もなく、担当者が近寄ってきて腰をかがめ、入場の紹介のときになんと呼べばよいかと訊かれた。自分の扮装した人物の名前を告げているあいだに、エレノアとエミリーはその場を離れ、リディアは一人になった。

司会者が発表した。**「ミダス王の娘、アウレリア王女。黄金の彫像に変わる途中の姿です！」**リディアはフードを下げ、襟元のひもを引いて、従僕の手に脱いだマントを託した。戸口に立ち、明るく照らされた舞踏場の中へ足を踏み入れる。

周囲が静まりかえった。静けさが、まるでささやきが伝わるかのように人の群れの中に広がっていく。突然、誰かが手を叩きはじめると、ほかの者も次々と拍手に加わり、喝采と感嘆の声があがった。リディアが膝を曲げてお辞儀をしたため、称賛を浴びるひとときがさらに長く続いた。

仕立屋の女主人ミス・ウォルターが、自分の作った衣装が感動を呼んでいるこの光景を見られないのが残念だった。まさに人々の称賛に値する作品だった。金色の薄布で作ったスリップドレスに小さな格子模様の金糸の刺繡がほどこしてある。その上のオーバードレスは細い金糸で編んだ網状の生地だ。深いVの字にくれた胴着の襟の縁取りには琥珀と金のビーズ、大きくふくらんだ袖は金色の紗《しゃ》を使っている。

髪は小間使いが結ったもので、濃茶色の巻き毛を後ろに上げ、太いサテンの金リボンと輝く金の針金を組み合わせた冠状の頭飾りに編みこんである。顔の四分の三をおおう仮面は薄く叩きのばした金でできており、面の陰影でリディアの特徴的な瞳の色がわからなくなっていた。だがこの衣装が人の目を見張らせるところは、身につけているものでなく、身につけていないものだ。

宝石のたぐいをすべて排除した代わりに、リディアの肩、首、腕、胸には金粉がふんだんに振りかけられ、わずかでも体を動かすたびにそれが光を反射してきらきらと輝く。手袋は白でなく、金糸を織りこんだ薄手の生地でできているため、手からひじのあたりまでが純金に見える。これが、肌いちめんに広がる金粉のまばゆさとあいまって、めざましい効果をあげていた。ギリシャ神話にあるとおり、触れるものすべてを黄金に変える力を持った父のミダス王に触られて黄金の像に変わっていくアウレリア王女の悲しみを、あますところなく表現した装いだった。

黄金に変身する王女に扮していることの皮肉。それをわかっているのはおそらくリディアだけだろう。

リディアがしずしずと進んでいくと、人々のつぶやきが追いかけてきた。

「誰だろう?」

「レディ・アン・メジャー=トレントだ。一番の愛馬を賭けてもいい」

「ジェニー・ピックラーじゃないのか?」

「ジェニーにしては髪の色が明るすぎる。それに、社交界にデビューしたばかりの娘にしては襟ぐりが深すぎるだろう」

「ダリーワース夫人?」

「レディ・リディアかしら」

「彼女が目を隠すはずないでしょう。あのすみれ色の目は誰もが知っているんだから」

「確かに、そのとおりね」

「いったい、誰なんだ?」

どうしてだろう……皆、わたしだと気づいていない。

その認識は清冽な水のようにリディアの全身を浸した。予想外の展開に、身が引き締まるような気がした。誰にも正体を感づかれていない。誰も、わたしに期待を抱かない。そう考えただけで心が騒いだ。刺激的だった……。

なんの責任も負わなくていい。自分が書いた脚本を演じてもかまわない。物言わぬ姫にも、歌好きにもなれる。手に負えない人でも、毒舌家でもいい。高慢ちきにも、ひどくだらしない女にも、その中間のどんな人間にもなれるのだ。初対面の人でも旧友のふりをして挨拶したり、今までお義理で言葉を交わしていた人を無視したりしても、誰も機嫌をそこねる人はいない。なぜなら、自ら名乗らないかぎり、誰もわたしが何者かわからないからだ。

リディアは解放感に包まれた。今まで経験したことのない、うっとりするような感覚だ。先週、ある晩餐会で同席した爵位を持つ貴婦人がこちらに近づいてくる。笑顔がしだいに自信なさそうになり、笑みが消えていく。貴婦人は、〝アウレリア王女〟が自分の知り合いではないという結論に達したらしく、急に向きを変えて行ってしまった。愛想のよい紳士がすれ違いざまにお辞儀をしてきたので、リディアはかすれた声をつくって声をかけた。「ボートンさん！　お姉さまはお元気でいらっしゃいます？」

「おかげさまで、元気にしております。ミス、ええと、レディ、その……」ボートンは真っ赤になった。

「アウレリアで結構ですわ、ボートンさん」

なんと心の浮き立つ経験だろう。不謹慎かもしれないが、心がはずみ、楽しくてたまらない。仮面舞踏会で多くの間違いが起こり、醜聞が生まれるのも道理だ。この種の舞踏会へは何度も行っているが、仮面をつけた経験はなかったから、素性を隠すことで得られる自由を味わったのは初めてだった。ぞくぞくする快感と不安がないまぜになって、リディアは身震いした。この変装で、何が発見できるだろう？　外交辞令から解放されるこのひととき、何を言おうか？

何をしようか？

リディアは人ごみをかき分けながら進んだ。外は暗くじめじめしているかもしれないが、この中は何もかもが輝いていて、暖かい。頭上のシャンデリアはこうこうと光り、人いきれでむっとするほどの熱気だ。ちょうどカドリールダンスが終わろうとしていた。色とりどりの羽根飾りや頭飾り、光沢を放つもの、きらめくもの、翼、王冠などをつけた踊り手が曲に合わせて回るさまは、感覚を鈍らせ、時を忘れさせる。まわりで見ている人々は喝采をおくり、激励の言葉を叫んでいる。道化者のドーランが汗で流れ、エジプトコブラをあしらったクレオパトラの頭飾りが蒸し暑さで垂れ下がっているのを見て大笑いしている者もいる。

リディアは、真紅と黒の衣装で優雅なメフィストフェレスに扮したチャイルド・スミスを見つけて、近くへ歩み寄ろうとした。そのとき従僕が現れて、封筒をスミスに渡しているのが見えた。すぐに開封し、中の手紙を読んだスミスの平然とした表情が硬くなった。彼は手紙を手の中で丸め、急いで部屋を出た。

急に帰らなければならない用事とはなんだったのだろう、といぶかしく思いながらも、リディアはスミスがいなくなって、ある意味ほっとしていた。もし彼のもとへ行っていたら、すぐにわたしだとばれてしまっただろう。まだ楽しい経験を始めてもいないのに、もったいない。

もちろん、最後には正体を明かすつもりだった。この高価な衣装をわざわざ選んだ理由はなんといっても、リディア自身が皆の注目を集め、人に見られ、称賛され、求められるためにあるのだから。だが今しばらくは、正体不明であることの贅沢を味わいたかった。

リディアはダンスを六曲踊った。そのうちワルツはスペインの大公と、コティヨン（一八世紀フランスで発展した大人数で楽しむ踊り）はイスラム教の苦行僧と組んだのだが、二人とも知人にもかかわらず、アウレリア王女がリディアであることを見抜けなかった。苦行僧とのダンスが終わって壁際に戻るころには、あたりに香水や糊、塗料の匂いが立ちこめ、混雑と喧騒がますますひどくなり、音楽もやかましくなっていた。暑いやら息苦しいやらで、リディアはダンスフロアを離れ、薄く柔らかいカーテンの後ろに逃げこんだ。そして大きなフランス扉を通り抜けて中庭に出た。

中庭の一部にはたいまつが円状に並び、従僕が数人、見張り番をしている。その向こうには暗闇が広がっていた。リディアはあたりを見まわし、ひんやりして湿った空気を深く吸いこんだ。ほかにも涼を求めて外に出てきている二人連れや集団がいた。リディアは仮面をはずして顔を冷やしたいとも思ったが、まだ自分の素性を皆に明かしたくない気持ちが強く働いていた。人々が集まっているところを避けて、明るいたいまつの影になったところに身を隠した。そこでようやくため息をついて仮面を取り、上を向いて夜の冷気に顔をさらす。

「アウレリア王女」

深みのある男性の声が背後から聞こえた。

リディアはびくりとして、もとどおり仮面をつけ、振り向いた。目の前に立っているのは、背の高い人物で、上着も、ぴったりした長ズボンも、光沢のあるヘッセン・ブーツも、シャツも、その袖口のレースも、全身黒ずくめだった。黒い三角帽子をかぶり、顔の下半分が見える黒のベネチアンマスクをつけている。角ばった輪郭と、割れ目のあるがっちりしたあごが見えていた。

ネッドだわ。

24

リディアの体に震えが走った。恐れによるおののきもあったが、それよりネッドの発する危険な誘惑の匂いに身震いしたと言ったほうがいいかもしれない。彼はアウレリア王女に扮しているのがわたしだとわかっているのだろうか？

「お目にかかるのはこれが初めてでしたわね」リディアはかすれ声でささやいた。

「ああ？　そうでしたね」ネッドは一歩下がり、さっと帽子を脱ぐと、優雅にお辞儀をした。明るい金髪がほの暗い中でも輝いて見える。「ナイトと申します」

リディアは首をかしげた。「ナイト？　それだけですの？　ほかに何かついていないんですか？」

「ほかに何かついているというのは？」

「ナイト卿とか、ナイト王子とか、サー・ナイトとか」

彼は首を横に振った。「王女をがっかりさせるようで心苦しいですが、悲しいかな、爵位も何もないのです。わたしはご覧のとおりの人間で、それ以外に何も持っていません」

ネッドは相手がわたしだとわかって話しているの？　今の言葉には言外の意味が含まれて

いるのだろうか？　「がっかりなんて、していませんわ」

　ネッドが微笑んだ。それに応えてリディアの胸が高鳴る。ばかね。微笑みかけられただけなのに。

「マダム、お優しいですね。王や王子、貴族や小君主など、同じ身分の方々に立ち交じって過ごすこともできるのに、わたしと一緒にいて時間を浪費するなんて」

「浪費？　どういう意味ですの？」

「舞踏場で、黄金の彫像に変わる途中のアウレリア王女だというご紹介がありましたね。つまり、あなたは全身が黄金に変わる瞬間に近づいていて、変身したあとはもうもとに戻れない。そういう意味だと解釈したのですが。間違っていますか？」

　ネッドが近寄ってきた。礼儀作法で許されるよりずっと近い距離で、頭を低くかがめる。ブルーグレーの目が薄明かりの中で暗灰色の金属のように輝いている。吐く息が温かい愛撫のごとく首すじをなでる。リディアは何も考えられなくなっていた。息が止まりそうだった。

「間違っていますか？」彼はくり返し訊いた。そのささやきが、リディアのこめかみにかかった巻き毛をかすかに揺らす。ネッドが今まで見せたことのない積極的な態度。わたしだと気づいていないのだ、とリディアは確信した。

「いえ」ようやく聞き取れるほどの声でリディアは答えた。

「悲しいですね」ネッドはつぶやき、静かにリディアの後ろに回った。夜《ナイト》と名乗るにふさわしい、ひそやかな動きだ。「黄金の像になったあとでも、人間だったころのことをなつかしく思い出すでしょうか？」

「きっと、自分が何を失ったかは気づかないと思いますわ」リディアは言って、身動きもできずにただ立ちつくしていた。煙のごとく軽い愛撫の手が首すじを伝っているような感覚に襲われたからだ。

「変身が終わるまでにどのぐらい時間がかかると思いますか？　一週間？　一日？」低く喉を鳴らす、謎めいた声。「それとも一時間？」

「わかりませんわ」

ネッドは真後ろからのしかかるような形で立ち、夜気を防ぐ盾となっていた。わきのほうで何か動いたかと思うとそれは彼の左手で、体の前を通ってリディアの右手首を握った。手袋の黒さが、リディアの手と腕を包む手袋の金色と対照的だ。彼が手首をつかんだまま後ろに下がるとリディアの体の向きが自然に変わり、二人は向き合った。

「では、確かめてみましょう」仮面をつけたブルーグレーの目がじっと見つめてくる。ネッドはリディアの手を持ち上げて自分の肩にそっとおいた。黒いベルベットに包まれた指先がリディアの腕の柔肌に優しく触れ、金色の手袋の一番上に到達する。その指はある目的を持って、手袋をゆっくりと、慎重に下ろしていく。

手袋が徐々に剝がされるという、官能的な体験。獲物をねらうしなやかな獣のごとく危険な雰囲気を漂わせたこの男性があのネッドだとは、リディアには信じられなかった。ネッドは目をそらさずに、ますます強い視線で見つめてくる。唇はきっと結ばれている。あごの角ばった部分がぴくりと引きつった。

リディアは身動きできずにいた。心臓が激しく高鳴っている。きっと彼にも聞こえているにちがいない。手袋が少しずつずり下げられ、肌があらわになっていくにつれて、めまいがしはじめた。ついに脱がされ、幾重にもなって地面に落ちた手袋は、まるで液体と化した黄金のようだ。

ネッドはリディアの腕を持ち上げた。「まだ、人間の女性の腕に見えますね」そうつぶやくと、温かみのある唇で指先を軽くなぞった。リディアははっと息をのみ、反射的に手を引こうとしたが、ネッドは放してくれない。それどころか、手のひらの浅いくぼみに開いた唇を押しあてられた。長く甘美なキスだった。

「このぬくもりも感触も、女性の肌だ」唇を離さずにネッドがつぶやく。

リディアの全身に戦慄が走った。ネッドはアウレリア王女がわたしだと知らない。誰かほかの人だと思いこんでいるのだ。もしわたしだとわかっていたら、こんな不道徳なふるまいに及ぶはずがない――〝欲望もあらわなふるまい〟でしょう、と心の中の冷徹な声がほのめかす。

正体を明かさなければ。これ以上ことが進んで、お互いに忘れられない事態にならないうちに。いいえ、忘れられないではなく、赦し合えない事態にならないうちに。ああ、そうではなくて――。

ネッドはリディアの手首をそっと返させ、脈打つ部分に口をもっていった。何かをとらえるかのように唇を開いて押しあてる。リディアの脚の力がふっと抜けた。柔肌に舌でゆっくりと線を描かれて、膝ががくがくしはじめた。

ネッドは無造作にリディアを腕に抱え上げた。

「人間の女性の味がしました」リディアを見下ろしながらネッドが言った。「表面は金だが、その下は女性だ。どういう……」

そこで言葉を切って、ネッドはリディアを腕の中で高く抱え直した。頭を低く下げ、リディアの首元でささやく。「あなたはまだ、女性の心を持っていますか?」首のつけ根へのキス。「女性の反応を?」唇は鎖骨をなぞり、くわえたり離したりしながらゆっくりと進む。

金の仮面の下でリディアはまぶたを閉じた。五感を満たす快楽の美酒を味わうかのごとく口をわずかに開く。頭はネッドの腕にもたせかけ、首はそらし、贈り物のように差し出している。それに応えて彼はリディアのあごの下に沿って開いた唇をはわせ、喉元から金粉がちりばめられた胸のふくらみにまで、熱い口づけをくり返す。舌で柔肌を味わいながら、本能的に、低くくぐもった声を喉から発していた。

リディアは抗わなかった。

熱く、不道徳で、しびれるような快感に反応して、全身が震えていた。ネッドが頭を上げた。そのとき初めて、リディアは自分が両手を彼の豊かな髪に差し入れて抱えこんでいるのに気づいた。

急に地面に下ろされたかと思うと、片手をウエストに回された。仮面をとめているリボンに手が伸びてきた。仮面をはずそうとしている。その手首をリディアはすんでのところでつかみ、ぐいと引っぱった。

「だめ！」ネッドはわたしを、エレノアが言っていたようなふしだらな女と勘違いしている。誰かに捨てられ、新しいパトロンを探している愛人だと思っているにちがいない。現にわたし自身、そう疑われてもしかたないふるまいをしているじゃないの。

ネッドは手を下げさせられるにまかせていた。だが、いらだちで口元がこわばっている。

「じらさないで、仮面をはずせばいいじゃありませんか。そんな硬い殻みたいなものは取り去って、素顔のあなたを見せてください」

「仮面の下は素顔じゃありませんわ。もうひとつ別の仮面があるだけよ」言ってもわからないだろうと思いながらも、リディアはつぶやいた。

ネッドの動きがぴたりと止まった。「なるほど。もしそれが本当なら、望みを抱いても無駄というわけですね？」妙にこわばった声。リディアは確信した。このままでは、彼が行ってしまう。

いや。

思わずネッドの首に腕を投げかけると、彼は反射的にリディアを抱き寄せた。

「行かないで。わたしをおいていかないで」

「なんてことだ」その声はかすれていた。「どうしてほしいんだ？」

「愛して」

リディアを見下ろすネッドのあごが引き締まり、腕や肩の筋肉が緊張した。ふたたび手を伸ばして仮面を取ろうとしたが、リディアはまたしても拒んだ。だが今度は、自分が誰かを知られるのが怖かったからではなかった。正体がわかったとたん、ネッドがその並々ならぬ自制心を取り戻すのではないかと恐れたのだ。

「わたしを、愛して」リディアはささやいた。

その言葉はまるで三日月刀のように、ネッドのわずかなためらいを切り裂いた。「くそっ」不明瞭な声をもらし、もう一度リディアの体を抱き上げる。

リディアはネッドの首にしがみつき、仮面をつけた顔を彼の胸に埋めた。「愛して」

それ以上の言葉は要らなかった。ネッドの腕にこめられた力、早鐘を打つ心臓の音、大きく上下する広い胸が、答えを雄弁に物語っていた。無言のうちに、ネッドはリディアを腕に抱えたまま、より暗い影の深みへ、黒い闇へと入っていった。視覚が鈍り、ほかの感覚がとぎすまされる場所だ。

数歩庭の奥へ進んだだけで、燭台から射してくる光が届かなくなった。月のない夜空はどこまでも暗い。真っ暗な闇の中でわずかに陰影の異なる部分があり、かろうじて木々とつる植物、茂みの境目がわかる。そのうちネッドの顔も見分けられなくなった。

ここでは、聴覚と嗅覚、触覚が頼りだ。彼の足下の貝殻がじゃりじゃりいう音が消え、足音が静かになった。小道からはずれたということがわかる。砂と粘土が混じった土と植物の肥沃さを思わせる湿った匂いが立ちこめる。ネッドが向きを変え、後ろ向きで下生えと思われる中に踏みこんでいくと、ひんやりとして繊細な植物の巻きひげやなめらかな葉がリディアの腕をかすめた。

ネッドの腕の中で、リディアはさまざまな感触を味わっていた。彼の胸の筋肉の動きや腕の太さ、体の温かみ。肩に置かれた彼の手にはめられた、ベルベットの手袋の肌触り。ほどなく歩みが止まり、リディアは頭の後ろに手が回されるのを感じたが、今度は、仮面をはずされるにまかせた。だが、ネッドの首に回した手は離さない。闇が切れ目なく続くこの世界で、すがりつくものが欲しかった。

ほてった顔に涼しい風が吹き寄せてきたかと思うと、今度はなめらかなベルベットに包まれた手が頰をなでた。ネッドはリディアの顔を、まるで目が見えないかのように手で探った。指先が目を、頰を、鼻をなぞり、唇に達した。その手に顔をあずけ、リディアはため息をついた。手が後頭部に回り、温かい息が顔にかかった次の瞬間、むさぼるように唇を重ねられた。

金の仮面はすばらしい。だが夜の闇は、さらに見事な仮面になってくれる。黄金はある種の自由を与え、夜は放縦さを引き出す。闇の力を得て大胆になったリディアは、湧き上がる欲望とはどういうものかを知った。口を開けてネッドを受け入れ、入ってきた舌に応えてさらに口を開け、飢えたように求める。いてもたってもいられずに体をそらし、指を彼の髪に差し入れて、湿ってなめらかな巻き毛をまさぐった。

ドレスの襟ぐりをつかんで引き下ろされた。ぴったりした胴着から乳房がこぼれ出て、冷気に触れた乳首が硬くなる。ネッドの唇が、首から肩へと熱い軌跡を残しながら下がっていき、乳房の先端にたどりついた。リディアは彼の荒い息づかいを聞き、肌をたどる唇の動きを感じていた。身震いしているネッドの頭を引き寄せ、もっと大胆なキスをせがむ。今まで一度も男性に触れられたことがないのに、今は触れられたくてうずいている肌を差し出したかった。ネッドは降伏と飢えを表すくぐもった声をあげると、口を開けて乳首をとらえ、深く吸いこんだ。

リディアの体は根源的な欲求に翻弄され、脈打っていた。甘美な拷問に息をのみ、あえいでいた。

そのあえぎで、魔法がとけた。

ネッドは頭をさっと上げ、リディアは失望のあまり大きく息を吸いこんだ。欲しているのに与えてもらえないもどかしさがあった。ネッドの頭を抱えて引き下げ、キスを求めると、抵抗にあった。リディアは上方の闇を見つめたが、彼の表情が見えない。感じられるのはぴりぴりと張りつめた空気だけだ。ネッド自身がどこかの時点で、自分の仮面を失ってしまったのだろう。

息を途切れ途切れに吸いこむ音が聞こえた。彼の広い肩から全身にかすかな震えが伝わっていくのが感じられる。「いけない、やめよう。こんなのは間違っている」

正しいとか、間違っているとかはどうでもいいのよ！　リディアの体には欲求と不満が渦巻いていた。ご馳走を目の前にしているのにもらえない、飢えた囚人のようだ。リディアは激しく首を振った。

「あなたはきっと、後悔する」

「いいえ」

「いや、きっと後悔するでしょう……赦してください」

赦してください、ですって？　ネッドの驚異的な、無慈悲なまでの自制心が戻ってきたのだ。わたしの神経の一本一本がひりつくように燃えて、彼のキスと愛撫でしかなだめられない渇望を抱えているのに、後悔するからやめようなどとどうして簡単に言えるのだろう？要求に応えもせずに、赦してほしいだなんて。

赦すものですか。ネッドのせいで欲望をかきたてられ、最初はじれったいだけだったのに、今では耐えがたいほどの苦しみを味わわされている。赦さない。自分がどんなに残酷なことをしているか、ネッドにはわからないのだろう。わたしと同じ苦しみを味わっていないからだ。もし味わっていたら、途中でやめたりはしないはずだから。

自分でも知らないうちにすすり泣いていた。「わたしを知らないくせに、後悔するかどうかなんて、どうしてわかるの？」

ネッドは凍りついた。「マダム？」

その声を聞いて彼が驚き、衝撃を受けているのがわからないほど、リディアは屈辱を感じ、動揺していた。本来なら、よく自制心を取り戻してくれたと感謝しなければいけないのかもしれない。だが今は、ネッドが自分を求めていないこと、レディ・リディアとしても、今夜かぎりの関係を持つ女としても自分が求められていないことしか頭になかった。

「下ろして」リディアの声は震えていた。反応のないネッドの胸を押してもがく。「お願いだから、下ろしてちょうだい」その声の絶望の響きに気づいたのか、ネッドはすぐに地面に下ろしてくれた。リディアはかがんで膝をつき、胴着をもとに戻したあと、足元にあるはずの仮面を探した。

「あなたはまさか、わたしが——」信じられないといった声でネッドが言いかけるのを、リディアは容赦なくさえぎった。彼が何を言おうとしているかはわかっていた。

「ええ。あなたが調子に乗って我を忘れてしまったとは思っていませんわ」**ネッドはわたしが欲しくなかったのだ。**

リディアは冷たい金属の仮面をつけ終えた。よろめきながら立ち上がり、自分のいる場所を確かめようと、闇の中にひとすじでも光がないか見まわす。その間、ネッドは黙っていた。

「おっしゃる意味がわかりません」ネッドは硬い声で言った。

黒々とした木の向こうにほのかな光が見えた。同時に、その方向から人の声や音楽がかすかに聞こえてきた。

「意味は明らかですよね。あなたは我に返って、ご自分の名誉を傷つけずにすんだ。そういうことです」

「わたしの名誉?」ネッドは驚きに打たれたようだ。

答えを待たずにリディアは、手探りするように片手を前に伸ばし、歩き出そうとした。

「送っていきましょう」ネッドが静かに言った。

送っていってもらって、エレノアとエミリーに合流するのを見られたら、正体がばれてしまう。そんなことになったら、死んだほうがましだ。「いいえ、結構ですわ。素性を隠しておきたいのです。わずかでも残された自分の威厳を守るにはそれしかありませんの。紳士でいらっしゃるあなたですから、おわかりいただけると思いますわ。わたしを知らないということにしてください」ネッドは逆らわなかった。「わたしもあなたを知らない。会わなかったことにしますから」

「話しかけないようにします」ネッドは堅苦しい口調で約束した。「しかし、少なくとも小道のところまでは送らせてください。そこまで行ったらもう、追いかけたり、しつこくせがんだりしませんから」

リディアは断りたかった。あなたはしつこくせがんだりしなかった、せがんだのはわたしのほうだ、と言いたかった。ネッドを誘惑したに等しく、もっと欲しいとせがんで、断られたのだ。恥ずかしさと悔しさで顔がほてった。断ろうと口を開いたが、思い直した。茂みに入りこんで三〇分も迷うのはいやだ。ようやく道がわかったころには、ドレスもサンダルも髪も腕も悲惨な状態になり、人に知られたくないできごとを物語る証拠になるだろう。今夜はもう十分に恥をかいているのに、これ以上はたくさんだ。「わかりました」

リディアはネッドの手がひじにかかるのを感じた。さっきまでとはまったく違う、情を感じさせない礼儀正しい触れ方に、泣きそうになる。だが気丈に、ネッドの一メートルほど後ろをついて歩いた。彼は邪魔な木の枝を持ち上げて通りやすくしながら進んでいく。テラスへ戻る道を見つけるのにさほど時間はかからなかった。だがそのころには、リディアはふたたび金の仮面をしっかりとつけていた。そして、心の仮面も。

約束どおり、小道に着いた時点で、ネッドは律儀にわきへよけてリディアに道を譲り、後追いしようとはしなかった。もうベネチアンマスクで隠してはいないが、素顔からは何もわからない。後ろ手に組み、さっとお辞儀をする。「マダム」

リディアは応えなかった。


逃げるように去っていくリディアを、ネッドは目を細めて見送った。追いかけないと約束したし、約束はかならず守る男ではあったが、今夜何度目かの本能的な欲求が湧き上がってきて、あとを追いたいと訴えていた。ただしネッドは、たぐいまれな自制心の持ち主だった。

一〇分ほど待ってからスペンサー邸へ戻った。その姿を追うあこがれのまなざしや、憶測を働かせている人の視線に気づきもせず、舞踏場を突っ切って大またで歩いていく。以前はロックトン大佐を上品すぎると決めつけて相手にしなかった婦人たちが、ヒョウのごとく精悍な、黒ずくめの長身の男性の動きにあらためて見とれた。ネッドを人当たりのいい人と思っていた若い娘たちは、人当たりのいいどころではない刺激的なものを感じて身震いした。足元に吹雪のように投げかけられるレースのハンカチを気にもとめず、ネッドはずんずん奥へ入っていった。

最初、リディアに手を触れたり、キスをしたりするつもりはなかった。最後に会ってから二週間を経て、あらためて求愛したかっただけだ。決闘でトウィードが発射した弾はこめかみをかすっただけだったが、傷口に菌が入って発熱し、ネッドは憤然としながら床についていた。決闘をめぐる噂が飛び交うのを抑えようと、できるかぎりのことをし、その努力は功を奏したようだ。トウィードは友人たちの手で国外へひそかに連れ去られたし、残された仲間も、あの恥ずべきできごとに関わったと人に思われたくなかったからだろう。

決闘の直後、リディアから手紙が届いた。ちょうど熱が出はじめたときだった。たった数行の簡潔な文章ではあったが、心から心配しているようすが伝わってきて、ネッドは希望を見出した。だが紳士としての道義心から、決闘の場にいた人たちの秘密を守らなくてはならず、リディアに連絡を取りたくても取れない、落ち着かない二週間を過ごした。

ボートンだけが、ネッドの体と心の傷のことを心得ていた。決闘の直後、見舞いに訪れた(お高くとまったネッドの姪、メアリに未練たらたらの)ボートンは、ハリーとフィリップをあしざまに罵った。おじの容態を心配して見舞いに来るどころか、ありがとうのひと言もないとはけしからんと言う。そしていきなり、「きみはレディ・リディア・イーストレイクのもとへ駆けつけるべきだ」とうながした。その短い言葉で、ボートンがいかに状況を的確に把握しているかがうかがえた。ネッドの心を占めているのがリディアただ一人であり、ほかの女性が入りこむ余地はないと、ちゃんと理解していたのだ。

ああ、リディアがボートンの半分でもわかっていてくれたら。ただでさえ不穏な雰囲気をたたえたネッドの目が、さらに険しくなった。

今夜、次々とダンスの相手を変えるリディアを見守りながら、ネッドはなじみのない嫉妬心と闘っていた。周囲の人々は皆振り返ってリディアを見た。ドレスが美しいからだけでなく、それを身につけている女性の美しさに。リディアの行く先々でささやきが起こり、視線が集まり、会話が中断され、飲み物を持った手が空中で止まった。

今夜のリディアは、喜びと興奮に満ちて見えた。その姿がネッドの脳裏に焼きついて離れない。金の仮面で表情も目の特徴も隠れてはいたが、あれほど生き生きとしているリディアを見たことがあったろうか。さんさんと照る太陽が人間の形となって現れたかのように光り輝いていた。

なぜだろう？

恋をしているせいか？　誰かを好きになったのか？　誰だろう？　ワルツを一緒に踊った、アイヴァンホーに扮した男か、それとも枢機卿か？　ネッドはまさか自分が、リディアを目で追いかける、のぼせ上がった男のごとくふるまおうとは、思ってもみなかった。

ダンスフロアを離れたリディアのあとを追ったネッドは、彼女が庭の暗い小道に消えたのを見て、つけていくことにした。嫉妬というより心配からで、自分の評判が傷つかないようにしなさいと忠告するつもりだった。しかしリディアはネッドと初めて会ったふりをした。ネッドもそのゲームに乗った。

だが、会話を続けるうちにゲームの規則が変わり、発した言葉が違う意味合いを帯びていった。気がつくとネッドはリディアにキスしていた。そこから先は、頭がどうかしたとしか思えない。狂おしいほどの渇望が体を貫き、避雷針を伝わって落ちた雷のように情熱に火がついた。

しばし目を閉じて思い起こす。あれほど苛酷な試練にさらされたことはない。記憶にあるどんな経験も、リディアの体を放したときほどつらくはなかった。はっと息をのむあの音を聞いた瞬間、我に返って、自分がもう少しで彼女をふしだらな女のように扱って抱いてしまうところだったと気づいたのだ。

しかしリディアは、わたしが彼女だと感づかないまま、あんなふるまいに及んだとでも思っていたのか？　ネッドの片手がわきにだらりと垂れた。まさか。殴られたような衝撃を受けていた。どうしてリディアは、わたしが彼女以外の女性にあんな欲望を感じられるなどと考えたのか？

この誤解は、なんとしても解かなくてはならない。

25

控室では、エレノアがエミリーと一緒にホイストをしていた。リディアはカードが集められ、切られるまで待つことにした。エミリーがパンチを取りに行っているあいだに、さりげなくエレノアの前に立って上体をかがめると、小声で言う。

「理由は訊かないで。わたし、自分の素性を誰にも知られたくないの」

上流階級の人々のあいだでよく使われる手だ。演技の達人エレノアは自分の役割をすぐに悟った。リディアのほうを振り向きもせず、お高くとまって微動だにしない。

エレノアとリディアが親友であることは誰もが知っている。アウレリア王女に話しかけられていちいち反応していたら、謎の王女が実はレディ・リディア・イーストレイクだったのだとまわりの人たちにわかってしまう。連れ立って帰ったりしたら、ますます間違いないということになるだろう。

「わたし、辻馬車を拾って帰るわ」リディアは言った。

「エミリーはどうするの?」エレノアは小声で言いながらリディアのほうを振り向き、まるで話しかけられたのにたった今気づいたかのように不思議そうな表情をした。このようすを見た人は皆、二人が初対面だと思うにちがいない。

「エミリーに伝えてちょうだい、できれば五分後に通りで合流してほしいって」リディアはささやき声で言った。

エレノアはうなずき、席を立った。リディアのほうを向き、きっぱりとした口調で声高に言った。「お嬢さん。素性を隠したがる方とは、わたしおつき合いしませんの」そして一瞥もくれずにすばやく部屋を出ていった。リディアは反対方向へ向かった。

舞踏場の入口でエレノアは立ち止まり、エミリーの姿を探した。なかなか見つからない。だがその代わり、中庭から現れたロックトン大佐を見かけた。ぴりぴりして張りつめた表情で、玉突き室に向かって大またで歩いていく。エレノアは目を細めて考えこんだ。さっきリディアと話したとき、スカートのすそまわりの金色の網に木の葉がからみついていたのを見逃していなかった。

よくない兆候だわ、とエレノアは思った。リディアにふさわしい暮らしをさせてやれる財産を持たない大佐は、彼女やわたしと対等につき合える立場にない。それができるのはごく限られた人たちだけだ。

リディアはまさか、愚かにも――。

エレノアは口をきっと結んだ。リディアが恋に落ちようと落ちまいと、礼儀作法で許される一線を越えようと越えまいと、誰にも知られないかぎり、どうということはない。大丈夫。誰にも知られずにすむだろう。

午前二時ごろには、スペンサー邸のまわりに群がっていた人々も減りはじめた。翌日の仕事にそなえて家へ寝に帰る者に取って代わったのは、賭博好きや、仲間うちで笑い合う若者、年増の娼婦、しゃれ者の老人、流行の服を着た中年などだった。次の賭博場、次の酒場へ赴く途中で何か面白い見ものはないかと足を止めたらしい。

四〇代後半とおぼしき筋骨たくましい男が門に寄りかかり、若く美しい娼婦を口説こうとしていた。金はちゃんと持っているから、数時間つき合わないかというのだ。

娼婦はうさんくさそうな目で男を見た。やたらに気取って上品ぶった話し方をしているものの、あごに小さな切り傷がいくつもあるところを見ると、ひげは自分で剃ったにちがいない。上着は派手な錦織だが、一度ならず仕立て直したあとがある。鼻は赤く酒焼けし、笑顔ではあるが目は笑っていない――まあそれは、どうでもいいわ。

「クラウン金貨を持ってるって言ってたわね、フィッシュさん。まずそれを見せてちょうだい」娼婦は要求した。

男は目を細めた。「わたしが嘘をついているとでも言うのか?」唇をゆがめて怒りを見せる。笑っていない目はさらに細くなり、不穏なものを感じさせた。娼婦が逃げようとしたそのとき、スペンサー邸の玄関が開いた。芝生の向こうから明るい光と音楽が、まるで金貨が次々と転がり出るように流れてきた。戸口に現れたのは二人の女性で、一人はマザーグースの格好をしていた。もう一人は黄金の彫像を思わせる金色のドレス姿で、闇夜の蛍のごとく光り輝いている。仮面まで金色だ。

その姿に心を奪われた娼婦はたちまち普通の娘に戻り、男のことを忘れて「まあ！」とつぶやいた。

何事だろうと振り返った男は、辻馬車に乗りこむ二人の女性を見た。

「あの人が誰か、知っているか？」近くにいた金髪の若者が娼婦に訊いた。手にした酒瓶で馬車の方向を指している。振り返った娼婦は目を見張った。若者の顔立ちがあまりにきれいだったからだ。

「知らない」娼婦はなれなれしく言った。「じゃあ、旦那は知ってるの？」

若者は嬉しそうに笑った。娼婦が客になりそうな男にはかならず〝旦那〟と呼びかけることを知らない、単細胞の笑顔だ。

「レディ・リディア・イーストレイクだよ」若者はゆっくりと言った。「ロンドンで一、二を争う美女で、しかも金持ちなんだ」

「でも旦那、なぜそれがわかるの？」娼婦は中年のさえない男に見切りをつけて、もっと魅力的なカモに取り入ろうとしていた。

「なぜって、今夜あの女《ひと》がカヴェンディッシュ広場にあるグレンヴィル公爵夫人の屋敷から出てきたのを見たからさ。ぼくはちょうど――」若者は言いよどみ、あたりを見まわすと、人さし指を鼻の横に当て、身を前にかがめた。「賭博場へ行こうと歩いているところだったんだ」

「へえ、そうなんだ。ねえ、ちょっと飲ませてよ」娼婦は若者が持っている酒瓶を身ぶりで示した。

若者は一瞬酒瓶に目をやったあと、娼婦に手渡した。

「でも、そんなに金持ちだったら、なんであんなぼろな辻馬車に乗ってたの？」ひと口飲んでから娼婦が訊いた。

若者は面食らったようすだ。「わからない」とようやく認め、酒瓶を取り返した。

すでに黄金の美女とマザーグースを乗せた馬車が正門の前に着き、従僕が門を開けるのを待っていた。すぐ近くにいるので、娼婦の目にも馬車の中がよく見えた。若者がレディ・リディアだと教えてくれた女性はこちらに背を向け、マザーグースの格好をした女性に話しかけている。室内帽を取った年取ったマザーグースの頭はきつい巻き毛で、白髪の交じった赤毛だった。

「もう一人は誰？　年取ったほうの人は？」娼婦は訊いた。

「いとこだよ」若者は自信たっぷりにうなずいて言った。「いつも付き添ってる。レディ・リディアを溺愛してるらしい」

「名前はなんというのかね？」娼婦の客になるはずが忘れ去られていた中年男が訊いた。

若者は肩をすくめた。「知りません」と答えてから、顔を輝かせる。「噂では、レディ・リディアが精神病院で見つけてきた人だそうですけどね」

男は何も言わずに背を向けて立ち去った。娼婦はほっとしていた。男の誘いを断ってかんしゃくでも起こされたら面倒だし、もし本当にクラウン金貨を持っていたらいやでも寝なければならないから、消えてくれて助かった。

りりしい顔立ちの〝お客さん〟に娼婦は色目を使った。「じゃあ、旦那のお名前はなんていうの？」と尋ね、酒瓶を若者の手からむしり取ると、ごくごく飲んだ。

若者は嬉しそうに娼婦を見て、「ハリーだ」と答えた。

26

家族の人生を支配することに人生を捧げてきた哀れな老人、チャイルド・スミスの祖父マーティンは、なかなか死ななかった。ナポレオンが敗北を喫するまではもたないだろうと言われながらも、息子が勲爵士《ナイト》に叙され、娘が公爵に嫁ぎ、連れ合い（三番目の妻のことで、最初と二番目はすでに他界していた）が墓に葬られるまでは死ねないとばかりに、しぶとくこの世にしがみついていた。大方の願いはかなえられたものの、孫のチャイルドだけは彼の要求に屈していない。

うわついた気分でいるときのチャイルド・スミスは、自分が結婚を拒んでいるおかげで、祖父の寿命が自然の摂理に抵抗して延びているのではないかと思ったりした。マーティンが長年、辛辣な言葉を糧《かて》にして生きてきたのは疑いようがない。この底意地の悪い老人は、自然の摂理にも、自分以外の人間の望みや欲求にも、とんと興味がないらしかった。

しかし今、さすがのマーティン・スミスも死を免れられなくなったようだ。もうそう長くはないだろう。とはいえ、それで人間が丸くなったとか、いやみを言わなくなったとか、人を意のままに従わせるという生涯にわたる欲求を再考する気持ちになったわけではない。それどころか、死期が迫ってかえって性格の悪さが増すばかりだった。

昨夜、スペンサー邸での仮面舞踏会の最中にチャイルド・スミスのもとに届いた手紙は簡潔で要領を得たものだった。祖父の容態がいよいよ悪化し、ただ一人の孫に最期を看取ってほしいと強く望んでいるというのだ。急遽チャイルドが駆けつけてみると、祖父は重ねた枕を支えにしてベッドに座っていた。絹の帽子は耳まで垂れかかり、落ちくぼんだ目にはかすみがかかっている。

部屋には容態を見守る何人もの医師と従僕が無言で控えていたが、マーティン老人はそのうちの一人に、「やつはまだ来ていないのか？」と尋ねた。

「はい、おじいさま。ここにいます」チャイルドはのろのろとベッドに歩み寄った。

「もう結婚したのか？」低いしゃがれ声。

「いいえ、まだです」

老人は骨ばった手をチャイルドに向かってひょいと動かした。「この根性悪のろくでなしが。わしに反抗するだけ時間の無駄だから、意地を張るのはやめるんだな。格好つけるのが好きなおまえのことだ、貧乏暮らしは耐えられんだろう」

悔しいが、祖父の言うとおりだ。だからこそチャイルド・スミスは今、レディ・リディア・イーストレイクのタウンハウスの玄関前に立っているのだ。午後一時だった。妻になってほしいとリディアを説得するための麗々しい言葉を頭の中で練りながらも、内心いらついていた。

キティはきっと、激怒するだろう。いや、下手すると悲しみに打ちひしがれるかもしれない。

ああ、願わくは激怒ですんでほしい。大切なキティがすすり泣くところを想像するだけでつらかった。だがキティは、聞き分けのない女性ではない。かならずわかってくれるだろう。別にレディ・リディアと結婚したいというわけではない。実際、気が進まなかった。もちろんリディアは嫌いではない。快活で機知に富んでいて、存在感があって……それに、見栄えがいい。

だが、キティとは違う。

リディアはキティのように、さりげない微笑みだけでチャイルドの胸を高鳴らせたり、暖炉の前でチーズをあぶって一緒に食べるだけで日々の憂さを忘れさせてくれたりはしない。小さくて可愛らしい頭を膝の上にのせてきて、ブドウを食べさせてとねだり、チャイルドをうっとりさせることもできない。わざとなまりを強調したしゃべり方で笑わせたり、足を揉んで心地よい気分にさせてくれたりもしない。

だが、それらすべてを考え合わせても、祖父の遺産を相続することによってチャイルドが手に入れる、ロンドンでも五本の指に入る億万長者という地位に比べれば、取るに足りないものだ。

そう、キティには事情をわかってもらうしかない。一家を盛り立てるという責任がある以上、祖父の命に従うしかないのだ。屋敷を出たときに聞いた祖父の、痰のからんだしゃがれ声からすると、早く行動せねばならない。

チャイルドは扉を強く叩いた。扉を開けた小間使いが膝を曲げたお辞儀で彼を迎え入れ、驚くほど質素な居間に案内すると、そこで帽子とステッキを預かった。

「ここでお待ちいただけますか。レディ・リディアが在室かどうか確かめてまいります」小間使いはそう言って立ち去った。

チャイルドは興味深げに室内を見まわした。金にあかせて作らせた独特の装いで知られる女性にしては、居間は驚くほど飾り気がなく、調度も簡素なものだった。壁に無名の画家の手になると思われる絵画が数点かかっているぐらいで、炉棚《マントルピース》の上ではなんの変哲もない時計が時を刻んでいる。床に敷かれた絨毯も部屋の大きさにそぐわないほど小さく、以前はもっと大きいものが敷かれていたことをうかがわせる。

小間使いが現れ、ふたたびお辞儀をしてから、レディ・リディアがすぐに下りてくる旨を伝え、お飲み物はいかがですかと訊いた。チャイルドが要らないと答えると、小間使いは出ていった。

まもなくリディアが居間に入ってきたが、元気がない。世に知られたすみれ色の目の下に同じような色のくまができ、肌は青白くくすんでいる。よく眠れなかったのだろうか。頬の曲線にも丸みがなく、やつれて見える。唇に弱々しい笑みが浮かんだ。

チャイルドはお辞儀をした。「レディ・リディア、昨晩は、ダンスをご一緒する機会がなくて残念でした。家の用事がありまして、お先に失礼させていただきました」

「まさか、悪い知らせではありませんよね？」

その心配を吹き飛ばすかのようにチャイルドはけだるげに手を振った。リディアは腰かけ、膝の上で両手を組んだ。

「ほぼ予想どおりでしたよ。ただ、やっかいなだけで」チャイルドは言ったが、リディアのもの問いたげな表情には答えなかった。二人が結婚するにしても、ある意味で別々の人生を歩むことになる。リディアにはそれをわからせなくてはならない。妻として夫の世界に干渉してはならず、疑問を投げかけることは許されない。立ち入らないほうがリディアの身のためだ。

「聞くところによると、スペンサー邸での仮面舞踏会にはアウレリア王女に扮した、麗しく神秘的な女性が出て、彩りを添えたらしいですね。金線をほどこした扇を優雅に使いこなしていたそうですが」チャイルドは笑みを浮かべ、わけ知り顔で指を振ってみせた。

褒め言葉を喜んだリディアとのあいだに、お互いの気を引くような軽いやりとりが始まるのを期待していたのだが、返ってきた微笑みはうわの空だった。

「ええ。あなたがいらっしゃらなくて残念でしたわ。きっと衣装を気に入ってくださったでしょうに」

媚態も何もない、おざなりでそっけない返事だった。リディアは目をそらし、指先をこめかみに当てた。これではチャイルドの思惑どおりに進みそうもない。いつもの明るく快活な美女は姿を消し、そこにいるのは弱々しげな、憂い顔をした女性だ。しかも会話も成り立たないときている。

リディアの憂鬱が伝染したのか、チャイルドは自分の使命に対してわずかながら抱いていた意気込みを失っていた。だがこのほうがいいのかもしれない。友人どうしであっても、仕事上の取り決めというのは実務的に話し合うべきなのだ。もちろん、多少の外交辞令で飾る必要はあるにしても。

「レディ・リディア、あなたにはいつも敬服しています」これは本当だった。「ここ数週間で、友人として、いい関係を築けたと思っています」これもまた真実だ。

リディアは関心も示さず、期待しているようにも見えない。あきらめたような表情だ。

「そうですわね、スミスさん。いいお友だちになれましたわね」

「レディ・リディア、わたしは幸せ者です。こうしてあなたに――」

「わたし、お金がありませんの」リディアはぴしゃりとさえぎった。

チャイルドは目を見張り、リディアを見つめた。自分の口がわずかに開いていたのに気づき、急いで閉じる。

「それ以上何かおっしゃる前に、これだけは知っておいていただきたくて。わたしの財産はもうないんです。資産も、生活の糧も、望みも、何もかもなくなってしまいました」リディアはあからさまに嘆くことなく、ただ疲れきった口調で言った。「イーストレイク船団は海賊に乗っ取られましたし、持ち株は紙くず同然です。個人資産のほとんどは、この社交シーズンに必要な費用をまかなうために売り払いました。わたしにとって最後の、輝ける季節ですわ」皮肉な表情で眉をひそめて締めくくる。

チャイルドは顔をしかめて考えこんだ。何年ものあいだ、上流階級でもよりすぐりの花婿候補と言われる独身男性を袖にしてきたレディ・リディアが、にわかに結婚に意欲を見せはじめた理由が、今になって納得できた。ただし、この問題は自分の状況には影響がないと判断した。

「それでもかまいません」チャイルドは得意のゆったりとした話しぶりで言った。

「結婚すれば、船団を一〇でも買えるだけの財産が手に入りますから」

「そうですか」

チャイルドはリディアの前を行ったり来たりしながら、慎重に言葉を選んで続けた。

「正直に打ち明けてくださったので、こちらも気が引けるようなお話をしなくてすみます。率直に言っていただけてありがたいです。ですからわたしも率直にお話ししましょう」そこで間をおいたが、まだリディアの顔は見ない。

「祖父の生前に結婚すれば、わたしは巨額の遺産を相続できます。しかし祖父が死ぬ前に結婚できなければ、遺産は複数の大学に寄付されます。そのうち一校はスコットランドのエジンバラにある大学です」チャイルドは上唇を持ち上げてかすかにあざ笑った。「そんなのは大金の無駄づかいだ。そう思いませんか?」

咳払いをひとつするとチャイルドは姿勢を正した。「最近つくづく考えるに、わたしたちは似合いの二人ですね。あなたは高貴な生まれで、名声もある。機知に富んでいて、物腰も上品で、しかも世慣れていらっしゃる」

そのとき初めて、暗く沈んでいたリディアの目に、面白がっている色が見えた。

「美しさについては何もおっしゃらないのね」

忘れていた。チャイルドにとっては、美について語るに足る女性はただ一人だからだ。

「言うまでもないことだからですよ。あなたは並外れて美しい」

「ありがとう」

リディアがあまり喜んでいるように見えないので、チャイルドは正直言って少し困惑したが、いつもと違ってあからさまな表現になるのを承知の上で突き進むことにした。

「わたしも、あなたと似たような特質を持っています――名家の出身ではないことをのぞけば。といっても先祖はれっきとした紳士階級ですが」

「確かにそうですわね」リディアはうなずいた。

「ですから、レディ・リディア」チャイルドは咳払いをした。「わたしたちのように共通点が多い二人が結婚するのはきわめて理にかなっていると思うのです」

「理にかなっているように思えますわね、確かに」リディアはつぶやいた。

チャイルドはうなずいた。急に、少し陰鬱な気分になっていた。「まったくそのとおりです。そういうわけで」深く息を吸いこむ。「レディ・リディア、あなたに結婚を申し込みます。受けてくださいますか？」

リディアは答えずに、身を乗り出して訊いた。「本当にかまわないっておっしゃるんですか、わずかな資産もないのに？　一瞬でも、迷いはありませんでしたか？　スミスさん、真面目に言っているんですよ。わたしは一文無しも同然なんです」部屋の中をよく見てくれと言わんばかりに手ぶりで示す。

チャイルドはふたたび室内に視線をめぐらせて、置いてある物の少なさにあらためて気づいた。ああそうか。これも納得がいく。美術品の収集で知られるリディアだが、所有していた品を売り払ったというわけか。チャイルドは彼女を安心させようと急いで言葉をついだ。

「関係ありませんよ。この家は取っておいて、調度をととのえ直せばいい。費用はいくらかかってもかまいません」

「でもわたし、持っている不動産といえばこれだけですし」

「わたしは土地や建物など要りません。必要なのは花嫁なんです」

「銀行の預金も使い果たしてしまいました」

「ロンドンの半分を買い取れるぐらいの金が手に入りますから」

「あの黄色い車輪の馬車まで売ってしまったんです」

そうか。それは残念だった……。チャイルドはため息をついた。「馬車なら、また買えばいいでしょう」

リディアは妙に落ちこんだようすで椅子にもたれかかった。

「結婚してくれますか？　わたしと」

心を励ましてくれる何かを探すかのように、リディアは部屋の中を見まわした。チャイルドの希望はふくらんだりしぼんだりした。「スミスさん、そんなふうに言っていただいて、嬉しいですわ。でも、愛があるわけでもないのに、お申し出を受けるなんて、気がとがめますわ」

チャイルドは寂しげに片方の肩だけをすくめた。「それはわたしも同じです。レディ・リディア、愛してくれとは言いません。伴侶として、できれば友情を育みたい。それだけでも、大方の夫婦よりずっといい関係が築けるじゃありませんか」

リディアは組んだ手の上に頭を垂れて、しばらく黙っていた。二度、口を開くかに見えた瞬間があったが、その二度とも言葉にならず、震えるため息をついた。チャイルドは無理強いしなかった。ちゃんと求婚したのだから、今はそれ以上の努力をする気にはなれない。

リディアはようやく顔を上げた。「時間が限られているのはわかっています。ただ、少し考えさせていただきたいのです。明日、お返事をさしあげるということではいけませんか?」

あと一日。祖父がそれまでもつかどうか。だがいざというときのためにチャイルドは、どこでも結婚できるカンタベリー大主教の特別結婚許可書をもらってあった。それに、ほかに選択肢があるというのか? ロンドンにはチャイルドの妻にふさわしい資質をそなえた女性はそう多くない。その中からレディ・リディアただ一人を選んだのだ。今提示した条件で求婚を受け入れてくれる可能性のある女性は、おそらくほかにいないだろう。「どうしてもとおっしゃるのでしたら、明日まで待ってもかまいませんが」

「ええ、お願いします」

「わかりました。明日ですね」チャイルドはお辞儀をした。「では、失礼します。いいお返事をいただけるよう願っています。お互いが幸せになれる返事を」

チャイルドは小間使いから帽子とステッキを受け取り、玄関を出た。そのとき初めて気づいた。承諾と拒否、どちらがお互いを幸せにしてくれるかわからないということに。

27

タウンハウス内のほかの居室と同様、装飾がほとんど取り去られた部屋の中、リディアは視線をめぐらせながら、長いあいだ座っていた。リモージュの磁器、水晶の器、金縁の鏡、備え付けの調度品、銀のシャンデリア、金の銘板、青銅《ブロンズ》や大理石の彫像、絵画、ほうろう製の嗅ぎたばこ入れ、真鍮の薪台《まきだい》、ペルシア絨毯などはどれも、ターウィリガーの代理人の手で秘密裏に競売で売りさばかれた。

華麗な装飾がなくなってしまうと、建物の骨組みの部分があらわになった。乳白色の壁に等間隔に並んだ、背が高く風通しのよい窓。石膏の円形の浮き彫りがほどこされた高い弓形折上げ天井。繊細な寄木細工の床。目に入るのはそれだけで、鑑賞に堪えるものも批判に値するものも、何も残っていない。チャイルド・スミスがここを訪れた際に見ていたのは、残ったものではなく、なくなったものだけだった。

スミスの求婚に対し、どうして返事を一日待ってくれるよう頼んだのか、リディアは自分でもわからなかった。どうせ承諾することになるのだから。チャイルドが指摘したように、きわめて理にかなった取り決めだ。チャイルドはリディアを愛しているふりはしないし、リディアにも愛してほしいという期待を抱かない。双方が等しく恩恵を受けられる、便宜上の結婚をしようという提案だった。

それにチャイルドが言っていたとおり、二人は友人だった。とはいえ、秘密や夢を打ち明け、弱みや不安を告白し、流行や噂以外のことについて話し合い、議論できる親友とは違う。笑顔を見るだけで胸がときめき、笑い声を聞くと自然に笑いたくなる、そんな友人とも違う。心の奥底まで見透かすようなブルーグレーの目を持つ人、体から力が抜けてとろけそうになる愛撫をする人、心の琴線に触れる声の人、抑えきれないほどの欲望を唇で呼びさます人。

そんな友人とは違う。

リディアは両手に顔を埋めた。あふれる涙が手のひらを濡らす。背中を震わせ、声を出さずにすすり泣いた。ああ、どうすればいいの？

扉を軽く叩く音がして、リディアははっと顔を上げた。急いで袖口で頬の涙をぬぐう。

「お入りなさい」

戸を開けたのは小間使いだった。最後に一人だけ残った従僕はほかの仕事で忙しいのだろう。名前を呼ばれて案内されるより先に、エレノアが入ってきた。帽子と毛皮の外套を小間使いに渡し、「もう結構よ」と言う。

リディアがうなずくと、小間使いは膝を曲げてお辞儀をしてから、部屋を出ていった。

「浮かない顔をしてるわね」前置きもなしにエレノアが言った。「どうしたの？　ゆうべの大成功を祝っていなきゃいけないところでしょう。実は、あなたがこっそり帰りたいって言いに来たとき、理由がわからなかったんだけれど、今朝になってあれが作戦だったとわかったわ。大したものね、実に巧妙だわ」そう言うと隣に座り、リディアの手をぽんぽんと叩いた。

「どういう意味？」リディアは訊いた。

「上流社会全体が大騒ぎよ。アウレリア王女はいったい誰なんだろうって、いろいろな憶測が飛び交っているわ」

「寄せ集めた情報をつなぎ合わせているうちに、きっと誰かが気づくわよ」リディアは興味なさそうに答えた。「わたしがあなたたちと一緒に着いたのを、みんなが見ていたんだから」

「ところがそうでもないのよ。エミリーもわたしも馬車の窓から顔は出さなかったし、お屋敷に着いたとき、わたしたち二人だけ先に中へ入って、あなたはフードつきのマントをかぶったまま馬車の中にしばらくいたでしょ。アウレリア王女が紹介されて登場したころ、わたしたちは別の部屋にいたんだし。そしてあなたは、正体を知られる前に帰った。天才的としか言いようがないわ。皆、寄るとさわると〝黄金の貴婦人〟の噂でもちきりよ」

エレノアは立ち上がり、早足でそのへんを行ったり来たりしはじめた。表情は期待に満ちている。「実はアウレリアは自分だったと、あなたが口をすべらせたら、チャイルド・スミスは大あわてでやってきて求婚するにちがいないわ」いかにも淑女らしく鼻先でせせら笑う。

「ついにあの人も、一緒に舞台に立つのにふさわしい相手を見つけたというわけね」

「どんな舞台？」リディアは苦々しげな口調になるのを抑えきれずに訊いた。舞台の上での演技――それがわたしの人生の行きつくところだというの？

エレノアはさっと振り向き、眉をつり上げて言った。「何を言っているの、世界の舞台よ。リディア、なんだか変よ。大丈夫？　もしどこか悪いのだったら、わたしのかかりつけの医師にハーブ茶を煎じてもらえばいいわ。そんな、哀れな幽霊みたいな顔をしている場合じゃないでしょ。チャイルド・スミスが訪ねてくるかもしれないのに。いいえ、きっと来るわ」

急に目が生き生きと輝いた。「おじいさまがもういよいよ、危ないそうだから」

「まあ、それは吉報ね」リディアは語気鋭く言った。

まるで頰を打たれでもしたかのように、エレノアは頭をのけぞらせた。いつになくきつい言葉に、心底驚いているのだ。リディアはそれに気づいたが、謝らなかった。礼儀作法を守っているからといって人間として品位があるとはかぎらない。それはネッドから学んでいた。エレノアが老人の死を期待してほくそ笑んでいるのは、いくらなんでも行き過ぎだった。

「エレノア、あなたチャイルド・スミスのことが好きじゃないでしょ。なのに、彼の求婚を受け入れるようわたしにすすめるなんて」リディアは言った。

エレノアの唇がいらだたしげにゆがんだ。「わたし、自分の夫も好きじゃなかったけれど、それでも結婚を承諾したわ。そんなこと、大して重要じゃないでしょ」

「じゃあ、何が重要なの？」

エレノアはため息をつき、リディアのまん前の椅子に座ると手袋を脱いだ。長い議論になりそうな兆しであり、負けるつもりはない決意のあかしでもあった。手袋を膝の上に置いたエレノアは、鋭いまなざしでリディアを見つめた。

「重要なのは、あなたの今の状況を打開する解決策がたったひとつしかないこと。つまり、チャイルド・スミスと結婚するしかないの。ほかに道はないわ。彼の求婚を受け入れなければ、あなたは自分にとって大切なものをすべて失うんだから」

大切なものならもう、とっくに失っているわ——リディアの脳裏をネッドの顔がよぎった。

「その大切なものって、何かしら？」

「富、自立、名声、そして社交界よ」

うつろな目で見返してくるばかりのリディアを見て、エレノアは戦術を変えた。「リディア、驚きだわ。どうしてそんなわけのわからないことを言うのかしら。そもそも初めはあなた自身、夫選びはこの条件でいくと納得して決めたはずよ。こうなると、厳しく言って聞かせざるをえないわね」エレノアはリディアと正面から向き合った。

「あなたは、ほとんどの人にとっては想像の世界でしかないような暮らしを楽しむべく育てられた人よ。それ以外の生き方は知らないでしょう。自分が気に入ったものをなんでも買えるお金があるかどうかという単純な問題じゃないの。それができる人はたくさんいるわ。でも、財力によって獲得できる社交界での地位こそ、かけがえのないものなのよ。あなたは莫大な財産があったおかげで自立した生活を営めたし、世間も自立を容認してきた。大富豪のレディ・リディア・イーストレイクだからこそ、しっかりしたお目付け役や後援者がいなくても、ありとあらゆる機会が与えられる。最上流の社交、最高の芸術品、贅沢な旅行など、ただのレディ・リディア・イーストレイクだったら絶対に味わえない、いろいろな経験に門が開かれているわ。どんな飲み物を飲むかだけでなく、誰と飲むか、どんなふうに旅するかだけでなく、どこへ行けるかが大事なの。ルーベンスの稀少な絵が買えるお金があるだけでなく、その絵を手に入れられる立場にあるかどうかが鍵なのよ。自分がどういう世界に生まれてきたかを理解している人はほとんどいないけれど、その環境が人にどんな影響を及ぼすか知っている人はさらに少ないわ」

「それはどんな影響？」リディアが訊いた。

「環境というのは、人の性格のあらゆる側面に作用して、行動や選択を決定づけるものよ。誰とつき合うか、何をするか、何を着て、何を話し、何を考えるかにいたるまでね。人は自分の住む世界によって作られるの。その世界がなくなったら、自分も終わり」エレノアは自人は自信に満ちた態度で椅子にもたれた。「これが、重要なことよ。これこそまさに、あなたがチャイルド・スミスに求婚されたら、受け入れなくてはならない根拠になるの」

「もう求婚されたわ」リディアは低い声で言った。「彼はついさっき、あなたが来る少し前に帰ったところ」

エレノアはくぼんだ目を見張り、喜びをあらわにした。「まあ、よかった！　だったら、こんな話をしている場合じゃないわ。惜しむらくは、結婚までの手続きが省略されてしまうことだけれど、なんとか体裁をととのえましょうよ。わたしが壮麗な披露宴を催すわ。そうすれば皆、交際期間が短かったことなど忘れてしまうわよ」

「まだ返事はしていないの」

「なんですって？」エレノアの眉が驚きにつり上がった。「リディア、喜んですぐに返事をしてしまうと安っぽく見られるという考え方はわかるけれど、信頼できる筋から聞いたところによると、スミスのおじいさまはもう、息も絶え絶えだという話よ。純情ぶっている場合じゃないわ」

本当に純情ぶっているのならいいのだが。エレノアに嘘をつくわけにはいかない。

「承諾するかどうか、迷っているの」

「なぜ？」エレノアは詰め寄った。信じがたいといった表情だ。

「スミスは、わたしを愛していないんですもの」

エレノアはいらだちをあらわにした。「ますます都合がいいじゃない。そのほうが妻によけいな干渉をしないから。あなたが分別をわきまえた慎重なふるまいをしていれば、ね」

「サラとは違って、でしょ」リディアは言わずにはいられなかった。

「そうよ。サラとは違って」

エレノアの言うことは間違いではない、とリディアも思う。富と特権こそ、自分のこれまでの生活に必須のものだった。自分が今までしてきたことはすべて、上流社会で許される範囲内で、それが自分の生き方だった。

エレノアのくぼんだ目が一瞬、めったに見せない冷たさを帯びたが、すぐに消えた。彼女は身を乗り出し、リディアの組んだ手に自分の手を重ねた。

「スミスの求婚を受け入れなさい。不安に思う気持ちはわかるわ。大人になってからずっと、一人の人に合わせて生きたことがなかったから、甘やかされたんだわ。そうよ、リディア。あなたは甘やかされてきた。でも、スミスの妻になったからといって、自分の生活が大きく変わるともかぎらないのよ。きっと、跡継ぎを産む必要はあるでしょうけれど、それも絶対というわけじゃない。ご存じのとおり、わたしは産んでいないもの。あなただって、結婚後も今までと同じような生活を続けられるはず。変わるとしても、ごくわずかな変化にすぎない。基本的には何も変わらないわ」

いいえ、そんなはずはない。今エレノアの話を聞いていて初めて、真実とは違うだけでなく、明らかに間違っている、とリディアは思った。状況はどんどん変わっていく。両親が死に、赤ん坊を流産し、夫は妻を病院に追いやり、友人は愛のために破滅の道を選び、ネッドはわたし以外の誰かと結婚する。

「あなたは今までとまったく同じように暮らしていけばいいのよ」エレノアが言った。

今までと同じように暮らす――確かに二、三カ月前にはそれだけが重要に思えた。だが今になって、それが一時的な救済というより判決のように感じられるのは、なぜだろう？

「チャイルド・スミスはきっと、いい夫になるわ。お似合いの夫婦ね」エレノアはますます執拗に言いつのった。その声には必死さが感じられる。

エレノアはきっと、わたしが申し込みを断るのではないかと恐れているにちがいない。

「ばかなことを考えちゃだめよ、リディア。自分という人間と、生きるべき世界、慣れ親しんできた物や人をないがしろにしないで。わたしに背を向けないで」

「そんなこと、するわけないでしょ」リディアは反論した。

「チャイルド・スミスと結婚しなかったら、わたしに背を向けることになるのよ！」エレノアがいきなり叫んだ。だが冷静さを取り戻そうとしたらしく、すぐに立ち上がって窓際へ行った。

そのとき、扉を叩く音がした。お入りなさい、と声をかけると小間使いがすっと入ってきた。ひもで結んだ箱を抱えている。「失礼します。今届いたものですが、これを持ってきた人が、リディアさまの手に渡ったのを確認しないかぎり帰らないようにと言いつかっている、とおっしゃっていまして」

リディアは疲れたようにうなずき、箱を受け取った。「その人に一シリングあげて、お礼を言っておいてちょうだい」

エレノアが振り向いて箱を見た。「チャイルド・スミスから？」

「わからないわ。カードも何も添えられていないから」リディアが箱にかけられたひもをほどき、ふたを開けると、中には薄紙が何枚も重ねられて入っていた。一番上の紙をめくったリディアは、どきりとした。金糸織の手袋の片方が現れた。仮面舞踏会のときにはめていたものだ。

ネッドだ。あの人、アウレリア王女がわたしだとわかっていたんだわ。

リディアは空を見つめた。頭の中でさまざまな思いがぐるぐると回っていた。ふと箱の中を見ると、下にはまだ何かある。エレノアがいぶかしげに目を細めて見守っているのにもほとんど気づかず、リディアは手袋を取り出した。

白地に青が鮮やかな鉢で、古い年代のものであることを示すひびが表面に入っている。ルバレーの店でリディアが見つけた、清朝の康熙帝時代の鉢だった。あの最初の出会いのときから、ネッドはわたしがリディアだと気づいていたにちがいない。

ああ、なんてこと。

リディアはごくりとつばを飲みこんだ。鉢を取り出すと、薄い包装紙のあいだから何かが落ちた。折りたたんだ一枚の紙だった。取り上げて紙を開くリディアの手は震えていた。挨拶文は書かれていない。

エレノアが何か言っているが、リディアの耳には聞こえなかった。太字の字体で書かれた手紙を読みはじめていた。

淑女にこのような形で反論するのは本意ではありませんが、あなたが誰かわたしが〝わからない〟〝気づかなかった〟という誤解を一刻も早く解きたくて、一筆したためています。はっきり申し上げましょう。わたしは一度たりとも、あなたを誰かほかの人と間違えたことはありません。これからもけっして間違えないでしょう。あなたがどんな仮面をつけていても、それが黄金で鋳造されたものであろうと、埃にまみれたものであろうと、わたしの目は欺けません。

わたしはあなたの、幾通りもの姿を知っています。たとえば、自分の意見を主張するときの指先の動き。音楽を聴いているときに頭をかしげるさま。笑う前に一瞬、息を吸いこむ音。静止している姿の美しさ。

手を上げれば、あなたの肩の線を空中で再現できるほど知っています。目を閉じれば、手首の青い静脈を思い描けます。息を吸えば、あなたの香りを思い出すことができます。わたしは、あなたの肌の感触を熟知する専門家です。さまざまに変わる目の色合いを研究する学者です。息づかいのリズムを把握する権威です。しかしそれでいて、あなたを知るのに目も耳も手も必要ありません。たとえ離れていても、目が見えなくても、耳が聞こえなくても、あなたがわかるのです。この心の奥底で、あなたの声を聞き、姿を見、存在を感じることができるからです。

空に月が見えないときも、月は消えたわけではありません。それと同じように、わたしの心の空には、あなたの姿がいつもしっかりと映っています。

あなたは、いつまでもわたしの心の中にいます。月のように、輝くか輝かないかにかかわりなく、永遠に存在しつづけるのです。

ですから、レディ・リディア、どうか二度とおっしゃらないでください——「わたしはあなたを知らない」と。

あなたの忠実なる僕《しもべ》

エドワード・ロックトン大佐

「リディア、なんて書いてあるの？」エレノアが近寄ってきて詰問した。「ロックトン大佐からの手紙でしょう？」考えこむように頭を垂れて座っているリディアを見下ろす。

「何を考えているか想像がつくわ。ロマンスへのくだらないあこがれよ。ロックトンが、夢想のような考えを吹きこんだんでしょ。でも、事実は単純よ。ロックトンはあなたをだまして、信頼と好意につけこんで、甘い言葉でそそのかしたんだわ。そのせいであなたは、彼に恋焦がれている」

一方的な非難。その言葉に矛盾があることが、エレノアにはわからないのだろうか？

「だったら、わたしがネッドにした仕打ちはどうなの？　だましていないっていうの？」

「まあ！」エレノアはまるでリディアを見ていられないかのように一瞬、顔をそらした。

「ネッドはわたしを大切に思ってくれているのよ、エレノア」

「いいえ、彼は悪党よ。お互い結婚できるような状況ではないのに、ずうずうしくもあなたをしつこく追いまわして。いったい何を考えているのかしら……ちょっと待って、わかったわ！」エレノアは目をぎらぎらさせて言い放った。「あの人、今から下準備をしておいて、そのうち情事に誘おうとしているのよ。案外、狡猾なところがあったのね」

リディアは眉をつり上げた。「情事ですって？」

「そうよ。あなたが結婚したあと、しかるべき期間をおいて、また関係を結ぼうと考えているにちがいないわ」

違う、違うわ。リディアは首を振った。「ネッドはそんな人じゃない」品格のある、高潔な人だもの。そんな汚い策略は大嫌いなはず。その点、わたしと同じだ。わたしはエレノアやサラやエミリーとは違う。両親を見ていて、献身的な愛と誠意にもとづいた結婚生活とはどんなものか、よく知っている。三人の結婚は〝恥ずべき結婚〟だった。なんという皮肉だろう。

「エレノア、あなたの言うことは間違ってるわ」

親友はふたたび、身ぶりで不快感をあらわにした。「ネッド・ロックトンの話はもう結構よ。どうせ、どう転んでもあなたの結婚には影響しないんだから。あなたはチャイルド・スミスのことだけ考えなさい」

「いやよ」

「なんなの、リディア!」エレノアが感情を爆発させた。「あなたったら、客観的な見方ができなくなっているのね。子どもみたいに駄々をこねるのはやめなさい。確かにチャイルド・スミスはあなたを幸せにしてくれないかもしれない。でも、不幸にはしないはずよ。彼のせいで胸が張り裂けるような思いはしなくてすむんだから。わかった?」息が荒くなっている。「スミスはあなたの住む世界を、習慣を、常識を理解できる。あなたを理解してくれる。あ、な、た、を知っているのよ」

リディアの心から怒りが引いていき、むなしさだけが残った。エレノアと言い争いたくなかった。確かにわたしは、子どもみたいに駄々をこねているのかもしれない。避けられない事態を受け入れるのを拒み、自分の心が求める以外のことには目もくれずに。そう、チャイルド・スミスはわたしを知っている――わたしの外見や、表面的な部分なら。でも、わたしという人間はそれだけではないはずよ。

ええ、そうよ。人が見かけだけでないことを、ネッドがかいま見せてくれた。わたしは昨夜、彼に〝わたしを知らないくせに、わたしの求めるものが何かわかるわけがない〟という意味のことを言った。だが、手袋と骨董品の鉢が、その非難が当たっていないことを証明している。ネッドはわたしを知っている。わかっている。なぜなら、愛があるからだ。

ネッドはわたしを愛している。

それ以上、何が必要だというの?

「リディア、どうしたの?」エレノアが強い口調で訊いた。「あなた、ようすが変よ。なんなの、急に立ったりして? どこへ行くの?」

「わたし……」リディアは首を振った。自分がなぜ立ち上がったのか、なぜエレノアが来たのか、どうして自分がまだここにいるのか、わからなくなっていた。

ネッドはわたしを愛してくれている。

リディアはさっと向きを変え、戸口に向かって歩き出した。

「お願い、許して」それだけ言うとリディアは振り向きもせず、エレノアを一人残して出ていった。

目を輝かせ、息をはずませて応接間から出てきたリディアは、外の廊下に立つエミリーに気づかないまま通りすぎた。

エミリーは、リディアとエレノアの会話の最後の部分を立ち聞きしていた。エミリーの動作はいつもゆっくりしている。実を言えばときどき、必要以上にのろのろ動いて聞き耳を立てて情報を仕入れる場合もある。自分に影響があると思われることは、特に。エミリーが生きのびるためにいかにうまく立ち回っているか、リディアは十分に理解していなかった。

「完全に、頭がどうかしてるわ！」エミリーが応接間に足を踏み入れると、エレノアが叫んでいるのが聞こえた。

「ああ、その表現だったら、以前に聞いたことがあるわ」エミリーはそう言って扉を閉めた。

エレノアの高い頬骨のまわりがうっすらと赤くなった。「エミリー、あなたのことを言っていたわけじゃないのよ」

「わかってるわ」エミリーはそう言うと椅子に座った。ほかに人がいる場合には絶対にしない、礼儀作法に反する行為だ。それに、もしエレノアがいやがるようなら目の前で座ったりしないだろう。誰かに見られさえしなければエレノアは気にしなかった。

そもそもリディアは、エミリーが生きのびるためにいかにうまく立ち回っているかを知らないのと同様、エレノアがいかにお高くとまった俗物かを知らない。二人が悪い人間だというのではない。ただ、リディアほどまっすぐな性格でないだけだ。

その理由は、二人が人生の過酷な試練をくぐり抜けてきたせいだ――エミリーはそう思いたかった。だが、言い訳であることはわかっている。逆境を生き、試練にさらされてきたのはリディアも同じだからだ。肉体的につらい目にあったわけではないにしても、それ以外の苦痛はあったにちがいない。リディアのようにウィルシャーの屋敷でむなしい日々を過ごせば、たとえ愛情あふれる人であっても気持ちが枯れてしまうだろう。

エミリーはエレノアが話し出すのを待った。雇われのお目付役兼話し相手の身分では普通、公爵夫人が座るより先に座ったりしないものだ。エミリーは自分の立場をよくわきまえており、現状にとても満足している。だが今、心の中で、自分の望みと、リディアの幸せのあいだのせめぎ合いが起こっていた。難しいところだった。「どうぞ、エレノア。おかけになって」

エレノアは一瞬ためらい、戸口のほうをちらりと見やったあと、落ち着いた態度で待っているエミリーに視線を移した。そして、いつもの優雅さのかけらもなく、どすんと腰を下ろした。背すじがこわばっている。

「世の中には、ブリスリントン病院よりはるかに劣悪な環境のところがあるわ」エミリーはさりげない口調で切り出した。「あの病院に収容されている患者は、公の場で人に笑いものにされたり、怖がられたりしてさらし者になることは絶対にないの。運動と食事、休息、仕事と、規律正しい生活が送れるよう配慮がなされていたわ。体はいつも清潔で、栄養状態もよかった。それでもわたしは、みじめだったわ」

「もちろん」エレノアは鼻先で笑った。「あそこはあなたの居場所ではなかったからでしょ」

エミリーの顔が明るくなった。「そのとおり。わたしの居場所ではなかったの。ただ、そうは言わない人も中にはいるでしょうけれど。たとえばレディ・ピックラーは、リディアがわたしを引き取る手配をしたことは間違いだったと主張するはずよ。そう思っている人は彼女一人じゃないわ」

エレノアが軽蔑的な言葉を吐こうと口を開いたが、エミリーのほうが先に話し出した。「そういう人たちの心配は理解できるし、ある程度、同情したくもなるわ。だってわたしは、あの困った衝動を抑えきれないときがあるんですもの」エミリーは少しひるんだようすで前かがみになった。「わたしの部屋には今、公爵の紋章が刻まれた石鹸が置いてあるのよ」

エミリーが屋敷を訪れたあとにちょっとした物がなくなるのに慣れているエレノアは、まばたきひとつしなかった。「ああ、憶えているわ。あの石鹸、贈り物としてあなたにあげたんだったわね」

エミリーは声をあげて笑った。「エレノア、優しいのね。心が広くて」笑い声はしだいに小さくなり、優しい笑顔だけが残った。「お願い。その気持ちを忘れないで。そしてリディアがわたしをどんなに大切にしてくれたか、考えてみて。それと同じ広い心で、リディアを見守ってあげてほしいの」

エレノアは目を閉じた。「わたしは、リディアにとって一番いい人生を願っているだけよ」

「それは、あなた自身にとって一番いい状況でしょう。無理ないわ。わたしもそう考えていたから。でもそういう自己中心的な考えを取り払わなくちゃ。ブリスリントン病院がわたしの居場所でなかったのと同じように、リディアの居場所はわたしたちと一緒のこの世界ではないのだから」

エレノアは反論しようとしたが、さえぎられた。「ロックトン大佐はリディアに、あなたやわたしやサラが知りえなかった幸せに満ちた人生を送る機会を与えてくれようとしているのよ」

「友人と、今までずっと生きてきた社交界をリディアから奪おうとしているだけじゃないの！」エレノアはぴしゃりと言い返した。

だがエミリーは自分自身、すでに何時間もこの問題に思いをめぐらせていた。自分の利益と寛大さ、言い訳と疑念とのはざまで揺れながら自問をくり返してきたから、エレノアがどんな主張をぶつけてくるかは読めていたし、疑問への答えもわかっていた。

「リディアの人生が、ご両親の選んだ道と似通ったものになればと思うわ。わたし、ご両親にはお目にかかれなかったけれど、リディアの人間性、愛情深い性格はよく知っているから、それから判断するに、きっとご両親はまれに見るほど幸せな結婚をなさったにちがいないわ。お二人とも悔いのない人生を送られたことでしょう。それと同じような人生を、リディアがロックトン大佐とともに送れるように願うばかりよ」

「ふん！」エレノアが吐き捨てるように言った。「全然、同じにはならないわよ。リディアのご両親は、結婚後も大きな影響力を持っていたもの。ロックトンがリディアに約束できるものといえば、貧乏で無名な人としての暮らしだけよ」

「最初は貧しい生活かもしれない。でもロックトン大佐は、機会に恵まれさえすれば、いつまでも貧乏なままでいる人ではないという気がするわ。無名になり、社交界から遠ざかったとしても、それはリディアにとって、世間の人々から注目されない中で自分探しをする、いいきっかけになるでしょう。わたしたち、リディアの人柄と力量についてはすでに知っているわよね。彼女の優しさ、誠実さ、寛大さを。ロックトン大佐もそれをよくわかっているはずよ。リディアを愛しているから」

「愛、ね」エレノアはあざ笑った。「その愛が、どのぐらい続くかしら？　わたしがリディアに注いできた愛情と比べたら、ロックトンの愛情がどれほどのものだというの？　わたしはリディアを長いあいだ愛し、守り、導いてきたのよ。何年も、何年も。それに、あなたはどうなるの、エミリー？」エレノアは続けた。「一緒に暮らそうと二人が言ってくれるとでも思う？　自分たちの生活を支えるだけでも精一杯なのに。それにあなた、どんな立場で住みこむの？　小間使いとして？　乳母として？」

「わたし、できれば乳母になりたいわ」エミリーは答えた。乳母になった自分の姿を思い描くかのように、遠くを見るその目はなごんでいた。

エレノアはいまいましげな声をもらした。

エミリーは腕を伸ばし、エレノアの手に触れた。「もしリディアがロックトン大佐を愛していないのなら、わたしもこんなにしつこく食い下がらないわ。でも実際、愛しているのよ。二人は愛し合っているの」公爵夫人の目をじっと見つめる。「もし無理やりほかの人と結婚させたら、リディアはきっと、満たされない心を埋めるために愛人と駆け落ちするような女性になるわ。あるいは、妻をまったく顧《かえり》みない夫に捨てられ、精神病院へ送られるような女性になるか。でなければ、長年のつらい仕打ちを恨んだあげくに愛を信じなくなった女性と化してしまうでしょうね」

その言葉にぎくりとし、胸の痛みをおぼえたエレノアは、動揺を隠せずに小さく息を吸いこんだ。

エミリーは同情を誘われ、悲しげな表情でエレノアの目を見つめたが、それでも妥協することなく「リディアにそんな人生を歩ませたいの？　それがあなたの望み？」と訊いた。

エレノアは、膝の上で組んだ手に視線を落とした。「いいえ」とつぶやく。「いいえ、違うわ」

28

「気の毒だった」ボートンは重々しい口調で言った。帽子を手にして、ネッドの書斎の戸口を入ったところに立っていた。知らせを届けたので、もうそろそろ帰ろうかとは思ったが、そそくさといとまごいするのは気がひけた。普段は冷静なネッドの自制心を総動員しても、立っているだけで精一杯だろうからだ。

「この話がいきなり耳に入るより、心の準備ができていたほうがいいだろうから、ぼくが知らせるのが一番だと思ったんだ」

ボートンは、チャイルド・スミスがレディ・リディア・イーストレイクに求婚し、一日以内に承諾をもらう見通しであるという知らせを持ってきた。〈ブードルズ〉でスミス本人から聞いて、まだ一時間も経っていない。スミスは取り巻きの仲間に祝福されていた。

「ああ。ありがとう」

ボートンが出ていくときに扉が開き、また閉まる音が聞こえた。ネッドは窓のほうを向き、そこから借りているタウンハウスの裏庭を見下ろした。

リディアは、わたしのものになるべきだった。

だが自分には、彼女を養う財力がない。

初めからあんな手紙など書かなければよかった。

自分は衝動的な人間ではないつもりだったのに。

わたしがほかの女性に手を触れ、抱くことになるだろうと、リディアは想像するにちがいない。それを考えると、耐えられなかった。

わたしは、リディアだとわからずに接していたと誤解された。誤解されたままでは生きていけない。

リディアを愛している。

彼女はチャイルド・スミスと結婚する。金持ちであかぬけた、あの男と。

ああ、なんということだ！

ネッドは頭の高さにもっていった手で壁を強く叩き、こぶしをそこにおいて額をつけた。

そのとき書斎の扉がふたたび開き、閉まる音がした。またボートンが、苦しみをもたらす新たな情報を知らせに来たのか？

「帰ってくれ。お願いだ」ネッドは目を閉じたままで言った。

かすかな衣擦れの音が聞こえ、オレンジの花の香りがする——。ネッドはさっと振り返った。

リディアがフードつきのマントを着て、書斎の扉のそばに立っていた。無言で首元の結び目をほどくと、マントはほとんど音を立てずに床にすべり落ちた。憂いのあるすみれ色の目がネッドの目をとらえて放さない。だがレースのスカーフは胸元で震えていた。

「スミスと結婚するんですね」ネッドの声には生気がなかった。

「いいえ」リディアは首を振った。後ろに手を伸ばすと、扉の錠を回してかちりと閉め、鍵を床に落とした。

ネッドの体はいつのまにか動き出していた。リディアのもとへ歩み寄ったかと思うと、次の瞬間には彼女を抱きしめ、飢えたように、無我夢中で唇をむさぼった。リディアは首に腕をしっかり巻きつけてしがみついてくる。その体を片腕で抱え上げ、自分のほうへ引き寄せつつ後ずさりしていくと、太ももの裏に机が当たった。ネッドは唇を合わせたまま向きを変え、上体を前に倒して、自由になるほうの手で机の上に置いてあったものをなぎ払った。

ネッドはリディアの体を机の端に下ろし、そっと後ろに倒していった。彼女は肩にしがみついて自分の体を支えている。ネッドは舌を入れながら、上からおおいかぶさっていった。片脚をリディアの膝のあいだにこじ入れると、太ももが待ちかねていたように開き、興奮がいやがうえにも高まる。ネッドは彼女の柔らかい尻の下に手を差し入れて持ち上げ、硬くなった自分のものに押しつけた。

リディアの喉の奥からうめき声がもれる。ネッドは唇を合わせたまま顔を斜めに傾けて、その声の響きを感じとり、中を探って味わった。二人の舌が快楽のダンスのようにからまり合う。リディアは本能的に腰を持ち上げ、原始から続く営みを思わせる動きで応える。それに反応して、ネッドも岩のように硬くなり、抑えがたく強い欲望の前に理性が吹っ飛んだ。

ネッドは唇をもぎ離し、机についた腕を震わせながら体を起こして「リディア」としゃがれ声でつぶやいた。

リディアは目を開け、腕でネッドの体をふたたび自分のほうに引き寄せた。

「ああ、リディア。いくらわたしでも、我慢の限界というものがあるんだ」

「そうかしら？　限界なんかないでしょう。あなたって、どんな誘惑にも抵抗できるんだと思っていたわ」

何を言っているんだ。ネッドは首を振った。高まる欲望で思考が鈍っていた。「こんなことは、やめなければ」

「いいえ」リディアはかすれ声でささやいた。「今度はだめ。もう、わたしを拒まないでちょうだい」

ごくりとつばを飲んだリディアのうっすら赤く染まった喉を、ネッドは飢えた獣を思わせる目で見つめた。

「わたし、キャロライン・ラムみたいにはなってはいけないと自分に言いきかせようとしたことがあったの。あんなに我を忘れて愛するのでなく、理性で情熱を抑えようと。ずっとそう思っていたわ、以前は」

ネッドはリディアを見下ろした。情熱に応えて愛を交わしたいという欲望にさいなまれながら、耐えていた。彼女の濃茶色の髪が机の上に広がっている。唇はキスで少し腫れ、瞳は安心させてくれる答えを求めている。

「あなたはキャロライン・ラムとは違う」ネッドは言った。

リディアは身震いした。目に不安をたたえながら、手を伸ばしてネッドの頬をなでる。彼は目を閉じ、愛撫される喜びを味わいながら、小さくつぶやいた。「あなたにだけ、捧げるわ。どうすることもできないほど強くて、熱い、この思いを」

「ああ、神よ」

「愛しているわ」リディアは良心の呵責に苦しむネッドの顔を探るように見た。「でも、もしわたしの思いばかりが強すぎて、それに応えるほどの気持ちがあなたになかったら……いつか飽きられて、捨てられるかもしれない。そんな目にあうくらいならわたし、今すぐにここを出ていって、二度と戻ってこないわ」

「そんなことは絶対にない。あなたを捨てたりはしない」ネッドは押し殺した声で誓った。

「絶対にないって、どうしてわかるの？　以前、あなたを求めるわたしをあれほど簡単に拒んだのに」リディアの指先はネッドのあごをたどり、唇の上をなぞる。

ネッドの血管が激しく脈打っていた。筋肉が燃えるように熱い。

「じゃあ、どうすればわかってくれるんだ、リディア？」ネッドはなすすべもなく訊いた。欲望に圧倒されそうになっていた。道義心のかけらだけでかろうじて、自分を抑えていた。

「どうすればあなたを手に入れられる？　手に入れたくても、道義心に反することなくそうする方法がない」

リディアは長いあいだネッドを見上げたあと、悲しそうな、ゆがんだ笑みを浮かべた。暗い瞳には後悔の色も見える。

「あなたの言うとおりね。道義心に反することなくわたしを手に入れる方法がない。ということはわたしたち、二人とも負けね」

リディアはひじをついて起き上がった。ネッドも彼女の体の両わきに手をついて上体を起こした。「リディア」

リディアは手を伸ばし、片手をネッドの胸にそっとおいた。彼は身震いした。

「わたし、帰るわ」

「いや、だめだ」ネッドはつぶやくと、リディアの手首をつかんで荒々しく引き寄せ、抱きしめた。「絶対に、行かせるものか」

ネッドは刹那的にリディアの唇を奪い、激しくひたむきなキスを浴びせた。すぐには反応がない。だが次の瞬間、降伏の低いうめき声とともに、リディアは腕をネッドの首に巻きつけ、口を開けて応えた。

ネッドは上着を脱ぎ、床に放った。下のシャツにリディアが手をかけて脱がせると、ボタンが飛んで床に散らばった。ネッドは、リディアが肩にはおった絹のスカーフをはずし、胴着をぐいと引き下げて乳房をむき出しにした。唇を離したあと、彼女を抱きかかえて運び、革の長椅子に横たえた。自分の素肌の下で息づく柔らかな乳房と、玉石のように硬くなった乳首の感触に、歓喜のあまり息を吸いこむ。

リディアの肩に顔を埋めたネッドは、首すじの優雅な線に沿って舌をはわせた。いったん止まって耳たぶを噛み、彼女の身震いを感じながら、優しく吸った。手を下にずらし、柔らかくぬくもりのある乳房のふくらみを包む。ああ、なんとすばらしい。ふっくらとしなやかで弾力がある。蜂蜜とブランデーを思わせる香り。絹とベルベットの手触り。熱く、しっとりしている。塩気と清らかさ。官能に訴える質感と味わい。

首から肩を探訪したあと、豊かな乳房を持ち上げて乳首を口に含んで吸う。あまりに扇情的な経験で、ネッドの息づかいは荒くなっていた。リディアは背中を弓なりにそらして叫び、腰を本能的に軽く揺らして、太古の昔から続く愛のダンスを踊っている。

ネッドは下に手を伸ばし、ズボンの前立てを開いて、硬く、大きくなったものを出した。そしてリディアのスカートを引っぱり、ウエストまで持ち上げた。渇望に襲われ、欲求で自制心の壁が溶けて消えていく。リディアが欲しかった。愛を確かめ合いたかった。結ばれたかった。

ネッドはリディアの片膝をつかんで脚を上げさせ、自分の腰の片側に引っかけると、なめらかな肌触りの絹のストッキングをそろそろと脱がせはじめた。刺激的な眺めだ。肩にリディアの手がかかり、指が肌にくいこんでくる。ネッドは二人の体のあいだに手を差し入れ、彼女の太もものつけ根に触れた。そこは柔らかく熱く潤っていた。温かいひだをそっと開くと、体がびくりと動き、リディアの目が大きく見開かれた。ネッドは上からおおいかぶさった。片手は彼女の太ももを自分の腰の高さに持ち上げ、もう片方の手はあちこちをまさぐりながら愛撫を続けた。

脚の奥にそっと指をすべりこませて、彼女の表情の変化を見守る。その美しい顔に表れたのは――驚愕、不安、興奮、渇望。そして、欲求？

いや、それはまだだ。

指をゆっくりと押したり引いたりする動きにリディアはしだいに反応を見せ、腰を揺らしはじめた。乳房と肩のまわりにはうっすらと汗がにじんでいる。ネッドは頭を下げて半ば開かれた唇にキスした。快感の高まりとともに、リディアの目にかすみがかかっていく。視線は一点に集中している。

突然、唇からすすり泣きのような声がもれたかと思うと、目と目が合った。「ネッド、ネッド」声はあえぎに変わった。

ネッドは歯を食いしばり、リディアの抗議の声をあえて無視して手を引いた。欲求が満たされない苦しさはよくわかっている。自分自身、何週間も、何カ月もそれに耐えてきたからだ。だがもうこれ以上我慢できない。

ネッドはリディアのもう片方の太ももをつかみ、膝を自分の腰骨のあたりにかかるように引き上げた。するとリディアは自然に両脚を腰にからみつかせてきた。太ももの筋肉の緊張が感じられる。ネッドは慎重に、気が遠くなりそうなほど自分を抑制しながら、硬くなったものの先端を彼女の中に入れていき、逃げようとする反応があるかどうか見守った。

だがリディアは逃げずに体を動かし、ネッドの肩にしがみついた。腰を持ち上げ、無意識にリズムを刻んで彼のものを引き入れて、処女膜の入口まで導いた。そこでリディアはたじろいだ。目の色が濃くなり、大きく見開かれている。

ネッドは罵りの言葉をつぶやき、長椅子の上で背中をそらしたリディアの首と肩のあいだのくぼみに顔を埋めた。「動かないで！」かすれ声で言う。ネッドは心の中で祈っていた。

どうか、彼女を痛がらせないですみますように。「じっとしていて」

「じっとしていられないの」痛みと悦びのはざまでリディアはすすり泣いていた。体に巻きつけた脚に力が入る。「お願い！」

ネッドの決意がくずれた。ひと突きで彼女の体の奥まで入り、そこでいったん止まった。ベルベットのこぶしで締めつけられるような感覚。ネッドは動きたいのをこらえて目を閉じた。リディアの手が胸を押し、二人のあいだにすきまができた。ネッドが見下ろすと、痛みに耐えながらも、これから起こることを期待しているようなすみれ色の目が見上げてきた。ネッドを信じている目だった。

悦びを味わわせてやりたい。陶酔感を少しでも分かち合いたい。快楽の頂点にいざなってやらなくてはいけない。ネッドは自分のものをリディアの中に深く埋めこんだまま、体を起こした。大きく開いた襟ぐりから乳房がこぼれ出ている。髪が肩のまわりに乱れて広がる。もうろうとしながらも乳首を硬く尖らせ、開き気味の唇から荒い息をもらし、欲望に翻弄されている。ネッドが抱え上げて膝立ちになり、体を回転させると、貫かれたままのリディアはあえぎ声をあげた。

ネッドはリディアの脚を開かせ、クッションを膝の支えにする形で腰の上にまたがらせてから、自分は仰向けになった。頼りなげな目でこちらを見下ろす彼女の乳房を下から包んで揉み、親指でふくらんだなめらかな乳首をもてあそんだ。リディアは背を弓なりにし、頭をのけぞらせて途切れ途切れに息を吸いこむ。茶色の長い髪がネッドの太ももをなでた。

リディアの唇からうめき声がもれるまで乳房の愛撫を続けると、ネッドは胸から腹へ、そして太ももまでなでおろし、脚のあいだに三角形をつくる、つややかな茶色の茂みに到達した。熱く湿ったひだに隠れた硬い花芯を見つけて、親指で押す。

リディアの体がびくりと動き、ネッドの胸に両手をついた。ふたたび愛撫を加えられて頭を垂れ、髪がまるでカーテンのように二人のまわりを包む。かすみのかかったようなその目をとらえたまま、ネッドは大きな手でリディアの腰をつかんでゆっくりと持ち上げていった。熱いひだが彼の感じやすい部分にまつわりつき、締めつける。ネッドの胸と腕の筋肉に震えが走った。

「ネッド」リディアは体をくねらせてもだえている。

「そんなにせかないで」ネッドはくぐもった声でつぶやいた。「わたしの自制心も限界にきているんだ。でも、あなたを最後までいかせてあげたい」

ネッドは腰を少しずつ動かし、さらに深く、根元まで挿入した。リディアのまぶたが震えている。ふたたび腰を引いたネッドは、今度は少し勢いをつけて突き上げ、親指で花芯に触れてより強い刺激を与え、リディアに叫び声をあげさせた。きつい。ひどくきつかった。

ネッドは歯を食いしばり、必死で耐えた。自分の体でリディアを愉悦のきわみに導くつもりだった。そのためには、最後の最後までこらえなければ。

リディアの動きがしだいに速くなっていく。本能に従って腰を揺らすたびに、下に垂れた髪がネッドの胸をかすめて舞った。半ば閉じられてまつ毛で翳った目が、すみれ色の輝きを放っている。荒い息づかいのあいまに、喉の奥からもどかしげなうめき声がもれる。リディアが動くリズムに合わせて、ネッドはより速く、深く、激しく突いては引き、ますます高まる快感の地獄を味わった。

ネッドが上体を起こしてリディアの肩と首に浮かんだ汗をなめとると、彼女はうわ言のようにつぶやいた。「助けて。どうにかなりそう。お願い」

体をこわばらせたり、背中をそらしたりしながら、リディアはネッドの股間を中心に、深く押しこんで円を描くように腰を回した。そしてついに喜悦の叫びをあげ、全身を震わせた。

絶頂に上りつめるリディアの姿を見て、ネッドの中で何かが弾けた。

ネッドはうなり声をあげ、リディアを仰向けにさせた。腰を持ち上げて荒々しい突きをくり返すと、彼女はつかんだ肩に指をくいこませ、あえぎ声でネッドの名前を呼びつづけた。

「あなたのものにして」

そのささやきが、ネッドを快感の頂点へと導いた。体の奥から湧き上がる精をほとばしらせ、彼女の中に注ぎこむ。胸を大きく上下させ、下についた腕をぶるぶる震わせつつ、その姿勢を保った。

永遠と思われるほど長い時間が経った。嵐が静まり、ネッドはようやく、ふたたび目を開けた。手を下ろし、リディアの顔にかかる湿った巻き毛を優しく払いのけた。

「リディア、結婚してくれ。わたしの妻になると言ってほしい」

「でも――」

ネッドはリディアに次を言わせなかった。その目と声の調子には、これまでにない必死の思いが表れていた。「自分に求婚する権利がないのはわかっている。結婚によってあなたが何をあきらめなければいけないかも知っている。わたしには財力がないし、おそらくそのうち家も失うだろう。でも、あなたを幸せにするために、倦《う》まずたゆまず、身を粉にして働くと誓うよ。リディア、あなたが必要なんだ。身勝手でどうしようもないわたしだが、一緒に生きていきたいんだ。以前は、世界がくすんだ色で、味気なく、音のない場所だった。だが、あなたが現れてから……何もかもが、輝いて見える」

ネッドは熱いまなざしでリディアの目を探り、腕を伸ばして大きな両手で彼女の顔を包みこんだ。

「愛しているよ、リディア」ネッドはささやいた。「あなたをあきらめたくない。絶対に」

「あきらめる必要などないわ」約束の言葉がリディアの口をついて出た。

29

リディアは、ネッドの手の優しい感触で目覚め、目を閉じたままベッドの上で微笑んだ。セーム革のように柔らかい亜麻布《リネン》のシーツが素肌に心地よい。柔らかいが引き締まった唇がこめかみをなで、うっとりさせてくれる。

「起きなさい、可愛い人」男らしい低い声がささやいた。「いつのまにかもう夜明けだ。早く帰らないと、あなたの評判に傷がつく」

「わたし、評判なんか気にしないわ」リディアが目を開けると、ネッドはすでに服を着て、ベッドの端に座り、優しい目で見下ろしていた。

「駆け落ちしましょう」

「だめだ」即座に答えが返ってきた。あまりに早かったので、すでに駆け落ちを考えたうえでの反応なのかと疑いたくなるほどだ。ネッドはリディアの髪をひと房、親指と人さし指でつまみ、感触を確かめている。「評判は大切だよ。わたしがあなたの弱みにつけこんで、早々と結婚を決めさせたという噂が立っても困るだろう。ご存じのとおり女性は、制服を着た男に弱いからね」

「わたし、あなたの軍服姿を見たこともないのに」

「問題にならないね。あなたは想像力が豊かな人だから」

「確かにそうね！」リディアは目をいたずらっぽく輝かせて声高らかに言うと、笑いながら腕を差しのべた。「わたしが今、想像していることを口に出したら、あなたももう少し一緒にいてくれるかも――」

ネッドの顔が下りてきて、二人はお互いの唇をむさぼった。リディアが背中をそらしながら体を起こすと、シーツがウエストのところまでずり落ち、ろうそくの光が柔肌の上で揺らめいた。途中でネッドは、覚悟を決めたかのようにリディアの両肩に手を置き、体を離した。かと思うと急に意を翻して頭を低くかがめ、ふたたび熱く長く口づける。だが、唇を開いたままのキスがさらに深まる前に、リディアの肩をそっと押し返した。

「リディア、お願いだ。必要なときにはこのわたしだって、あなたの誘惑に勝てるんだという幻想を抱かせてくれ。あなたのためを思って、我慢しているんだから」

ネッドの目に懇願の色があるのを見て、リディアは彼の引き締まった頬をそっとなでた。肌はざらついていたが、その目はかぎりなく優しかった。「わかったわ。しかたないわね」

ついにリディアは折れた。

「通りをはさんで向かい側の公園に馬車を待機させておこう。身支度をととのえたら、家の裏口から召使に案内させるから」ネッドはリディアの手をとって唇のところへもっていき、甲にキスを浴びせた。「あなたが人によけいな憶測をされないようにしたいんだ」

名誉を守るということについて、ほかの人は口先で約束するだけなのに対し、ネッドはこれほど大切にし、しかも実践して自ら手本を示している。船の指揮をつかさどる大佐であった彼のその精神を、部下たちは頼りにしていたにちがいない。家族が、そしてリディアが今、頼りにしているように。その精神こそがネッドの人間性の核をなすものであり、それなしでは、洗練された礼儀作法と物腰を身につけた、単に紳士の役を演じているだけの人物になってしまう。もちろんネッドは根っからの紳士だ。しかも、リディアを守ってくれる紳士だった。「わたしがあなたの名誉を危うくしたこと、赦してくださる?」

ネッドは驚いた表情をした。「なんの話かな?」

「あなたを追いつめたでしょう……自制心の限界を試して」リディアは昨夜のネッドの言葉を引いて言った。

ネッドは微笑んだ。「誤解だよ。あなたの評判を気にかけているのは、それがあなたという人の公の顔だからだ。評判を守ることに関してわたしを信頼してくれて、身が引き締まる思いだよ。だから自分の役目はきちんと果たすつもりだ。今も、これからもね。愛しているんだ。ずっと求めていたいとしい人をこうして胸に抱いているのに、自分の名誉が危うくなるわけがないだろう?」

リディアは満足し、くつろいだ姿勢になった。

「わたしはこのまま〈ジョステン館〉へ戻って、兄や姉たちに、期待どおりにいかなかったことを知らせようと思う。わたしたちの婚約を新聞記事で知るなんて、あんまりだからね」

「お兄さま、お怒りになるかしら？」

「わからない」ネッドは考えこんだ。「兄は昔から、あれこれ責任を負わされるのが好きじゃなかったからね。自分がうまく対処できない責任から逃れられればどんなにほっとするか、身をもって学ぶんじゃないかな。兄も義姉のナディンも、もともと二人きりで過ごすほうが楽な人たちだから」

ネッドはリディアの両手を自分の手で包み、その目を見つめた。「悪い人たちじゃないんだよ。自分たちにとって大切なものについて、近視眼的な見方しかできないだけで。わたしが海軍を退役して家に戻ったときと同じだ。ジョステン伯爵家の伝統を継承することが何よりも大切だと思いこんでいた」

「で、それがもう大切でなくなったのはなぜ？」

「今でも大切だよ」ネッドは真摯に言った。「ただ、家の伝統を守る努力におけるわたしの役割が変わってきたんだ。除隊して故郷に帰ったときは、〈ジョステン館〉で家族と一緒に暮らすこと以外何も考えていなくて、ほかに何も、誰も必要ないと思っていた。だから、一家の財政を立て直すきっかけとして、財産持ちの女性と結婚してくれと兄のジョステンに頼まれたとき、その程度のことか、と思ったんだ。何しろ、それよりずっと大切なもの、たとえば部下の命を差し出すよう求められた経験があるからね」

リディアはネッドを注意深く見守った。今度は、自分の感情を語るのを恥じて顔を赤らめるふうでもない。心の奥にある思いを簡単に打ち明ける人ではないが、相手がリディアだから話せるのだろう。

「それに」ネッドは視線を合わせながら静かに言った。「兄の計画に同意するのは簡単だった。どうでもよかったんだな。ほとんど知りもしない女性と結婚することが大きな犠牲だとも思わなかった。自分自身の心がわからなくなっていたから。戦争中、自分が心の底で求めているものを長いあいだ抑えこんでいたために、心が閉じて、眠った状態になっていたんだろうな」ネッドは静かな声で続けた。「戦争というのは人の心を麻痺させて、無感覚にしてしまうんだ。そうでもしなければ、人は生きのびられない。でも、あなたと出会ってから……この哀れな心がざわつきはじめた。あなたは一緒にいるだけで、その澄んだ目を通して、生き生きとした心を通して世界を見てほしいと強く訴えかけてきた。それで、自分の心を取り戻せたんだ」

目を伏せたリディアのあごを指で持ち上げると、ネッドは前かがみになって軽いキスをした。「あなたのおかげで、わたしはまた目覚めたんだ。快楽を知り、美しいものに触れ、喜びと希望に目が開かれた。ルバレーの店で二人が出会って一週間以内に、弟を結婚させて一家を立て直そうというジョステンの望みは断たれていたわけだ」

わたしと結婚すれば、ネッドの一家がふたたび繁栄する道はなくなる――リディアはあらためてそれを認識していた。「甥御さんたちは？」

ネッドの端整な顔立ちに、わびしげなあきらめの色が広がった。「甥たちは、破滅の道をまっしぐらに突き進んでいるよ。いつか自分たちが受け継ぐ、というか受け継ぐはずだった財産を大切にしようという気さえないのだから、それをわたしが変えようとしても無駄だ。たとえ今、資産を守ってやったとしても、あの子たちのことだ、そのうちすべて使い果たしてしまうだろう」

「でも、甥御さんたちにどう説明するの？」

ネッドは笑みを浮かべた。「真実を告げるだけさ。あなた以外の誰とも一緒になるつもりはない。わたしがのぼせ上がって、夢中になっているのは誰が見ても明らかだし、目はいつもあなたに釘づけで、いとおしい気持ちがあふれているからね。ほかの女性に求婚したとしても、その人を怒らせるのが関の山だよ」

その言葉に心が弾むのを感じながら、リディアはひげが伸びはじめてざらついたネッドの頬に手を当てた。彼は顔を回して手のひらにキスした。

「愛しているわ」リディアはささやいた。

「ほら、またそうやってせっかくの決意を鈍らせる」ネッドはしゃがれ声で言った。「とにかく、今すぐここを出なさい。わたしも急いで兄のもとへ向かうよ。早く着けば着くほど、早く戻ってきて結婚できるのだから。名残惜しいが、帰ってくれ」

リディアはうなずいた。ネッドの考えに従って行動すれば、自分の夢がかなう。彼を早く出立させてあげなくては。リディアは決意を固め、そそくさとベッドから下りて、身支度をととのえた。

その朝、二度目の目覚めは自分のベッドの上だった。リディアは仰向けになって両手を頭の上に上げ、猫のようにしなやかにのびをした。愛されているという喜びで満たされていた。興奮に酔いしれ、中毒になってしまいそうな予感を抱きながら、これからの人生に思いをめぐらせる。毎日、こんな感覚で目覚めることになるだろう。ネッドとともに朝を迎えるからこそ、幸せなのだ。

ネッド。

たくましい筋肉をおおうなめらかな肌、引き締まった腹、長く力強い脚と腕。見事なその体を思い描いただけで、脚の奥に熱く湧いてくるものがある。

リディアは顔を赤らめた。体をネッドの思いどおりにあやつられ、大きな手で愛撫されたことを思い出していた。触れられて息が止まるほどの感覚を味わった場所、背中を大きくそらして応えずにはいられない快感。彼が精を放ったときに伝わってきた体の震え、表情をゆがめながらも美しかったあの顔……。

リディアは気を落ち着かせようと、ふっと息を吐いた。ネッドと愛を交わしたひとときを思い起こすだけでこんなに手足の力が抜けるのなら、結婚したあとはどうなるのだろう？一週間後は？一カ月後は？愛し合いすぎて、体をこわしてしまわないかしら？

リディアは声をあげて笑い、暖炉の上の時計を見た。一〇時だ。ネッドの召使に付き添われて帰宅してから六時間経っている。ほぼ同時に出発したネッドは、今ごろ〈ジョステン館〉への道のりの半分ぐらいは行っているだろう。そう思っただけでもう、会いたくてたまらなくなっていた。ネッドが戻ってくるまでずっと眠っていられたらいいのに。

「レディ・リディア？　マダム？」寝室の扉を叩く音がした。小間使いの声だった。

「お入りなさい」

戸を開けた小間使いは不安そうな表情だ。「あの……お客さまがお見えです。すぐにでもお会いしたいとおっしゃるのですが」

「お客さま？」リディアはおうむ返しに言った。訪問には早すぎる時間帯だ。「どんな方？紳士なの？」借金の取立てに来た貸し金業者であるはずはない。借りた金のほとんどは返済したし、次の支払いは月末だからまだ日にちがある。

「それが、よくわからないのです。話し方は一応きちんとしていて、服装も紳士らしく見えますが」うろんな雰囲気を感じてはいるもののうまく説明できず、小間使いは申し訳なさそうに両手を上げた。「名前をおっしゃらないのです。でも、重大な情報があるのですぐにマダムに知らせたい、今のうちに聞いておかなければあとで後悔するだろうから、と。どこにお通ししていいかわからなかったので、まだ玄関ホールで待たせてあります」

今のうちに？　どういう意味かしら？　リディアは眉根を寄せた。ネッドからの知らせだろうか？

リディアは立ち上がり、ガウンを脱ぎながら「すぐにうかがうからと伝えてちょうだい」と言った。

わずか数分で着替えをすませ、髪を結い上げて支度をととのえると、急いで階下へ下りる。

階段の下には、四〇代後半とおぼしき大柄な男が、かつては流行の先端をいっていた服装で立っていた。上着のボタンは分厚い胸ではちきれそうだ。仕立てのよいブーツもおちぶれた生活を物語るかのようにすりきれ、光沢を失っている。腕にはビーバーの毛皮の帽子を抱えていた。男は顔を上げてリディアの姿を認め、お辞儀をした。

「おはようございます、レディ・リディア」挨拶のしかたは確かに紳士のものだ。リディアはそれとなく観察したが、会ったおぼえのない人物だった。白髪交じりの髪がまばらに生えた頭頂部は日焼けし、太い眉の下で黒い目がこちらを見すえている。頬はたっぷりと肉がついて垂れ下がり、口のまわりには深いしわが刻まれている。ローマ風の鼻に赤くまだらに浮いた静脈が目立つ。

「マダム、お時間をとっていただいてありがとうございます。間違いなくご興味のありそうなお話を持ってまいりました」

どこととは言えないが、いやな感じの男だった。「とにかく、うかがってみましょう。こちらへどうぞ」

リディアは答えを待たずに先に立って、日中使っている居間へ男を案内した。飲み物を持ってこさせる必要はない。用がすんだらさっさと出ていってもらいたかった。部屋に入って振り向いたリディアは座らずにいた。そうなると男も立ったままで話をするのが礼儀だが、男はおかまいなしに椅子を見つけて座ると、膝の上に帽子をのせた。

男のあまりのあつかましさにリディアは目を丸くした。「お名前はなんとおっしゃるんですか？　どういったご用件でしょう？」

室内をじろじろと見まわしていた男はようやく顔を上げた。「バーナード・コッドといいます。妻のエミリーはご存じでしょう」


居間の外の廊下で立ち聞きしていたエミリー・コッドは、扉の取っ手にかけていた手を下ろし、戦いにのぞむ動物のようにさっとわきによけて身構えた。男の声を聞いたとたん、頭をがつんと殴られたような衝撃を受け、膝の力が抜けた。倒れこまんばかりに壁にもたれかかって体を支え、目を閉じる。悪夢だった。これが現実とは、どうしても信じられなかった。死んだはずの、バーナードが。まさか。死んだと思っていたのに。

ブリスリントン精神病院の女性監督者が言うには、コッドは乗っていた船から海に落ちて行方不明になったとのことだった。治療費を支払う者がいなくなったため、エミリーはほかの施設に移らなければならない。ただし、病院の仕事の手伝いをするのならこのままいてもかまわない、と言われた。

そこでエミリーは病院で働く道を選んだ。不思議なことに、ほかの施設へ入れられるよりましだ、と思った。自分の意思で何かを決めるのは久しぶりだった。コッドに突き飛ばされて階段を転げ落ち、流産して以来、みじめなできごとの連続で、何もかもどうでもよくなっていたのだ。

鬱々とした生活の中で唯一の気晴らしは、ときおりふと思いついたように「あのときあれが起こらなかったら、今ごろは……」と想像をめぐらせることだった。小さな可愛らしい手とバラのつぼみのような口をした、赤茶色の巻き毛の赤ん坊を思い浮かべる。すると突然、わけのわからない恐怖に襲われるのだった。動悸が激しくなり、目がかすみ、息切れがして、興奮状態に陥る。不安はますますつのり、せっぱつまって、何かせずにはいられない。

たとえば、物を盗まずにはいられなくなる。

大して値打ちのない物を盗ることでなぜ心が休まるのかはわからない。理由はどうでもよかった。自分が罠にかけられ、追いつめられ、暗い穴に閉じこめられ、生き埋めになっているかのような不安から逃れられるのなら、なんでもよかったのだ。

しかし、盗みで得られる心の救いを見つけて間もないころ、コッドに盗癖を知られ、精神病院へ入れられた。ほどなくコッドは行方をくらまし、それからしばらくして死んだと聞かされた。

もうとっくに死んでいるはずだった。居間でリディアと話をしている男は別人ではないのか。わたしはまた悪夢を見ているにちがいない。現実とは信じがたかった。こんなひどいことがあっていいはずがない、とエミリーは思った。長い時間をかけて、せっかく自分を取り戻したのに。努力と訓練を重ねて、リディアの助けがあって初めて、それが可能になったというのに。

今すぐ扉を開けて中へ入っていって、悪夢と対決しなくては。だがエミリーにはできなかった。なぜなら、夫の存在が悪夢ではなく、現実だとわかったからだ。バーナード・コッドと顔を合わせるなど、とてもできない。あれだけの仕打ちをされたあとでは、二度と。

でも、話を聞くことならできる。

エミリーはそろそろと居間の前へ戻り、扉に耳を押しつけた。

30

「あなたは死んだと聞いていたのに」リディアは冷ややかに言った。「船から海に転落したと報じられたようですが」

この男こそ、エミリーを精神病院送りにした害虫だ。リディアは嫌悪感をあらわにしてコッドを見すえた。鋭い視線で縮み上がらせてやりたいと思っていた。塩をかけられたヒルか何かのように、しぼんでしまえばいい。しかしコッドはそんなリディアの態度にびくともしなかった。

「あれはわたしじゃない――落ちたのはベルギー人だった。しかし、うまく利用させてもらいましたよ」コッドはそう言って両腕を広げた。「おかげで、やつの名を借りて、新しい人生を始めることができたんだから。あれは、銀行でわたしが関わった取引に疑問を抱いた人から、不愉快な質問が出はじめたころだった。最初の投資家たちは相当儲けさせてやったんだ。実際、皆わたしを友人に推薦してくれたからね」ひどく嬉しそうに自慢している。「だがあいにく、次に集まった投資家たちはあまり運に恵まれなかった。彼らがもう少し時間の余裕をくれればよかったんだ。そうすれば、三回目に募集する投資家たちを説得して資金を出させて、こっちももう少し長いあいだ、いい目が見られたんだがな。だがそううまくはいかなかった。けっきょく、わたしは消えたほうが皆のためだったというわけだ」

「なぜわたしにそんな話をするの？」リディアは強い口調で訊いた。

「おたくに五万ポンドお支払いいただく理由を説明して、納得してもらいたいからさ」

「なんですって？」

「わたしは海外で……災難に見舞われたあと、最近英国へ戻ってきた。ところが困ったことに、昔の顧客がなかなか記憶力がよくてね。名前も変えたのに、どうやら正体がばれてしまったらしい」

コッドは不公平を愚痴るようにため息をついてから続けた。「あらためて振り返ると、昔の投資戦略は成功していたんだ。だからここらで、誰も知り合いのいない国へ行って、新しい銀行を設立してみよう、と。だがそれには元手が要る。というわけで、その資金を出してもらえたらと思ってね」

「できません」

コッドは何も聞かなかったかのようにリディアの言葉を無視した。「もうすでに、ポーツマス港を明日夜に出航する船の乗船券を予約してある。明日の午後四時までにおたくが用意してくれる五万ポンドを持って、乗りこむつもりなのさ。イングランド銀行振り出しの為替手形で結構だ」

「そんなばかかな。頭がどうかしているわ」こんな男の話はもう聞いていられない。リディアは呼び鈴を鳴らそうとした。一人だけ残った、がっしりした体格の従僕を呼ぶためだ。あの若者に命じて、この汚らわしい男を叩き出してやればせいせいするだろう。

「そう事を急がないほうがいいと思うがね」コッドの声が険しくなった。

その声にはすごみがあった。リディアは思わずためらった。

「妻のことを忘れないでもらいたいね。エミリーはまだ、法的にはわたしの妻なんだ。しかしそれにしても、おたくがエミリーを引き取って、愛玩動物みたいに可愛がっているとは驚きだったな」

「エミリーは愛玩動物じゃないわ。大切な友人です」リディアは呼び鈴のひもに手を伸ばせないでいた。

「おたくがエミリーをそこまで大切に思ってくれるとは、まったくもって、ありがたいね。そうでなければ、もう一度病院送りにするところだ。今度はもっと自由のきかない、ベツレヘム病院にな」

「エミリーは渡しません」リディアはぴしゃりと言った。だが、どす黒い不安が胸に広がりはじめていた。

「それを決めるのはこっちだよ。五万ポンド出してくれなければ、エミリーを病院送りにしてやる」

「そんなこと、できるわけないわ」

「いや、できるんだよ」コッドは怒っているというよりもどかしそうに言った。

「あなたの正体を皆に触れまわりますよ。当然、債務者監獄に行くことになるでしょうね」

「ふん、そうくるだろうと思ったよ。しかし、がっかりだな。レディ・リディアは聡明な人だという評判だったが」

リディアは答えなかった。恐怖と憤激にかられてただ立ちつくしていた。

「考えてみてくれよ、マダム。わたし個人が抱える債務などの問題は、エミリーの夫としての権利にはなんの関わりもない。だから、妻を病院送りにするのは可能なんだ」リディアが黙っているのをいいことに、コッドは続けた。「エミリーの困った癖について、あちこちで聞きまわってみたんだがね。もう、上流社会では噂になっていて、悪い評判が立っているじゃないか。そんな女を精神病院に閉じこめるのに、反対する者がいるはずがない。おたくが当局に訴え出れば、わたしも債務者監獄送りになるかもしれないが、監獄送りはエミリーも同じだよ。別の種類の監獄だというだけで」

「よくも、そんな悪辣なことができるわね」

「悪辣だなんてとんでもない。わたしは実業家ですよ。これは、単なる取引だからね。こっちだけでなく、おたくも得することになるんだ」コッドはもっともらしく言った。「五万ポンドの手形をくれさえすれば、わたしはさっさと出ていく。そのうちまた何か要求されるんじゃないかという心配はご無用だ。恨みを忘れない敵がうようよいるのに、わざわざ危険をおかしてまで英国に戻ってくるほど、わたしも愚かじゃないさ。それに、ひとたび地球の裏側に高飛びしてしまえば、エミリーを精神病院に入れようったって、できるもんじゃない」

どうしよう。リディアはコッドをにらみながら、この事態をどうすれば乗り切れるか、必死で考えていた。ネッドはもういない。頼るべき人も手立てもない、最悪の状況だ。「そんなお金は持ってないわ」リディアはかすれ声で言った。

「これはまた、がっかりどころか、むかつく返事だなあ。ええい、いまいましい」それまで平静を装っていたコッドが豹変した。リディアは震えあがった。

「ばかにするんじゃない。上流階級でも有数の金持ちがよく言うよ。いいか、レディ・リディア」コッドはだみ声になっていた。「今すぐ、五万ポンド用意しろ。わたしが金を借りている相手は英国だけじゃなく、外国にもいるんだ。野蛮な風習のある国にもな。わかるか？　ああいう輩につかまって金が返せなかったら、とてつもなく厳しいお仕置きが待っている。実際、英国の監獄に入ったほうがまだましなぐらいだ。というわけで、なんとしても金が要る。わかったか？」

「おっしゃる意味はわかりました。でも、わたしには財産と呼べるものはありませんわ。すべてなくなってしまったんです」

コッドはあざ笑った。「レディ・リディア、でたらめを言うんじゃない。仮面舞踏会で宝石のついたドレスを着ていただろう。金の仮面をかぶって、髪にも宝石をつけていたのを見たんだ。上流社会では大変な噂になっているじゃないか。知ってるぞ、あれがおたくだったことを。エミリーと二人で馬車に乗って帰っていくのを、スペンサー邸の門のそばで見ていたんだから」

「あれはうわべだけよ」リディアの声は絶望でうわずっていた。「あの晩、皆に忘れがたい印象を残すために、使えるお金はすべて使って……」

リディアはためらった。今まで、自分が破産状態にあることをひた隠しにしてきた。秘密を知っているのはターウィリガーとごく親しい友人だけだった。だが今、この悪党の前で自尊心を捨てなければならないとしたら、そうするしかない。「あの衣装は自分を魅力的に見せるための作戦でした。財産家の男性の気を引いて、求婚してもらえるように」

この言葉にコッドは顔を上げた。どうか、信じてちょうだい。リディアは息をつめて祈った。だがコッドは聞く耳を持たなかった。

「よしわかった」喉の奥から声を出すと、コッドは立ち上がり、帽子の埃をはたいた。「エミリーに荷物をまとめるよう言ってくれ。といっても、その必要はないか。ああいう病院では、私物はいっさい取り上げられてしまうからな」

「だめ!」リディアは叫んだ。いけない。エミリーをまたあんなところに入れさせたら、死んでしまう。この男は本気だわ。もしこのまま英国にいて、債務者監獄に収監されるはめになったとしても、エミリーを病院送りにするぐらいはしかねない。今さっき言っていたじゃないの、金を借りた相手につかまるぐらいなら、英国の監獄に入ったほうがましだと。「待ってちょうだい。約束はできないけれど、なんとか努力してみます」

「努力してみます、か。そう言うしかないわけですな、レディ・リディア。努力して、もしうまくいかなかったら、その結果どうなるか、覚悟はできていると」コッドは急に猫なで声に戻り、ポケットに手を入れて、何かが書いてある一枚の紙切れを取り出した。「明日午後四時に会おう。ここに書いてある場所に手形を持ってきてくれ」

リディアはコッドの手をただ見つめていた。近寄って受け取る気にはとうていなれなかった。それを察したのか、コッドはにやりと笑うと、紙切れを床に落とした。そして頭を傾け、帽子をかぶった。「では、また明日」

コッドが出ていき、扉が閉まるやいなや、リディアは椅子に倒れこむように座った。かがんで床に落ちた紙を拾い上げる。そこに書かれた住所は埠頭の近くだった。

明日の四時までに、なんとかしなくては。

エミリーの施設送りを阻止するために裁判所に訴え出ても、無駄だとわかっていた。精神鑑定や、誰が後見人になるかの裁定を求めても、法律の力ではどうにもならない。たとえ犯罪者であっても、夫は妻や子どもの保護者としての強大な権限を持っている。施設に入れるにしても自由を奪うにしても、思いのままなのだ。

確かに、身体的虐待から女性を守るための法律はある。しかし、女性の身柄も資産も、そして自由をめぐるたいていの判断も、夫の手にゆだねられているのが現状だ。夫は、サラの場合のように妻から子どもを奪うことも、金を取り上げることもできる。ささいな理由で妻を捨てたり、追放したり、施設に入れたりする権利があるとみなされている。

最悪なことにコッドは、自分が切り札を握っているのを知っている。エミリーの盗癖は、病院に隔離するに足る理由になる。実際、証拠がないわけではないのだから、誰かが当局に訴え出た場合、エミリーは逮捕され、有罪判決を受け、島流しにされかねない。現行の法律では、ハンカチ一枚万引きした少年をオーストラリアの流刑地に送ることもできる。窃盗の常習犯であれば、同等以上の罰を覚悟せねばならない。もちろん、リディアと一緒にいるかぎり、エミリーの身は安全だった。レディ・リディア・イーストレイクのふるまいに異を唱える人はまずいない。

リディアは前かがみになり、額に手を当て目を閉じて、この恐ろしい事態を切り抜ける方法はないものかといっしんに考えた。

そうだ、ネッドを呼び寄せればいい。

だが、つかのまの安堵の気持ちも、冷酷な現実を前に吹っ飛んだ。ネッドに何ができるというのか？

金がないのは同じであるうえ、一日のあいだに金を集められる見込みはリディアよりはるかに薄い。たとえ〈ジョステン館〉に手紙が届き、ネッドが明日の午後四時までにロンドンへ戻ってこられたとしても――果たしてそれが人間の力で可能かどうかさえ疑わしいが――とにかく、なすすべがない。状況を変える手段があるとしたらコッドを殺すことぐらいだ。

ネッドなら、やるだろう。

コッドに決闘を申し込み、もし拒絶されたら、その場でコッドを殺すかもしれない。そうなるとネッドは、殺人の罪で裁判にかけられるだろう。逆に、もしコッドが承諾して決闘になったら、ネッドはけがを負うか、あるいは死ぬおそれもある。エミリーを救いたいがためにネッドを犠牲にするなど、してはいけない。できない。

リディアはエミリーを連れて逃げようとも考えた。だが、そんなことをして時間稼ぎ以外になんの得があるだろう？　監獄の中であれ外であれ、コッドが英国にいるかぎり、エミリーがリディアから引き離され、ベツレヘム病院に収容されてしまう可能性は消えないのだ。

いざエミリーが収容された場合、リディアは有力者の友人に頼ろうと思えば頼れる。説得しだいでエミリーの側に立ってくれそうな友人たちだ。ただし、妻の処遇に関する夫の権利を定めた法律については、たいていの男性が軽視できないと考えている。コッドを相手どって夫の権利をめぐる訴訟を起こすとなると、多くの人に影響が及ぶ可能性があるだけに、友人たちも支持に二の足を踏むのではないか。たとえリディアの説得によって支持者が集まったとしても、裁判に勝てるかどうかは定かではない。

そうこうしているうちに、エミリーはベツレヘムで弱っていくだろう。患者の扱いが非人間的なことで知られるこの病院について恐ろしい話を聞いているリディアは、想像しただけで身の毛がよだつ思いだった。

五万ポンドは大金だ。一日や二日で用意するのはきわめて難しい。だが、リディアの知る中でそれができる人物が一人いる。チャイルド・スミスだ。

何をすべきかはわかっていた。スミスに頼んで五万ポンドを貸してもらえばいい。ただ、リディアに返済能力がないと知りつつ、スミスがそんな金を貸してくれる見込みはほとんどない。なんといっても現実主義者だからだ。

リディアは途切れ途切れに息を吸いこんだ。借りた金を返す代わりに、スミスが受け取ってくれそうなものがひとつある。彼の求婚を受け入れることだ。そうなるとネッドをあきらめなくてはならない。リディアは一瞬、目を閉じた。目尻から涙があふれ、頬をつたって流れ落ちた。それ以外に何ができるというの？

わたしはサラの親友と言いながら、親友としての役割を果たしきれなかった。エミリーに同じ仕打ちをするわけにはいかない。一、二カ月前の自分だったら、泣き叫んだあげくにけっきょく、エミリーのためにそれだけの犠牲を払いはしなかっただろう。だが今の自分はそのときとは違う。わたしは変わった。ネッドのおかげで、心の奥底に眠っていた、名誉と約束を重んじる精神が目覚めたのだ。

もしエミリーを見捨てたら、わたしはもう二度と胸を張って生きていけない。外見はきれいでも中身のない女性になってしまう。献身的な愛情も、人に対する思いやりもないうつろな人形。そんな人形はネッドに嫌われるだろう。わたしだっていやだ。自分は、そんなものより価値のある人間なのだ。

リディアは立ち上がり、小さな書き物机に向かって歩いていった。立ったままでペンを取り上げ、わずか数行の手紙を急いでしたためる。呼び鈴のひもを引いて待つあいだに封をして、入ってきた小間使いに言った。

「この手紙をチャイルド・スミスさまに至急届けさせてほしいの。返事をもらってくるよう使いの子に伝えておいてちょうだい」

小間使いに対するリディアの指示を聞いたエミリー・コッドは、すぐにその目的を察知した。リディアは、わたしを救うためにチャイルド・スミスに借金を申し込むつもりなのだ。エミリーは胸の前で手を組み、やきもきしながらどうすべきかを考えた。チャイルド・スミスがどういう人物かも、彼のおかれた状況も知っていた。あの人は金を貸す見返りに、結婚を迫るにちがいない。リディアは承諾するつもりだろう。

金が手に入らないとわかれば、コッドはわたしを病院に入れる手続きを始めるかもしれない。いや、きっとそうする。その昔、〝おまえのガキ〟の世話などごめんだと言って、妊娠したわたしを階段から突き落としたぐらいの悪人なのだから。

精神病院に入れられることを考えただけでぞっとした。際限なくくり返されるつぶやき、患者のもらした尿の臭い、怒鳴り声、くすくす笑い。だがそれより恐ろしいのは、正常なのに収容された人の目だ——時が経つうちに殻に閉じこもって、二度と自分を取り戻せなくなる人たちの、うつろな目。いやだ。あんなところには、絶対に入りたくない。

エミリーは、リディアとロックトン大佐の結婚を認めてほしいとエレノアを説得するために自分が言ったことをすべて思い返していた。でもあれは、昨日のことだ。コッドが現れた今となっては……。

リディアがチャイルド・スミスと結婚したとしたら？　そんなに悪い結果を生むだろうか？

いや、エレノアが言うように、皆、もとの生活に戻るだけではないか。リディアがわたしをブリスリントン病院から助け出してくれたあとと同じように過ごせるのではないか。リディがどのパーティに何を着ていくべきか話し合ったり、最近のできごとを噂し合ったり、どのオペラが成功をおさめるか、どれが失敗するかを予想したりできる。一緒に貸出図書館や美術館、商店街へも行ける。社交シーズン以外の時期にどこへ旅行するか、狩猟期には誰の地所を訪問するかなど、いろいろと計画も立てられる。

何が起こるか予測しやすい、上流社会らしい豊かなリズムの生活がふたたび始まるだろう。だが、リディアの人生はみじめになる。

なぜなら、ロックトン大佐を愛しているからだ。

エミリーは暗い階段を手探りで上って自室に入った。美しく装飾され、居心地のよい家具でととのえられた部屋だった。衣装戸棚には十数着を超える普段着やドレスがあった。象牙の象眼《ぞうがん》細工をほどこした黒檀《こくたん》の箱には、真珠のブローチが入っている。どちらもリディアから贈られたものだ。

エミリーはバラ色のサテン張りの肘掛け椅子に腰かけた。たとえコッドがこんな形で現れなかったとしても、もしリディアがロックトン大佐と結婚すれば、わたしの将来は暗澹たるものだ。貧しくなった二人の家には、住み込みのお目付役兼話し相手を雇う余裕などないだろう。ターウィリガーもそう言っていた。だが自活していくとなると、わたしにどこまでできるか、疑わしい。

リディアはいつも、盗み癖のせいで起こる事態からわたしを守ってくれた。確かに以前に比べて、物を盗みたいという衝動は抑えられるようになった。だがそれは精神状態が落ち着いていて満ち足りていればの話で、不安がつのると衝動が強くなる。リディアが提供してくれる安全な港がなければ、わたしという船は岩礁に乗り上げてしまうだろう。それは間違いない。わたしにとってもっともいい解決策は、リディアがチャイルド・スミスと結婚することだ。それはエレノアにとっても好都合だし、リディア自身のためにもなる。

だめだわ。スミスの求婚を断るようリディアを説得するなど、できそうにない。そんな自己犠牲を払うなんて無理だ。これまでの人生、わたしはあまりにもたくさんのものを犠牲にすることを強いられてきた。自分の夢、自由、子ども、健全な精神状態……。

エミリーは顔を両手でおおい、むせび泣いた。

31

〈ジョステン館〉へは、郵便馬車に揺られて一六時間かかった。馬に乗っていくほどつらくはないが、それでもネッドの古傷はうずきはじめていた。着いてみると、ナディンとベアトリスはメアリに付き添ってブライトンに滞在中であることがわかった。またジョステン伯爵はポーツマスへ出かけており、晩まで戻ってこないという。ネッドは足を引きずりながら自室へ退散すると、入浴して着替えをすませ、兄の帰宅を待った。

激怒するジョステンの姿が目に見えるようだった。大声を出すのが得意な兄のこと、きっと怒鳴りちらすにちがいない。だがネッドは、リディアと結婚したからといって家族との関係が修復できないほど悪化するとは思わなかった。

巨大で維持費ばかりかかる〈ジョステン館〉の管理は、この地所を相続したばかりの若いころからジョステンの肩に重くのしかかっていた。地所をどうやって運営していけばいいのか見当もつかず、誰からも指導を受けなかったジョステンは、伯爵位を継いでからの最初の数年間を、名門貴族の友人たちの真似をして過ごした。高価な趣味の品を自分のために買うだけでなく、周囲の者全員に贅沢な贈り物をし、その間、皆をうならせる派手なパーティを催した。

とはいえ、そういった派手さは人に見せるためだけだった。ジョステンは人一倍心優しく感傷的な男で、頭脳明晰とは言いがたいが、ロマンを追い求めるところがあった。だからナディンとは、短いダンスを一回踊る幸運を得ただけで熱烈な恋に落ちて結婚し、すぐに田舎へ引っこんで、妻ひとすじに恋しつづけた。田舎では、なじみのない（正直言って一緒にいると気おくれする）人たちとつき合うために世慣れたふりをしなくてすむ。そこで新伯爵として質素な生活を送ることは、ジョステンだけでなくナディンにとっても、またベアトリスにとってもそう大きな犠牲ではなかった。

しかしロックトン家が先祖代々受け継いできた〈ジョステン館〉を手放さなければならないとしたら、話は別だろう。ジョステンはきっと、この地所の管理者として失敗したと感じるにちがいない。

兄を待つ長いあいだ、ネッドはリディアを思い出していた。こちらに向かって腕を広げたリディア。鮮やかなライラック色の光を帯びて輝くその瞳、〈ジョステン館〉からはもう得られなくなった、故郷へ帰ってきた気持ちにさせてくれる微笑み。これまでネッドの心はいったん打ち砕かれ、その心を乗せた船は奪われたが、今や美しい海賊に乗っ取られて占領されている。もう二度と、ほかの人のものになることはない。

ネッドは庭を通って、北海を見下ろす断崖まで歩いていった。そこで振り返り、古く広大な館をあらためて観察する。海軍を除隊したときと違って、逃げこめる場所を探す傷ついた男の目では見ていない。〈ジョステン館〉はもう、容赦なく激変した世界の中で変わらぬ姿を保つ、時が止まった場所ではなくなっていた。

ネッドは今、はっきりと悟っていた。〈ジョステン館〉を、自分が子どもだったころと同じ状態に戻せると自らを納得させようとすること自体、不可能なのだと。時が止まった場所などは存在しない。状況というのはつねに変わっていく。子どもは成長し、時は流れ、人生の旅は続く。自分は幸いにもこの旅路を、リディアとともに歩んでいくことになる。そう思うと、リディアのもとへ飛んで帰りたくなった。

ネッドは館へ戻って書斎へ入り、時計を何度も見ながらもどかしい気持ちで兄を待った。夕食の時間が過ぎ、九時になっても帰ってこない。一〇時になってようやく、玄関前の私道から、窓を通してジョステンのとどろくような大声が聞こえてきた。「ネッドが来ているのか？　どこにいるんだ？」

ネッドは兄を出迎えようと廊下へ出た。数秒後、書斎に足を踏み入れたジョステンは、堂々として立派で、いかにもこの館の当主らしい威厳と高貴な雰囲気を漂わせていた。大きなアイリッシュ・ウルフハウンド犬が主人とともに入ってきた。従僕はびくりとして気をつけの姿勢をとった。主人がほとんど目もくれないのに、直立不動のままだ。

やれやれ、この家では従僕も行動規範をしっかり守っているわけか。ネッドは半ばあきれながらも面白く思った。マーカス・ロックトンは、頭のてっぺんからつま先まで伯爵らしい伯爵だった。

「おやおや、ネッド。疲れきった顔をしているぞ。いったいどうしていたんだ？　まさかハリーとピップの悪癖に染まったんじゃあるまいな」ジョステンは疑わしそうに訊いた。

「いいえ。今日は、お知らせがあって来ました。あいにく、兄さんががっかりなさるような話ですが」

かがんでアイリッシュ・ウルフハウンドの頭を掻いてやっていたジョステンは顔を上げた。ネッドの真剣な顔を見て、ため息をつく。

「聞かなきゃいかんのか？」

「ええ、申し訳ないのですが」

「しかたがない。書斎で聞こう」

ジョステンは従僕に「二人きりにしてくれ」と言うと、ネッドの先に立ってすぐ近くの書斎へ入っていった。革の肘掛け椅子に長い脚を投げ出してどすんと腰を下ろした。憂鬱そうにブーツのつま先を見つめている。「ハリーのことか？　水兵強制徴募隊に入れることにしたのか？」

「えっ？」ネッドは驚いて言った。「いや、違いますよ」

ジョステンはほっとした表情で目を上げた。「入隊させてないのか？」

「はい。なぜそんな考えを？」

「なぜかというと、わたしだったらそうしていただろうと思うからさ」ジョステンはぶっきらぼうに言った。「ピップから何もかも聞いたよ。先週末こっちへ帰ってきていたんだ。母親には何も隠しておけない子だから、何があったか、ベアトリスが教えてくれた。それでピップをここへ呼びつけて、問いただした。そしたらトウィードやカード賭博のことなど、すべて白状したよ。おまえがトウィードからの決闘の申し込みを蹴ったあと、あのハリーの愚か者が一家の名誉を傷つけられたと感じて、トウィードに決闘を申し込んだそうだな。しかもおまえは決闘の場に現れて、ハリーの代わりにあの悪党と戦って、撃たれるはめになったというじゃないか！」ジョステンはネッドをぎらぎらした目で見た。「そんなところか？」

「ええ、だいたいそんなところです。「でも、なぜそれが、わたしがハリーを強制徴募隊に入隊させる話につながるんです？」

「ナディンがロンドンへ行って、カード賭博の件でおまえに助けを求めただろう――ああ、この話もナディンから聞いた。我が家にはあいつらの悪習をやめさせられる人間が一人もいないからな。おまえはナディンに言ったそうだな、ハリーたちの根性を叩き直すには海軍式のしつけが必要だと。で、あの困った事態が起きて以来ハリーの顔を見ないものだから、てっきりおまえが……。まあ、わたしだって入隊させたとは思うがね」ジョステンは不機嫌そうにくり返した。

「でも、わたしは何もしていませんよ。ハリーが今どこにいるのか見当もつかないし。とはいえ、わたしの用件は、ハリーにも関係があることですが」

ジョステンは頬をふくらませてふっと息を吐き出した。悪い知らせに対する心構えらしい。

「ああ。だったら話しなさい」

「レディ・リディア・イーストレイクが、わたしの妻になることを承知してくれました」家族にとってはめでたい話ではないのだが、声に出して言うだけで、胸に喜びがあふれる。

視線を上げたジョステンは、目を丸くした。ととのった顔全体に笑みを浮かべ、はじかれたように立ち上がると、ネッドの背中を叩いた。「ネッド、よくやった！　うんうん、よくやったぞ！　レディ・リディア・イーストレイクか……」嬉しそうに手をこすり合わせる。「本人には会ったことがないが、伝説の美女と言われているな。それに財産だって――」

「財産はありません」ネッドがさえぎった。

「えっ、なんだって？」

「財産がないと言ったんです」

「だが、手元に金はあるだろう」

「ありません。金も」ネッドは首を振った。「ロックトン家より多額の借金を抱えています。一文無しと言っていいぐらいです」

ジョステンはまるで座っていた椅子をはずされたかのようにのけぞって、背もたれに倒れた。そらした頭をクッションにのせ、天井を見上げる。「そうか。残念だな」

大声で怒鳴られるのではないかと予想していたネッドは、兄の反応がいい兆候に思え、励まされた。「本当に申し訳ありません」

「えっ」ジョステンは弟を見た。「ああ、そういうことか……。どうしようもなかったのか？」

「ええ。彼女を愛してしまったのです」

ジョステンはうなずいた。意外にも驚くようすはない。「なるほど。まあ、しかたないか。ロックトン家の男は恋するとそうなるんだ。試練だが、惚れてしまったら、その娘を花嫁にするよりほかにないからな」ジョステンは一瞬、過ぎし日の情熱と喜びを思い出したらしい表情になった。「確かに、いったん恋に落ちたが最後、どうしようもないな。言っておくが、その恋は一生続くぞ」

「はい」ネッドは微笑みたいのをこらえていた。「兄さん、想像していたよりずっと冷静に受け止めてくださいましたね」

「そうするよりほかにしかたがないだろう。ネッド、おまえの性格はわかっているつもりだよ。血を分けた兄弟だからね。我がことのようによく知っているんだ。こういう性分なんだと、受け入れるしかない」

ジョステンらしくない淡々とした態度に、ネッドは唖然としながら訊いた。「これから、どうするつもりですか？」

「どうするかって？　限嗣相続になっていない土地を全部売ることになるだろうな。なくなっても惜しいとは思わんよ。エーカーやブッシェルのような単位だの、動物の数え方だの、農夫たちが話す内容はもともと理解できなかったからな。狩猟権はもちろんとっておくがね」ジョステンはそれがもっとも重要であるかのように言った。たぶん、自分にとっては、という意味だろう。「それから犬たちと、馬を数頭かな」

「〈ジョステン館〉はこれからも維持していくつもりなんですね」

それを聞いてジョステンはようやく、寂しそうな目になった。「ここを維持するって？ それは無理そうだな。この世にあるものはつねに変わっていくんだよ、ネッド。現れるものがあれば、消えていくものもある。変化は一人の人間の一生のあいだに起こることもあれば、もっと長い期間かけて起こることもある」ジョステンは微笑んだ。「この地所は、もともとボートン家のものだったのを、ロックトン家が買い取ったんだ。知っていたか？」

　ネッドは驚いた。そんな経緯があったとは。〝ジョステン館〟というぐらいだから、ジョステン伯爵を名乗るロックトン家の先祖が建てたと思いこんでいたのだ。「いいえ、知りませんでした」

　ジョステンはうなずいた。「その昔、いとしのチャールズ王子《ボニー・プリンス・チャーリー》とも呼ばれていた僭王《せんおう》が王位奪還運動をしていたころ、ボートン家はよりによって、この王子を支持していたんだ。趣味が悪いというか」身を乗り出し、秘密めかして言う。「あまり賭けが得意でないボートン家のことだ、判断を誤ったんだろう。一家が政治的な理由でイングランドから一時的に追放されたあとでロックトン家がこの地所を買って、〈ジョステン館〉と命名したのさ」

　ジョステンは抜け目のない表情になり、「しかし、ボートン家がここを取り戻したいと言ってきたとしても不思議はないよ」と言って間をおいた。「おそらく、持参金として」

「メアリがジョージ・ボートンと結婚した場合の持参金ですか？ でも、ボートンは一度メアリに求婚して、断られたんですよ。ボートンのお姉さんのことが理由だったかと思いますが」

「ああ、確かに求婚して、断られたな。でもあれは二年前、メアリが社交界にデビューしたときの話だ。今はもう、あんなに細かいことにこだわらなくなっているんじゃないか。最近は小づかいが切りつめられているから、なおさらそうだろう」

「しかし、ボートンのお姉さんはどうするんです？」

「メアリなら、小姑が六人いようと、追い払える力があると信じているよ。まあ、それ以上はあえて言わないでおくがね」ジョステンは説教でも垂れるような態度でうなずいた。「それより、もう一度求婚するようボートンを説得するほうが大切だ。まあ、どういう展開になるかな。我々でできることはやるつもりだよ」

ジョステンは太ももをぽんと叩いて立ち上がった。

「ありがとうございます、マーカス兄さん」ネッドは言った。「兄さんが理解してくださったおかげで、少しは気が楽になりました」

「おいおい、まだ気を抜いては困るよ」ジョステンは苦笑いをした。「わたしがよくても、ナディンとベアトリスが納得してくれるとは思えないからな。そうとうご機嫌斜めになるだろう。しばらくは、夕食への招待は期待しないほうがいいな」

「それは残念ですが、あまり残念がらないようにしますよ」

それを聞いたジョステンは、ゆっくりと探るような目を向けた。「ネッド、皮肉で言っているのか？」

「いいえ」ネッドは否定した。弟のことをよくわかっていると思いこんでいる兄を、実はそうではないのだと教えて混乱させても意味がない。傷つけるだけだ。

「もちろんそうだろうと思っていたよ。ロックトン家の人間には皮肉屋はいないからな。さて、もうそろそろ休みなさい。だいぶ疲れているようだから」


午前三時少し前。ネッドは寝室の扉をどんどん叩く音で目が覚めた。海軍での長年の戦闘経験からすぐに警戒態勢をとり、廊下にいる者を招き入れた。

戸口に姿を現したのはジョステンだった。手にはろうそくを持ち、頭には就寝用の帽子をかぶっている。ひげは伸びかけており、足ははだしだ。

「どうかしましたか？」ネッドは上半身裸でベッドの上に起き上がるなり訊いた。

「馬に乗った者が一〇分ほど前に着いて、おまえ宛の手紙を届けに来たと言っている。かならず本人に直接手渡しするようにとの指示を受けているそうだ」

「どこにいます？」

ジョステンが振り向いてうながすと、旅で汚れた服をまとい、落ちくぼんだ目をした若者が、足を引きずるようにして入ってきた。毛糸の帽子を両手でもてあそんでいる。

「ロックトン大佐でいらっしゃいますか？」若者が訊いた。

ネッドが短くうなずくと、若者は前に進み出た。肩に斜めがけにした革かばんの中を探って一枚の薄い封筒を取り出し、ネッドに手渡してから下がった。

ジョステンは若者の肩をつかんで向きを変えさせ、「調理場へ行って何か食べるものをもらってから、寝る場所を用意してもらいなさい」と言った。

若者はぎこちないお辞儀をしてから出ていった。ネッドは手紙の封を切った。

ロックトン大佐

レディ・リディアが明日、特別結婚許可書によってチャイルド・スミスと結婚しようとしています。わたしのために決断したことです。一刻を争うので詳しく説明している暇がありませんが、彼女がある脅迫を受けて窮地に立たされ、結婚を決めたという事実のみお知らせします。大佐、お願いです。レディ・リディアとあなたの幸せを、どうかわたしのために犠牲になさらないでください。

エミリー・コッド

ネッドの顔から血の気が引いた。すばやく体を回転させ、脱いだばかりのズボンとシャツをひっつかんだ。

「どうした、ネッド？　何があったんだ？」ジョステンが心配して語気荒く訊いた。「何かわたしにできることはあるか？」

ネッドはすでにズボンをはき、シャツの袖に腕を通していた。「ここの厩舎で一番速い馬に鞍をつけておいてください！」

ジョステンが大声で命令すると、召使たちは急いで仕事にかかった。一五分も経たないうちに、ネッドはロンドンへ向かって馬を走らせていた。

止まるのは飲み物をとるときや、街道の駅で馬を取り替えるときだけで、ネッドは夜通し駆けつづけた。言い知れぬ不安にかられ、こわばった表情のまま、速歩で馬を駆った。脚は抗議の叫びをあげている。地面を蹴るひづめの音に合わせて心臓の鼓動がとどろく。リディア、だめだ。いけない。

夜明けがやってきた。地平線から太陽がのぞく。まるで血管から血が流れ出すかのように、空がみるみる赤く染まっていく。それでもネッドは全速力で突き進んだ。ひとつの思いにとりつかれていた。一刻も早くロンドンに着いて、リディアの結婚をやめさせなくてはならない。頭にあるのはただそれだけだった。

32

チャイルド・スミスは、期待したほどの友情を示してはくれず、思ったとおりの実利主義者ぶりを見せた。五万ポンド貸してほしいとリディアが頼んだところ、凝視されたあげくに笑われた。本気だとリディアが言うと、返済してもらえないとわかっていてそんな大金を貸すことは申し訳ないができない、と断られた。

ただしスミスは、リディアが妻になってくれればただちにその金を都合すると言う。これから作成する結婚契約書に、大主教が結婚許可書に署名ししだいリディア宛の五万ドルの個人小切手を振り出すという約束を入れようという申し出だ。

自分は早く妻をめとらなくてはいけない、とスミスは真剣に訴えた。一方、リディアは五万ポンドを一刻も早く手に入れたかった。そこで、スミスの提案により、二人は結婚に合意した。

最後まで希望は捨てていなかったものの、やはりリディアが予想したとおりの展開になった。

自らの人生の一大事が進行していくのを、まるで劇場のバルコニー席に座って見守っているかのようだった。スミスのおじのカンタベリー大主教が式をつかさどる教会で、リディアはスミスと並んで通路をしずしずと歩いていた。無表情で唇がこわばっているものの、リディアの物腰は落ち着いていた。心の中で内なる声が何か叫んでいたが、無視した。エミリーを精神病院に逆戻りさせるわけにはいかない。

強くなろう。自分で決めたことなのだもの、我慢して生きていくしかない。世の中には、これよりもっとつまらない理由で結婚した女性もいるし、結婚できない相手と恋に落ちた女性もいる。それから、ほかには――。

ああ、どうしよう。もう祭壇の前に来てしまった。大主教が何か言っている。でも聞こえない。聞こえるのは耳の中でざーざーいう音と、「愛しているよ」というネッドの声の記憶だけだ。

大主教がのぞきこむような目で見ている。リディアは空気を求めてあえいだ。「大丈夫ですか?」答えをうながされた。

「はい」それだけしか言えなかった。今のひと言で、十分でありますように。しかるべき答えになっていますように。

続いてさらに大主教の言葉があり、スミスが低い声で誓いの言葉を述べた。後ろのほうで証人が何やらつぶやいた。

ネッドはどこにいるの? このことを知ったら、どう思うだろう? 財産なしに生きられないと気づいて、あとで心変わりしたと思われるだろうか? ああ……なんてこと!

頭がくらくらしてきたが、なんとか意識を保って自分に言いきかせた。これが一番いい方法だ。ほかに道はなかったのだ。

次の瞬間、大主教はチャイルド・スミスとリディア・イーストレイクの結婚を宣言した。

33

リディアは寝室で一人、凝った装飾をほどこした化粧台の前に座っていた。この寝室には、チャイルド・スミスの言いつけで身のまわりのものを運びこませてある。エミリーもこの家のどこかにいるはずだ。それはリディアのたっての頼みでスミスが用意してくれた部屋だった。

廊下で何か物音がして振り向くと、寝室と化粧部屋を仕切る戸口にスミスが現れた。それまでネッドへの手紙をしたためていたリディアは向き直り、震える手でペンを置いた。目を閉じた。スミスとベッドをともにしなければならないとしたら、せめてコッドへの支払いをすませてからにしよう、と思っていた。だからまだ心の準備ができていなかった。とはいえ心の準備など、いつまで経ってもできそうにない。絶対に。

リディアは唇をきつく嚙みしめた。背中が死後硬直を起こしたかのように固まっている。

「すまない」スミスがささやいた。打ちひしがれたような、苦悩さえ感じられる声だ。リディアは目を開け、夫となったばかりの人と鏡の中で視線を合わせた。

チャイルド・スミスは泣いていた。目には涙がにじみ、あふれる感情をこらえているために唇は震えている。

リディアは驚いて振り返った。「もしや、おじいさまが？」

「いや、違う。祖父はまだ生きている。ただ……」そこで言葉が途切れた。スミスはのろのろと部屋に入り、真ん中にいけにえを捧げる祭壇のごとく鎮座している四柱式のベッドの端に腰を下ろすと、膝のあいだに両手をだらりと垂らし、絨毯を見つめて弱々しいため息をついた。

「一度も裏切ったことがないんだ、今までずっと」悲しげに言う。

なんの話かリディアには見当もつかなかった。だが、今しばらくは初夜の床入りを免れそうだということだけはわかる。一時的ではあるが、助かった――そう思うと体が震え出した。情を感じられないスミスと、ネッドと交わしたような深い愛の営みをすることなど、考えられなかった。

「どういう意味？」

「彼女を傷つけてしまう」スミスはつぶやいた。目尻から涙がこぼれ落ちる。「わからないだろうから」

「わたしも、わからないわ」リディアは用心深く言った。「誰のこと？　わからないというのは、何を？」

「キティのことだ」スミスは悲嘆にくれた表情で言った。「わたしの、可愛いキティ」

驚きが混乱に取って代わった。キティって、猫のことだろうか？　この人、頭がおかしくなってしまったのかしら？「あなたの可愛いキティが、どうかしたんですか？」リディアは言葉を選ぶようにして訊いた。

だが、スミスはリディアの言葉を聞こうとせずに首を激しく左右に振り、下唇をぐっと突き出して言った。「やっぱりだめだ。あなたとベッドをともにすることはできない」

「えっ」リディアの口から安堵のため息がもれた。思わず手をテーブルについて体を支える。「よかった」頬をつたって流れる涙をぬぐう。「よくわからないけれど、猫にもお礼を言わなくちゃ。美しい猫なんでしょうね」

チャイルド・スミスは黒々とした眉をひそめた。「どの猫だい？」

「キティよ」

「キティは猫じゃない。わたしの愛人だよ！」スミスはびっくりしたように言った。

「まあ、そうだったの」

スミスはうなずいた。また表情が悲しみに曇った。「キティがわたしの愛人になって一一年になる。そのあいだ、一度だって浮気したことはない。しようという気にもならなかった。彼女もわたしひとすじだった。一一年もだよ……」スミスは鼻をすすった。「わたしはイートンからロンドンへやってきたばかりだった。金はあまりなかった。父の事業はまだ継いでいなかったからね。まだ青臭くて、あか抜けない若者だった」顔を上げてリディアの反応を確かめると、少しだけ笑みを浮かべた。「でもこれからは、祖父のように見下されることはない。おばは公爵家に嫁いだし、父は生前に勲爵士《ナイト》の称号を授けられた。そしてわたしは、レディ・リディア・イーストレイクと結婚した。どうだ。これで上流社会でのわたしの地位が約束されただけじゃない。けっして揺るがないものになったんだ」

スミスの表情には負けん気の強さが表れている。リディアの目には、上流社会への切符を手に入れて人に認められたがっている、あか抜けない青二才にしか見えなかった。

「キティの話をしていたんだったわね」リディアはうながした。

スミスは頬をゆるめた。「ああ、そうだった。キティはあのころスペインから来たばかりで、一六歳だった。それまで見た中で一番きれいな娘で、輝くように美しかった。今でもそれは変わらないよ。パトロンになって面倒を見ようという男はいくらでもいた。わたしよりはるかに裕福で、言うまでもなく名家の出身の男が。でも、キティはわたしを選んだんだ」誇らしげに言う。「わたしを愛してくれている」

「あなたも、彼女を愛しているのね」

スミスははっとし、顔を上げてリディアを見た。からかわれているのでないことがわかると、ため息をついた。「ああ。そうだ」

「そして、これからもずっと愛していくのね」

「そうだろうな。ということで、申し訳ないが、わたしたちは名ばかりの夫婦になるしかない。大切な人に対して誠実でありたい。裏切ったりしたら、自分の良心に照らして、恥ずかしくて生きていけないから」スミスは申し訳なさそうに肩をすくめた。

リディアはスミスをまじまじと見つめた。だが次の瞬間、ここ一二時間で経験した心の痛みと怒り、喪失感と悲しみがいっきょに噴き出して、ひとりでに口をついて出た。

「だったらなぜ、キティじゃなくて、わたしと結婚したりしたのよ？」

スミスはあっけにとられてリディアを見た。

「キティを愛していて、妻をめとる必要があったわけでしょ。それに法的にも、倫理的にも、彼女に求婚してはならない理由はないのに、いえ、なかったのに」リディアは言い直した。

「なのに、あなたは求婚しなかった。冷たすぎるわ」吐き出すように言う。今までにない強い憤りを感じていた。「そんな手ひどい扱いをされて、それでも彼女があなたを捨てなかったら、そんな人、自分を粗末にする愚か者よ。どんな仕打ちをされたって自業自得だわ」

「何を言う！」スミスはがばっと立ち上がって怒鳴った。

「どうして？　本当のことでしょ」

「キティとは結婚できないんだ。だって……愛人だから」

「ふん。まるでこの世に愛人と結婚した男がいないみたいな言い方ね」リディアはスミスの言い訳を一蹴した。「傑出した人物を見習いたいなら、まずは腹をくくって、勇気をもって行動することから始めるべきだわ。立派な人は皆そうよ」

「キティは――」

「あなたはキティを、まるで猫みたいに扱っているじゃないの」

「嘘だ！」スミスは叫び、足を踏みならしてリディアのほうへ向かってきた。「わたしは彼女を愛しているんだ！」

リディアは頭をそらし、射るような目つきでスミスを見た。「愛しているのは自分の社会的地位のほうでしょ。お金もそうだけど、せいぜい大切にしておいたほうがいいわよ。そのうち、頼れるものといったらそれしかなくなるから」

二人の長いにらみ合いが続いた。リディアはあごを高く上げ、スミスの顔は憤りと傷ついた感情で真っ赤になっている。しばらくして、スミスの表情から急に敵意が消えた。張りつめていたものがみるみるうちに崩れていく。うなだれ、震える手で顔をおおった。

「わたしは、どうすればいいんだ？」

リディアは夫を見下ろした。哀れみしか感じなかった。愛する人と結婚しようと思えばできたのに、そうしない道を選んだ。なんという大ばか者だろう。スミスは涙でかすんだ目のふちを赤くしてリディアを見上げた。「どうすればいい？」

暖炉の上の時計が鳴ったのでリディアが疲れたように目をやると、三時半だった。とたんに怒りがすべて消し飛んだ。自責の念にさいなまれるスミスについ気をとられていたが、自分にはやるべきことがある。

もう出かける時間だった。

「わたし宛に、五万ポンドの小切手を書いてちょうだい」リディアはうつろな声で言った。

チャイルド・スミスの家の玄関付近で、何やら騒ぎが起きていた。誰かの叫び声と、階下を走りまわる音。ガラスが壊れ、何か重いものがどさりと落ちた音も聞こえた。

そんなことは気にもとめず、スミスは化粧台の上にのせた両腕に顔を突っ伏していた。自分は何をしたんだ。ああ、神よ、お助けください。なんということをしてしまったのだろう？

また一階から人声と物音がして、さらに騒がしくなった。重い足音が階段を上ってくる。各部屋の扉を開けては閉じる音がくり返され、足音がさらに近づいてきた。スミスは頭を上げた。寝室の扉が、蝶番《ちょうつがい》が壊れんばかりの音を立てて勢いよく開いた。

息づかいも荒く戸口に現れたのは、ネッド・ロックトンだった。上着の前をはだけ、シャツのボタンもはずれたままで、すそはズボンからはみ出している。ブーツには泥が飛びちり、髪の毛はくしゃくしゃだ。あごはひげが伸びて黒っぽく見える。だが一番目立つのはその目だった。普段は淡く柔らかい印象のブルーグレーの目が、危険な光を帯びてぎらぎら輝いている。ネッドは揺れる船の甲板にいるかのごとく、足幅を広くとって立っていた。

「おや、ロックトン」スミスは乾いた笑い声を立てた。「そんな格好でお出ましとは。従者をくびにしなければいけないな」

戸口からたった数歩で襲いかかってきたネッドは、スミスの襟の折り返しをつかんで体を椅子から引き上げ、犬を扱うように揺さぶった。「彼女はどこだ？」

彼女が誰を指すのかは訊くまでもなかった。「出かけたよ」

ネッドは低くうなってから、スミスを突き放した。「どこへ？」

スミスは落ち着きと高慢な態度を取り戻そうとつとめた。ここは自分の家なのだ。ロックトンに侵入され、暴れられてたまるものか。「あんたの知ったことじゃない」

ネッドはうなり声をあげ、ふたたびスミスの上着をわしづかみにした。スミスはもう、どうでもよくなっていた。こんな男に何をされたところで、自分がおかした間違いに比べれば大したことはない。キティ……！

「わたしからリディアを引き離そうとしてみろ。殺してやる」ネッドはすごみのある声で脅した。

この男は本気だ、とスミスは直感した。燃えるような目、何かにとりつかれた顔の表情を見ればわかる。激しい怒りと苦しみを体から発散させている。どうなっているんだ？　ロックトンのことを、情熱を持てない男だと思っていたのに。悲嘆に加えて恐怖に襲われ、スミスは震え上がった。

「待ってくれ！」ネッドに喉をつかまれたスミスは叫んだ。「リディアは、今日の午後四時までに五万ポンドが要ると言っていた。テムズ川の埠頭に面したロンドン塔の階段の下でコッドと会う予定だそうだ」

ネッドはスミスの体をつかんでいた手を離し、くるりと向きを変えると、部屋から飛び出していった。

34

魚の匂いと塩気を運んでテムズ川を吹き渡る風はひんやりと冷たく、リディアのマントでは防ぎきれなかった。川の沖合に錨を下ろした何隻もの船から流される汚水が、埠頭と街路を結ぶ古びた石段の最下段に打ち寄せ、水際の雑草がゆらゆらと揺れている。頭上を飛ぶカモメがかん高い鳴き声をあげた。埠頭をのし歩くやせた猫が、侵入者に対する目つきでリディアを見て通りすぎた。

リディアは身震いし、あたりを見まわしてコッドの姿を探した。ロンドン塔の階段の下で四時に会うということだったが、もう約束の時刻を一五分過ぎている。

上の通りの少し離れた場所には馬車が停めてあり、エミリーが中で待機していた。もともとは付き添ってもらうつもりはなかったが、リディアが家を出るときに一階へ下りていくと、玄関ホールで待っていたのだ。エミリーは赤く泣きはらした目をしていた。結婚式に出たときのドレスの胴着につけた真紅のサクラソウがしおれかけていた。スミスの家でひどく居心地の悪い思いをしていたのは明らかで、それで同行を許したのだった。ただし馬車の外には出ないように言ってある。コッドのことはエミリーに隠しておきたかった。

「女性をお待たせして、申し訳ありませんでしたな」

はっとして振り向くと、苔で滑る土手を歩いてくるコッドの姿があった。そばまで来て、帽子を持ち上げる。「金は用意できたんだな？」

「ええ」

「もらおうじゃないか」

リディアは黙ったまま、ハンドバッグからスミスが書いた小切手を取り出し、コッドに手渡した。

「なんだね、これは？」

「チャイルド・スミスからわたし宛に振り出された個人小切手よ。もう、あなた宛に変えてあるわ」リディアは苦悩に満ちた目で小切手を見つめた。これが現金化されると同時に、スミスは結婚の取り決めにおける義務を果たすことになる。

コッドはうすら笑いを浮かべ、小切手の真偽を確かめるためか、ゆっくりと空にかざした。舌を出して口の両端を湿らせ、リディアを見やる。残酷な楽しみを見つけたようだ。

「どうだ、それほど大変というわけでもなかっただろう？　二回目からは慣れて、そうつらくもなくなるさ」

リディアは凍りついた。「どういう意味？」

コッドは肩をすくめた。「つまり、今後わたしがやっかいな事態に追いこまれたら、助けてくれる友だちがいるということさ。ありがたい話だな」

「これ一度きりで、二回目はないと言っていたじゃないの。約束したはずよ」

「そうだったか？　何を考えていたんだろうな？」コッドはしらばっくれて訊いた。

「そんな、あんまりだわ。ありえない」

「いや、ありうるさ」コッドはにやにや笑った。

もちろん、二回目はありうる。やろうと思えばできる。コッドならやりかねない。さっきの話は何もかも嘘にちがいない。外国で借金をした相手に追われているというのも、帰国が人にばれたというのも、一度金をやればやっかい払いできると信じこませるための作り話にすぎなかったのだ。このままわたしの人生から、エミリーの人生から消えてくれると思ったのは間違いだった。コッドはこれからもつきまとい、何度も脅迫をしかけて金を巻き上げようとするだろう。

そしていつか、チャイルド・スミスが支払いを拒むときが来たら、どうなる？

リディアはコッドをにらみながら考えた。そうだ。この男は英国で詐欺を働き、罪に問われている。それは今までに得た情報でも明らかだ。つまり、今からでも当局に通報すれば逮捕させられるはず……。コッドの唇が無慈悲な笑みにゆがんでいる。だめだ。できない。通報したら、コッドは約束どおり、エミリーを精神病院送りにする手続きをとるだろう。

わたしたちはけっきょく、コッドから逃れられない。だとしたら、スミスとの結婚はなんの意味もなかったことになる。ああ、ネッド……。

目の前が暗くなった。先行きを考えると、頭がくらくらした。わたしはネッドをあきらめた結果、この卑劣な男の罠にはまろうとしている。今までにないほどの激しい怒りがリディアの全身に広がって、手足がぶるぶる震え、目には暗いもやがかかって視界がぼやけた。

いや、負けてはいけない。ネッドを失ったあげく、こんな毒虫のような男の脅しに屈してたまるものか。

「さて、お別れの挨拶はくれないのかな？」コッドはくっくっと笑った。

「見てなさい、今に地獄に落ちるから！」リディアは憤りに震える声で言い放った。

コッドのうすら笑いがすごみのある表情に変わった。「じゃあ、お別れのキスだけで我慢するとしよう。そのぐらい、いいだろう？　まさかいやだとは言わせないぞ」

リディアは罵りの言葉をつぶやきながら後ずさりした。コッドはその動きに合わせて前に進んでいく。ついにリディアの背中が石壁に当たった。近づいてきたコッドは小切手を使ってリディアのあごを持ち上げ、にらまれるのもかまわずさらに身を乗り出して接近した。吐く息から安酒の匂いがする。

「今度もらう金の前金のようなものと考えてくれればいいさ」

そのときリディアはいきなり、コッドの手から小切手を奪い取った。半分に破ると、くしゃくしゃに丸めてテムズ川に投げこむ。一瞬のできごとだった。コッドはなすすべもなく、ぽかんと口を開けたまま、濁った水に小切手の残骸が浮かんで回りながら流れていくさまを目で追った。リディアは高揚感に包まれた。これで、少なくともひとつの間違いはおかさずにすんだのだ。

呆然として川面を見つめていたコッドは、つばを飛ばして汚い罵りの言葉を吐きちらしはじめた。リディアのほうに向き直ったときには、首すじに血管が浮き出ていた。

この男の前で恐れを見せてはいけない。「どうかなさったの、コッドさん？」リディアはあざ笑った。「泳げないんじゃないでしょうね？」

「この、くそあま！」コッドは恐ろしい速さで腕を振り上げて手の甲でリディアを殴り、通りにつながる石段の上り口まで吹っ飛ばした。頭に強烈な痛みが走り、目から星が出たかのようにちかちかした。半ばもうろうとして見上げると、コッドが真っ赤な口を開けてそびえるように立っている。大きく鼻を鳴らしてふたたびリディアに襲いかかろうとしたコッドは、突然何かに気づいて視線を上げた。赤らんだ顔からみるみる血の気が引いていく。

リディアは石段にもたれかかり、吐き気をこらえながらあたりを見まわした。土手の上を走ってくる、長身で肩幅の広い人物の姿が目に入った。脱げかけた上着をひるがえし、ボタンがほとんどはずれたシャツから胸板が見えている。帽子をかぶっていない金髪を風になびかせ、襟をはためかせながら、すさまじい形相で駆けてくる。間近まで迫ると、その目が銀色に輝いているのが見えた。熱くたぎり、それでいて冷たく射るようなまなざし。

ネッドだ。

それはまさしく、戦闘であいまみえた敵の目に映ったネッドの姿だった。部下を率いて海戦にのぞんだとき、きっとこんなふうだったのだろう。復讐を誓う、美しき歴戦の勇士。リディアのぼうっとした頭にその光景が浮かんだ。

駆けつけたネッドはリディアを抱え上げて立たせ、かすれ声で言った。「大丈夫か？ お願いだ、答えてくれ」

リディアはうなずき、湿った石壁に手をついて体を支えた。ネッドの震える手が頭を、肩を、腕を探って無事を確かめる。

ネッドはコッドと向き合った。最初、何があったのかリディアには見えなかったが、コッドはよろめくように二、三歩後ろに下がり、くるりと向きを変えて逃げ出そうとした。だが、遅かった。

ネッドが電光石火のごとく動いた。石畳を叩くブーツのかかとを金床《かなとこ》を叩く金づちさながらに鳴らし、長い脚で距離をあっという間に縮めた。腕を伸ばしてコッドの首をわしづかみにすると、荒々しい雄たけびとともに体を半分宙に浮かせて引きまわし、石壁に叩きつけた。

ネッドは片手でコッドをつり上げたまま、もう片方の手で赤ら顔を殴りつけた。鼻から血を噴き出させながらも必死に抵抗するコッドは、自分の体を壁に押しつけている手首をつかんで爪を立て、ねじるように引っかきつつ、靴のつま先でネッドの脚を思いきり蹴りはじめた。

ネッドは痛みも何も感じていないかのようだった。野獣さながらに歯をむき出し、うなり声をあげ、コッドを懲らしめるように手の甲側でさんざんに殴りつづけた。コッドはしだいに戦意を失い、爪を立てた手から力が抜けていった。

「助けてくれ！ 誰か！」コッドはしゃがれ声を振り絞ったが、あたりに人影はない。喉から嗚咽がもれた。「助けてくれ！　殺される！」

　そのときリディアは、コッドの言うとおりだと気づいた。ネッドはこの男を殺そうとしている。殺す恐れがあるからこそ、リディアはそもそもネッドの助けを求めなかったのだ。そうなったらまさに悪夢ではないか。こんな下劣な男を死なせた結果ネッドを失うはめになるなんて、耐えられない。止めなければ！

　リディアはもつれ合う二人の男に向かって身を投げ出し、コッドの体をつるし上げているたくましい腕にすがりついて引っぱった。「だめ！　ネッド！　やめて！　もういいから、殴らないで！」懇願するように叫ぶ。「お願い、ネッド！」

　リディアはネッドの腕の下をくぐり抜け、二人の男のあいだに立ちふさがると、ネッドの首に両腕を投げかけ、胸に顔を埋めて叫んだ。「やめて、ネッド！　こんな男をどうにかしても始まらないわ。やめてちょうだい！」

　荒い息づかいとともに、ネッドの大きな体全体が小刻みに震えはじめた。にわかに解放されたコッドはぜいぜいあえぎ、喉を詰まらせながら体勢を立て直すと、塔へと続く階段を必死で上っていった。

　ネッドはリディアの体を押しのけ、逃げるコッドの姿を目で追った。そのとき、階段の上のほうから叫び声が聞こえた。リディアは振り向き、通りを見上げた。

　そこにはエミリーが立っていた。真っ青な顔に、凍りついた目。階段を上りきったところでコッドに襲われたエミリーは、押し殺したような叫びをあげた。それでも憎しみと恐れに駆りたてられ、あらんかぎりの力で夫のがっしりした体を押し返す。

コッドは一瞬よろめき、失われたバランスを取り戻そうと腕を振りまわした。やみくもに手を伸ばし、エミリーの着た薄い上着の襟をかろうじてつかむ。

時が止まったかのようだった。しおれたサクラソウが飾られた上着の襟を、指が白くなるほどに握りしめたコッドの手。その手首を引っぱって助け起こすこともできただろう。だが、意識的にか、それとも本能的な嫌悪感につき動かされてか、エミリーは後ずさりして夫を振り切った。憤怒の叫びとともにコッドの体が後ろにぐらりと傾き、足が地面を離れた。

リディアははっと息をのんだ。何かが石段に当たる音がした。コッドがまっさかさまに転げ落ちていく。ネッドに連れられて階段の下を離れたリディアの視界に入ったのは、尋常でない角度にねじ曲がったコッドの頭と、飛び出さんばかりに見開かれた目だった。その手にはまだ赤いサクラソウが握られたままだ。おぞましい光景をこれ以上見せまいと、ネッドはリディアの体を抱えて向きを変えた。

ネッドはリディアを見下ろした。「この場を離れるんだ。今すぐ」

「でも――」

「いいから、行くんだ！　あなたが事件に巻きこまれないようにするには、そうするしかない。早く行きなさい！」ネッドは怒鳴り、リディアを突き放した。

ネッドの言うとおりだった。リディアはすすり泣き、ふらつきながら階段を上っていった。上でエミリーが待っていた。顔は青ざめ、呆然としているが、表情にはかすかな安堵の色が見てとれる。まるで悪夢から目覚めたかのようだ。実際、今までのできごとはすべて悪夢だったのだ。エミリーが後ずさりしてコッドの手を振り切ったのが意図的だったかどうかはわからない。おそらく本人にもわからないだろう。その答えがどうであれ、リディアはエミリーの心に寄り添いたかった。運命の女神は、バーナード・コッドにふさわしい最期を迎えさせたのだ。

エミリーの目がリディアを求めていた。そこには恐れと迷いがあった。大丈夫よ、怖がらなくても。リディアはひと言も発さず、友の肩に腕を回すと、先に立って歩き出した。

35

紳士クラブ〈プードルズ〉内の個室。ネッドはカーテンをすべて閉めきり、暗い中にこもっていた。この夏、久しぶりに顔を見せた太陽のまぶしい光も、天にあざ笑われている証拠としか思えない。奥行きの深い椅子に身を沈め、肘掛けの先端を手でつかんで、あごを胸に埋めるようにして座っていた。かたわらのテーブルには、ブランデーが四分の三ほど入った瓶が置いてある。ここに仮住まいするようになってから一週間ほど経つが、量はほとんど減っていない。

残念だ、とつくづく思う。酔っぱらって憂さを忘れ、慰めを見出せるものなら、そうしていただろう。だが、どんなに酒を飲んでも、あの人のまぼろしが脳裏に焼きついて離れない。生き生きと動き、笑い、表情豊かに訴えかけるあの姿を消し去ることはできない。だからネッドは、果てしなく続くかと思える長い時間を耐え、遅々として進まない時の歩みを、ただ待ちつづけるしかなかった。

リディアが結婚した。人妻になってしまった。

あれからずいぶん経ったのだから、もう慣れてもいいころなのだが、どうしても受け入れられない。その事実は癌のようにネッドの集中力や行動力をむしばんだ。たった一日のあいだにリディアを奪われ、深い海の底に連れ去られたかのようだ。いや、そのほうがよっぽどいい。手の届かない存在になったとはいえ、リディアはまだロンドンにいる。市内にとどまれば自分はそのうち、彼女と……夫のチャイルド・スミスに関する記事をはからずも読むはめになるだろう。その姿を見かけるかもしれない。

ああ、だめだ。会いたくない。

ネッド・ロックトンは生まれて初めて臆病者になり、耐えがたいものから逃れるように隠れていた。自分はどんな逆境にも負けない強い男だと思っていた。喜望峰を回って航海し、海賊征伐に赴いた。つねに冷静沈着さと揺るがぬ決意をもって任務にのぞみ、〝鉄の意志を持つ勇士〟の異名をとった。だが、リディア・イーストレイクの前にはなすすべもなく屈したのだ。

ネッドは合わせた両手の指先を伸ばしてあごの下に当て、未開封の手紙の束を憂鬱そうに眺めた。リディアからの便りだが、とても読む気になれず、かといって暖炉にくべて燃やすのもはばかられて、手つかずのままだ。その存在に翻弄され、苦しめられていた。結婚しなければならなかった事情を説明した手紙だろうか？　どんな弁明も言い訳も聞きたくなかった。何を言われても、リディアの仕打ちを赦せるとは思えない。

謝罪の手紙か？　だとしたらなお悪い。

でなければ、自分の選んだ道を後悔していると書いてあるのか？

だとしたら、最悪だ。

なぜなら、苦しみを表すひと言でも書かれていたら、ネッドはスミスの家を襲い、扉を叩きこわしてリディアに会いに行くだろうからだ。その勢いはいかなる力をもってしても止められない。名誉や道義心や信条でも、国家や法律や教会でも。

そんなわけでリディアからの便りは日一日とたまっていった。たいていの場合、クラブの従業員が持ってきて、それまでに届いた手紙の封が切られていないことには触れず、テーブルの上にそっと置いていく。ほかの者はいっさい寄せつけず、ネッドは一人で部屋に閉じこもっていた。

早いうちにここを出よう。明日か、それともあさってか。ネッドはすでに、以前から遠洋航海船の船長の職を打診してきていたある会社に、申し入れに応じる旨、返事を出していた。このまま英国にいても苦痛なだけだからだ。

クラブの玄関に近い部屋のどこかで、騒ぎが起きているようだった。どうせ誰かの馬が競馬で勝ったか、政治家の収賄がまた発覚したか、そんなところだろう。どうでもいい。

ネッドはグラスに指一本分だけブランデーをついだ。だが飲まずにテーブルに置き、首をかしげる。扉の向こうから聞こえてくる大声は、何かを祝っているのではなく、怒りや驚きの叫びのようだ。自分の隠れ家の静けさを、たとえいっときでも脅かそうとしているものはなんなのか。ネッドは、いつでも外に出られるよう身構えた。もしかしたら泥棒か、でなければジョン・ジャクソン気取りのボクシング好きが、酔っぱらって自分の力を見せたくなったのかもしれない。

「とにかく、彼がどこにいるか早く教えなさい。そうすれば、わたしもすぐに用をすませて帰りますから！」命令口調で言い放つ女性の声がした。

女性？　いや、あの女《ひと》の声じゃないか。

リディア・イーストレイクだ。

ネッドは思わず立ち上がり、すぐに戸口に駆けつけ、扉を大きく開けた。廊下の突き当たりにリディアがいた。まわりを取り囲む紳士と従業員たちは、叫んだり、うろうろと動き回ったりして、まるで獰猛な雌ライオンに吠えかかる小型犬の群れか何かのようだ。出ていけと騒ぎ立てる男たちの叫びにいささかも動じることなく、傲然と手袋を脱ぐリディアの姿は凛として気品があった。

「マダム、もしや、わたしをお探しでしたか？」ネッドは戸口から声をかけた。

声を聞いたリディアはすぐに目を上げた。その顔に期待が輝き、笑みが広がる。あまりの美しさにネッドは息をのんだ。またこうして会えたのに、追い返せるわけがない。ここへ来ることで自分がどんな危険をおかしているか、リディアはわかっているのか？　評判に傷がつくとか、それだけの問題ではない。

ネッドの表情を目にしたリディアの顔から喜びが消えた。彼女は軽く息を吸うと、あごを高く上げた。「ええ、そうですわ、ロックトン大佐。あなたを探していたのです」

それに答えてネッドは扉から一歩離れ、深々とお辞儀をすると、片手を差しのべて、控えの間に入るようリディアにうながした。リディアはふたたびあごをつんと高く上げ、ネッドに向かってすたすたと歩き出した。周囲の男たちは憤慨し、口々にわめいている。

「レディ・リディア！　ただちに、ここを立ち退いてもらいますぞ！　ただちにです！」

「ロックトン大佐！　このクラブは女人禁制だということをお忘れなく！」

「レディ・リディア、お帰りいただかなくては困ります！」

「大佐、会員権を剝奪されるかもしれませんぞ！」

二人は、うるさくがなりたてる男たちや従業員の言うことには耳も貸さなかった。リディアは先に立って部屋に入り、ネッドも続いて入ったあと振り返って扉を閉めた。

「マダム？」ネッドは言って頭をかしげた。

その表情を見たリディアは顔を赤らめた。今までの冷静さも吹っ飛んだようだ。

「どうして手紙の返事をくれないの？」リディアは強い口調で訊いた。

「返事が必要な手紙だったのなら、申し訳なかった。実はまだ読んでいないのです」ネッドは答えた。ああ、なんてきれいなのだろう。淡い緑の帽子をかぶった、きゃしゃな骨組みの顔。切れ長の目は、閉ざされた部屋の薄暗がりの中で輝いている。ただ、唇の色はネッドの記憶にあるよりあせており、肌にもつやがないように見える。スミスに大切にされていないのだろうか？　そんなことを訊く勇気はなかった。

「まだ読んでいないですって？」

「ええ、まだです」

「なぜ読まなかったの?」リディアは答えを求めて詰め寄った。

ネッドはどう答えていいかわからなかった。**読むのがつらくて耐えられそうにないから?**

そんな気持ちを伝えたからといって、二人になんの得がある?

そこでネッドは頭を下げて非礼を詫びた。「大変失礼なことをしました。どうかお赦しください、スミス夫人」

リディアの目が大きく見開かれた。驚いているようだ。

「スミス夫人というのは、ほかの方の名前よ。わたしじゃないわ」

いったいどういう意味だろう。ネッドは顔をしかめた。何か勘違いしてしまったか。

「マダム、失礼ですが、意味がわからないのですが」

「手紙を読んでさえいたら、意味はおわかりだったはずよ、大佐」リディアが言った。濃いすみれ色の瞳の中では小さな嵐が吹き荒れている。「わたしはスミス夫人じゃない。レディ・リディア・イーストレイクよ。スミスとの結婚は無効になったの」

強靭な精神を持っているはずのネッドを、リディアはすでに一度愕然とさせていた。だが、今また同じことが起きた。ネッドはいきなり殴られたあとのようにふうっと息を吐き出した。

「どうして?」その目はリディアに釘づけになっていた。「なぜ、そんなことが?」

「特別結婚許可書によって婚姻の手続きをする前に、スミスは複数の証人の前で結婚に関わる契約書に署名したんだけれど、それには、先週の水曜の午後四時までにわたしに金五万ポンドを支払う、という約束が盛り込まれていたの。スミスは自分がその約束を果たさなかったと言った——少なくとも名付け親のカンタベリー大主教には、そういうふうに申し立てたそうよ。確かに小切手は現金化されなかったから、大主教としては、不正行為があったとして、婚姻を無効にせざるをえなかったの」リディアの唇にようやく笑みが浮かんだ。たまらないほど魅力的な、いたずらっ子のような笑顔だ。「無効になった婚姻の相手への相当額の財産分与を条件として、ね」

ネッドは言葉を失っていた。身動きもならなかった。すべての望みが断たれたと思っていたにもかかわらず、突然、ひとすじの光を見出した思いだった。心臓が早鐘を打っていた。胸の奥からこみあげてくるもので、声が出ない。

にわかに不安をおぼえたのか、リディアは顔をしかめ、ごくりとつばを飲んだ。「スミスは大主教の命令どおり、わたしに財産を分与できるそうよ。亡くなったばかりのおじいさま——ご冥福をお祈りします——の遺言の条件に従い、おじいさまの生前に結婚したことによって、莫大な遺産を相続したばかりだから」ちらりとネッドを見てつけ加える。「あら、結婚相手はわたしじゃないわよ。ご存じとは思うけれど、英国国教会は、婚姻が無効になった場合は初めから婚姻がなかったものとみなしますからね。スミスが結婚した相手は、ミス・キティ・ラ・グラーサという方よ」

リディアは上を向いて考えている。「スミスは今月、結婚を祝して教会が執り行う特別の儀式に、どのぐらいのお金を使うつもりかしらね」リディアはネッドのほうを見て訊いた。「ねえ、どのぐらいだと思う？」

「コッドに脅迫されたとき、どうして知らせてくれなかったんだ?」ネッドの声は低くしゃがれていた。「なぜ助けを求めてくれなかった? コッドがあなたを殴ったのを見たとき、わたしが代わりに殴られればよかった、自分が守ってやるべきだったのに守れなかったと、死ぬほど悔しかったんだぞ。それもこれも、あなたがわたしを頼ってくれなかったからじゃないか! もし、やつがあのとき――」ネッドは絶句した。それ以上言葉が出てこない。

リディアは平然とした態度を捨て、つらそうな表情になった。「時間の余裕がなかったのよ。あなたに知らせる勇気がなかった。知らせたらきっと駆けつけて、コッドを殺してしまうだろうと思ったから」

ネッドは頭を振った。

「わたし、あのあとで手紙を書いて、事情を伝えたつもりよ。婚姻無効の手続きが進められていたときも、書類の署名がすんだときも、手紙で知らせたり、配達人や使者に伝言を託したりしたわ。それなのに」リディアは手ぶりで部屋の中を指し示した。「この、一致団結した男性が築いた砦《とりで》ときたら、どんな状況でも女性が足を踏み入れることは許さないというんだから」つんとすまして唇を結ぶ。「ただし、それも今日まででね。ついにこのクラブも、女性を受け入れざるをえなくなったわ。危害を加えてまで排除したい、というのなら話は別だけれど」

ネッドは気づいた。自分はリディアが書いた手紙を読もうともしなかった。つまり彼女を信じていなかったということじゃないか。

しばらくのあいだ、二人はお互いを見つめたまま黙って立っていた。ネッドは自分の過ちについて良心の呵責にさいなまれ、リディアは彼の表情にその気持ちが表れないかと待っていた。だがネッドは、ちょっとやそっとでは感情を表に出さない。突然、リディアの堪忍袋の緒が切れた。

「いいかげんにしてよ、ネッド！」リディアは怒鳴った。「どうしていつも、わたしが追いかけるはめになるの？　あなたはいつも用心深く心のうちを隠しているのに、なぜわたしばかりが先に自分の気持ちをさらけ出して、愛を求めなければいけないの？　いったいどうやって説得したら、あなたはわたしを手に入れる努力をしてくれるわけ？」

ネッドは驚きのあまり、目を見張った。

話しているうちにますます怒りがつのってきたのか、リディアの頬は上気し、目はらんらんと輝いている。「最初、あの迷路で誘ったのはわたしのほうだし、スペンサー邸の仮面舞踏会でもそうだった。そのあとも、自ら進んであなたのタウンハウスへ行った。そして今、また同じことのくり返し！　これじゃわたし、キャロライン・ラムよりしつこいと言われてもしかたないわ。でももう、我慢できない。わたしにも誇りというものがあるのよ、ロックトン大佐。もうあなたとも、そのご自慢の道義心とも、やっていけないわ。もう、これで終わりにしましょ――」

次の瞬間、ネッドはリディアを抱き上げた。いきなり控えの間の扉を蹴って開け、〈ブードルズ〉が神聖なる伝統として守ってきた女人禁制の廊下を歩き出した。ぽかんと口を開けて見ている会員や、大笑いしている従業員たちのそばを通りすぎ、大またでずんずん進んでいく。あえぎながら首にしがみつくリディアを抱きかかえたまま、ネッドがもうひとつの扉を蹴って開けると、そこはもうクラブの外、セント・ジェームズ通りだった。それでもネッドの勢いは止まらない。

御者が仰天して手綱の扱いを誤ると、馬車馬が後ろ脚で立ち上がった。二人の姿をよく見ようとした通行人どうしがあちこちでぶつかった。店主も買い物客も店の外に走り出てきて見物している。通りにたむろするわんぱく小僧たちが二人のあとを追い、笑い声をあげたり、はやし立てたりしながら列を作ってぞろぞろとついていく。紳士クラブ〈ホワイツ〉の名物、弓形の張り出し窓には、伊達男たちが自然に集まって喝采をおくっている。

リディアをしっかりと抱きかかえ、ネッドはさらにセント・ジェームズ通りを歩きつづけた。目指すはロンドン大主教の執務室だ。この大主教の母親の旧姓は偶然ではあるが、ロックトンという。ネッドは一度だけ立ち止まり、リディアを見下ろした。何も隠し立てのない、思いがあふれた表情だった。

「愛しているよ、リディア。いつまでも」ネッドは言った。「もう二度と、終わりにしようなどとは言わせない」

訳者あとがき

便宜上の結婚が多い上流社会で、愛という言葉は禁句なのだろうか？　でも、もし運命の人にめぐり会えたら……愛し、愛され、お互いに自立した人間として尊敬し合える関係を築くことができたら？

本書『すみれ色の想いを秘めて』の主人公、リディアの心にはそんな疑問と期待があったでしょう。一九世紀初頭、英国の貴族階級にとって婚姻の主な目的は家系存続でしたが、愛し合って結ばれた両親を見て育ったリディアは、結婚に対する特別な思い入れがありました。

物語の舞台は一八一六年のロンドン。リディア・イーストレイクは、美貌と教養をあわせ持ち、機知に富んだ魅惑的な女性で、社交界の花形として注目を集めていました。身につけるドレスや香水、好きな食べ物やワイン、お気に入りの音楽や家具など、すべてが人々の話題に上り、流行を生んで経済効果をもたらすという、稀有な存在です。両親を早くに亡くして天涯孤独の身ながら、莫大な遺産を自由に使える立場にあり、信頼できる友人に囲まれて、華の独身生活を謳歌していました。

ある日リディアは、資産管理をまかせている銀行家に信じがたい事実をつきつけられます。芸術文化活動の後援にも熱心な彼女個人の浪費に加え、ナポレオン戦争後の株価の暴落と海運事業の破綻が重なって、破産状態にあると告げられたのです。質素な暮らしなど想像すらできないリディアにとって、残された道はただひとつ――破産の噂が社交界中に広がる前に裕福な男性を見つけ、婚約にこぎつけるしかありません。必要に迫られて、リディアはその年の社交シーズンにすべてを賭けて花婿探しをする決意を固めます。

英国海軍を若くして退役した元大佐ネッド・ロックトンは、兄のジョステン伯爵から、富裕貴族の女性を探して結婚するよう命じられます。株価の暴落と農場の経営不振、賭け事にのめりこんだ甥たちの浪費によって破綻したロックトン家の財政を立て直してほしいというのです。一家の危機を救うため、ネッドは便宜上の結婚に向けて花嫁探しに乗り出します。そんな二人を待っていたのは、運命の皮肉ともいえる出会いでした……。リディアもネッドも、結婚相手に求める第一条件は「潤沢な資産があること」。

花嫁候補を探すためにロンドンの社交界の行事に顔を出しはじめたネッドは、上流社会の人々の価値観にはついていけないと感じながらも、その華やかな世界の中心にいるリディアの自由闊達さ、寛大さに惹かれ、仮面の下に隠されたもろさに気づきます。一方、伊達男を気取る紳士たちの軽薄さに慣れていたリディアは、ネッドの誠実さに心を打たれ、彼との交流を通じて新たな発見をし、自分自身の人生についてより深く考えるようになります。

前作『漆黒の乙女の吐息に』（ライムブックス刊）でふたたびヒストリカル・ロマンスの世界へ戻ってきた著者コニー・ブロックウェイ。本書でもそのストーリーテラーぶりは健在で、真にロマンティックな、それでいておかしみを感じさせる場面が随所に出てきます。特に二人の出会い、対決、大団円のシーンにそれぞれいっぷう変わった場所を選んでいるところが独創的で、読む者をぐいぐい引きこんでいく力があります。

ヨーロッパ北部と北米を中心に気候が寒冷化し「夏のない年」と呼ばれた一八一六年を舞台にしたこの物語では、当時の不安定な天候に示唆されるように、リディアとネッドの、お互いを信じる心の強さが試されます。しかし"The Golden Season"という原題が示すとおり、この社交シーズンに二人がたどりはじめる道は、黄金より尊い輝きに彩られることでしょう。

二〇一二年五月

ライムブックス

すみれ色《いろ》の想《おも》いを秘《ひ》めて

著　者　コニー・ブロックウェイ
訳　者　数佐尚美《かずさなおみ》

2012年6月20日　初版第一刷発行

発行人　成瀬雅人
発行所　株式会社原書房
〒160-0022東京都新宿区新宿1-25-13
電話・代表03-3354-0685　http://www.harashobo.co.jp
振替・00150-6-151594
ブックデザイン　川島進（スタジオ・ギブ）
印刷所　中央精版印刷株式会社

落丁・乱丁本はお取り替えいたします。
定価は、カバーに表示してあります。
 ISBN978-4-562-04432-0　Printed in Japan